Emrah Serbes
BEHZAT Ç.
verschütt gegangen

Emrah Serbes

BEHZAT Ç.
verschütt gegangen

Aus dem Türkischen von Johannes Neuner

binooki

Die Originalausgabe erschien unter dem Titel
Behzat Ç. Son Hafriyat
bei İletişim Yayınları, 2008

Mit freundlicher Unterstützung durch das TEDA-Projekt
des Kulturministeriums der Republik Türkei

Deutsche Erstausgabe

1. Auflage 2012

Lektorat: Erhard Waldner
Satz: Erhard Waldner
Umschlaggestaltung: Josephine Rank

Druck: Art-Druk, Szczecin
Printed in Poland
ISBN 978-3-943562-04-0

Dem Gedenken meines Vaters Sinan Serbes …
und dem kleinen Arda – herzlich willkommen
in unserem Leben …

»Ohne die Finsternis zu hinterfragen, die aus einem Baby einen Mörder macht, ist alles Tun vergeblich, meine Brüder, meine Schwestern.«
Rakel Dink
23. Januar 2007, aus ihrem Nachruf auf Hrant Dink

Zur Aussprache des Türkischen

c	wie dsch in Dschungel
ç	wie tsch in Kutsche
ğ	weiches, nicht hörbares g; es verbindet den voranstehenden Vokal mit dem nachfolgenden Buchstaben
ı	kurzes i wie das e in Katze
s	stimmloses s wie in Maus
ş	wie sch
z	stimmhaftes s wie in Hase

1.

Als die Schießerei über Funk gemeldet wurde, fuhren sie gerade am TED-College vorbei in Richtung Kurtuluş. »Wenn diese Durchsagen doch nur einmal dann kämen, wenn wir gerade in die richtige Richtung unterwegs sind«, brummte Harun. Es war Valentinstag und draußen fiel nasskalter Schneeregen.

Behzat Ç. trank den letzten Rest aus seiner in Zeitungspapier gewickelten Bierflasche in einem Zug aus und drehte sie dann zwischen seinen Fingern hin und her. Während ein Model auf der Vorderseite mit einem Arm ihre Brüste bedeckte, kämpften auf der Rückseite Eisbären mit den Folgen der globalen Erwärmung. Behzat Ç. überflog den Eisbären-Artikel und legte die Flasche zwischen seinen Füßen ab. Als er bemerkte, dass Harun letzte Vorbereitungen traf, einen seiner halsbrecherischen U-Turns hinzulegen, ohne auch nur einen Gang runterzuschalten, langte er nach dem Handgriff über dem Seitenfenster. Er schaute auf die Uhr: 23 Uhr 15.

Harun gab Vollgas, riss das Lenkrad herum und zog ruckartig die Handbremse an. Während das Heck des Renault Toros von der Zentrifugalkraft davongetragen wurde, lenkte er gegen, damit sie sich nicht überschlugen. Heraus kam eher ein V- als ein U-Turn. Mit knapper Not brachte Harun den Wagen wieder unter Kontrolle – bei jedem anderen wäre wohl der Rücksitz auf der Strecke geblieben.

Unter Normalbedingungen hätte Behzat Ç. sicherlich eine Bemerkung fallen lassen wie »Mach mal langsam!« oder »Sachte, sachte!«, aber er sagte nichts. Seit über einem Jahr hatte er mit niemandem mehr gesprochen. Nur wenn es gar nicht mehr anders ging, machte er heimlich Stimmübungen, und in solchen Momenten fühlte er sich wie ein Synchronsprecher, der Probleme mit dem richtigen Timing hatte.

Als er sich sicher sein konnte, dass sie die Fahrbahn wieder unter sich hatten und auf dem Weg in Richtung Kızılay waren, kurbelte er das Fenster runter und platzierte mit elegantem Schwung das Blaulicht auf dem Dach des Toros. Das charakterlose Wetter, das zwischen Schnee und Regen hin und her gerissen war, blies seinen feuchtkalten Atem durch das halb geöffnete Fenster ins Innere des Toros. Dem Krankenwagen machten nicht immer alle Platz, aber wenn die Polizei im Rückspiegel erschien, wurde gekuscht.

Auf der Seite des SSK-Gebäudes, wo die Blumenhändler ihre Geschäfte hatten, bogen sie in die für den Verkehr gesperrte Sakarya-Straße ein. Harun wich einem plötzlich auftauchenden Müllwagen aus, und während er noch versuchte, das Steuer wieder in seine Gewalt zu bringen, hielt das Blaulicht den Erschütterungen nicht länger stand und rutschte vom Dach. Auch die rechte vordere Radkappe verselbständigte sich. Als die Straßenverkäufer den Toros im Zickzack auf sich zurasen sahen, rafften sie ihre blinkenden Spielzeuge, ihre Plastikenten und den restlichen Krimskrams zusammen und stoben auseinander wie bei einer Razzia. Ein, zwei Blumenhändler, die um ihre Besitztümer fürchteten, schafften zumindest die Rosensträuße ins Innere ihrer Läden. Ein Betrunkener griff nach der ausrollenden Radkappe und rief dem Toros hinterher: »He, Jungs! Seid ihr vom FBI, oder was?« Erst da erinnerte Harun sich daran, dass sich unter seinen Füßen auch ein Bremspedal befand. Er trat mit voller Wucht darauf, die Hinterräder blockierten, und sie schlidderten noch ein gutes Stück weiter, bis sie schließlich genau an der richtigen Stelle zum Stehen kamen – mitten im Kugelhagel. Behzat Ç. schaute auf die Uhr: 23 Uhr 19.

Während Harun sich mit dem Rückwärtsgang abmühte – die sensibelste Stelle eines Toros, die viel Fingerspitzengefühl verlangt –, maulte er: »Sogar die von der Sitte sind schon auf den Mégane umgestiegen, und wir sitzen immer noch in dieser Schrottlaube von Toros. Ah! Da ist ja auch schon der Geier.«

Der »Geier« war hinter der unförmigen, von Ankaragücü-Fans besprühten Skulptur zwischen dem Hosta Piknik und den Blumenläden in Deckung gegangen. Es war unmöglich, vor ihm an einem Tatort zu sein – man nannte ihn nicht umsonst den Geier. Er winkte Harun zu und rief: »Kommt hier rüber!« Dann schoss er zweimal in die Luft. »Waffen weg! Polizei!« Doch die Männer in den schwarzen

Jacketts machten keinerlei Anstalten, seiner Aufforderung Folge zu leisten. Sie hatten sich hinter den Fischständen verschanzt und feuerten in Richtung SSK-Eingang.

Harun manövrierte den Toros hinter die Skulptur, und sie stiegen aus. Während Behzat Ç. seine leere Bierflasche in einen Abfalleimer warf, nahm er die Gerüche des Tatorts in sich auf. Es war eine wilde Mischung aus faulenden Blumen, frischem Müll, Köfte, Kokoreç, Döner Kebap und dem Geruch von Pulverdampf. Der Geier, obwohl zusammengekauert, saß doch da wie auf einem Präsentierteller, denn der finnische Bildhauer war sparsam mit dem Stein umgegangen, vielleicht zu sparsam.

»Worum zanken die sich?«, fragte Harun den Geier.

»Um Schutzgeld.«

»Und wo sind die anderen?«

»Zwei an dem Geldautomaten vor dem SSK. Und einer hockt hinter den Bierfässern.«

»Ah! Der Geist kommt auch schon angeschwebt.«

Der »Geist« war ein kalkweißer, spindeldürrer Mann mit tiefliegenden Augen, und seine Gesichtshaut schien direkt über die Schädelknochen gespannt zu sein. Er trug ein sommerliches Jackett und darunter das gleiche schimmelgrüne, kurzärmelige Hemd, das er schon seit mindestens einhundert Jahren anzog. Er glitt an einem Polizeihäuschen vorüber, als bewegte er sich auf einem unsichtbaren Schienensystem.

Behzat Ç. wies mit dem Zeigefinger in die gegenüberliegende Richtung und formte seine Hand zum Hörer. Harun, der die Geste seines Vorgesetzten registriert hatte, nahm das Funkgerät zur Hand: »45 32 an Zentrale.«

»Zentrale hört, 45 32.«

»Haben die Seite mit der Skulptur eingenommen, die andere Einheit soll vom Becken her kommen. Ende.«

»Von welchem Becken?«

»Na, von dem Becken, wo immer die ganzen Leute sitzen und Bier trinken.«

»Gibt's das noch? Das wurde doch zugeschüttet.«

»Ist ja gut, Zentrale! Von da sollen sie jedenfalls kommen.«

»Verstanden. Ende.«

Behzat Ç. bedachte Haruns Anweisung mit einem Kopfnicken und steckte sich eine 216 in den Mundwinkel. Seine Hände zitterten stark, sodass die Umarmung zwischen Flamme und Tabak ein wenig auf sich warten ließ. Der Rauch war noch nicht in seine Lunge vorgedrungen, da spürte er, wie eine kleine Hand am Saum seines samtenen Jacketts zupfte. Er drehte sich um und sah ein etwa sechsjähriges Kerlchen vor sich stehen.

»Brauchst du Selpaks?«

Der kleine Junge streckte ein Päckchen Taschentücher so weit wie möglich zu ihm hoch. Aus seiner Nase lief Rotz, der über seinen Lippen verkrustet war. In dem Moment pfiff eine Kugel vorbei und traf Behzat Ç.s Schatten mitten ins Herz.

»Chef, zieh dich zurück!«, brüllte Harun.

In Windeseile packte Behzat Ç. den kleinen Taschentuchverkäufer unter den Achseln und setzte ihn hinter dem Tresen eines Kokoreç-Standes ab. Mit erhobenem Zeigefinger ermahnte er ihn, sich nicht vom Fleck zu rühren. Als er sich wieder umdrehte, starrten die drei anderen Polizisten alle in die gleiche Richtung. Ein Mädchen in rotem Mantel war an dem zugeschütteten Becken vorbeigerannt und hatte sich auf der Flucht vor den Schüssen plötzlich mitten im Kreuzfeuer wiedergefunden.

Harun schrie: »Leg dich auf den Boden! Auf den Boden!«

Das Mädchen aber stand stocksteif da, die Arme zu beiden Seiten gestreckt.

Behzat Ç. schaute zu dem Mädchen im roten Mantel hinüber und sah *sie*. Er schloss die Augen. Seine Schläfen pochten. *Beruhige dich, du hast dich geirrt, sie ist es nicht.* Er öffnete die Augen: Es war *sie*. Er öffnete den Druckknopf seines Holsters, zog den Browning und lief los. Drei Schritte später rannte er bereits, ohne es zu merken. »Chef, bleib stehen!«, schrie Harun ihm hinterher.

Als die Hand hinter dem Bierfass den Abzug drückte, fuhr das Mädchen im roten Mantel zusammen. Ganz so, wie jemand zusammenfährt und für einen Augenblick erstarrt, den man von hinten mit Wasser bespritzt, während er sich langsam ins Meer vortastet, um sich an die Kälte zu gewöhnen. Sie machte noch zwei Schritte auf Behzat Ç. zu, beim dritten brach sie zusammen.

Als auch von der anderen Seite eine Polizeieinheit anrückte, nahmen die Männer in den schwarzen Jacketts Reißaus, vorbei am NET Piknik und in Richtung der Neuen Bühne, deren Abriss sich wohl noch eine Weile hinziehen würde. Harun heftete sich dem Mann, der von hinter dem Bierfass aus gefeuert hatte, an die Fersen und verschwand hinter ihm im SSK.

Behzat Ç. blieb bei *ihr*. Nach und nach scharte sich eine neugierige Menschenmenge um sie. Handys begannen mit der Aufnahme.

»Ey, film das, das stellen wir auf YouTube.«

Mit dem Handrücken versetzte der Geier einem Mann, der mit seiner Handykamera amateurhaften Katastrophenjournalismus betrieb, einen Hieb. Der fuhr ihn an: »Was schlägst du mich, Mann!?«

»Zieh Leine! Sonst ist dein Telefon gleich Schrott.«

Als *sie* aufgehört hatte zu atmen, breiteten sie die Sportseite der Posta über ihr aus. Jemand legte noch einen Stein darauf, damit das Papier nicht weggeweht wurde.

»Wo wart ihr so lange? Sind wir hier in Texas?«, schnauzte einer, der alles mitangesehen hatte, die Polizisten an.

»Was soll die Polizei gegen die schon unternehmen? Die sind doch von der Mafia«, meinte sein Begleiter.

»Sei du bloß still, du Waschlappen!«, fuhr der Erste ihn an. Ein anderer mischte sich ein: »Sprich nicht so mit Bahattin. Er meint's doch nur gut.«

Als der Kokoreç-Verkäufer sich vergewissert hatte, dass Ruhe und Ordnung wiederhergestellt waren, tauchte er hinter seinem Tresen auf und versetzte als Erstes dem kleinen Taschentuchverkäufer, der dort Deckung gesucht hatte, laut fluchend einen Tritt. Dann griff er nach seinem Messer und begann seinen altbekannten Zweiviertelrhythmus aufs Brett zu klopfen. Tack tackatack tack … Tack tackatack tack …

Behzat Ç. ging neben Köter 3, der ein abgehacktes Bellen ausstieß, in die Hocke. Als Köter 3 erkannte, dass sich außer Behzat Ç.

niemand für sein Kläffen zu interessieren schien, ließ er sich auf sein Hinterteil sinken und begann sich mit der Pfote am Rücken zu kratzen. Er war ein gewöhnlicher Straßenhund, und sein Fell triefte vom Schneeregen. Im Ohr trug er einen blauen Ring, den das Veterinäramt ihm eingestanzt hatte. Seinen Namen hatte er vom Kioskbesitzer an der Ecke.

Eine winzige Hand tippte Behzat Ç. an die Schulter.

»Brauchst du Selpaks?«

Behzat Ç.s leerer Blick blieb starr auf Köter 3 gerichtet. Nachdem der kleine Taschentuchverkäufer noch mehrmals hatte nachfragen müssen, ohne eine Antwort zu bekommen, stieß er einen ärgerlichen Fluch aus und rannte davon. Vor dem Doktor Köftecisi blieb er stehen und sah mit Erleichterung, dass Behzat Ç. ihm nicht auf den Fersen war. Er wischte sich den Rotz am Ärmel ab und machte sich auf die Suche nach anderen Kunden.

Die allmählich lauter werdende Krankenwagensirene übertönte erst das Klopfen des Kokoreç-Verkäufers und bald auch alle anderen Geräusche. Die Sportseite, die man über *sie* gebreitet hatte, flatterte im Wind. Sie war 20, höchstens 21 Jahre alt. In ihrem Gesicht lag jener Ausdruck junger Mädchen, die umso schöner werden, je mehr sie sich aufregen. Eine zierliche Nase, deren Spitze von der Kälte gerötet war. Schmale, leicht geöffnete Lippen, die zu lächeln schienen. Die fehlgegangene Kugel hatte sie im Nacken getroffen, genau dort, wo ihr Freund sie hätte küssen sollen. Behzat Ç. presste seine Hand auf die Wunde. Während der schmutzige Schnee ihr Blut aufsaugte, war ihr Blick an einem zehn Meter entfernten städtischen Hinweisschild hängengeblieben: »Jetzt ist Ankara besonders schön.«

Behzat Ç., Hauptkommissar bei der Mordkommission, Experte für Verbrechen gegen Leib und Leben, betrachtete das Blut, das sich im schmutzigen Schnee ausbreitete wie ein Tintenfleck, und wieder sah er *sie*. Er schloss die Augen. *Beruhige dich, du hast dich geirrt, sie ist es nicht.* Er öffnete die Augen: Es war *sie*. Mit dem Handteller seiner Rechten ließ er das Magazin seines Brownings einrasten. Er feuerte zweimal in die Luft. Dann lief er in Richtung des SSK, um den zu finden, der *sie* erschossen hatte.

2.
hayri babas japanische fische

An seinem dreißigsten Geburtstag setzte Lucky Luke seiner großen Suche ein Ende und klopfte an die Tür des berühmten Therapeuten in der Tunalı-Hilmi-Straße. Selma öffnete. Eine Frau wie ein Verbotsschild: »Hier darf man nicht rauchen«, sagte sie.

»Wer raucht denn hier?«

Selma bemerkte, dass die Maltepe, die aus Lucky Lukes Mundwinkel hing, gar nicht brannte. »Ihr Termin ist um vier, nicht wahr?«, fragte sie.

»Ich glaube, ja.«

»Das sind noch zwanzig Minuten.«

»Kann schon sein.«

»Kommen Sie zu Ihren Terminen immer so früh?«

»Fragst du immer so viel?«

Selma kehrte mit einem bitteren Lächeln zu ihrem Schreibtisch am Empfang zurück. Wahrscheinlich war sie Sekretärin. Lucky Luke blieb im satingestrichenen Wartezimmer zurück. Er nahm in einer Ecke des dreisitzigen Sofas Platz, knöpfte seine schwarze Weste auf und zupfte den Kragen seines gelben Hemds zurecht. Wollten sie jetzt noch in Blickkontakt treten, würde sich einer von ihnen den Hals verrenken müssen. Es war Selma, die das eine Weile später als Erste tat, und ihre Wange berührte fast die Tischplatte, als sie fragte: »Trinken Sie Nescafé?«

»Jeden Morgen.«

Selma orderte zwei Nescafés, einen davon koffeinfrei. Am Abend würde sie sich mit Refik treffen, ihrem Geliebten. Ob der Professor ihr wohl erlauben würde, früher Schluss zu machen? Wenn es nach Selma ginge, hätte man den Valentinstag längst zum gesetzlichen Feiertag erklärt.

Lucky Luke betrachtete unterdessen zwei Wartezimmergemälde, die ernstlich seinem Seelenheil schadeten. Dabei lauschte er dem ohrenbetäubenden Gezwitscher eines grün-gelben Wellensittichs, der von seinem Käfig vor dem Fenster aus die Straße beobachtete. Ohne sich den Hals zu verrenken fragte er: »Der Vogel hier heißt nicht zufälligerweise Ego-Man?«

»Nein, Piepmatz.«

Um sich die Zeit zu vertreiben, griff er nach der auf einem Glastisch ausliegenden Cosmopolitan. Er wog sie in seiner Hand – bestimmt anderthalb Kilo, davon aber 75 Prozent Reklame. *So bekommen Sie Ihren Mann in den Griff. 14 Sexideen, die Sie noch nie ausprobiert haben. Rot ist die Modefarbe des Jahres. Schick: Handtaschen ohne Tragegurt.*

Der richtige Nescafé – der koffeinhaltige – traf im selben Moment ein wie der Professor. Die Tasse mit einer Hand balancierend, schüttelte Lucky Luke mit der anderen die des Professors. Dieser trug zu seinem Erstaunen weder Brille noch Krawatte, ja, sein Haar hatte nicht einmal einen Grauschimmer. Als sie das Sprechzimmer betraten, hielt Lucky Luke Ausschau nach der obligatorischen Couch – wieder Fehlanzeige –, und in ihm mehrten sich die Zweifel, ob es sich bei dem Kerl überhaupt um einen Professor handelte. Während er so tat, als suche er nach einer Sitzgelegenheit, inspizierte er das Diplom, das in einem Rahmen an der Wand hing. Dann ließ er sich in den Ledersessel vor dem Schreibtisch sinken. Der Professor setzte sich ihm gegenüber. »Möchtest du rauchen?«

»Nein, ich habe aufgehört.«

»Seit wann?«

»Seit heute. Stört es dich, dass ich 'ne Kippe im Mund habe?«

»Nein. Ich verstehe das.«

»Was verstehst du?«

»Mir fiel das Aufhören auch verdammt schwer.«

»Na dann ... Ich bin auf Empfehlung eines Freundes hier. Muss ich jetzt von meiner Kindheit erzählen?«

Der Professor stellte seine erste Diagnose: ›Latent aggressiv. Kompensiert seine Furcht durch Scherze.‹

Lucky Luke stellte ebenfalls seine erste Diagnose: ›Was für ein Weichei. Keinen Sinn für Humor.‹

»Wo hast du sie denn verbracht, deine Kindheit?«, fragte der Professor.

»Im Heim. Jedenfalls ab meinem siebten Lebensjahr. Wieso? Sind wir Landsleute?«

»Wo kommst du denn her?«

Lucky Luke lachte. »I'm a poor lonesome cowboy, and a long way from home.«

***

Mit Putzzeug bewaffnet, betraten sie das Büro von Heimdirektor Hayri Baba. Lucky Luke, Pembo und Hasan Gorbatschow. »Bis der Herr Direktor wiederkommt, ist hier alles blitzeblank!«, wies Hausmeister Rakım Efendi sie an, bevor er die Tür schloss. Lucky Luke widmete sich zunächst der Atatürk-Büste oben auf dem Schrank, die im Falle eines Brandes als Allererstes in Sicherheit gebracht werden würde, und begann sie abzustauben. Pembo übernahm den Wischmop. Der Stiel war länger als er selbst.

Hasan Gorbatschow, bei gemeinschaftlich ausgeführten Arbeiten immer darauf bedacht, sich irgendwie aus der Affäre zu ziehen, beschloss die Gelegenheit zu nutzen. Schließlich war er schon neun und hätte damit der große Bruder der beiden anderen sein können. Also ging er zu dem Aquarium hinter dem Schreibtisch und drückte sich an der Glasscheibe die Nase platt. Bald war er völlig in die Betrachtung der japanischen Fische versunken, die still ihre Bahnen zogen.

Als Lucky Luke die Büste fertig abgestaubt hatte, packte ihn die Neugierde, und er beschloss, einen Blick in ihr Innenleben zu werfen. Es kostete ihn viel Kraft, sie hochzuwuchten und umzudrehen, denn schließlich war er gerade einmal siebeneinhalb Jahre alt. Um ein Haar wäre er mitsamt der Atatürk-Büste von dem Stuhl gestürzt, auf dem er stand, und hätte sich damit garantiert eine ordentliche Tracht Prügel eingehandelt. Er wusste zwar nicht, was er erwartet hatte, aber als er sah, dass im Inneren der Büste gähnende Leere herrschte, war er doch ein wenig enttäuscht.

Draußen regnete es in Strömen. Während die Tropfen immer lauter gegen die Rollläden schlugen, löste Hasan Gorbatschow seinen Blick vom Aquarium, drehte sich zu Lucky Luke um und sagte: »Deine Eltern sollen ja Terroristen gewesen sein.« Für einen Moment erwog Lucky Luke, ihm die Büste an den Kopf zu pfeffern, doch als ihm klar wurde, dass er ihn nur verfehlen konnte, beließ er es bei einem Achselzucken. Pembo aber hatte den Wischmop fallen lassen und machte große Augen. Nachdem er sich die Reste seiner geplatzten Kaugummiblase aus dem Gesicht gepickt hatte, fragte er: »Was ist ein Tettorist?« Hasan Gorbatschow antwortete nicht gleich, aus Rücksicht auf Lucky Luke, der vielleicht selbst das Bedürfnis verspürte, etwas dazu zu sagen. Wieder fragte Pembo: »Was ist ein Tettorist?«

»Nicht Tettorist, Terrorist«, korrigierte Hasan Gorbatschow. Darauf ließ er eine Definition folgen, die dem Wörterbuch der türkischen Sprachgesellschaft alle Ehre gemacht hätte: »Terrorist nennt man einen Terroristen, der mit Waffengewalt Menschen umbringt.« Der sechseinhalbjährige Pembo war ganz durcheinander. Im Geiste erwog er verschiedene Möglichkeiten. Er siebte Captain Micki sowie Tim und Struppi aus und fragte: »Also so einer wie Lucky Luke?«

»Mann, bist du dumm«, sagte Hasan Gorbatschow. »Hat Lucky Luke vielleicht irgendwelche Menschen umgebracht?« Pembo kratzte sich nachdenklich am Kopf. »Nein, hat er nicht«, antwortete er kleinlaut. Da er noch nicht zur Schule ging, kannte er Comic-Helden nur von Bildern und aus Erzählungen derjenigen, die die Kinderbeilage der Milliyet lasen. Ganz im Stil eines ausgewiesenen Experten für das Thema fuhr Hasan Gorbatschow fort: »Natürlich nicht. Hast du nicht *Der Daily Star* gelesen? Lucky Luke schießt nur, wenn er provoziert wird, und dann auch nur auf Waffen. Aber Terroristen sind anders, die bringen einen um.«

»Wen bringen die um?«

»Babys. Und Soldaten.«

Nachdem Pembo erneut lange und gründlich nachgedacht hatte, fragte er: »Wie die Daltons?«

»Ja, so ungefähr.«

Pembo war geknickt. Mitleidig sah er zu Lucky Luke hinüber, denn er mochte ihn. Als beim Kinderfest am 23. April Chocomel ausgeteilt worden war, war er, weil er noch so klein war, leer ausgegangen, doch Lucky Luke hatte zwei ergattert und ihm eins abgegeben. Weil auch ihre Betten nebeneinander lagen, wollte er es sich mit diesem Jungen, in dem er einen strategischen Partner sah, nicht verscherzen. Also hakte er nicht weiter nach.

Lucky Luke indes hatte sich während der Terrorismusdebatte damit begnügt, Hasan Gorbatschow feindselige Blicke zuzuwerfen. Zwar hatte er für einen Moment darüber nachgedacht, ihn auf den Dreck am eigenen Stecken hinzuweisen, doch das hatte er sich aus irgendeinem Grund dann doch verkniffen. Ohnehin sollte noch viel Zeit vergehen, bis Hasan der Spitzname Gorbatschow verpasst werden würde, und vorerst war er in Heimkreisen allgemein als Hasan der Bastard bekannt.

Lucky Luke machte sich daran, den Blumentopf am Fenster abzustauben. Dabei fiel ihm ein Wasserglas ins Auge, das jemand neben dem Topf vergessen hatte, und er drehte es in seinen Händen hin und her. Es war ein Glas der Marke Paşabahçe Palaks, das man in der Regel dann vorgesetzt bekam, wenn man in einem Café einen doppelten Tee bestellte.

Hasan Gorbatschow wandte sich wieder den Fischen zu und fragte: »Wo haben die denn eigentlich ihr Futter?« Die Antwort auf seine Frage fand er, als er das Schränkchen unter dem Aquarium zu durchforsten begann. Freudig wedelte er mit einer Packung Fischfutter. So versammelten sich die drei Jungen um die drei japanischen Fische, die in dem Aquarium schwammen.

***

Drei Dinge gab es im Leben von Heimleiter Hayri Baba, die er über alles liebte: Tussi, Einstein und Fritz Fischer. Wollte man hier abstrahieren, alle drei in die gleiche Schublade werfen und behaupten: »Am meisten in seinem Leben liebte Hayri Baba seine japanischen Fische«, dann läge man damit meilenweit daneben. Denn Hayri Baba legte großen Wert darauf festzustellen, dass jeder seiner Fische sein ganz eigenes Temperament besaß. Einstein zum Beispiel vergaß nichts. Und Fritz Fischers Name sprach doch ohnehin für sich. Jetzt schrie Hayri Baba: »Die haben sich ja wohl nicht einfach in Luft aufgelöst!«

Die drei Jungen hatten sich vor Hayri Baba aufstellen müssen. Im Aquarium war kein japanischer Fisch mehr zu sehen. Hausmeister Rakım Efendi fuhr sie an: »Wer von euch hat sie da rausgeholt? Raus mit der Sprache!« Doch Hayri Baba brachte ihn mit einer Handbewegung zum Schweigen. Er hatte begriffen, dass es einiger pädagogischer Finessen bedurfte, dieses Rätsel zu lösen. »Schaut, Kinder«, sprach er mit sanfter Stimme, »ihr braucht keine Angst zu haben. Sagt mir nur, was ihr mit ihnen gemacht habt. Dann kaufe ich euch haargenau das gleiche Aquarium. Und drei japanische Fische tue ich auch hinein.«

Hasan Gorbatschow und Pembo freuten sich über dieses Versprechen. Ein schiefes Grinsen breitete sich über ihre Gesichter. Beide hatten Lucky Luke im Verdacht. Hasan Gorbatschow zeigte mit dem Finger auf den vermeintlichen Übeltäter und sagte: »Er hat sie da rausgenommen, Hayri Baba. Gib's doch zu, du warst das, oder? Guck mal, Hayri Baba, ich war mit Pembo auf dem Klo und der da ist alleine hiergeblieben. Da hat er sie bestimmt da rausgeholt. Seine Eltern waren ja auch Terroristen. Er war's hundertpro.«

»Wo hast du denn das mit den Terroristen her, hm?«, erkundigte sich Hayri Baba.

»Ich habe gehört, wie ihr mal darüber gesprochen habt, Hayri Baba. Neulich Abend …«

Hayri Baba verpasste ihm eine schallende Ohrfeige. »Du belauschst uns heimlich?«

Hasan Gorbatschow hielt sich die Wange. »Nein, Hayri Baba!«

»Er hat aber auch die Fische gefüttert, bevor sie verschwunden sind«, petzte Pembo.

»Ach, und wo hattest du das Futter her?«, fragte Hayri Baba.

Pembo zeigte mit dem Finger auf das Schränkchen: »Da hat er drin rumgewühlt.« Hayri Baba gab Hasan Gorbatschow eine weitere Ohrfeige. »Ihr durchsucht heimlich mein Büro?«

Hasan Gorbatschow hatte angefangen zu weinen. Er wischte sich mit einer Hand über die Nase und erhob sie dann fuchtelnd gegen Pembo: »Du miese Ratte! Ich dachte, wir wären beste Freunde.«

Um Gerechtigkeit walten zu lassen, verpasste Hayri Baba auch noch Pembo und Lucky Luke je eine Ohrfeige. »Und wo sind meine Fische jetzt, zum Teufel noch mal? Wer von euch hat sie mir weggenommen?«

Pembo hielt sich die gerötete Wange, und mit den Worten »Hör auf, uns zu schlagen, du Arschloch!« trat er dem Direktor mit der Spitze seiner Schuhe (Größe 28) ans Schienbein. Stille senkte sich über den Raum. Hayri Baba und Rakım Efendi sahen Pembo ungläubig an. Hayri Baba klopfte sich mit dem Handrücken die Hose aus.

Pembo war eigentlich ein braver Junge, doch sein Recht auf Notwehr bedeutete ihm viel. Sein Vater, den er nur einmal im Leben gesehen hatte – letztes Jahr war er an einem Feiertag zu Besuch gekommen –, hatte ihm gesagt: »Du darfst vor nichts und niemandem Angst haben. Wenn jemand dich beschimpft, schimpf zurück, geh keiner Auseinandersetzung aus dem Weg.« Diese Worte hatte er seitdem zu seiner Lebensphilosophie gemacht, und so hatte er seit einem Jahr keine Gelegenheit ausgelassen, sich Prügel einzuhandeln. Von Gorbatschow als miese Ratte bezeichnet zu werden, das ging ja noch an – denn der nannte schließlich jeden so –, aber davon abgesehen ertrug Pembo keinerlei Beleidigung oder böses Wort. Er strebte immer gleich nach Vergeltung, mit allen ihm zur Verfügung stehenden Mitteln. Als Hayri Baba gleich drei Ohrfeigen hintereinander niedersausen ließ, wusste er gar nicht mehr, wie ihm geschah.

Hasan Gorbatschow klammerte sich an Pembo und beteuerte: »Wir haben sie wirklich nicht, Hayri Baba. Ich schwöre Stein und Bein!« Lucky Luke schwieg. Hayri Baba schubste Hasan Gorbatschow und Pembo davon: »Ihr geht jetzt mal raus und wartet vor der Tür!«

Als Lucky Luke alleine vor ihm stand, nahm Hayri Baba sich eine Maltepe vom Tisch. Hätte er die Schachtel genauer unter die Lupe genommen, so wären ihm sicherlich die fehlenden Zigaretten aufgefallen. Noch bevor er zum Feuerzeug greifen konnte, war Rakım Efendi bereits zur Stelle und gab ihm Feuer. Als er die Wirkung des Nikotins spürte, beruhigte sich Hayri Baba wieder ein wenig. »Sag es mir doch einfach, wenn du sie genommen hast. Ich bin dir auch ganz sicher nicht böse. So rede doch, mein Junge. Ich bin doch wie ein Vater für dich.«

Als Lucky Luke wieder nur mit den Achseln zuckte, rastete Hayri Baba aus. Den Rauch der Maltepe in seinem Mundwinkel ausstoßend, packte er ihn am Kragen und fing an, ihn durchzuschütteln. »Sperr endlich dein Maul auf, du Hund! Wo sind meine Fische? Rede mit mir! Raus mit der Sprache! Sprich, verdammt!«

3.

Behzat Ç. hatte die Hände hinter dem Kopf verschränkt und betrachtete aufmerksam die Decke. Seit sein Büro mit Satinfarbe gestrichen worden war, erforderte es viel Phantasie, aus der völlig ebenmäßigen Fläche Figuren herauszulesen. In dem Moment klopfte Selim an die Tür und sagte: »Die Inspektoren sind da, Chef.« Behzat Ç. nickte, ohne ihn eines Blickes zu würdigen.

Selim trug eine Lederjacke, und sein Haar wurde von einem Gummi zusammengehalten. Harun, der gerade einen Obstmuffin aus seinem Papierförmchen schälte, sandte ihm einen wütenden Blick hinterher: »Dieser Typ lässt sich die Haare wachsen wie ein Weib. Wieso sagt da eigentlich keiner was?« Mit einem Auge taxierte er seinen Vorgesetzten. Behzat Ç. war immer noch völlig unbeteiligt, er konzentrierte sich ganz auf die Decke, wo er in einer Ecke so etwas wie eine Seitenauslinie entdeckt zu haben glaubte.

»Das ist eben das neue Image der Polizei«, stellte Cevdet fest, der Harun gegenüber saß.

»Auf so ein Image kann ich verzichten«, erwiderte Harun und beugte sich zu Cevdet hinüber. »Wenn er sich die Haare wachsen lassen will, soll er von mir aus zur Drogenfahndung gehen, aber was hat so einer bei der Mordkommission zu suchen?«

»Warum? Gibt es eine Vorschrift, nach der man bei der Mordkommission keine langen Haare tragen darf?«

»Und ob es die gibt! Mann, wenn der bei uns durchs Viertel gehen würde, dann würde der aber richtig was auf die Fresse kriegen. Und wenn er sagt, dass er Polizist ist, gibt's gleich noch ein paar oben drauf, von wegen: Was ist denn das für'n Bulle?«

Behzat Ç. zerrte am Kragen seines Pullovers. Er spürte einen Druck auf der Brust und bekam kaum noch Luft. Er gab die Hoffnung auf die Seitenauslinie auf, erhob sich und öffnete das graue Fenster, das auf den Parkplatz hinausging. Eine laue Brise wehte ihm ins Gesicht.

Cevdet seufzte und sagte mit dem Pathos eines Tschechow-Stücks: »Ein richtiger Spätsommertag. Vor zwei Tagen noch Schneeregen. Und jetzt sieh sich einer dieses Wetter an. Die globale ...« Harun, der ahnte, welche Richtung das Gespräch nehmen würde, schnitt Cevdet das Wort ab: »Die globale Erwärmung interessiert mich einen Scheißdreck.« Dann stopfte er sich den Muffin, den er bereits einige Zeit angesehen hatte, in einem Stück in den Mund. Kauend brummte er: »Da sollen sich die Eisbären drum kümmern.«

Cevdet blickte Harun mit einem verzweifelten Gesichtsausdruck an. Er konnte nicht verstehen, wie ein Mensch dermaßen abgestumpft sein konnte. Da er nur aufgrund eines Gesetzes, das arbeitslosen Akademikern den Zugang zum Polizeidienst eröffnet hatte, bei der Mordkommission gelandet war, war er es ja gewohnt, dass seine Ansichten nicht ernst genommen wurden. Aber zu einem solchen Thema, bei dem er doch mehr oder weniger als Fachmann gelten konnte – er war eigentlich Agraringenieur –, wollte er nicht schweigen. Er war fest entschlossen, vom Treibhauseffekt zu sprechen, von Temperaturstatistiken und davon, dass sie in Ankara gerade den trockensten Winter seit einundvierzig Jahren erlebten, selbst wenn Harun von alledem nicht viel verstand.

Doch noch ehe Cevdet dazu ansetzen konnte, schnauzte Harun ihn an: »Halt ja den Mund! Der Inspektor macht mir schon Kopfzerbrechen genug.« Nachdem er das Papierförmchen seines Muffins zusammengeknüllt und knapp am Abfalleimer vorbeigeworfen hatte, fügte er hinzu: »Vor zehn Jahren habt ihr noch vom Ozonloch geredet. Und jetzt, wo ihr's anscheinend zugenäht habt, haben wir die globale Erwärmung am Hals.«

Tahsin, Vizedirektor des Dezernats für Mord- und Raubdelikte, betrat in Begleitung des Geistes den Raum. Genauer gesagt schob sich zunächst Tahsins Bauch herein, und erst einige Zeit später stellte sich heraus, dass auch der Geist dabei war. Die beiden warfen Cevdet einen unmissverständlichen Blick zu. Cevdet, der begriff, dass man unter sich zu sein wünschte, stand hastig auf, wobei er seinen Stuhl umkippte und das schnurlose Telefon herunterriss. »Immer mit der Ruhe!«, sagte Harun. »Mit deinem Arsch könntest du

Berge plattmachen. Und verschon mich bitte in Zukunft mit deinen globalen Eisbären.«

Cevdet verließ gekränkt den Raum, und während er die Tür hinter sich schloss, rief Tahsin ihm hinterher: »Bringst du uns einen Tee mit?« »Mir reicht's, verdammt!«, brüllte Cevdet vom Flur aus zurück. Selim kam hinzugeeilt und wollte wissen, was los sei, doch Cevdet murmelte nur: »Ach, lass gut sein«, und schluckte seinen Ärger hinunter.

Tahsin hatte eine Tatortskizze, die er tags zuvor angefertigt hatte, auf Behzat Ç.s Schreibtisch ausgebreitet. »Jetzt wird's ernst, Jungs. Schaut bitte alle mal hierher!« Die vier Polizisten beugten sich über die Skizze. Behzat Ç. reichte seine Schachtel 216 reihum. Der Geist bediente sich, Harun, der nur alle zwei Tage drei Zigaretten rauchte, winkte ab, und Tahsin sagte: »Ich habe aufgehört.« Es gab zwei Typen von Menschen, die Behzat Ç. nie verstehen würde: Die einen brachten Kinder um, die anderen gaben das Rauchen auf. Wobei er das Verhalten Ersterer aufgrund seiner Berufserfahrung wenigstens in Ansätzen nachvollziehen konnte ... Während er Tahsin einen missbilligenden Blick zuwarf, hörte er nicht, wie Harun fragte: »Nach zwei Tagen schicken die schon einen Inspektor?«

Tahsin sagte: »So ist das jetzt. Sofortige Intervention. Nachdem dieser Armenier erschossen wurde, geht alles drunter und drüber, sogar Direktoren haben inzwischen oft nach einem Tag schon wieder ausgedient. Ich bin also momentan schlechter dran als ihr.« Da Tahsin zurzeit den im Urlaub befindlichen Dezernatsleiter vertrat, hatte er, der ja eigentlich nur Vizedirektor war, bereits begonnen, sich selbst zum Kreise der Direktoren zu zählen. »Nun denn«, griff er das eigentliche Thema wieder auf, »das hier ist das SSK-Gebäude. Und das da sind die öffentlichen Toiletten, vor denen sich alles abgespielt hat ...« Er wurde vom Schnarren des Telefons unterbrochen.

Harun nahm ab. »Hallo? Wie bitte? Wer?« Er legte eine Pause ein, dann lächelte er und fuhr fort: »Sehr erfreut, und ich bin Micky Maus. Ich höre?« Gewohnheitsmäßig nahm er drei Kugelschreiber aus dem Stifthalter – falls einer nicht schreiben sollte, würde es ein anderer tun – und klickte mit dem Daumen auf einen davon. Dann zog er Tahsins Tatortskizze zu sich heran und begann sich am Rand Notizen zu machen. »Wo? Im Schwanenpark, soso. Einen Hund? Was für einen Hund? In ein Paket? Wieso packst du einen Hund in ein Paket? Was hast du gemacht? Ihn begraben? Was? Okay, du hast ihn also begraben.« Harun überlegte zweieinhalb Sekunden, dann war das Lächeln aus seinem Gesicht verschwunden.

Die Polizisten sahen ihn fragend an. Harun polterte los: »Hör mal zu, Freundchen, weißt du, was ich mit dir machen werde? Über deine Nummer werde ich herausfinden, wo du wohnst und wie du heißt, und dann komme ich und mache Kleinholz aus dir! Wenn du auf Scherzanrufe stehst, dann ruf von mir aus die 112 an. Also, überleg's dir von jetzt an besser zweimal.«

Als Harun aufgelegt hatte, fragten Tahsin und der Geist im Duett: »Wer war das denn?«

»Lucky Luke.«

»Lucky wer?«

»Irgend so ein Gestörter, der sich Lucky Luke nennt. Er behauptet, im Schwanenpark ein Paket vergraben zu haben, und in dem Paket sei ein Hund.«

»Und warum ruft er dann bei der Mordkommission an?«, übernahm der Geist den Solopart.

»Was weiß ich?«

Harun wandte sich Tahsin zu: »Chef«, schon fühlte Tahsin sich leicht gekränkt, denn er wurde lieber als Herr Direktor angeredet, »sagt doch mal den Mädchen von der 155, die sollen nicht jedem gleich die Nummer von der Mordkommission geben.«

»Sollen wir herausfinden, von wo der Anruf kam?«, fragte der Geist.

»Nicht nötig«, erwiderte Tahsin. »Sagt lieber dem Geier Bescheid, er soll sich mal ein bisschen umsehen. Wo ist er überhaupt?«

»Na, wo wohl? Im Numune-Krankenhaus.«

»Was macht er da?«

»Na, was wohl? Es gab mal wieder Verletzte.«

»Also gut, lassen wir das.« Tahsin zog die Tatortskizze wieder zu sich herüber. Durch Schläge mit der Abschlussperle seiner Gebetskette – die er ständig mit sich herumtrug, seit er das Rauchen aufgegeben hatte – wies er jedem seinen Platz zu. »Das große Quadrat hier ist der Innenhof des SSK-Gebäudes. Das da sind die öffentlichen Toiletten, vor denen sich alles abgespielt hat. Jetzt merkt sich jeder seine Position. Du warst hier. Du hinter ihm. Ihr habt den Typen zweimal aufgefordert, stehenzubleiben. Es bestand die Gefahr, dass er aus dem SSK rausläuft und sich in die Menge mischt.« An den Geist gewandt, fügte er hinzu: »Du warst nicht dabei. Du hast nichts gesehen.«

»Okay«, bestätigte einer nach dem anderen. Er hatte ihnen das alles schon hundertmal erklärt.

»Und jetzt zu dir, Harun«, fuhr Tahsin fort. »Es könnte sein, dass die Inspektoren dir vorhalten, du hättest dem Staatsanwalt gegenüber aber etwas anderes ausgesagt. Dann sagst du einfach, der Typ sei dir wieder entwischt.«

Der Geist musterte Harun. »Die werden dich sicherlich fragen, wie du den hast entwischen lassen bei deiner Statur.« Harun warf dem Geist einen säuerlichen Blick zu. Hätte man zwei Geister neben- und übereinander gestellt, es wäre nicht einmal ein halber Harun dabei herausgekommen.

»Jetzt übertreibt mal nicht. Das sind schließlich nur Inspektoren. So scharfsinnig sind die nicht«, entgegnete Tahsin.

Harun, der bis dahin gehofft hatte, es nur mit einem Inspektor zu tun zu bekommen, fragte besorgt: »Wie viele sind es denn?«

»Zwei«, antwortete Tahsin. »Einer ist von der Polizei, die andere von der Verwaltung. Der Polizeiinspektor ist eh auf deiner Seite, der wird dich nicht allzu sehr in die Mangel nehmen. Aber vor der Verwaltungsdame musst du dich in Acht nehmen! Soweit ich gehört habe, hat die Frau sie nicht mehr alle. Komm ja nicht auf die Idee, sie zu provozieren.«

Harun schürzte die Lippen und fragte: »Wieso vernehmen die mich überhaupt?«

»Sie vernehmen ja nicht nur dich, sondern uns alle drei«, entgegnete der Geist.

»Wer ist der dritte?«

»Der Geier. Wir waren doch die drei, die dabei waren. Abgesehen vom Betreiber der öffentlichen Toiletten, natürlich.«

»Apropos!«, wurde er von Tahsin unterbrochen. »Habt ihr mit dem Toilettenheini gesprochen?«

»Ich habe ein wenig Überzeugungsarbeit geleistet«, erwiderte Harun. »Er wird beschwören, nichts gesehen zu haben.«

»Diese Typen sind mieser als die Staatsanwaltschaft«, warf der Geist ein. »Die sprechen erst mit allen Augenzeugen, und wenn sie dann sämtliche Informationen beisammen haben«, er machte eine Pause, nickte mit dem Kopf in Richtung Behzat Ç. und schloss, »knöpfen sie sich dich vor.«

»Du hättest besser nicht von deinem Recht auf Aussageverweigerung Gebrauch gemacht«, sagte Tahsin zu Behzat Ç. »Jetzt haben sie dich erst recht auf dem Kieker.« Er sah ihn an, als erwarte er eine Antwort. »Normalerweise hätten sie dich suspendieren müssen.« Dazu war es nur deshalb nicht gekommen, weil Behzat Ç.s Bruder Şevket jemanden aus dem Ministerium eingeschaltet hatte; denn das war es, was er am besten konnte: Leute einschalten. Behzat Ç. trat ans offene Fenster, um nach Luft zu schnappen, und atmete ein paar Mal tief durch. Einen Moment lang spielte er mit dem Gedanken, sich jetzt und hier aus dem zweiten Stock zu stürzen und davonzulaufen bis in den entlegensten Winkel der Provinz, ohne sich noch einmal umzusehen.

Es wurde zaghaft an die Tür geklopft. Harun öffnete. Cevdet trat ein mit einem Teetablett, das er mit beiden Händen umklammert hielt. Nachdem er schlabbernd die Teegläser verteilt und sich zum Gehen gewandt hatte, drehte er sich noch einmal zu Harun um und stotterte: »Le…Le…Letztes Jahr hat es in Saudiarabien geschneit. Geschneit!«

»Halt's Maul!«, gab Harun zurück. »Ich mache seit zwei Tagen nur noch Überstunden, also nerv mich nicht!« Eine Weile war der Raum erfüllt vom Klappern der Teelöffel, dann wurden die ersten Schlucke geschlürft.

»Nimm doch den Löffel da raus, du stichst dir ja noch ins Auge«, sagte der Geist zu Harun. Doch der ließ sich nicht beirren, schließlich trank er den Tee so und nicht anders, solange er zurückdenken konnte. Dann sprang er plötzlich auf, als sei ihm etwas Wichtiges eingefallen, riss die Bürotür auf und schrie Cevdet hinterher: »Was interessieren dich überhaupt die Araber? Die fressen den Reis doch mit den Händen!«

»Jetzt dreh mal wieder die Lautstärke runter, was ist denn los, verdammt noch mal!«, brüllte Tahsin ihn an.

Mit heruntergedrehter Lautstärke erwiderte Harun: »Nichts Besonderes, Chef. Es ging um die globale Erwärmung.«

»Sonst ist bei euch wohl alles in Ordnung, dass ihr über die globale Erwärmung sprecht?«

»Das passiert eben, wenn man aus einem verdammten Agraringenieur einen Polizisten macht!«, verwies Harun auf Cevdet, als habe er selbst mit der ganzen Sache nicht das Geringste zu tun.

Tahsins Gesicht verfinsterte sich, und er kniff die Augen zusammen, denn ihm war etwas eingefallen, das tatsächlich nicht das Geringste mit der ganzen Sache zu tun hatte. »Was habt ihr eigentlich mit dem Toros veranstaltet?«, raunzte er Harun an.

»Gar nichts, Chef. Es ist nur das Blaulicht runtergepurzelt und die linke vordere Radkappe hat sich verabschiedet.«

»Nicht die linke, die rechte«, verbesserte Tahsin. Es war ihm ein dringendes Bedürfnis, noch beim kleinsten Detail recht zu behalten. Als würde ein Irrtum in solchen Einzelheiten einen ganzen Rattenschwanz weiterer Irrtümer hinter sich herziehen. Zufrieden sah Harun, dass das Gespräch auf einen Gegenstand kam, den er ohnehin schon seit Langem ansprechen wollte. »Herr Direktor«, er kam gleich zur Sache, »das Präsidium will doch neue Méganes anschaffen. Könnten wir da nicht für die Mordkommission einen abzweigen?«

»Wo habt ihr denn die Geschichte her?«, fragte Tahsin in gespielter Entrüstung. Geschmeichelt, als Herr Direktor angeredet worden zu sein, vermochte er dabei ein Lächeln nicht zu unterdrücken.

»Man hört eben so das eine oder andere, Herr Direktor, ist halt Gesprächsthema. Und mit der Rostlaube von Toros kann man doch keinen mehr verfolgen.«

»Sag das nicht, der Toros ist ein gutes Auto. Ihr fahrt zwar wie die letzten Henker, aber der steckt alles weg. Wenn wir euch einen Mégane geben, fahrt ihr den doch innerhalb von zwei Tagen zu Schrott.«

»Die Mordkommission bekommt sowieso immer alles zuletzt«, murrte Harun. »Sogar die verfluchte Sitte ist schon auf die CZ 75 umgestiegen, und als wir dann endlich mal an der Reihe gewesen wären, wurde uns gesagt, es seien keine mehr auf Lager. Jetzt laufen wir immer noch mit diesen 08/15-Brownings rum.«

»Dann schnappt euch doch eine CZ 75 und pustet den Verantwortlichen die Birne weg«, schlug Tahsin vor.

Stille breitete sich aus. Behzat Ç. hatte zwar seinen Tee bereits an die Lippen geführt, aber bis dahin nur zugehört, ohne einen Schluck zu trinken. Das Glas zitterte in seiner Hand. Einige Tropfen der heißen Flüssigkeit schwappten auf die beiden Finger, mit denen er es hielt. Er fürchtete, dass er Tahsin den Tee gleich samt Glas ins Gesicht schmeißen müsse. Während er diesen Gedanken zu verscheuchen versuchte, geriet das Glas immer stärker ins Wackeln. In weiser Voraussicht nahm der Geist es ihm aus der Hand.

Tahsin spürte die Spannung, die in der Luft lag, und sagte beschwichtigend: »Der Browning ist eine gute Waffe. Er ist sicher. Und außerdem bekommt die Mordkommission gar nicht immer alles zuletzt. Wurde nicht vor zwei Monaten hier angefangen, mit Satinfarbe zu streichen?«

Er fuhr mit dem Zeigefinger über die makellos glatte Wand. Als er sich davon überzeugt hatte, dass nichts abfärbte, lächelte er. »Apropos!« Für ihn, der sich ohnehin leicht aufregte, war es umso ärgerlicher, wenn ihm alles erst in letzter Minute einfiel. »Falls die Inspek toren dich nach der Schussdistanz fragen«, wandte er sich an Harun, »dann behauptest du, das hättest du in diesem Chaos nicht sehen können. Und wenn sie dich trotzdem weiter löchern, dann sag eben, es seien so um die zehn oder fünfzehn Meter gewesen. Vielleicht sogar zwanzig.«

»Warum das denn?«, fragte Harun.

»Sie haben doch das Hemd von dem Typen, auf den geschossen wurde. Anhand dessen können sie die Schussdistanz sowieso ermitteln. Sobald sie das getan haben, werden sie uns fragen: ›Warum schießen Sie auf jemanden, den Sie noch hätten einholen und festnehmen können?‹ Wenn du ihnen aber eine schwammige Antwort gibst, dann fällt die Geschichte, die wir ihnen auftischen, nicht in sich zusammen. Du sagst einfach: ›Ich konnte es nicht sehen, ich weiß es nicht, es herrschte das totale Chaos.‹ Auch der Geier soll behaupten, er hätte es nicht richtig gesehen.«

Tahsin wandte sich an den Geist: »Da du ja ohnehin angeben wirst, nicht am Tatort gewesen zu sein, wirst du sagen, du hättest nicht die geringste Ahnung. Ihr dürft euch auf keinen Fall in Widersprüche verstricken.«

»Ja, gut, aber werden sie dann nicht fragen, ob überhaupt keiner von uns den genauen Tathergang verfolgt hat?«, wandte der Geist ein.

»Sollen sie ruhig«, sagte Tahsin. »Das spielt keine Rolle. Es gibt ja keine anderen Augenzeugen.« Abrupt drehte er sich zu Harun um. »Wo ist eigentlich deine Krawatte?«

»Was für eine Krawatte?«

»Ohne Krawatte geht gar nichts. Das sind Inspektoren, die haben Eier, ihr müsst schon ein wenig auf euer Äußeres achten.«

»Sollen wir uns vielleicht auch noch lange Haare wachsen lassen?«, spöttelte Harun.

Auf diesen Kommentar hin wurde es Tahsin wieder einmal schmerzlich bewusst, dass er nur Vizedirektor war. Alles in ihm drängte ihn, Befehle hageln zu lassen und sich Respekt zu verschaffen. »Ändert gefälligst mal eure Einstellung!«, schrie er. »Ich möchte keine so abgerissenen Typen hier in meinem Dezernat. Und wenn ich Krawatte sage, dann heißt das Krawatte!« Sein Blick fiel auf Behzat Ç.s Bart, der zu mindestens fünfundvierzig Prozent mit Grau durchsetzt war. »Du solltest dich auch endlich mal rasieren«, hätte er gerne hinzugefügt, doch er hielt sich zurück. Schließlich war er erst zwei Semester nach Behzat Ç. an die Akademie gekommen. Doch während Behzat Ç. ein Disziplinarverfahren nach dem anderen hatte durchstehen müssen und seine Beförderung immer wieder ausgesetzt worden war, war Tahsin auf der Karriereleiter langsam, aber sicher immer weiter emporgestiegen.

Behzat Ç. zog eine rostige Schublade auf und reichte Harun die grau gestreifte Krawatte, die er dort für Notfälle stets griffbereit hielt. Harun band sie sich unbeholfen um, und prompt geriet sie ihm zu kurz. Also band er sie erneut, und diesmal saß sie wie eine Eins. Der Geist fing an zu lachen. »Ja, lach du nur«, sagte Harun. »Schließlich wirst du dir so ein Ding auch noch umbinden. Hast du gehört, Herr Direktor, die müssen auch welche tragen. Sonst zieh ich mir die hier sofort wieder aus.«

»Ja, ist gut«, beruhigte ihn Tahsin.

Selim öffnete die Tür. »Die Inspektoren sind so weit. Sie erwarten euch.«

Schlagartig wurde Harun nervös, und er spürte, wie ein Kribbeln von seinem Bauch in seine Brust stieg. Das alles erinnerte ihn an damals, als er am Gymnasium Kurtuluş vor die Disziplinarkommission hatte treten müssen. Tahsin stand auf und fasste Harun am Arm: »Vergiss nicht, das FBI-Beispiel zu bringen. Ihre ist 67 Prozent, unsere 87.«

Harun war es leid, dass Tahsin immer alles hundertmal wiederholen musste. »Okay, Chef, okay.«

4.

»Waren Sie in der Nacht, in der der Funkspruch kam, zusammen unterwegs?«, fragte der Inspektor, der aussah wie Barney Geröllheimer. Harun schaute auf das Aufnahmegerät, dessen Mikrofon in seine Richtung zeigte. »Läuft jetzt die ganze Zeit dieses Ding da, oder was?«

»Ja«, bestätigte die Inspektorin, die neben diesem Mann, der so frappierende Ähnlichkeit mit Barney Geröllheimer hatte, selbst ein wenig an Betty Geröllheimer erinnerte. »Danach schreiben wir unseren Bericht.« Sie trug einen knielangen Rock und einen eng geschnittenen grauen Blazer.

»Noch einmal: Waren Sie an dem Abend, als Ihnen die Schießerei gemeldet wurde, vor zwei Tagen also, zusammen unterwegs?«

»Ja. Wir waren gerade vor dem TED-College.«

»Vor welchem?«

»Vor dem bei der gleichnamigen Metro-Station. Vor welchem denn sonst?«

»Da ist mittlerweile die Stadtverwaltung drin. Das College selbst ist nach İncek umgezogen.«

»Von solchen Einzelheiten weiß ich nichts. Wir sind jedenfalls an diesem College vorbei in Richtung Kurtuluş gefahren.«

»Um wie viel Uhr?«

»So gegen 23 Uhr 15.«

»Und wann sind Sie am Tatort eingetroffen?«

»Das muss um 23 Uhr 19 gewesen sein. Wenn uns dieser Müllwagen nicht den Weg abgeschnitten hätte, wären wir bestimmt noch früher dagewesen.«

Betty zwinkerte ihm zu. »Sie sind offenbar ein richtiger Meisterfahrer, wenn Sie innerhalb von vier Minuten am Tatort waren.«

Harun war auf dem Rücksitz zur Welt gekommen, während man versucht hatte, seine Mutter noch rechtzeitig ins Krankenhaus zu bringen. Das Erste, was er in seinem Leben gesehen hatte, war die Vorderkonsole eines Renault – er konnte jedes motorisierte Fahrzeug mit dem Unterbewusstsein steuern. Aber er sah keinen Anlass, das zu erzählen, und sagte in aller gebotenen Bescheidenheit: »Ich bin nicht schlecht. Mein Vater ist pensionierter Busfahrer. Ich selbst habe mit vier Jahren angefangen, Busse zu lenken.«

Der Inspektor, der aussah wie Barney Geröllheimer, wechselte die Angriffsrichtung: »Seit wann arbeiten Sie zusammen?«

»Mein Vorgesetzter und ich?«

»Ja.«

»Seit acht Jahren.«

»Hat er einen Hang zur Gewalt?«, erkundigte sich Betty. Harun musterte sie von Kopf bis Fuß und fragte: »Was meinen Sie mit Gewalt?«

»Na ja, Gewalt eben, die Anwendung unverhältnismäßiger Härte.«

»Ich habe niemals gesehen, dass er seine Fäuste gebraucht hätte, solange es nicht notwendig war.«

»Ach, und in welchen Fällen ist es notwendig?«

»Na ja, wenn uns einer verarscht, zum Beispiel. Wenn er uns was vorlügt, wenn er was weiß, aber nicht damit rausrücken will. Oder, keine Ahnung, wenn er uns beleidigt oder uns bestechen will und so. In solchen Fällen …«

»In solchen Fällen gebraucht er seine Fäuste?«

»Manchmal verteilt er auch Ohrfeigen. Aber solange es nicht notwendig ist, schlägt er niemanden.«

»Ist es oft notwendig?«, fragte Betty. Für einen Moment blieb Haruns Blick an ihren Knien hängen. Sofort wandte er ihn wieder ab. Mit dem Mann im Barney-Geröllheimer-Outfit würde er ja noch fertig werden, aber diese Frau war ihm nicht ganz geheuer.

»Schauen Sie«, sagte er, »ich versuche hier nur ehrlich zu sein. Fragen Sie das alles, um ihm was anzuhängen?«

»Passen Sie auf, was Sie sagen!«, ermahnte ihn Barney.

»Das tu ich ja! Also, wenn jemand daherkommt und sich der Polizei gegenüber was herausnimmt, wenn er Staat und Nation verunglimpft, dann drehen wir natürlich auch nicht Däumchen. Das ist doch ganz natürlich. Oder sind Sie da etwa anderer Meinung?«

Betty ließ sich nicht ins Bockshorn jagen: »Das bin ich allerdings!«

»Warum?«

»Wir stellen hier die Fragen!«, schaltete Barney sich ein.

Harun fuhr fort, als hätte er nichts gehört: »Ich meine, wieso sollten wir jemanden schlagen, der sich anständig benimmt, der seinen Staat und seine Nation liebt? Wir sind doch keine Psychopathen. Schließlich sind wir alle waschechte Türken, lauter reinrassige Kinder unseres Landes.«

Diesmal war es Betty, die das Thema wechselte: »Vor ein paar Monaten war doch diese Sache mit dem Straßenhändler. Waren Sie an dem Tag auch zusammen unterwegs?«

Harun wurde es allmählich unangenehm, dass dauernd um den heißen Brei herumgeredet wurde. »Bei der Vernehmung hier sollte es doch eigentlich um die Sache von vor zwei Tagen gehen, oder nicht?«

»Das hängt alles miteinander zusammen«, erwiderte Betty mit einem süffisanten Lächeln. »Deshalb lassen Sie uns jetzt erst einmal über die Angelegenheit mit dem Straßenhändler sprechen.«

»Das war ein spezieller Fall.«

»Speziell inwiefern?«

»Der Mann hat sich danebenbenommen.«

»Was soll das heißen: danebenbenommen?«, fragte Barney scharf. »Der Mann hat doch nur seine Arbeit gemacht. Ein ganz normaler Straßenhändler. Hat Spielzeug verkauft.«

»Nein, kein Spielzeug. Kennen Sie diese magnetischen Steine? Die man in die Luft wirft und die einander mit so einem prasselnden Geräusch anziehen?«

»Ja, ich erinnere mich«, meinte Betty und verzog das Gesicht. »Die wurden eine Zeit lang an jeder Straßenecke verkauft. Machen einen richtig aggressiv.«

»Genau die. Das war der Grund!«

»Verstehe ich nicht«, sagte Barney.

»Die machen doch dieses seltsame Geräusch, so ein Prasseln eben. Als wir an ihm vorbeigingen, hat dieser Flegel meinem Vorgesetzten die Steine fast an den Kopf geschmissen. Da ist mein Chef stehengeblieben, und ich habe dem Kerl gesagt, er soll aufhören. Aber der hat sich taub gestellt und die Dinger weiter in die Luft geworfen. Daraufhin hat mein Vorgesetzter ihm eben eine Backpfeife verpasst.«

»Eine Backpfeife?«

»Ja, genau. Einen mittelharten Schlag, irgendwo zwischen Ohrfeige und Faustschlag, so könnte man das vielleicht beschreiben. Na ja, als dann die Kumpels von dem Typen kamen, ist die Angelegenheit etwas aus dem Ruder gelaufen.«

»Also nur, weil der Mann Steine in die Luft geworfen hat?«

»Nein, nicht deswegen, ich sage Ihnen doch, er hat sie ihm fast an den Kopf geschmissen!«

»Mir wurden diese Steine auch schon mal fast an den Kopf geschmissen, aber geschlagen habe ich deswegen niemanden«, raunzte Betty ihn an.

»Meinten Sie nicht eben selbst noch, dass die einen aggressiv machen?«

Betty, der klar wurde, wie leicht man sich einem Beamten der Mordkommission gegenüber in Widersprüche verstricken konnte, sammelte sich. »Fährt er denn immer so schnell aus der Haut?«

Da begann Barney einen Sturmlauf: »Und was ist mit dem Inhaber der Tierhandlung, Selami Kartal?«

»Hey, hey, hey!« Harun rannte zurück in die Verteidigung. »Worum geht es hier überhaupt? So gut kenne ich das Leben meines Vorgesetzten nun auch wieder nicht. Von der Sache mit Selami Kartal habe ich keine Ahnung. Ich habe nur gehört, dass es ein Unfall gewesen sein soll, aber soweit ich weiß, wurden alle entstandenen Kosten beglichen.«

»Ihr Vorgesetzter soll in alkoholisiertem Zustand mit seinem Wagen ins Schaufenster dieses Ladens gerast sein. Und später sollen *Sie* den Inhaber bedroht haben.«

»Trinkt er viel?«, fragte Betty.

»Nein, er hat mit dem Rakı aufgehört.«

»Mit dem Rakı vielleicht schon, aber trinken tut er weiterhin, soweit ich weiß.«

»Also, wenn jemand keinen Rakı mehr trinkt, dann nimmt er doch quasi überhaupt keinen Alkohol mehr zu sich. Bei uns in der Gegend ist das jedenfalls so.«

»Wo ist das: bei Ihnen in der Gegend?«

»Die Kreuzung in Cebeci.«

Betty strich sich eine Haarsträhne aus der Stirn. »Gut, ich frage besser so: Trinkt er im Dienst? Oder nein, noch besser so: Stand er bei der Sache vor zwei Tagen unter Alkoholeinfluss?«

»Nein.«

»Ein Zeuge will aber gesehen haben, wie er mit einer in Zeitungspapier gewickelten Bierflasche aus seinem Dienstfahrzeug gestiegen ist.«

»Wer auch immer das gesehen haben will, hat eben nicht richtig hingeschaut. Und außerdem: Wenn sie in eine Zeitung gewickelt war, woher weiß er dann, dass es sich um eine Bierflasche handelte?«

»Also gut«, sagte Betty. »Kommen wir zur eigentlichen Sache. Bitte schildern Sie kurz, was passiert ist.«

»Wir erhielten Meldung über eine Schießerei in der Sakarya. Wir trafen als erste Einheit am Ort des Geschehens ein. Zwei rivalisierende Gruppen beschossen einander. Wir suchten hinter dieser unförmigen Skulptur Deckung und warteten auf die Einheit, die vom Becken her kommen sollte.«

»Von welchem Becken?«

»Kennen Sie nicht dieses Becken mitten auf der Sakarya? Wo sich die Leute abends immer getroffen und Bier getrunken haben? Wurde inzwischen zugeschüttet.«

»Verstehe. Fahren Sie fort.«

»Dann hat eben dieser Typ hinter dem Bierfass abgedrückt. Das Mädchen, das mittendrin stand, wurde am Hals getroffen. Daraufhin hat der Schütze das Weite gesucht.«

»Waren Sie der Erste, der hinter dem Flüchtenden das SSK-Gebäude betreten hat?«

»Ja.«

»Wo war Ihr Vorgesetzter zu diesem Zeitpunkt?«

»Weiß ich nicht genau, wahrscheinlich hat er die andere Gruppe verfolgt, in Richtung Neue Bühne.«

»Welche Neue Bühne?«

»Sie werden doch wohl die Neue Bühne kennen, die gerade abgerissen wird. Unter dem ehemaligen Lokal der Forstarbeiter.«

»Wo haben Sie die fragliche Person gestellt?«

»Im Erdgeschoss des SSK-Gebäudes, vor den öffentlichen Toiletten. Ich habe ihn entwaffnet und außer Gefecht gesetzt.«

Betty musterte Harun von Kopf bis Fuß. »Was meinen Sie mit ›außer Gefecht gesetzt‹?«

»Sagen wir, ich habe ihn kampfunfähig gemacht.«

Betty machte eine Pause und sagte dann in einem Ton, der deutlich machte, dass es sich um die wichtigste aller Fragen handelte: »Wo waren Sie, als Ihr Vorgesetzter die Waffe auf die fragliche Person richtete?«

»Ich stand dahinter.«

»Hinter der fraglichen Person?«

»Nein, hinter meinem Vorgesetzten.«

»Wie passt das zusammen? Gerade eben haben Sie noch gesagt, Sie hätten die fragliche Person gestellt. Auch dem Staatsanwalt gegenüber haben Sie ausgesagt, dass Sie der Erste waren, der den Verdächtigen einholte.«

»Haben Sie möglicherweise von der fraglichen Person abgelassen und sind hinter Ihren Vorgesetzten zurückgetreten?«, schaltete Polizeiinspektor Barney sich ein, um Harun aus der Patsche zu helfen. Verwaltungsinspektorin Betty sah ihren Kollegen an, als wollte sie ihn auffressen.

»Ja, genau«, bestätigte Harun, »die fragliche Person hat sich losgerissen. Ich bin dann hinter meinen Vorgesetzten zurückgetreten.«

Es entstand eine besorgniserregende Stille, die schließlich von Betty wieder durchbrochen wurde: »Wie groß sind Sie?«

»Eins vierundneunzig.«

»Gewicht?«

»Was soll denn das jetzt?«

»Bitte beantworten Sie meine Frage. Wie viel wiegen Sie?«

»Weiß ich nicht. Mehr als hundert, aber weniger als eine halbe Tonne.«

»Mein lieber Scholli! Der Mann, den Sie haben entwischen lassen, war eins fünfundsechzig groß und wog siebenundsechzig Kilo. Eine halbe Portion, im Vergleich mit Ihnen.«

»Und?«

»Wie konnte er sich da losreißen?«

Harun empfand das Bedürfnis, die grau gestreifte Krawatte um seinen Hals zu lockern. »Als ich die Handschellen hervorholte …«

»Wann hat Ihr Vorgesetzter die Waffe erhoben?«

»Als der Verdächtige floh.«

»Haben Sie ihn aufgefordert stehenzubleiben?«

»Ja.«

»Wie oft?«

»Zweimal.«

»War er bereits so weit entfernt, dass es Ihnen unmöglich war, loszulaufen und ihn einzuholen?«

»Es bestand die Gefahr, dass er das SSK verließ und sich unter die Menge mischte.«

»Wie groß war die Schussdistanz?«

»Ich weiß es nicht. In diesem Chaos konnte ich das nicht sehen.«

Betty machte ein erstauntes Gesicht. »Wie bitte? Wie konnten Sie das nicht sehen?«

»Das konnte ich eben nicht. Sollte ich etwa in dem ganzen Tohuwabohu auch noch stehenbleiben und die Schussdistanz ausmessen?«

»Können Sie sie vielleicht ungefähr abschätzen?«

»Na ja«, meinte Harun, »wahrscheinlich liege ich total daneben. Ich denke mal, es sind so um die zehn, zwanzig Meter gewesen. Möglicherweise auch dreißig.«

Betty versenkte sich in die Papiere, die vor ihr lagen, und fragte, ohne den Kopf zu heben: »War Kommissar Sabri Özay zu jenem Zeitpunkt ebenfalls am Tatort zugegen?«

»Wer soll das sein?«

»Sie kennen Ihren Kollegen nicht, mit dem Sie seit Jahren zusammenarbeiten?«

»Ich verstehe nicht recht. Meinen Sie unseren Geist?«

»Genau. Unter diesem Pseudonym ist er anscheinend bekannt.«

»Und der heißt Sabri? Ich dachte immer, Sami.«

»War er ebenfalls am Tatort?«

»Ja.«

»Wo genau?«

»Als ich ihn zum letzten Mal sah, befand er sich neben dem Dienstwagen. Er ist nicht ins SSK rein oder so.«

Betty hob den Blick von ihren Papieren. »Ich habe nicht gefragt, ob er ins SSK rein ist oder so.« Harun funkelte Betty feindselig an. Er machte eine Pause, um seinen Hemdkragen zu lockern, dann drehte er sich zu Barney um und brüllte im hohen Dezibelbereich: »Jetzt hören Sie mir mal zu! Irgendein Ganove erschießt ein zwanzigjähriges Mädchen, und Sie machen uns hier den Prozess!«

Barney blickte von seinem Papierstapel hoch, strich eine Strähne seines blonden Haares glatt und stand unvermittelt auf. »Sie entschuldigen uns eine Sekunde?«, wandte er sich an Betty. Dann, ohne eine Antwort abzuwarten, packte er Harun am Arm und schleifte ihn hinter sich her vor die Tür. Mit eindringlicher Stimme sagte er: »Sei ein kluger Junge, Harun. Sonst muss ich dich leider fertigmachen.« Harun war völlig verdattert. »Ist dir eigentlich klar, mit wem du es zu tun hast? Das Weib ist Verwaltungsinspektorin, die kann euch alle über die Klinge springen lassen, wenn sie will. Wenn du weiter solche Sachen sagst, wie soll ich dir dann noch helfen?«

Nachdem sie das Zimmer wieder betreten hatten, sagte Betty zu Harun: »Eines möchte ich mal klarstellen: Wir machen hier niemandem den Prozess. Das ist ein Disziplinarverfahren. Im letzten Jahr gab es einen Vorfall nach dem anderen. Ihr Vorgesetzter soll ja bereits für eine Weile beurlaubt worden sein. Offenbar wurde sogar in Erwägung gezogen, ihn in den vorzeitigen Ruhestand zu schicken, aber aus irgendeinem unerfindlichen Grund kam es nicht dazu.«

»Ja, das stimmt.« Haruns Stimme war leiser geworden.

»Soweit ich weiß, hat er einige Freunde in einflussreicher Position«, fuhr Betty fort. »Aber das wird ihm diesmal auch nichts mehr nützen. Okay, er hat schon das eine oder andere Verfahren hinter sich, aber dieser letzte Vorfall …«

»Sie haben ihn ja schon vorverurteilt«, fiel Harun ihr ins Wort. Barney rieb sich das Gesicht und warf Harun einen wütenden Blick zu. Gestenreich setzte Harun zu einer Erklärung an: »Ich meine, Sie können das natürlich nicht wissen, Frau Inspektor. Er hat da eine ziemlich schlimme Sache durchgemacht.«

»Ich weiß«, entgegnete Betty. »Ich bin darüber informiert.«

»Er hat das psychisch noch nicht ganz verkraftet. Aber ansonsten ist er ein absolut feiner Kerl. Man sollte einen Menschen nicht sofort abschreiben, es muss alles mitberücksichtigt werden. Ich meine, wie viele Morde klären wir hier jedes Jahr auf? Unsere Erfolgsquote liegt höher als die des FBI. Deren Quote ist 67 Prozent, unsere 87. Wussten Sie das?«

»Wusste ich«, erwiderte Barney. »Das sind Statistiken von vor zehn Jahren.«

»Deshalb sage ich es ja. Er war nämlich auch vor zehn Jahren schon Leiter der Mordkommission.«

»Allzu viele geplante Morde werden in Ankara ja nicht gerade begangen«, stellte Betty bissig fest.

»Ob geplant oder ungeplant, das spielt doch keine Rolle. Mord ist Mord. Und wenn die Aufklärungsquote unserer Abteilung höher ist als die des FBI, dann darf man auch unseren Vorgesetzten nicht einfach so abservieren.«

Betty erhob sich. »Ich verstehe dich ja«, sagte sie und legte ihre Hand auf Haruns Schulter. Diese unerwartet vertrauliche Geste kam Harun sogleich höchst suspekt vor.

»Sag mir die Wahrheit. Was ist wirklich vor diesen Toiletten passiert?« Betty sah ihm in die Augen und flüsterte: »Du bist doch noch so jung.« Die unterkühlte Inspektorin, die sie eben noch gewesen war, hatte einem richtig heißen Feger Platz gemacht. »Weißt du, es stehen bald wieder Beförderungen an«, raunte sie mit verführerischem Unterton. »Nur noch ein paar Monate, und du bist Kommissar. Dir steht alles offen. Wenn du lügst, setzt du deine eigene Karriere aufs Spiel.«

Harun überlegte zweieinhalb Sekunden, bevor er zurückgab: »Ich lüge äußerst ungern.«

5.

Noch am selben Abend parkte Behzat Ç. den Toros unweit der Schule für die schönen Künste und lauschte dem tosenden Verkehr auf der Hoşdere-Straße. Aus dem allgemeinen Dröhnen konnte man hier und da die klagenden Laute gequälter Minibusmotoren heraushören und das Fluchen genervter Autofahrer, die sich die zur Stoßzeit völlig verstopften Straßen freizuhupen versuchten. Mit dem Mann im Barney-Geröllheimer-Outfit könne man gut fertig werden, hatte Harun berichtet, würde aber die Frau den Bericht schreiben, dann stünde ihnen eine schwere Zeit bevor.

Doch die Inspektoren kümmerten Behzat Ç. nicht weiter. Er hatte seinen Blick auf die fünfzig Meter entfernte Grundschule gerichtet. Gerade war Bahar dort hineingegangen. Nicht lange, und sie würde mit einem sechsjährigen Jungen wieder herauskommen. Wie der Junge hieß, wusste er nicht; so nah war er Bahar bisher nicht gekommen. Er befürchtete, dass jeden Moment jemand an die Windschutzscheibe klopfen und ihn fragen könnte: »Schämst du dich nicht, einer Alleinerziehenden und ihrem sechsjährigen Sohn nachzustellen?« Eine Mischung aus Schuldgefühlen und Wehmut befiel ihn, und er hatte das Gefühl, als würden sämtliche Passanten ihn anstarren.

Ein paar Mal hatte er sich vorgenommen, einfach auf Bahar zuzugehen, doch jedesmal hatte er den Gedanken sofort wieder verworfen. Was sollte er ihr auch sagen? Überhaupt müsste er dafür erst einmal wieder anfangen zu sprechen, was schon ein Problem für sich darstellte. Also begnügte er sich vorerst damit, sie aus sicherer Entfernung zu beobachten. Vielleicht hoffte er ja auch seit sechs Monaten auf irgendeinen Zufall, der zu einer ebenso unausweichlichen wie natürlichen Begegnung führen würde, ohne dass er gezwungen wäre, den Mund aufzumachen. Es könnte ja zum Beispiel ein Taschendieb Bahars Handtasche an sich reißen, und Behzat Ç., der den Täter auf frischer Tat ertappt hätte, würde sofort die Verfolgung aufnehmen … So unwahrscheinlich wäre das doch gar nicht, in diesem schönen Land, wo alle vierzig Sekunden ein Angriff auf Leib und Leben erfolgte.

Und wenn es tatsächlich dazu käme, dann könnte keiner ihn mehr halten, dann würde er dem Schurken einen Kopfstoß verpassen, einen Faustschlag, und dann im Freistil Fußtritte, Ohrfeigen, Schläge mit dem Funkgerät … Aber nein, so ginge das nicht. Eine väterlich wohlwollende Ohrfeige, die dem romantischen Drumherum nicht abträglich wäre, das müsste reichen. Gut, vielleicht noch eine Backpfeife. Dann würde er dem Dieb die Tasche abnehmen, sie Bahar überreichen, und in Gestik und Mimik würde er zum Ausdruck bringen, dass jeder andere Hauptkommissar an seiner Stelle genauso gehandelt hätte. »Danke schön, Herr Polizeibeamter«, würde Bahar sagen, und wenn sie sähe, dass es sich bei dem Herrn Polizeibeamten um Behzat Ç. handelte, wäre sie gleich wieder verliebt wie am ersten Tag. »Wenn ich auch nur ein bisschen nachgedacht hätte, dann hätte ich dich vor zwanzig Jahren bestimmt nicht verlassen«, würde sie sagen. »Ich habe von dem schrecklichen Ereignis gehört, es tut mir unendlich leid für dich.« Dann würde sie ihm um den Hals fallen und fragen: »Und? Wo waren wir stehengeblieben …«

Ein zwielichtig aussehender Typ klopfte an die Scheibe. Im ersten Moment schlug Behzat Ç. das Herz bis zum Hals. Als er sah, mit wem er es zu tun hatte, beruhigte er sich wieder und kurbelte das Seitenfenster herunter.

»Fünf Lira bitte, wenn's recht ist, Parkgebühr.«

Er sah dem Mann ins ungepflegte Gesicht. Während er sich mit dem Zeigefinger am Bart kratzte, versuchte er zu verstehen: Meinte der das ernst oder machte er Witze?

»Schau nicht so skeptisch. Ich kriege fünf Lira!«

Urplötzlich packte er den Mann mit der Rechten am Kragen, zog ihn zu sich herunter und ließ mit der Linken eine schnelle Folge von Ohrfeigen auf ihn niederprasseln. Während der Mann wild um sich schlug und sich zu befreien versuchte, kam ein weiterer zwielichtiger Kerl angerannt. Die Anzahl der Arme, die versuchten, sich Behzat Ç. vom Halse zu schaffen, stieg damit auf vier.

Inzwischen war fünfzig Meter weiter Bahar mit einem Jungen an der Hand aus dem Schulgebäude getreten. Als er sie sah, ließ er vom Kragen des Mannes ab. »Nichts für ungut, Herr Kommissar«, entschuldigte sich der Dazugekommene. Behzat Ç. bedeutete den beiden mit dem Handrücken, sich zu entfernen. Er wollte nicht, dass Bahar durch ein solches Ereignis auf ihn aufmerksam wurde.

Der Dazugekommene versetzte dem mit dem zerknitterten Kragen einen Schlag in den Nacken: »Hast du nicht gesehen, dass das 'ne Bullenkarre ist?«

»Woher sollte ich das wissen, Bahattin? Ist doch ein Zivilfahrzeug.«

»Du Blindfisch! Wer außer der Polizei fährt denn heutzutage noch einen weißen Toros?«

***

Zwei Tage später, am Sonntagabend, den 18. Februar, drehte sich der Schlüssel zweimal im Schloss. Behzat Ç. betrat seine Wohnung und schaltete das Licht in der Diele ein. Er war ein wenig erschöpft, weil die allsonntäglichen Familiendramen einfach kein Ende nehmen wollten. Wieder einmal hatte sich ein durchgedrehter Beamter kurz vor Beginn der Arbeitswoche daran gemacht, seine komplette Familie niederzumetzeln.

Er zog die Stiefel aus und schlüpfte in seine Pantoffeln. Sogleich kam Hoppa dreibeinig auf ihn zugehoppelt, eine Vorderpfote hatte er angezogen. Sein Hoppeln glich eher einem Humpeln, und er hatte Mühe, das Gleichgewicht zu halten. Ohne ihn eines Blickes zu würdigen, ging Behzat Ç. in die Küche, öffnete den Kühlschrank und legte die mitgebrachten Tekel-Bierflaschen ins Eisfach. Da kein Salat mehr da war, schälte er zwei Gurken. Beim Anblick von Behzat Ç. hatte Hoppa sofort gewusst, dass es jetzt etwas zu fressen geben würde. Während er vor seinem Futternapf saß und wartete, nagte er ungeduldig an dem darunterliegenden Pappkarton. Von den Gurken, die ihm vorgesetzt wurden, fraß er als Erstes die Schalen. Nachdem er diese verzehrt hatte, schaute er, als wolle er fragen, ob das schon alles gewesen sein sollte. Da das der Fall zu sein schien, machte er sich halbherzig über die Gurken her.

Als Behzat Ç. begriff, dass Hoppa offenbar eine Vorliebe für Gurkenschalen hatte, öffnete er erneut den Kühlschrank. Im Gemüsefach fand er drei frische Bohnenschoten. Er befreite sie von den Samen und gab Hoppa nur die leeren Hülsen. Sofort verlor Hoppa jegliches Interesse an den Gurken und begann stattdessen an den Bohnenhülsen zu knabbern. Behzat Ç. staunte; er lernte jeden Tag eine neue von Hoppas Eigenarten kennen. Die erste Überraschung war gewesen, dass Hoppa keine Karotten mochte. Dagegen stürzte er sich begierig auf sämtliches Grünzeug, das er zu sehen bekam. Sogar Behzat Ç.s grünen Pulli hatte er schon angeknabbert.

Behzat Ç. trat hinaus auf den verglasten Küchenbalkon, der zu Hoppas Zuhause geworden war. Dort stand nämlich eine windschiefe Hütte, die früher einmal eine Gemüsekiste gewesen war. Sie befand sich an der Stelle der Wohnung mit dem besten Ausblick, und wenn man genau hinsah, konnte man zwischen zwei Wohnhäusern hindurch ins Dikmen-Tal hinunterblicken. Behzat Ç. nahm die Plastikschale, die neben der Hütte stand, ging ins Bad, schüttete Hoppas Urin weg, erleichterte sich dann selbst und zog ab. Zurück auf dem Balkon, stellte er die Toilettenschale wieder an ihren Platz. Den Boden der Schale legte er mit der Titelseite der Posta aus. Dann füllte er den leeren Wassernapf nach.

Nachdem Hoppa gefressen hatte, was ihm vorgesetzt worden war, stellte er die Ohren V-förmig auf, legte den Kopf schief und schmachtete sein Herrchen aus roten Äuglein herzallerliebst an. Behzat Ç. öffnete den Schrank, nahm zwei Handvoll Trockenfutter heraus und füllte den Fressnapf. Sogleich rückte Hoppa dem Futter mit seinen Vorderzähnen zu Leibe. Şule zufolge schadete es dem Tier, wenn man ihm mehr als anderthalb Handvoll davon gab. Sie war es auch gewesen, die Hoppa seinen Namen gegeben hatte.

Als Behzat Ç. mit Essen an der Reihe war, belegte er ein Viertel Brot mit Käse von Atatürks Forstgut und betätigte den Sandwichtoaster. Hoppa schaute aus immer noch hungrigen Augen zu ihm hoch, kam angehoppelt und rieb sich an Behzat Ç.s Füßen. Der schob ihn mit dem Außenrist beiseite. Sofort war Hoppa eingeschnappt, knurrte leise und steuerte auf die Balkontür zu, wohlweislich darauf achtend, sein Humpeln besonders hervorzuheben. Demonstrativ wandte er Behzat Ç. sein weißgraues Rückenfell zu, blickte sich aber auch immer wieder um und vergewisserte sich, ob sein Herrchen nicht vielleicht zu ihm hinüberschaute.

Behzat Ç. hatte bis dahin noch nie ein Haustier besessen. Seine Beziehung zur Tierwelt hatte sich bislang darauf beschränkt, im Fernsehen das »Tagebuch der Raubkatzen« der BBC zu sehen, das auf TRT in türkischer Synchronisation lief. Wäre es nach ihm gegangen, dann hätte er sich wahrscheinlich eher ein Gepardenjunges zugelegt. Als *sie* noch ein Kind gewesen war, waren sie manchmal in den Zoo des Forstguts gegangen, hatten sich die Tiger angeschaut, und *sie* hatte derweil an einer Oblate geknabbert. Sofort verscheuchte er den Gedanken wieder.

Dann, als er vor sechs Monaten gegen Mitternacht eine große Flasche Rakı geleert hatte und mit dem Toros frontal in Selami Kartals Tierhandlung in der Bestekâr-Straße gebrettert war, war plötzlich Hoppa in sein Leben getreten. Damit hatte für Behzat Ç. eine Phase begonnen, die Şule mit den Worten »Rakı ade, Hoppa olé« umschrieben hatte. Am Tag nach dem Unfall hatte er sein letztes Geld zusammengekratzt, um für das zu Bruch gegangene Schaufenster aufzukommen, und sie waren zur Tierhandlung gefahren. Doch Selami Kartal wollte das Geld nicht annehmen; er hatte sich in den Kopf gesetzt, Behzat Ç. anzuzeigen. Als Harun ihm aber in ruhigem Ton unmissverständlich zu verstehen gab, dass er in seinem eigenen Interesse von einer Anzeige besser absehen solle, überlegte er es sich schließlich anders und nahm das Geld.

Die Polizisten wollten den Laden gerade wieder verlassen, da hob Selami Kartal ein Kaninchen am Nackenfell in die Höhe und fragte: »Und was mache ich jetzt mit dem Karnickel hier? So traurig das klingt, aber Sie haben es zum Krüppel gefahren.« (Bei dem Unfall war Hoppas rechte Vorderpfote im Käfig eingequetscht worden.)

Behzat Ç. brauchte nur zweieinhalb Sekunden, um eine Entscheidung zu fällen; er nahm Selami Kartal das Kaninchen aus der

Hand und steckte es in seine Jackentasche. Zu der Zeit war Hoppa noch ein richtiger Winzling und brachte nur einen Bruchteil dessen auf die Waage, was er heute wog. Als Behzat Ç. ihm zwanzig Lira in die Hand drücken wollte, hob Selami Kartal die Brauen und streckte empört die Hände von sich: »Soll das Ihr Ernst sein? Das ist ein Rassekaninchen!« Also legte er noch einmal zwanzig Lira drauf, überlegte kurz und nahm zehn wieder weg.

Er holte das Viertel Brot aus dem Sandwichtoaster und legte es auf einen Frühstücksteller. Aus dem Kühlschrank nahm er ein Tekel und öffnete es mit seinem Feuerzeug. Er wollte schon das Küchenlicht löschen, da bemerkte er, dass Hoppa noch immer in der gleichen schmollenden Haltung vor der Balkontür saß. Also machte er kehrt und begann erneut den Kühlschrank zu durchforsten. Im Gemüsefach fand er einen grünen Apfel. Şule zufolge waren auch Äpfel schädlich, da sie zu Durchfall führen konnten. So vor die Wahl zwischen zwei Übeln gestellt, entschied er sich für Möglichkeit b): »Besser Durchfall als Hungern!« Er schälte den Apfel und schnitt ihn in dünne Scheiben. Sofort kam Hoppa angehumpelt und rieb sein Näschen an Behzat Ç.s Waden. Als ihm der Apfel vorgesetzt wurde, mümmelte er wieder als Erstes die Schalen.

Behzat Ç. ging ins Wohnzimmer. Er ließ sich in seinen Sessel fallen, machte den Fernseher an und schaltete auf stumm. Auf NTV lief das Real-Madrid-Spiel. Er aß die Hälfte des Toasts und stellte den Rest auf dem Couchtisch ab. Dann lehnte er sich zurück, steckte sich eine 216 an und machte sich über sein Tekel her. Auf das erste folgte das zweite. Auf das zweite folgte das dritte. Auf das dritte folgte ein Strategiewechsel, und er kehrte mit zwei Flaschen vom Kühlschrank zurück, denn das ständige Hin und Her war ihm zu mühsam geworden. Hoppa, der seinen Hunger nun endlich gestillt hatte, war aus der Küche gekommen, streckte sich der Länge nach vor dem Sofa aus und war guter Dinge.

Als Behzat Ç. gerade sein fünftes Tekel öffnete, wurde Roberto Carlos kurz vor der Seitenauslinie durch eine Grätsche von den Beinen geholt. Der Schiedsrichter rief die Sanitäter aufs Spielfeld, doch Roberto Carlos gab per Handzeichen zu verstehen, dass er keine

Trage brauche, und humpelte auf einem Bein ins Seitenaus. Hoppa hatte den Kopf gehoben, als interessiere er sich dafür, welche Karte der Schiedsrichter wohl zücken würde. Dann tat er es dem gefoulten Roberto Carlos gleich und humpelte davon. Vor dem Fernsehkabel machte er halt und begann daran zu nagen. Als Behzat Ç. sah, was Hoppa da tat, klatschte er laut in die Hände. Hoppa erschrak und quiekte. Für einen kurzen Moment war er vom Kabel abgelenkt, beugte sich bald aber erneut darüber. Behzat Ç. griff nach dem Päckchen 216, leerte es aus und riss das Zellophan herunter. Die leere Schachtel warf er Hoppa an den Kopf. Freudig versuchte Hoppa eine Drehung um die eigene Achse. Zigarettenschachteln waren das, woran er am liebsten knabberte, und das Fernsehkabel war vergessen.

Als das Spiel abgepfiffen wurde, machte sich Behzat Ç. gerade das sechste Tekel auf, und seine Hände zitterten schon weniger. Er richtete den Blick an die Decke. Bald darauf fingen die Striche an der Decke an, verrückt zu spielen. Erst liefen sie nach allen Seiten davon, dann sammelten sie sich und stürmten mit vereinter Kraft auf ihn los. Er bekam kaum noch Luft und musste sich aufsetzen. Da wurden die Wände flach und rasten auf ihn zu, die Gegenstände um ihn her verloren ihre Form, und alles, was er sah, verwandelte sich in einen reißenden Strudel, der ihn packen und in die Tiefe ziehen wollte.

Er taumelte auf das Fenster zu, das zum Parkplatz hinausging. Mit raschen Atemzügen pumpte er die kalte Luft in seine Lungen. Als der Mond zwischen den Wolken hervorlugte und ihm zublinzelte, kam er wieder einigermaßen zu sich, ging auf die Toilette und pinkelte vierundfünfzig Sekunden lang. Beim Händewaschen warf er einen Blick in den Spiegel. Was er da sah, erschreckte ihn: Haar und Bart zu fünfundvierzig Prozent ergraut, zweihundertfünfzehn Promille Blutalkohol – beschissener ging es kaum. Er wollte nach dem Handtuch greifen, rutschte aus und fiel vor die Waschmaschine. So blieb er liegen, denn nach Aufstehen war ihm wahrlich nicht zumute. Sein Blick war auf den Schriftzug am unteren Teil der Maschine gerichtet: »ACHTUNG! MASCHINE NICHT AN VERKLEIDUNG ANHEBEN!«

Er wusste nicht, wie lange er schon dort gelegen hatte. Erst als im Wohnzimmer das Telefon zu schrillen begann, wurde ihm bewusst, dass er noch immer an derselben Stelle liegen musste. Hoppa kam mit einem ängstlichen Quieken in ungelenken Hopsern auf ihn zu, blieb direkt in seinem Blickfeld hocken und rieb sich die Nase an seinem Bart. Das Telefon klingelte weiter. Behzat Ç. stützte sich mit einer Hand auf die Kacheln, rappelte sich auf und schleppte sich ins Wohnzimmer. Hoppa, alleine im Bad zurückgeblieben, blickte ihm aus traurigen Augen hinterher.

Er nahm den Hörer ans Ohr.

»Hallo? Bahattin? Kannst du mich hören? Bahattin!«

Es war eine barsche Männerstimme. Sie ähnelte dem durchdringenden Organ eines Kellners in einer Rastplatzcafeteria, der mitten in der Nacht zu seinem Kollegen hinter dem Tresen hinüberkrakeelt, er solle mal vier Tees machen. Behzat Ç. ließ den Hörer wieder auf die Gabel fallen und öffnete das siebte Tekel. Noch bevor er zum ersten Schluck ansetzen konnte, fing das Telefon erneut an zu klingeln.

»Hallo? Kann ich bitte mit Bahattin sprechen? Hörst du mich? Bahattin!«

Behzat Ç. legte auf. Er zog das Telefonkabel aus der Buchse und widmete sich ganz seinem Tekel.

***

Mit der Flasche im Arm war er eingeschlafen. Die letzte 216, die er sich angezündet hatte, war auf den Boden gefallen und hatte im Teppich ein deutlich sichtbares Loch hinterlassen. Als von der Wohnungstür Geräusche an sein Ohr drangen, riss er die Augen auf. Denn das konnte zweierlei bedeuten: Entweder war es der Geist, der nicht die Angewohnheit hatte zu klingeln, oder aber Şule, die einen Zweitschlüssel besaß.

In seinem neunmal neun Schritte messenden Wohnzimmer standen so viele leere Bierflaschen, dass man damit bequem den Schriftzug »Dezernat für Alkoholmissbrauch« hätte bilden können.

Auf NTV kommentierte Mustafa Varuy den İMKB-Index des ersten Handelstags der Börsenwoche, und wie immer hatte er eine schwer zu beschreibende Leidensmiene aufgesetzt. Der Hauptkommissar stand ihm darin in nichts nach, er schaute aus der Wäsche wie ein Anleger, der gerade seine letzten Ersparnisse in den Sand gesetzt hatte. Ganz unpassend war der Vergleich nicht, denn obwohl er erst vor drei Tagen sein Gehalt bezogen hatte, war nach Abzug der Miete, der üblichen Rechnungen und der Kreditkartenkosten kaum etwas übriggeblieben.

»Es gibt hierzulande immer noch Leute, die Witze machen wie: ›Welcher Mischa? Der Betonmischer!‹« Mit diesen Worten platzte Şule in Behzat Ç.s Wohnzimmer herein. Auf eine Weise, die gut in ein Ionesco-Stück gepasst hätte, nahm sie Hoppa auf den Arm, drehte zwei Runden um das Sofa und warf dabei fünf Bierflaschen um. Anschließend zog sie die Vorhänge auf und öffnete das Fenster. Zuerst kam frische Luft herein. Dann auch Licht. Zumindest ein bisschen.

Şule drückte Hoppa einen Kuss aufs Näschen und setzte ihren Monolog fort: »Es gibt immer noch Leute, die einem auf Fotos Hasenohren machen. Aber das Schlimmste ist: Sie finden das sogar noch lustig.« Irgendetwas schien ihr mal wieder gegen den Strich gegangen zu sein. Doch ihre Geschichte war so wirr, dass Behzat Ç. kein Wort verstand. Sie begann immer wieder an anderen Stellen zu erzählen. Offenbar hatten irgendwelche Leute auf der Straße sie gebeten, ein Foto von ihnen zu machen. Danach wurde es komplizierter. Behzat Ç. aß die Hälfte des halben Viertels Brot, das vom Vortag übriggeblieben war. Dann steckte er das Telefonkabel zurück in die Buchse. Er ließ es sich zwar nicht anmerken, aber insgeheim freute er sich darüber, Şule zu sehen, die sich seit zwei Monaten nicht mehr bei ihm hatte blicken lassen.

Als er von Şule am Hals gekrault wurde, entspannte sich Hoppa, und ein seliger Ausdruck breitete sich über sein Gesicht. Şule hatte ihren Rücken gegen die Armlehne des Sofas gedrückt und ihre Beine über die Rückenlehne geworfen. Behzat Ç. hatte noch nie erlebt, dass sie sich anständig auf ein Sofa oder einen Stuhl gesetzt hätte.

»Keine Sorge«, sagte Şule. »Ich bin nicht deinetwegen hier. Hoppa muss gegen Parasiten geimpft werden. Die zwei Monate sind um.«

Şule hatte Behzat Ç., nachdem sie einige hinterhältige Intrigen gesponnen hatte, ihre Existenz quasi aufgezwungen. Doch der Hauptkommissar mochte sie, wenn sie ihm auch ab und zu auf die Nerven ging. Wenigstens zwang sie ihn nicht dazu, zu sprechen. Sie stellte keine Fragen, und wenn doch, dann gab sie die Antworten gleich selbst. Bemerkungen, die bei anderen zu wüsten Streitereien geführt hätten, klangen aus ihrem Mund wie harmlose Taktlosigkeiten. Sie besuchte ihn mit regelmäßiger Unregelmäßigkeit, und manchmal bekam er sie zwei Monate lang nicht zu Gesicht, bevor sie sich dann wieder für drei Tage auf seinem Sofa häuslich einrichtete.

Şule presste Hoppa an ihre Brust. »Kaninchen sind soziale Tiere. Wenn sie zu lange allein bleiben, werden sie depressiv. Noch dazu, wenn es sich um ein Männchen handelt, dem jeglicher Kontakt zum anderen Geschlecht verwehrt ist.« Hoppa leckte Şule die Wange, über die zwei Haarlocken gefallen waren. Behzat Ç. warf Hoppa einen finsteren Blick zu.

»Und? Wie laufen deine Verfolgungsjagden?«

Behzat Ç. runzelte die Stirn und fragte sich, was sie meinen könnte. Er fühlte sich ertappt. Wusste dieses verrückte Mädchen etwa, dass er Bahar hinterherlief? Ob sie ihn wohl selbst …

Şule setzte Hoppa auf dem Teppich ab. Das Telefon hatte zu klingeln begonnen. Vor nichts fürchtete Hoppa sich so sehr wie vor einem klingelnden Telefon, und so verkroch er sich quiekend hinter dem Sofa.

»Jetzt geh schon ran.«

Er nahm den Hörer ab. Ob diese Verrückte ihn wohl selbst verfolgte?

Er hielt sich den Hörer ans Ohr. Es war Harun.

»Du musst sofort in den Jugendpark kommen, Chef!«

Schweigen. Das bedeutete: ›Wieso? Was ist passiert?‹

»Da war doch neulich dieser gestörte Anrufer, dieser Lucky Luke. An dem Tag, als die Inspektoren da waren.«

Schweigen. ›Ich erinnere mich. Erzähl weiter.‹

»Er scheint nicht einfach nur ein gestörter Anrufer zu sein, sondern überhaupt ein Gestörter. Er will im Jugendpark einen Sarg vergraben haben. In dem Sarg liege eine Frau, sagt er.«

Behzat Ç. legte auf. Er nahm sich ein Aspirin vom staubigen Couchtisch und zerkaute es.

»Du musst es in Wasser auflösen, es zu kauen ist schädlich.«

Er trank den Rest Bier, der noch in seiner Flasche war, in einem Zug aus, um den bitteren Geschmack hinunterzuspülen, doch das machte alles noch schlimmer. Er dachte zurück an die Tekel, die er früher getrunken hatte, als die Brauerei noch unter staatlichem Monopol gestanden hatte, und innerlich verfluchte er die Privatisierungsbehörde.

6.
das martyrium von hayri babas japanischen fischen

Der Professor erhob sich aus seinem Ledersessel und ging zum Telefon hinüber, das penetrant bimmelte. Nachdem er abgenommen und eine Weile in den Hörer gelauscht hatte, sagte er ungeduldig: »Okay. Du kannst gehen.« Vermutlich hatte er Selma an der Strippe, die sich anlässlich des Valentinstags noch für das Rendezvous mit ihrem Geliebten zurechtmachen wollte. Lucky Luke steckte sich die Maltepe, die er während seiner Erzählungen in den Händen gedreht hatte, wieder in den Mundwinkel. Die Hand über die Sprechmuschel gelegt, fragte der Professor neugierig: »Ja, und? Hattest du die Fische?«

***

Als Lucky Luke ihm seine Bedingungen genannt hatte, war Hayri Baba zuerst in ungläubiges Gelächter ausgebrochen, das bald einem idiotischen Grinsen gewichen war. Während dieses Grinsen nun wiederum in wütendes Stirnrunzeln überging, kam er näher und beugte sich zu Lucky Luke hinunter, um mit ihm auf Augenhöhe zu kommen.

Er brauchte eine Bestätigung für das, was er da gerade gehört, aber noch nicht vollständig begriffen hatte.

»Du sagst also, du hast die Fische versteckt?«

Lucky Luke nickte zur Bestätigung mit dem Kopf.

»Irgendwo hier im Heim?«

Lucky Luke nickte bestätigend.

»Und sie haben nicht mehr lange zu leben?«

Kopfnicken.

»Also müssen wir sie suchen?«

Nicken.

»Ich reiße dir so was von den Arsch auf, du verdammter Hurensohn!«

Hayri Baba verpasste ihm eine Kombination von zwei Ohrfeigen und einem harten Tritt mit dem Innenrist, der auf dem grünen Rasen wohl einen exakt platzierten Schuss abgegeben hätte. Weil das aber nicht gereicht hatte, um sich abzuregen, schickte er gleich noch ein gestrecktes Bein hinterher. Dann trat er vor das leere Aquarium hin, schloss die Augen, rieb sich die Nasenwurzel und versuchte diesem verfluchten Rätsel auf den Grund zu gehen. Da hatte also ein Bürschchen von gerade einmal siebeneinhalb Jahren jene drei Lebewesen, die er über alles in der Welt liebte, seine wunderschönen japanischen Fische, aus dem Aquarium genommen und irgendwo versteckt. Aber wo? Und warum? Hayri Baba unterbrach seine Gedanken und gab Lucky Luke zwei weitere Ohrfeigen: »Raus mit der Sprache, verdammt! Sag endlich was! Wo hast du sie hin, meine Fische?«

Nach Hayri Baba waren Hausmeister Rakım Efendi und ein Betreuer an der Reihe, ihr Glück zu versuchen, doch es schien, als fürchtete Lucky Luke, auch von ihnen geschlagen zu werden, und wieder sagte er kein Wort.

Nach einer Viertelstunde sah Hayri Baba ein, dass ihre Bemühungen zu keinem Ergebnis führen würden, und er ließ das gesamte Heim auf den Kopf stellen. In dem vierstöckigen Gebäude setzte eine fieberhafte Suche nach den japanischen Fischen ein. Sämtliche Heimbewohner, unter ihnen auch Hasan Gorbatschow und Pembo, sowie das gesamte Personal, vom Hausmeister, der in seinen Beruf hineingewachsen war, bis hin zum Betreuer mit seiner pädagogischen Ausbildung, suchten das Heim von oben bis unten minutiös ab. Nur einmal kehrte Hayri Baba währenddessen in sein Büro zurück, zog gierig an seiner Maltepe, verabreichte Lucky Luke noch einmal zwei Ohrfeigen und beteiligte sich dann wieder an der allgemeinen Suche. Als sich der Tag dem Ende zuneigte, war immer noch niemand den japanischen Fischen auf die Spur gekommen. Immerhin waren auf diese Weise jedoch zahlreiche Geheimverstecke im Heim ausgehoben worden, und so hatte man vierundzwanzig Schachteln Zigaretten, zehn Flaschen Wein, eine kleine Flasche Rakı sowie eine vierundfünfzigteilige Kollektion von Stich- und Schneidewerkzeugen unterschiedlichster Größe sichergestellt.

Als Hayri Baba es müde war, Lucky Luke noch weiter zu züchtigen, änderte er seine Taktik. Mit einem Mal war er die Liebenswürdigkeit in Person, redete mit Engelszungen auf den Jungen ein und gab ihm allerlei Süßigkeiten zu essen. Er gab ihm auch allerlei Ausgaben der Milliyet-Kinderbeilage zu lesen. Ja, er flehte ihn regelrecht an – freilich ohne dass die anderen etwas davon mitbekommen hätten. Wäre es nicht so peinlich gewesen, hätte er sogar geweint. Zu guter Letzt aber sagte er: »Also gut. Du hast die Fische versteckt, jetzt verstecke ich dich.«

Daraufhin sperrten sie Lucky Luke in einen stockdunklen Raum im Keller des Heims. In diesen Raum eingesperrt zu werden, der unter den Kindern als »Friedhof« bekannt war, war die härteste Strafe, die im Heim vergeben wurde. Allein bei dem Gedanken an dieses Verlies, über das alle möglichen Gerüchte kursierten, bekam Lucky Luke eine Gänsehaut. Als er den licht- und fensterlosen Raum dann wirklich betrat, wurde er schier verrückt vor Angst, noch bevor man die Tür hinter ihm verschlossen hatte. Allein in der Finsternis zurückgelassen, weinte und schrie er und hämmerte mit seinen kleinen Fäusten gegen die Wände. Eine Stunde später öffnete Rakım Efendi die Tür einen Spalt breit und fragte: »Wirst du jetzt sprechen?« Lucky Luke blickte hasserfüllt in Rakım Efendis Gesicht, das in dem fahlen Licht unheimlich und wie von Wolken verhangen wirkte, und biss sich auf die Zunge.

***

Als Rakım Efendi eine Woche später, am Morgen des 10. November, anlässlich der Gedenkfeier zu Ehren Atatürks die Büste vom Schrank in Hayri Babas Büro herunternahm, war das Rätsel gelöst. Unter der Büste entdeckte er zunächst ein Wasserglas – Paşabahçe Palaks –, das man immer dann bekam, wenn man in einem Café einen doppelten Tee bestellte, und dann, in dem halb mit Wasser gefüllten Glas, drei leblose japanische Fische.

Als Hayri Baba seine Fische so sah, schloss er sich in sein Büro ein und weinte heimlich. Dabei war er im Grunde genommen ja froh, dass sie wieder aufgetaucht waren. Wenigstens hatte nun das Rätselraten ein Ende, und die quälende Frage, wo seine Lieblinge sein mochten und ob sie überhaupt noch lebten, war endlich beantwortet.

Die Tage vergingen. Hayri Baba kaufte sich neue Fische und nannte einen von ihnen gar, um seinen Favoriten in ihm fortleben zu lassen, Zweistein. Lucky Luke musste zur Strafe für seine Tat tagsüber im Heim aufwischen und nachts im »Friedhof« schlafen. So schuftete er sich einerseits halbtot, andererseits litt er entsetzliche Angst. Es war so schlimm, dass sogar Hasan Gorbatschow Mitleid mit ihm hatte und ihm heimlich beim Aufwischen half. Und Pembo schenkte ihm aus Solidarität zwei Kaugummis.

***

»Wie lange ging das so?«, fragte der Professor.

»Fast ein Jahr.«

»Und was geschah dann? Hatte Hayri Baba ein Einsehen?«

»Nein, er wurde versetzt.«

»Für ein Kind in diesem Alter war das eine sehr harte Strafe.«

Lucky Luke ließ seinen Blick durchs Sprechzimmer schweifen. »Die Erziehung zur Reinlichkeit hat auch ihr Gutes. Wenn sie einen auch sonst nichts lehrt, dann doch immerhin, keine unnötigen Spuren zu hinterlassen.«

Der Professor behielt diese Reinlichkeitsobsession im Hinterkopf. Lucky Luke fügte hinzu: »Und auch die Dunkelheit hat ihr Gutes. Was, kann ich nicht so genau sagen, aber ihr Gutes hat sie.«

»Ich verstehe«, erwiderte der Professor und schlug seinen Terminkalender auf.

»Was?«

Der Professor stützte seinen Ellbogen auf den Schreibtisch. »Verzeihung?«

»Was verstehst du?«

»Nun ja, dass es gut ist, wenn ein Kind lernt, keine Angst vor der Dunkelheit zu haben. Das meintest du doch, oder?«

»Nein, ich habe nur gesagt, die Dunkelheit habe ihr Gutes. Ob man Angst davor hat oder nicht, ist eine andere Sache.«

Der Professor lächelte: »Wann machen wir den nächsten Termin? Passt es dir in fünf Tagen, am 19. Februar?«

»Ist das nicht ein Montag?«

»Doch.«

»Da habe ich schon etwas vor. Ein anderer Tag wäre mir lieber.«

7.

Der Montagsverkehr war eine Qual. Von Dikmen kommend, stellte Behzat Ç. das Blaulicht aufs Dach des Toros, aber es half nichts: Wegen Bauarbeiten auf der Kreuzung am Schwanenpark war ein so heilloses Durcheinander entstanden, dass nicht einmal Platz blieb, um der Polizei den Weg freizumachen. Bis nach Sıhhiye überschritt die Tachonadel niemals die Grenze von fünfzehn Stundenkilometern. Es war der übliche zinkgraue, leicht neblige Ankaraner Morgen, bei dem man vor Kälte rote Ohren bekam. Behzat Ç. ließ den Toros mitten auf dem Bürgersteig stehen und betrat den Jugendpark durchs Haupttor. Der Polizist, der vor der Solmaz-Kılıçtepe-Wache Dienst tat, wies mit dem Zeigefinger in die Richtung, wo sich das Ermittlungsteam befand. Behzat Ç. ließ seinen Blick durch den Park schweifen, doch außer ein paar Arbeitern, die in den Teegärten mit Vorschlaghämmern zugange waren, sah er niemanden. Der Wachhabende rief: »Sie sind hinter dem Hochzeitssalon.«

Er ging in Richtung des absurden Teichs, aus dem das Wasser abgelassen worden war und auf dessen Betongrund mehrere Tretboote aufgereiht standen. Überall lagen Schutthaufen herum. Er überquerte die Bogenbrücke und wandte sich in Richtung Hochzeitssalon. Noch immer sah er niemanden. Schließlich entdeckte er den Geist, der vor dem Lunapark stand und ihm zuwinkte. Die freie Fläche vor der Mauer des Lunaparks, wo einige hölzerne Picknicktische standen, war von einem Bagger nebst Baggerführer sowie einem guten Dutzend Polizisten bevölkert, mehr als die Hälfte von ihnen uniformiert. Aus dreißig Metern Entfernung erkannte er seine Kollegen, die anderen waren vermutlich Beamte der Solmaz-Kılıçtepe-Wache, die zum Tatort geeilt waren, um sich etwas Abwechslung zu verschaffen.

Der Geier kauerte auf dem Boden und befühlte mit den Händen die Erde.

»Bist du dir sicher, dass es hier ist?«, fragte Harun.

»Bin ich.«

»Und woher willst du das wissen?«

Der Geier warf Harun einen Blick aus seinem furchteinflößend roten Gesicht zu. »Ich weiß es eben!«

Cevdet hockte sich neben ihn und untersuchte ebenfalls das Erdreich. »Hier scheint tatsächlich jemand gegraben zu haben.«

»Dann lasst mal den Bagger ran«, meinte der Geist. »Wenn der Kerl uns keinen Bären aufgebunden hat, könnte die Frau in dem Sarg sogar noch leben.«

»Zum Glück pflügen die hier sowieso gerade den ganzen Park um, sodass Bagger nicht gerade Mangelware sind«, witzelte Harun, und die anderen lachten. Sie gaben sich zwar redlich Mühe, aber so richtig ernst nehmen konnten sie die ganze Sache nicht.

Der Baggerführer setzte sich hinters Steuer. Als er die Schaufel gerade im Erdreich versenken wollte, kam Selim mit wehendem Haar angerannt und schrie: »Aufhören! Dieser Lucky Luke hat gerade angerufen und die genaue Stelle genannt. Er sagt, er hat sie an der Mauer des Lunaparks begraben.«

»Verdammt, wir *sind* an der Mauer des Lunaparks«, sagte Harun. »Woher wusstet ihr das?«

Alle sahen zum Geier hinüber. Der nickte und grinste. »Aber es ist weiter da drüben«, bemerkte Selim. »Auf Höhe der Autoscooter. Der Typ meinte: ›Wenn ihr mich jetzt immer noch nicht ernst nehmt, dann weiß ich nicht, was ich sonst noch tun soll.‹«

Die Autoscooter, von denen Selim sprach, waren zwanzig Meter von der Stelle entfernt, die der Geier ihnen angewiesen hatte. In einem zwanzig Hektar großen Park war eine Abweichung von zwanzig Metern normal. Behzat Ç. ging zu der Stelle hinüber, die Selim beschrieben hatte. Erst fielen ihm undeutliche Grabespuren auf, dann eine leichte Erhebung. Offensichtlich sollte hier etwas kaschiert werden. Indem er mit der Hand wedelte, als wolle er ein Grillfeuer anfachen, rief er den Baggerführer zu sich. Damit waren auch die letzten Zweifel über den Ernst der Lage ausgeräumt. Während der Bagger näherkam, stieß er ein mechanisches Grollen aus.

»Grab bloß nicht zu tief«, warnte der Geier. »Aber mach schnell!«

Die Baggerschaufel berührte gerade die Erde, da wurden vom Hochzeitssalon aus Schreie laut: »Stopp! Sofort aufhören!«

Der Baggerführer hielt inne, als hätte jemand im letzten Moment einen Einwand gegen eine zu schließende Ehe erhoben. Der, der den Einwand vorgebracht hatte, wirkte aus dreißig Metern Entfernung bei genauerem Hinsehen wie Popeye. Er kam angerannt und blieb vor ihnen stehen.

Harun runzelte die Stirn und fragte: »Wer bist du?«

»Direktorat für Park- und Gartenanlagen im Bezirksamt für Umwelt- und Naturschutz der Großstadtgemeinde Ankara ...« Popeyes Titelbezeichnung wollte kein Ende nehmen.

»Das reicht«, unterbrach ihn Harun. »Ich mache seit fünf Tagen Überstunden. Geh du mir nicht auch noch auf die Nerven.«

»Was wollen Sie?«, erkundigte sich der Geier.

Als Popeye wieder etwas Luft geschöpft hatte, verschränkte er die Arme vor der Brust und erklärte: »Sie können hier nicht graben.«

»Oh doch, das können wir, Freundchen, es liegt eine Anzeige vor!«, fuhr Harun ihn an.

»Sie graben nicht! Dafür benötigen Sie eine schriftliche Genehmigung des Bürgermeisters.«

»In diesem verfluchten Park gibt es keinen Quadratzentimeter, den ihr in den letzten drei Jahren nicht umgepflügt habt. Da werden wir wohl auch mal ein bisschen buddeln dürfen!«

»Pass auf, was du sagst!«

»Sonst?«

Zwei oder drei weitere städtische Bedienstete, die jeder für sich aussahen wie Popeyes bärtiger Widersacher Brutus, kamen hinzu und bauten sich hinter Popeye auf. Als er sie sah, fasste er Mut, sein Bizeps spannte sich, als habe er Spinat gegessen, und er herrschte den Baggerführer an: »Du kommst da jetzt erst mal runter. Die Bullen können mir noch so viel erzählen – solange ich keine Bestätigung vom Bürgermeister vorliegen habe, wird hier nicht gegraben!«

Harun drehte Popeye unsanft zu sich herum. »Weißt du, was dein Bürgermeister mich mal kann? Am Arsch lecken kann der mich mal! Und du gleich mit! Was glaubst du eigentlich, wer du bist, dass du uns Bullen nennst?« Einer der Brutusse im Hintergrund begann einen Satz mit: »He, he! Benimm dich mal nicht …«, und hätte ihn wohl gerne mit einem »… daneben!« beendet, aber als er Behzat Ç.s Linke ins Zwerchfell bekam, blieb ihm die Luft weg. Bevor Brutus seinen Schreck überwinden konnte, pflanzte Behzat Ç. ihm schon sein Aselsan-Funkgerät ans Kinn.

Am Tatort, so sagte man Behzat Ç. nach, sei er so stark wie zehn Robocops, die ihre vermissten Verwandten niederknüppeln. Als Brutus zu Boden ging, versetzte er ihm mit dem Außenrist einen solchen Tritt, dass man als Dabeistehender unwillkürlich an einen der Freistöße von Hami Mandıralı denken musste. Während Brutus sich noch auf dem Boden wand und krümmte, hielt Behzat Ç. bereits wieder Ausschau nach Popeye. Der hatte die Flucht ergriffen, doch Behzat Ç. heftete sich ihm an die Fersen, jagte ihm dreißig Meter in Richtung Hochzeitssalon nach und wäre wohl auch noch weiter gelaufen, hätte es nicht Wichtigeres zu tun gegeben. Er gab Cevdet ein Zeichen, sich Popeye zu schnappen. Immer noch im Laufschritt kehrte er zum Baggerführer zurück und wies mit dem Zeigefinger auf die Stelle, an der er graben sollte. Der Baggerführer nickte und versenkte die Baggerschaufel ohne zu zögern im Erdboden.

In etwa einem Meter Tiefe hörten sie ein klackendes Geräusch, woraufhin der Bagger seine Arbeit unterbrach. Der Geier und der Geist sprangen in die ausgehobene Grube und wischten die Erde weg. »Ein Sarg!«, rief der Geier. »Jetzt kommt nicht alle angerannt, besorgt uns lieber eine Schippe.«

Die Polizisten schwärmten im Park aus und riefen lautstark nach einer Schippe.

»Schippen gab's nicht, nur Vorschlaghämmer …«

Als sie den Sargdeckel freigelegt hatten, sagte der Geier zum Geist: »Geh du raus. Und bringt mir ein paar von den Trümmerstücken hierher!« Die Trümmer schichtete der Geier an einer Seite der Grube auf, um die Erde am Abrutschen zu hindern. Dann öffnete er den Sargdeckel.

***

Ein verlassener Lunapark im Winter. Übereinandergestapelte Autoscooter, eine rostige Schiffschaukel, eine metallene Ballerina mit ausgebreiteten Armen, ein verwaistes Karussell. Behzat Ç. wandte seinen Blick ab von der Tristesse des Lunaparks, doch es gelang ihm nicht, sich auf den Personalausweis in seiner Hand zu konzentrieren. Wieder hatte er *sie* gesehen. Sie saß in ihrem roten Mantel auf dem sich drehenden Karussell und winkte ihm freudestrahlend zu. Er wusste, dass dieses Bild nur in seiner Phantasie existierte, aber er hatte nicht die Kraft, es aus seinem Kopf zu verbannen. Als er die Augen schloss, hämmerte es in seinen Schläfen, als wäre eine Schlagbohrmaschine am Werk. Er bekam einen Kloß im Hals und lehnte seinen Kopf gegen das Gittertor des Lunaparks. Er wollte davonrennen, aber er war zu schwach, auch nur einen Finger zu rühren.

Der Geist hakte sich bei ihm ein. »Komm schon«, sagte er und reichte ihm eine Flasche stilles Wasser. Behzat Ç. trank sie zur Hälfte aus, mit dem Rest wusch er sich das Gesicht. Dann gingen sie zu der Leiche, die in dem Sarg gelegen hatte.

Ein Krankenwagen und die Spurensicherung waren gekommen, und der Geier hatte den Fundort bereits weiträumig abriegeln lassen. Behzat Ç. studierte den Personalausweis der Toten: Necmiye Karapınar, 1937, Ankara. Irgendwie kam ihm der Nachname bekannt vor, dabei hatte er die alte Frau, die dort auf dem Boden lag, noch nie gesehen.

Sıtkı, der Spezialist der Spurensicherung, war neben der Frau in die Hocke gegangen und kramte in ihrer schwarzen Handtasche. Necmiye Karapınars Hände und Füße waren mit Paketband gefesselt. Sie war von überdurchschnittlicher Größe.

»Und, was ist Sache?«, erkundigte Harun sich bei Sıtkı, während er ein Coco Star aufriss.

»Es handelt sich um eine Asphyxie.«

»Was is'n das?«

»Sie ist erstickt. Blaue Flecken auf den Lippen und im Gesicht. Das Kinn ist unten, die Zunge hängt aus dem Mund.«

»Heißt das, sie wurde lebendig begraben?«

»Scheint so.«

Sıtkı nahm eine Gewebeprobe vom Auge der Frau.

»Was is'n das?«, fragte Harun wieder.

»Die Netzhaut ist gerötet. Könnte Tränengas gewesen sein.«

»Wahrscheinlich, um sie außer Gefecht zu setzen«, vermutete Cevdet.

Harun warf Cevdet die Verpackung seines Coco Star an den Kopf und spöttelte mit vollem Mund: »Du Schlaumeier. Was willst du denn bei einer Siebzigjährigen außer Gefecht setzen?« Cevdet war eingeschnappt, zog sich ein wenig zurück und nahm sich vor, kein Wort mehr mit Harun zu wechseln. Dann besann er sich plötzlich und fing an zu stottern: »Die E…E…Erde. Sie ist doch gefroren. Es könnte gut sein, dass für die Grabung ein Presslufthammer verwendet wurde. Wir sollten fragen, ob jemand was gehört hat!«

Harun riss gerade sein zweites Coco Star auf. »Bravo! Dein Schlaumeiertum ist zum ersten Mal zu etwas nütze.«

Cevdet schien etwas erwidern zu wollen, stotterte ein, zwei belanglose Silben, schluckte den Rest aber hinunter. Sie gingen hinüber zu dem Teegarten am Ufer des künstlichen Teichs. Harun blieb vor einem Arbeiter stehen, der gerade einem Teil der Mauer, der für Bagger schwer zugänglich war und deshalb noch nicht hatte abgerissen werden können, mit einem Vorschlaghammer zu Leibe rückte, und wünschte ihm frohes Schaffen. Der Arbeiter nickte ihm kühl zu und ließ den Vorschlaghammer auf den Mauerrest niedersausen. Unter dem Putz war das dumpfe Geräusch brechender Ziegel zu vernehmen.

»Hast du heute hier einen Presslufthammer gehört?«

Der Vorschlaghammer ging erneut auf die Mauer nieder und zermalmte die Ziegel, die schon den vorherigen Schlag abbekommen hatten. Der Arbeiter wies mit seiner freien Hand auf seine Kollegen, die unweit entfernt um ein Feuer herumsaßen und Brot und Tomaten aßen. Als sie hinübergingen, kam ihnen der Vorarbeiter, sich die Hände reibend, bereits entgegen: »Was kann ich für Sie tun, Herr Kommissar?«

»Haben Sie heute Morgen aus dem Lunapark das Geräusch eines Presslufthammers gehört?«

»Ehrlich gesagt, Herr Kommissar, versteht man hier oft sein eigenes Wort nicht.«

Behzat Ç. ließ Selim die Personalien der Arbeiter aufnehmen und kehrte zurück an die Stelle, wo sie auf den Sarg gestoßen waren. Necmiye Karapınar war in einen Leichensack gelegt worden, dessen Reißverschluss Sıtkı gerade zuzog. Behzat Ç. schloss die Augen und massierte mit zwei Fingern seine Nasenwurzel. In dem Chaos, das hier herrschte, würde es schwierig werden, Augenzeugen zu finden. Jede Minute gingen hier sechzig Hammerschläge nieder. Er begann seine Überlegungen bei der einfachsten Frage: Wie war der Sarg in den Park gekommen? Er trottete zu dem Ausgang hinüber, der der Mauer des Lunaparks am nächsten lag. Harun schloss sich ihm an.

Sie kamen auf den Parkplatz an der Talat-Paşa-Straße. Von hier bis zum Fundort des Sargs waren es etwa einhundert bis einhundertfünfzig Meter. Da es für Autos keine Zufahrt in den Park gab, war es naheliegend, dass der Sarg von hier aus getragen worden war. Vielleicht ließe sich hier sogar ein Augenzeuge auftreiben. Der Geist, dem der gleiche Gedanke bereits fünfzehn Minuten früher gekommen war als Behzat Ç., winkte aus dreißig Metern Entfernung zu ihnen herüber. Neben ihm stand ein Straßenhändler. Sie gingen zu den beiden hinüber. »Die Männer scheinen vom Celal-Bayar-Boulevard gekommen zu sein, von der Stadtgasfabrik«, verkündete der Geist.

»Von welcher Stadtgasfabrik?«

»Die kennst du doch. Wurde inzwischen abgerissen.«

»Ach so, klar.«

»Von da sind sie gekommen, haben ihren Wagen hier auf dem Parkplatz abgestellt und den Sarg dort rüber getragen.«

»Sie?«, fragte Harun.

»Einer alleine würde das wohl kaum schaffen.«

Während die Polizisten miteinander sprachen, drückte der Straßenhändler immer wieder der grünen Ente, die er in der Hand hielt, auf den Kopf, die ihrerseits bei jedem Drücken quakte und ihre rote Zunge herausstreckte.

»Hallo«, sagte Harun.

Der Entenverkäufer schielte Behzat Ç. an und nickte einen unwilligen Gruß. »Quak quak.«

»Seit wann bist du hier?«

»Seit acht Uhr morgens. Quak quak.«

»Ist dir irgendein verdächtiges Fahrzeug aufgefallen?«

»Was meinen Sie mit verdächtig? Quak quak.«

»Was weiß ich? Vielleicht eins, das einen Sarg geladen hatte und aus dem Männer mit Schaufeln ausgestiegen sind?«

»Ich will mal so sagen, Herr Kommissar, gegen neun Uhr kam so eine Art Van, quak quak … So ein Kleinlaster, quak quak … So was wie ein Lieferwagen eben, quak quak … Der hat zirka 'ne halbe Stunde da rumgestanden und ist dann wieder gefahren.«

Behzat Ç.s Augen fixierten die Ente.

Als Harun sah, wie er immer angespannter wurde, sagte er, damit sich kein zweiter Straßenhändlerkampf entwickelte: »Hör mal damit auf, bitte.«

»Womit? Quak quak.«

»Mit der Ente da. Hör auf, sie andauernd quaken zu lassen.«

»Ja, gut, Herr Kommissar, aber sie muss quaken. Das lockt die Kundschaft an. Vor drei Monaten gab es so magnetische Steine. Die haben wir immer in die Luft geworfen und dann haben die so prasselnde Geräusche gemacht. Gingen weg wie warme Semmeln.«

»Okay, okay! Lass sie mal zwei Minuten nicht quaken, das wirst du ja wohl verkraften.«

Ein Soldat, dem man am Haarschnitt ansah, dass er gerade auf Heimaturlaub war, kam näher und fragte: »Was kosten die Enten?« Wahrscheinlich hielt er die Polizisten ebenfalls für Kaufinteressenten.

»Zwei Lira.«

»Drei Lira für zwei, okay?«

»Nein, aber drei fünfzig, und wir sind im Geschäft. Quak quak …«

Sein Kamerad, mit dem er gemeinsam herumzog, rief aus zehn Metern Entfernung: »Jetzt komm schon! Was willst du denn mit der blöden Ente?«

»Na gut, behalten Sie sie«, sagte der Soldat und stapfte davon. Der Straßenhändler machte ein langes Gesicht.

»Was war das für ein Lieferwagen?«, fragte der Geist. Der Entenverkäufer schielte Behzat Ç. an und begann zu erzählen: »So ein mittelgroßer. Sie kennen doch diese Kleinlaster, so was in der Art. Aber es war ein offizielles Fahrzeug, kein privates.«

»Inwiefern offiziell?«

»Da stand irgendwie so was wie Wasserwerke drauf, quak quak ... Vielleicht auch Gaswerke, quak quak ... Oder Stadtverwaltung, quak quak ... Könnte auch das Straßenbauamt gewesen sein ...«

Kurz bevor Behzat Ç. dem Entenverkäufer an die Gurgel springen konnte, handelte Harun und nahm ihm die Ente weg. Der Straßenhändler schielte ängstlich zum Geist hinüber.

Der fragte: »Hast du gesehen, was sich in dem Lieferwagen befand?«

Dem Entenverkäufer war der Ernst der Lage inzwischen bewusst. »Nein, gesehen habe ich nichts. Ich war ja mit meiner Arbeit beschäftigt, da konnte ich nicht so genau hinschauen.«

Selim kam angerannt. Kaum sah Harun seine wehenden Haare, ließ er wütend seine Nackenwirbel knacken. Selim nahm die Polizisten beiseite: »Bei der Frau scheint es sich um die Mutter von Memduh zu handeln, bis zu seiner Pensionierung Angehöriger der Terrorbekämpfung. Memduh Karapınar.«

Behzat Ç.s Blick begegnete dem des Geistes. Beiden ging die gleiche Frage durch den Kopf, und der Geist stellte sie: »Meinst du unseren Averell Dalton?«

»Genau.«

Harun packte den Entenverkäufer am Ellbogen. »Du kommst jetzt erst mal mit. Was hattest du doch gleich gesehen?«

»Quak quak ...«

8.

Von der Schnellstraße Richtung Eskişehir bogen sie nach Balgat ab. Necmiye Karapınars Wohnung befand sich in der Wohnsiedlung Dostlar Sitesi, gegenüber dem Obersten Rechnungshof. Niedrige Wolken über einem Haufen Beton und Autos. Harun, der seit einer Weile am Telefon hing, während er mit einer Hand das Steuer hielt, wandte sich Behzat Ç. zu: »Sie wollen wissen, ob sie den Entenverkäufer, der gestern verhaftet wurde, wieder auf freien Fuß setzen sollen.«

Behzat Ç. vollführte eine schwer zu deutende Drehung des Handgelenks, die heißen mochte: ›Weder, noch.‹ »Lasst ihn laufen«, sagte Harun ins Telefon. »Aber bleibt in Kontakt. Kann sein, dass wir ihn später noch brauchen.«

Behzat Ç. nahm eine Schachtel Aspirin aus dem Handschuhfach, doch mit seinen zitternden Fingern bereitete ihm das Öffnen gewisse Schwierigkeiten. Als er endlich anfing, das Aspirin zu kauen, standen sie bereits vor der Wohnungstür. Der pensionierte Polizist, der ihnen öffnete, war ihm nicht unbekannt.

»Ich bin's, Cenk. Erinnerst du dich?«

Ja, er erinnerte sich an den ehemaligen Angehörigen der Terrorbekämpfung, und sie schüttelten einander die Hand. Mit betont trauriger Stimme sagte Cenk: »Coşkun ist auch da. Er ist drinnen.« Alle ehemaligen Mitarbeiter der Terrorbekämpfung schienen sich in der Wohnung versammelt zu haben. Im Wohnzimmer empfing Coşkun sie mit ausgebreiteten Armen und küsste Behzat Ç. auf die Wangen. »Bist du doch noch bei der Mordkommission? Wir hatten gehört, du seist gegangen.«

»Er hat sich nur eine kleine Auszeit genommen, jetzt ist er wieder voll dabei«, erklärte Harun.

Coşkun gab Behzat Ç. einen jovialen Klaps auf den Rücken. »Gut so. Ermittler wie du wachsen nicht auf den Bäumen.«

»Ist Memduh hier?«, fragte Harun.

»Er ist auf dem Küchenbalkon, eine rauchen. Hier drinnen ist Rauchverbot.«

Alle Blicke richteten sich auf die 216 in Behzat Ç.s Hand. Behzat Ç. tat einen letzten tiefen Zug, dann drückte er seine alte Freundin in der Erde des nächsten Blumentopfs aus.

»Euer Geist war vorhin auch schon hier. Hat nach den fehlenden Möbeln gefragt«, berichtete Coşkun.

»Fehlende Möbel?«

»Das ist in dem Chaos gestern vielleicht untergegangen. Die Hurensöhne, die hier eingedrungen sind, haben die Sitzgruppe im Wohnzimmer mitgehen lassen – Sofa, Sessel und so weiter. Und den oberen Teil der Anrichte.«

»Ja«, bestätigte Cenk. »Sie haben nicht nur Necmiye entführt, sondern auch zwei Sessel und eine Anrichte. Nichts von Wert, eigentlich. Vielleicht wollten sie das Ganze wie einen Einbruch aussehen lassen.«

»Wohl kaum«, widersprach Harun. »Wenn man einen Einbruch vortäuscht, dann hinterlässt man ein Chaos, nimmt Schmuck mit und so weiter.«

»Ja, natürlich«, gab Coşkun ihm recht. »Da lädt man sich keine Sessel auf den Rücken oder schleppt eine Anrichte weg. Da muss was anderes dahinterstecken.«

Behzat Ç. öffnete das Fenster, atmete ein paar Mal tief durch und sah zu den Jugendlichen hinunter, die auf dem betonierten Hof »Drei Ecken – ein Elfer« spielten. Einer der Spieler reklamierte gerade den dritten Eckball, was ihm einen Elfmeter einbringen sollte.

»Was sagst du eigentlich zu der Angelegenheit?«, rief Coşkun zu Behzat Ç. hinüber, doch der antwortete nicht. Er fühlte sich unwohl inmitten so vieler pensionierter Polizisten.

»Wenn du mich fragst, erinnert das Ganze ein wenig an die kurdische Hisbollah«, sagte Cenk. »Die hatten doch auch eine Weile Leichendepots und so.«

»Die Vorgehensweise ist ähnlich, aber das kann eigentlich nicht sein«, entgegnete Coşkun. »Warum sollte die Hisbollah eine siebzigjährige, gläubige Frau bei lebendigem Leibe begraben?«

Als die Kuckucksuhr an der Wand zehn zeigte, streckte ein mechanischer Vogel seinen Kopf heraus und fing an zu rufen. Bis zum zehnten »Kuckuck« war die gesamte Aufmerksamkeit im Raum auf ihn gerichtet. Dann sagte Cenk: »Wir hatten doch damals auch einen Hisbollah-Einsatz. Erinnerst du dich?«

»Ja, und?«

»Na ja, so halt …«

Hinter der Wohnzimmertür aus Milchglas erschien ein Schemen, der sich als Ekrem entpuppte, der Leiter des Sittendezernats. Die Hand noch an der Klinke, sagte er: »Das ist nicht der Stil der Hisbollah. So was passt nicht in ihr Aktionsmuster.«

»Überall lässt du raushängen, dass du mal bei der Terrorbekämpfung warst«, nörgelte Coşkun. »Wenn du so genau Bescheid weißt, warum bist du dann bei der Sitte gelandet?« Ekrem grinste so breit, wie man es sich in der Wohnung einer Verstorbenen gerade noch erlauben konnte. Coşkun wandte sich Harun zu und stellte Ekrem vor. »Er hat mit mir angefangen. Dann hat er die Kugeln durch die Luft sausen sehen, war sauer auf uns und ist Sittenwächter geworden.«

Wo er schon einmal den Leiter des Sittendezernats am Wickel hatte, ließ Harun sich die Gelegenheit nicht entgehen: »Und, seid ihr zufrieden mit den Méganes?«

Ekrem schob seine Armbanduhr, die ihm über das Handgelenk gerutscht war, zurück unter seinen Hemdsärmel. »Doch, durchaus. Habt ihr noch keine bekommen?«

»Mal schauen, wir rechnen diesen Monat damit.«

Coşkun, der mit seinen 160 Zentimetern gut zwei Köpfe kleiner war als Harun, hatte sich auf leisen Sohlen genähert und zog die Ermittler der Mordkommission mit einer verstohlenen Geste in eine Nische des Wohnzimmers. »Braucht ihr irgendetwas? Soll ich es unseren Jungs sagen?«

»Nein, danke«, erwiderte Harun.

Coşkun musterte Behzat Ç. aufmerksam. »Warum sagst du nichts?«

»Er hat ein Problem mit den Stimmbändern«, erklärte Harun. »Er darf nicht sprechen.«

»Gute Besserung.«

Coşkun senkte die Stimme: »Mir ist da diese Geschichte von dem beerdigten Hund zu Ohren gekommen. Hat das irgendwas mit dem Fall zu tun?«

»Das untersuchen wir gerade. Sobald es was Neues gibt, lassen wir es dich wissen.«

Coşkun runzelte die Stirn und hakte sich bei Harun ein. »Mein lieber Harun. Du bist noch so jung. Seit wie vielen Jahren bist du jetzt bei der Mordkommission?«

»Seit acht.«

»Das ist gar nichts. Im Vergleich zu mir bist du sozusagen noch grün hinter den Ohren. Deswegen komm mir bitte nicht mit Sachen wie: ›Sobald es was Neues gibt, lassen wir es dich wissen‹! Wenn es wirklich was Neues gibt, erfahre ich sowieso davon.«

»Du hast recht. Tut mir leid.«

Coşkuns richtete seinen Blick auf Behzat Ç. »Was man Memduh antut, das tut man uns an. Wir haben jahrelang füreinander eingestanden, haben gemeinsam für diesen Staat gekämpft.« Er drehte sich um. »Ekrem war auch einer von uns. Nicht wahr, Ekrem?«

»Ja«, bestätigte Ekrem.

»Genau«, sagte Harun. »Das ist ein Angriff auf uns alle.«

Sie steuerten auf die Küche zu, wo Averell Memduh saß und Kekse mit Schokotropfen aß. Als er sie sah, drehte er sich um und rieb sich die vom Weinen geröteten Augen. Es entstand eine bedrückende Stille. Behzat Ç. hatte nicht vor, das Schweigen zu brechen, aber Harun fragte sich, ob er nicht etwas sagen sollte. Schließlich bot Averell Memduh den Polizisten die beiden noch in der Packung verbliebenen Kekse an, doch außer Harun griff niemand zu. Als Averell sich den letzten Keks in den Mund geschoben hatte und die leere Packung zerknüllte, fragte er Behzat Ç.: »Ist das dein Fall?« Der Hauptkommissar nickte.

Um ihr Nikotinbedürfnis zu stillen, traten sie auf den Balkon. In einer Ecke des mit Plexiglas verkleideten Balkons ratterte ein Heizgerät. In das Rattern mischte sich der Torjubel der Jugendlichen, die nach drei Ecken endlich den ersehnten Elfmeter zugesprochen bekommen hatten.

»Wir sind vier Geschwister«, erzählte Averell Memduh. »Mich mochte meine Mutter immer am liebsten. Als mein Vater starb, bot ich ihr an, zu uns zu ziehen, aber sie lehnte ab. Das hier ist die Wohnung unseres Vaters.«

Behzat Ç. steckte sich eine 216 an.

»Werdet ihr länger brauchen, um das aufzuklären?«

Behzat Ç. hob verneinend den Kopf. Averell Memduh packte ihn am Kragen seines Jacketts. »Warum sagst du nichts?«

»Er hat ein Knötchen«, erklärte Harun. »Er darf nicht.«

»Was ist denn ein Knötchen?«, fragte Averell.

Bevor sie die Wohnung verließen, hakte Ekrem sich noch einmal bei Behzat Ç. ein: »Komm doch demnächst mal bei mir vorbei. Ich würde da gerne was mit dir besprechen.«

Als sie endlich über die Schwelle in den Hausflur getreten waren, atmete Behzat Ç. auf. Ihm war richtig übel geworden vom ständigen Gesprächszwang. »Und, wo fangen wir an?«, fragte Harun. Behzat Ç. wies mit dem Daumen nach unten. Auf jeder Etage gab es zwei Wohnungen. Necmiye Karapınars Wohnung lag im zweiten Stock.

Sie stiegen ein Stockwerk hinunter, doch in beiden Wohnungen war keiner daheim.

Sie versuchten es eine Etage höher. Dort riss ein vierjähriger Junge, der Harun bis an die Knie reichte, die Tür sperrangelweit auf und schrie: »Wer seid ihr?« Harun bückte sich, damit ihm der Junge ins Gesicht sehen konnte. »Ist dein Vater da?«

»Nein.«

»Und deine Mutter?«

»Die ist einkaufen.«

»Ist außer dir niemand zu Hause?«

»Doch, meine Schwester.«

»Gut, dann hol sie mal.«

Der Junge rannte ins Wohnungsinnere. Seine Schwester war drei Zentimeter größer als er und höchstens ein Jahr älter. Sie kamen Hand in Hand.

»Was macht ihr denn da drin?«, fragte Harun.

»Wir gucken Ninja Turtles.«

»Dann guckt mal weiter, aber macht niemandem mehr die Tür auf, außer eurer Mutter.«

Auch die Tür der zweiten Wohnung im vierten Stock wurde bis zum Anschlag geöffnet. Ein siebenjähriger Junge mit breitem Grinsen und irrem Blick schaute die Polizisten an und schnarrte: »Ich bin Çelik, Arçelik. Und wer bist du?«

»Polizei«, antwortete Harun. »Ist dein Vater zu Hause?«

»Der ist bei der Arbeit.«

»Und deine Mutter?«

Der Junge fing an zu schreien wie am Spieß: »Mamaaaa! Mamaaaa!«

Eine Frau kam näher und wischte sich an ihrer Schürze den Spülschaum von den Händen. »Ja?«

»Polizei«, wiederholte Harun, doch zu mehr kam er nicht. »Ja, also gestern früh«, begann die Frau zu erzählen, »da kam ein Lieferwagen vor dem Haus vorgefahren. Ich habe ihn gesehen, während ich in der Küche das Frühstück richtete, bevor ich den Jungen in die Schule schickte. Sie haben irgendetwas eingeladen und sind dann wieder weggefahren.«

»Ich bin jetzt in der Zweiten!«, krakeelte der Junge.

»Bravo«, sagte Harun und tätschelte dem Jungen die Stirn, auf der ein Pflaster klebte. Dann wandte er sich wieder an die Frau. »Was haben sie eingeladen?«

»Sessel und so. Aber das habe ich doch schon alles erzählt.«

»Wem?«

»Vorhin war ein Kollege von Ihnen hier.«

»Wer? Der Geist?«

»Nein, ein ganz normaler Polizist in Zivil. Ein eher mickriger Kerl.«

»Ich verstehe. Um was für einen Wagen handelte es sich?«

»Um einen mittelgroßen Lieferwagen.«

»Farbe? Marke?«

»Also, von Marken verstehe ich nichts. Aber die Farbe müsste, wenn ich mich nicht irre, weiß gewesen sein.«

»Wie viele Insassen?«

»So genau habe ich nicht hingeschaut. Es schien sich um einen ganz normalen Umzug zu handeln. Mit Möbelpackern und allem Drum und Dran.«

»Haben Sie hier im Haus Geräusche gehört?«

»Nein, aber ich dachte sowieso, dass jemand aus dem Haus gegenüber umzieht.«

»Ist hier sonst niemand in seiner Wohnung?«

»Tagsüber sind alle bei der Arbeit und die Kinder in der Schule.«

Der Junge zerrte an Behzat Ç.s Jackett und schrie: »Meine Lehrerin ist heute krank! Wir haben schulfrei.« Behzat Ç. tätschelte dem Jungen den Kopf.

»Na gut. Wir kommen wieder.« Harun ließ sich die Telefonnummer der Frau geben. Draußen sagte er: »Dieser Geist, also wirklich! Nicht einen Tag kriegt der es hin, dass wir koordiniert zusammenarbeiten!«

***

Die Schwanen- und Entenpopulation im Schwanenpark war in heller Aufregung. Sie hatten sich in ihre Hütte in der Mitte des Teichs zurückgezogen und spähten mit ängstlichen Blicken in alle Himmelsrichtungen. Von der nahen Baustelle wehte eine Staubwolke herüber. Der Geier hatte sich zwischen die Büsche in der Nähe des Taxistands gehockt und tastete mit den Händen die Erde ab.

»Bist du dir sicher, dass es hier ist?«, fragte Harun.

Der Geier antwortete nicht. Das war die achte Stelle, die er ihnen zeigte. Hinter ihm waren ein Bagger nebst Baggerführer zu sehen, außerdem sieben Erdlöcher unterschiedlichster Größe.

Harun drehte sich zu Behzat Ç. um: »Dann holen wir den Hund da eben nicht raus. Oder was schlägst du vor?«

»Das geht ja wohl nicht«, sagte Cevdet altklug. »Der ist genauso ein Beweisstück.«

»Du hältst jetzt mal den Mund«, fuhr Harun ihn an. »Geh lieber zu dem Kiosk da und hol mir eine Tüte Panchos, ich hab schon wieder so ein flaues Gefühl im Magen.«

Da der Fall ernster zu sein schien als ursprünglich angenommen, war auch Tahsin in den Park gekommen. Er schwenkte seine Gebetskette, die ihm die Zigaretten nicht ersetzen konnte, wütend in Richtung Harun. »Du bist derjenige, der besser den Mund halten sollte! Das hier ist alles deine Schuld. Du hättest mal lieber richtig hinhören sollen, anstatt den Anruf gleich als Telefonscherz abzutun.«

Harun machte eine wütende Handbewegung. »Mir reicht's!« Er stapfte zu der niedrigen Umzäunung hinüber, die den Teich umgab, und richtete seinen Blick auf die herumwatschelnden Enten.

»Dürfen's auch Doritos à la turca sein?«, rief Cevdet aus der Entfernung.

»Nein, die ganz normalen Panchos. Mein Gott, geht mir nicht auf den Sack!«

»Für mich bitte noch Sonnenblumenkerne für eine Lira!«, rief Tahsin Cevdet hinterher.

Der Geier hatte der kleinen Auseinandersetzung keine Beachtung geschenkt, sondern sich ganz auf den Erdboden konzentriert. Vom ständigen Hinhocken und Wiederaufstehen waren seine Hose und sein Jackett über und über mit Erde beschmutzt.

»Meinst du, du findest den Hund noch?«, wurde er von Tahsin gefragt.

»Irgendwann schon. Es ist ja bereits vier Tage her, dass er begraben wurde, da braucht's etwas Zeit.« Er zeigte dem Baggerführer die Stelle, die er zuletzt untersucht hatte, und wies ihn an: »Versuch's mal hier. Aber geh nicht zu tief.«

Als die Baggerschaufel gerade die Erde berührte, rief ein Mann von der Tunalı-Hilmi-Bey-Statue aus zu ihnen herüber: »Ja, grabt nur, grabt!«

Seine Frau versuchte ihn am Ärmel fortzuzerren. »Halt dich da raus, Tuncay, sei still!«

Der Baggerführer ließ sich dadurch nicht beirren. Er hatte sich inzwischen an Rufe gewöhnt, die genau dann kamen, wenn seine Schaufel den Boden berührte. Er näherte sich Mutter Erde und schlitzte ihr den Bauch auf.

Tuncay schien nicht die Absicht zu haben, der Aufforderung seiner Frau Folge zu leisten. »Ja, grabt nur, grabt!«, wiederholte er. »Ihr von der Polizei seid sowieso die Einzigen, die Ankara noch nicht mit Löchern übersät haben. Fangt ihr nur auch noch an, rumzuwühlen.«

Harun wandte sich von der Umzäunung ab und brüllte: »Schnauze, Alter!«

Tuncay, der Harun in Sachen Stimmgewalt in nichts nachstand, gab in noch tieferem Basston zurück: »Nenn mich gefälligst nicht Alter. Dein Gehalt sind meine Steuergelder.«

»Klappe, Alter!«

»Pass auf, was du sagst! Und wehe, du nennst mich noch einmal Alter!«

Harun bebte vor blindem Zorn am ganzen Körper. »Ich nenn dich aber Alter, Alter. Was dagegen, Alter?« Mit diesem improvisierten Zungenbrecher rannte er los in Richtung Statue.

»Bitte lass gut sein, Tuncay!«

Tuncay riss sich von seiner Frau los. Er hatte nicht die Absicht, Dezibel einzusparen. »So sprichst du nicht mit mir, Freundchen! Schließlich wirst du von mir bezahlt. Dein Gehalt sind meine Steuergelder.«

Harun, der zum ersten Mal seit langer Zeit wieder eine Stimme hörte, die tiefer war als seine eigene, packte den Mann am Kragen. »Hättest sie ja hinterziehen können.«

Tuncays Frau stieß einen Schrei aus, der im Mezzosopran bis in die Buday-Straße widerhallte. Inzwischen war Tahsin hinzugeeilt, zog Harun davon und stieß ihn dorthin zurück, von wo er gekommen war. Dann schrie er Tuncay an: »Und du drehst jetzt gefälligst auch mal wieder die Lautstärke runter!«

»Du hast mir gar nichts zu sagen.«

Der Frau stiegen die Tränen in die Augen: »Tuncay, bitte sei still, ich flehe dich an!«

Tahsin begann mit beiden Händen zwei imaginäre Basketbälle zu prellen, was in Körpersprache wohl so viel hieß wie: ›Ganz ruhig!‹ »Okay. Du hast deinen Unmut zur Sprache gebracht. Aber jetzt ist's genug.«

»Nichts ist genug!«

Um Tuncay hatte sich eine Menge geschart, die ihn lautstark unterstützte.

»Jetzt pass mal auf! Es liegt eine Anzeige vor, also graben wir, kapiert? Und du hörst jetzt auf zu reden«, sagte Tahsin.

»Ich rede, so viel ich will.«

Aus der Unterstützermenge wurden Rufe laut: »Jawohl! Rede!«

»Das tue ich! Und ich sage euch: In diesem Park dürft ihr nicht graben. Das ist eine historische Stätte.«

»Halt endlich den Mund!«

»Das werde ich nicht tun!«

Tahsin warf seine Basketbälle in den Korb. »Also gut. Festnehmen!«

Die Frau ließ abermals ihren Mezzosopran ertönen. Cevdet warf Harun seine Chipstüte zu und packte den Mann am Kragen. Selim drehte ihm den Arm auf den Rücken. Die Frau, wild entschlossen, ihren Mann zu verteidigen, stürzte sich auf die Polizisten und zerkratzte Cevdet mit ihren Fingernägeln das Gesicht.

»Ebenfalls festnehmen!«, befahl Tahsin. Sie nahmen die Frau ebenfalls fest.

Harun schubste unterdessen die Schaulustigen zur Seite. »Geht auseinander, verdammt!« Die Unterstützermenge zerstreute sich.

Tahsin kehrte zum Bagger zurück und blieb neben Behzat Ç. stehen, der sich an dem ganzen Gerangel nicht beteiligt hatte. Da kam ein weiterer Mann auf Tahsin zugewackelt und streckte ihm die Hand entgegen. Tahsin tat unwillkürlich das Gleiche, und so schüttelten sie einander die Hände. »Guten Tag, ich bin Ahmet«, sagte der Mann mit einem irrsinnigen Grinsen im Gesicht. Danach gab er auch Behzat Ç. die Hand. »Guten Tag, ich bin Ahmet.« Daraufhin wackelte er so schnell, wie er gekommen war, wieder davon. Trotz der trockenen Kälte trug er einen Strohhut auf dem Kopf.

»Schau dir diesen Verrückten an«, wunderte sich Tahsin. »In diesem Land scheint es keinen einzigen intelligenten Menschen mehr zu geben.« Er wollte gerade noch etwas über die geistige Verfassung des Landes hinzufügen, da fing sein Handy an zu klingeln. Bevor er ranging, steckte er seine Gebetskette in die Tasche und räusperte sich.

»Herr Direktor? Ja, wir graben. Nein, der Entenverkäufer hat uns nicht weitergebracht. Der Mann schielt wie nichts Gutes. Ein Auge guckt nach Anya, eins nach Konya. Man weiß nie, wen er gerade anschaut. In Ordnung, Herr Direktor. Okay, Herr Direktor. Jawohl.« Er legte auf. Dann brüllte er los: »Ich habe es euch doch gesagt! Sogar Ercü hat schon Wind von der Sache bekommen! Ihr hättet sofort hierher kommen und nachschauen sollen, als der Kerl das erste Mal angerufen hat.«

Behzat Ç. warf Tahsin einen missbilligenden Blick zu. »Du warst doch derjenige, der gesagt hat, wir sollten uns nicht drum kümmern«, hätte er ihm gern entgegengehalten, wenn er das Reden nicht eingestellt hätte.

Selim kam dazu, spürte die Spannung, die in der Luft lag, und verschob, was er hatte sagen wollen, auf später.

»Habt ihr die Telefonzelle ausfindig gemacht, von der dieser Lucky-Luke-Arsch seine Anrufe getätigt hat?«, fragte Tahsin.

»Haben wir«, sagte Selim. »Die Zelle steht in Ulus.«

»Gibt es in der Umgebung Überwachungskameras?«

»Nein.«

»Wo ist der Geist?«

»Ich habe gerade noch mit ihm gesprochen. Er ist dem Sarg aus dem Jugendpark auf der Spur. Er will herausfinden, wo er gekauft wurde.«

»Gut. Wenigstens einer von euch, der was in der Birne hat. Wolltest du sonst noch was?«

»Dieses Paar, das wir festgenommen haben …«

»Ja?«

»Das scheinen Opernsänger zu sein. Was machen wir denn jetzt mit denen?«

»War ja klar, bei den Stimmen.«

»Die Frau hat mich übrigens ganz schön zugerichtet«, warf Cevdet ein und präsentierte seine Wange, die von einem Ende zum anderen von einer langen Kratzwunde überzogen war.

»Okay«, sagte Tahsin. »Schüchtert sie ein bisschen ein und lasst sie dann laufen. Wir sollten uns nicht auch noch mit denen herumschlagen. Hast du die Sonnenblumenkerne gekauft?«

»Was für Sonnenblumenkerne? Ach so, das habe ich vergessen, ich gehe sofort welche holen.«

Tahsin steckte die Hand in die Tasche. »Ach, lass es bleiben. Besorg mir lieber eine Packung lange Marlboro.«

»Nein, Chef«, erwiderte Cevdet. »Du solltest nicht wieder anfangen. Ich kauf dir die Kerne.«

Der Baggerführer türmte die Erde, die er ausgehoben hatte, zu einem Haufen auf und fragte: »Soll ich noch tiefer runter?« Der Geier beugte sich über die Grube und schlug die Hände über dem Kopf zusammen. »Nein. Hier ist es auch nicht.«

Die Polizisten gaben die Hoffnung auf, den begrabenen Hund jemals zu finden, und ließen sich vor den leeren Gruben nieder. Behzat Ç. sah lange den rappelvollen, bis zu den Scheiben mit Schneematsch beschmutzten Bussen hinterher, die auf dem Atatürk-Boulevard vorüberfuhren. Die Sonne, die sich den ganzen Tag nicht hatte blicken lassen, ging gerade unter. Nur dem aufmerksamen Betrachter fiel die zarte Rötung ins Auge, die die zinkfarbenen Wolken im Westen angenommen hatten. Als hätte jemand mit wenig Phantasie die Farbe weggewischt und stattdessen eine trockene Kälte hingepustet.

Tahsin, der vor einem der Erdlöcher saß und Sonnenblumenkerne aufbiss, fragte in die Runde: »Wie sollen wir ein Paket finden, das irgendwo unter der Erde liegt? Gibt es dafür keine geeigneten Geräte?«

Der Geier, der dem Baggerführer gerade eine neue Stelle zeigen wollte, fühlte sich durch diese Frage in seiner Ehre gekränkt. Tauben pickten die Schalen der Sonnenblumenkerne auf, die Tahsin ausspuckte.

»Schatzsucher könnten so etwas wissen«, vermutete Cevdet.

»Spinn nicht rum«, sagte Harun von weiter hinten. Eine Handvoll Tauben lieferten sich einen heftigen Kampf um ein Pancho, das zu Boden gefallen war. Ein kleiner Spatz machte sich das Durcheinander zunutze, schnappte sich das Pancho und stob davon.

Tahsin und der Geier sahen gleichzeitig zu Behzat Ç. hinüber. Daraufhin musterten auch die anderen den Hauptkommissar, als gäbe es in dessen Gesicht etwas Besonderes zu entdecken. Behzat Ç.s Onkel Rasim, der früher bei den Wasserwerken gearbeitet hatte, war viele Jahre lang auf Schatzsuche gegangen.

9.

Harun rief auf dem Handy an und fragte: »Wo bist du gerade, Rasim?«

»Im Platin Ekspres.«

»Wo ist das?«

»Kennst du das Öğütler an der Sakarya?«

»Welches?«

»Nicht das auf der Mithat-Paşa, sondern das auf der anderen Seite. Darüber ist das Nachhilfeinstitut ›Brainstorm‹.«

»Was für'n Sturm?«

»Das neben dem Wettbüro.«

»Ah, das kenne ich.«

»Da genau gegenüber.«

Sieben Minuten später waren sie da. Harun parkte den Toros direkt unter dem Parkverbotsschild vor der Akbank. Rasim hatte sich hingesetzt und trank seinen allabendlichen Rakı. Sie baten den Kellner, für Behzat Ç. vom nächsten Kiosk ein Tekel zu holen.

»Ich nehme nichts«, sagte Harun, doch als der Kellner mit dem Rundbart sich gerade auf den Weg zum Kiosk machte, überlegte er es sich anders und rief ihm hinterher: »Wo du schon gehst, kauf mir doch bitte bei Belso noch einen Orangensaft.«

»In Ordnung, Herr Kommissar.«

Rasim gehörte zu den Menschen, die von jedem um Rat gefragt wurden. Vom Nebentisch reichte jemand die Beilage der Fotomaç herüber und bat: »Rasim, markier doch bitte mal zwei Pferde für das dritte Rennen.« Rasim setzte sich seine Brille, die ihm an einer Schnur um den Hals hing, auf die Nase, ging die Galopper durch, strich zwei Namen an und reichte die Zeitung zurück.

»Danke, Rasim.«

Nachdem Harun erläutert hatte, worum es ging, nahm Rasim ein Schlückchen von seinem Rakı und sagte: »Das Gerät, das ihr braucht, werdet ihr bei Schatzsuchern nicht finden.« Dann trank er ein ebenso großes Schlückchen Wasser und verdrückte eine Scheibe Schafskäse. »Aber kürzlich wurde genau so ein Gerät entwickelt. Nennt sich subterranes Tomographiesystem. Original türkische Wertarbeit.«

»Türkische Wertarbeit? Willst du dich über uns lustig machen?«

Rasim wischte sich mit seinem Taschentuch über den Kopf. »Keineswegs. Hierzulande herrscht unter der Erde ein noch größeres Chaos als darüber. Das Gerät dient zur Ortung von Kabeln und dem ganzen anderen Kram, der tonnenweise unter unseren Füßen schlummert. Das FZM von Tübitak hat es entwickelt, damit nicht immer die Erdgasleitungen explodieren, wenn ständig überall gegraben wird.«

»FZM?«

»Ja. Forschungszentrum Marmara. Aber das Gerät ist nicht auf dem freien Markt erhältlich. Ihr müsst es telefonisch anfordern.«

Behzat Ç. notierte sich den Namen des Geräts auf seiner Zigarettenschachtel. Das Platin Ekspres war ein Schuhkarton von neun Metern Länge. Je mehr Gebratenes bestellt wurde, desto rapider ging der Sauerstoffanteil pro Kopf zurück. Die lautstarken Unterhaltungen der abendlichen Gäste wetteiferten mit dem Geklapper von Töpfen und Geschirr, und nur sehr aufmerksame Ohren konnten aus all dem den Gesang von Neşet Ertaş herausfiltern.

Der Hauptkommissar lehnte sich mit dem Rücken an die Wand und zündete sich eine 216 an, dann machte er sich über sein Tekel her. Auf das erste folgte das zweite. Auf das zweite folgte das dritte. Auf das dritte kehrte der rundbärtige Kellner mit zwei Tekels zurück, denn das ständige Hin und Her war ihm zu mühsam geworden. Nachdem er seine Gaben auf den Tisch gestellt hatte, beugte er sich zu Rasim hinunter und raunte ihm ins Ohr: »Hast du dir unsere Schatzkarte mal angesehen?«

»Habe ich. Damit kann man nichts anfangen.«

»Was schlägst du vor?«

»Spielt Toto.«

Nachdem der Kellner wieder gegangen war, sagte Rasim: »Du könntest doch wenigstens einen Rakı trinken.« Seine Augenbrauen waren so buschig, dass man sie hätte kämmen mögen, und sein

Bauch stieß, trotz der erheblichen Entfernung zwischen Tisch und Stuhl, gegen die Tischkante.

»Er hat aufgehört«, erwiderte Harun, der bereits seinen dritten Orangensaft trank.

»Mit dem Rakı? Warum?«

»Nach dem Unfall hat er ihm abgeschworen.«

Behzat Ç. funkelte Harun böse an. Er war es leid, bei Tischgesprächen immer als Gesprächsstoff herhalten zu müssen.

»Oh Gott, was denn für ein Unfall?«

»Er ist mit unserem Toros in eine Tierhandlung in der Bestekâr gebrettert.«

»Mein herzliches Beileid.«

Behzat Ç. war sich unschlüssig, ob er ein sechstes Tekel bestellen sollte oder nicht. Als Neşet Ertaş sein Lied »Ayaş Yolları« anstimmte, winkte er mit der leeren Flasche zum Kellner hinüber.

Rasim legte seine blau geäderten Hände auf eine von Behzat Ç.s Händen. »Neulich hat Şevket bei mir vorbeigeschaut. Er wirkte ziemlich geknickt, hatte wohl Geld verloren oder so.« Behzat Ç. wandte den Blick ab und malte mit dem Zeigefinger ein X auf die beschlagene Fensterscheibe. An einem Ende des X bildete sich ein Wassertropfen und rann langsam hinab zum Rahmen.

Rasim hatte seine Hände nicht weggezogen. »Brich den Kontakt zu ihm nicht ab. Schließlich ist er dein Bruder. Er scheint ja mal wieder alle Hebel für dich in Bewegung gesetzt zu haben. Hat irgendwas von einem Disziplinarverfahren oder so erzählt. Aber ich hatte schon ziemlich einen sitzen, deswegen habe ich nicht alles verstanden. Du hast jemanden angeschossen?«

»Keine Sorge, Rasim«, erwiderte Harun. »War sowieso ein Verbrecher.«

»Sieh mich an!« Rasim packte Behzat Ç. mit seiner verschwitzten Hand am Kinn. Notgedrungen sah Behzat Ç. ihn an.

»Ich bin wie ein Vater für dich. Das weißt du doch, oder?«

Behzat Ç. hörte nicht zu. Rasim drehte sich zu Harun um. »Kanntest du Oberst Rahmet?« Behzat Ç. warf seinem Onkel einen bitterbösen Blick zu.

»Wir haben einander nie kennengelernt, aber ich weiß, von wem die Rede ist«, sagte Harun. »Er ruhe in Frieden.«

»Er war mein Bruder. Ein schwieriger Mensch. Als das mit meiner Schatzsucherei losging, war er wegen irgendwas eingeschnappt. Wir sprachen zehn Jahre lang nicht mehr miteinander. Dann kam eines Tages ein Anruf. Er war an Herzversagen gestorben und auf dem Friedhof Karşıyaka gelandet. In dem Moment habe ich mir gesagt: Hätte er doch noch einen Tag länger gelebt, dann hätten wir mal wieder so richtig schön quatschen können, wie in der guten alten Zeit.«

Rasim kamen die Tränen. Behzat Ç. meinte, ersticken zu müssen. Er ging auf die Toilette, um ein bisschen nach Luft zu schnappen. Als er zurückkam, war er in schlechterer Verfassung als zuvor. Er nahm die Rechnung vom Tisch und ging zur Kasse, um zu bezahlen. Eigentlich hätte er gerne die Kreditkarte benutzt, aber da der Kellner das Bier extra vom Kiosk hatte holen müssen, entschied er sich doch dagegen. Es hätte sich nicht gehört.

Beim Aufbruch küsste Rasim sie beide auf die Wangen. Behzat Ç. raunte er dabei ins Ohr: »Du, kannst du mir fünfzig Lira borgen? Ich geb sie dir auch am Monatsanfang wieder zurück.« Behzat Ç. steckte ihm unauffällig fünfzig Lira zu. Eine weitere unheilbare Wunde in seinem Budget.

Als sie an der frischen Luft waren, fragte Harun: »Soll ich dich zu Hause absetzen, Chef?« Der Hauptkommissar lehnte mit einem Heben der Augenbrauen ab und schritt davon ins pulsierende Zentrum der Sakarya, hin zu Lichtern und Lärm, einsam, aber stolz.

***

Zwischen dem Teehaus Babacan und dem Otlangaç blieb er stehen. Er wagte nicht aufzuschauen. Er hatte richtiggehend Angst davor, *sie* dort zu sehen, wenn er zu jenem unheilvollen Dach emporsähe. Also drehte er sich um und las die Plakate, eines nach dem anderen: »Jede Nacht Live-Musik. Tanzveranstaltung. Adresse: Café-Bar.« Das Zittern seiner Hand hatte nachgelassen. Jetzt könnte er sich den

Browning an den Kopf halten, genau dort, wo *sie* hinuntergestürzt war. Seine Hand glitt zum Holster.

Da kam Köter 3 herangetrottet und blieb neben ihm stehen. Mit blutunterlaufenen Augen sah er zum Dach hinauf. Behzat Ç. streichelte ihm über den Kopf und setzte seinen Weg fort in Richtung Ziya-Gökalp-Straße. Köter 3 folgte ihm ein Weilchen, bis er vor dem neueröffneten D&R eine Katze entdeckte und stehenblieb. Er überlegte, ob er sie jagen sollte, entschied sich aber dagegen. Stattdessen ließ er das Hinterteil zu Boden sinken und kratzte sich mit der Pfote den Rücken.

Behzat Ç. lehnte sich an die Gartenmauer des Wohnhauses gegenüber der Hähnchenbraterei und nahm einen Schluck von dem Tekel, das in seiner Manteltasche gesteckt hatte. In der Hähnchenbraterei traf sich Bahar jeden Dienstag mit Freunden – eine Tradition, die Behzat Ç. nicht recht nachvollziehen konnte. Die Gartenmauer gefiel ihm. Von dort aus konnte er hinüberschauen, ohne selbst gesehen zu werden.

Einer, ein Typ mit graumeliertem Bart, war stets darauf bedacht, sich direkt neben Bahar zu setzen. Er rauchte ständig Pfeife und rückte sich andauernd die Brille zurecht. Behzat Ç. hatte bereits einige Recherchen über ihn angestellt und herausgefunden, dass er Professor war und jede Menge Bücher geschrieben hatte. Auch diesmal hatte er wieder neben Bahar Platz genommen. Hätte er nicht solchen Respekt vor der akademischen Karriere des Kerls, hätte er ihn sich sicher längst vorgeknöpft.

»Brauchst du Selpaks?«

Er sah den Rotz, der über der Lippe des Jungen verkrustet war, durchwühlte seine Taschen und gab ihm etwas Kleingeld. Die Taschentücher nahm er nicht.

»Soll ich dir beim Kiosk ein Bier holen?«

Behzat Ç. streckte dem Jungen fünf Lira hin und zeigte auf das Tekel, das er zwischen zwei Fingern hielt. In dieser Pose erinnerte er ein wenig an einen Schauspieler, der am Ende der Stummfilmzeit keine Anstellung mehr gefunden hatte und alkoholabhängig geworden war.

»Zwei Tekel? Okay.« Der Taschentuchverkäufer nahm die fünf Lira und lief davon.

Behzat Ç. verkürzte sich die Wartezeit auf das Bier, indem er im Hinterhof des Wohnhauses gegen die Reifen eines Mégane pinkelte, der dort parkte. Als er vom Hof zurückkehrte, überkam ihn ein plötzliches Verlangen, und er steuerte direkt auf die Hähnchenbraterei zu. Es war das erste Mal seit sechs Monaten, dass er Bahar so nahe kam. Seit der Nacht, in der er der Welt entsagt, seine Zunge verschluckt und den Toros ins Schaufenster der Tierhandlung gelenkt hatte, um zu sterben, hatten sich zwei Gesichter in seinem Gedächtnis eingebrannt. *Ihres* und das von Bahar. Von da an hatte er begonnen, sie zu verfolgen. Jetzt näherte er sich der Tür und schaute durch die Scheibe nach drinnen. Vielleicht wollte er ja, dass sie ihn endlich sah. »Na, komm schon!«, sagte eine Stimme in seinem Inneren. Da war sie. Er sah zuerst ihre zwischen Grün und Braun changierenden Augen. Ihre Blicke trafen sich. *Sie hat mich gesehen! Nein. Doch!* Bahar war vom Tisch aufgestanden. *Doch, sie hat mich gesehen!* Er wirbelte herum, nahm die Beine in die Hand und begann zu rennen.

Am Tatort, so sagte man Behzat Ç. nach, erinnerte sein Laufstil an ein lockeres Joggen. Er hörte, wie Bahar ihm nachrief, doch er warf keinen Blick zurück. Er nahm richtig Reißaus. Auf der Ziya-Gökalp-Straße lief er direkt vor ein aus der Gegenrichtung kommendes Taxi, schlug auf die Motorhaube, riss die Beifahrertür auf und stieg ein.

»Wo soll's hingehen?«

Er wies nach geradeaus und fuchtelte mit der Hand herum, als würde er Tomaten schneiden. Der Taschentuchjunge kam dem Taxi hinterhergerannt. Er streckte eine schwarze Plastiktüte durchs offene Fenster und rief: »Es gab kein Tekel. Ich hab rotes Tuborg gekauft.«

***

In Demetevler stieg er aus. Hier stand das Haus, in dem Gönül wohnte und das irgendein kreativer Geist auf den Namen Demet getauft hatte. Die Haustür stand offen. Im zweiten Stock hörte er, wie sich hinter ihm eine Tür öffnete, und er spürte einen misstrauischen Blick in seinem Rücken. Kaum drehte er sich um, fiel die Tür wieder ins Schloss. Er nahm sich vor, die Wohnungsnummer im Gedächtnis zu behalten: 8.

In dem Moment ging das Licht aus. Behzat Ç. suchte nach einem Schalter, konnte aber keinen finden. Gönül wohnte ein Stockwerk höher. Er schaltete die Taschenlampe am unteren Ende seines Feuerzeugs ein und ging mit langsamen, nervösen Schritten hinauf.

Er drückte auf Gönüls Klingelknopf.

»Wer ist da?«

Schweigen. ›Bitte mach auf‹, hieß das.

Er schaltete die Treppenhausbeleuchtung ein, damit Gönül ihn durch den Spion erkennen konnte. Daraufhin wurde ein Riegel zurückgeschoben und die Tür ging langsam auf.

Gönül legte ihren Kopf leicht in den Nacken und schaute ihn an, als versuche sie sich daran zu erinnern, wer er war. Es war lange her, dass es den Hauptkommissar zuletzt zu ihr geführt hatte. Als sie ihn genug gemustert hatte, zog sie ihn am Jackett sanft zu sich herein und lehnte sich mit dem Rücken an die Wand. Einen Atemzug voneinander entfernt blieben sie stehen. Die Sekunden dehnten sich aus, wurden intensiv spürbar, als könne man sie mit Händen greifen, und ein paar von ihnen gefroren zu Eis. Behzat Ç. brach das Eis, indem er Gönül auf den Hals küsste, sein Gesicht in ihrem Nacken vergrub und ihren Geruch in sich aufsog. Es fühlte sich an, als wäre ein Sargdeckel aufgegangen und als bekäme er seit Monaten erstmals wieder Luft. Mit einer Hand fasste er an ihre Hüfte. Seine andere Hand riss ihr das Nachthemd von der Schulter und griff nach ihren üppigen Brüsten. Ihre Atemzüge mischten sich, ihre Lippen wurden eins, und die Dinge nahmen ihren Lauf.

Der nächste Morgen …

Gönül schaute Behzat Ç. an, Behzat Ç. schaute zur Decke.

Nachdem er aufgewacht war und die Decke von Gönüls Schlafzimmer gesehen hatte, hatte er sich gefreut wie beim Anblick eines alten Freundes. Ein Segelboot an die Decke zu zeichnen ist einfach. Man muss nur drei Punkte miteinander verbinden. Auch ein Ozean ist schnell erschaffen. Fünf oder sechs Punkte an weit voneinander entfernten Stellen reichen völlig aus. Für ein Herz hingegen braucht man schon ein gehöriges Maß an Phantasie.

»Hast du Hunger, soll ich dir etwas richten?«

Gönül ließ ihre Hand über Behzat Ç.s Stirn wandern.

»Sprichst du immer noch mit niemandem?«

Mit zwei Fingern massierte Gönül die Narbe auf seiner Stirn.

»Stammt die von dem Unfall?«

Sie wanderte tiefer, zum gebrochenen Nasenbein.

»War das der Hauptmann?«

Sie ging weiter hinunter, zum Hals.

»Oje! Das sehe ich ja zum ersten Mal. War das ein Glassplitter? Ist das auch beim Unfall passiert? Was macht eigentlich das Kaninchen?«

Behzat Ç. spürte, wie sein schlechtes Gewissen sich regte. Hoppa war inzwischen bestimmt so ausgehungert, dass er bereits die Sessel anknabberte. Er beschloss, Şule eine SMS zu schicken. Falls sie nichts zu tun hätte, könnte sie ja das Tier füttern. Gottverdammter Selami Kartal!

Gönüls Hand strich über seinen zu fünfundvierzig Prozent ergrauten Bart.

»Rasier den doch mal ab, er ist viel zu lang geworden.«

Sie legte ihr Ohr auf seinen Brustkorb und lauschte seinem rasselnden Atem, der an einen in der Ferne wehenden Wind erinnerte.

»Du solltest die 216 ein wenig reduzieren.«

Ihre Hand glitt noch tiefer. Behzat Ç. wandte seinen Blick von der Decke ab und drehte sich zu Gönül hin. Als die Dinge gerade wieder ihren Lauf nehmen wollten, klingelte sein Handy.

»Hallo, Chef! Was machst du?«

Schweigen. ›Du hast mir gerade noch gefehlt‹, hieß das.

»Du musst sofort in den Schwanenpark kommen. Wir haben den Hund.«

Behzat Ç. legte auf, umarmte Gönül, drückte sie sanft und streichelte die Haare, die ihren Hals bedeckten. Dann stand er auf und zog seine Hose an.

***

Der Schwanenpark war durchlöchert wie ein Schweizer Käse. Hinter dem Geier waren ein Bagger und Dutzende Gruben unterschiedlichster Größe zu sehen. »Der Baggerführer hatte irgendwann die Nase voll und ist gegangen«, berichtete Harun. »Der Geier hat sich dann drüben an der Baustelle einen Strahler ausgeliehen und bis heute Morgen selber weiter gegraben. Als er ihn gefunden hatte, hat er uns angerufen.«

Der Geier hockte neben einem toten Schäferhund und rauchte. Er war über und über mit Erde verdreckt, doch auf seinem furchterregend roten Gesicht lag ein zufriedener, versonnener Ausdruck. Ein Ohr hielt er ans Funkgerät gedrückt. Neben dem Schäferhund sah Behzat Ç. ein großes Waschmittelpaket liegen.

Harun riss eine Packung Kräcker auf. »Der Hund lag in dem Paket da. Die Holzstücke steckten auch mit drin, um dem Ganzen Halt zu geben. Die haben eine Art primitiven Sarg konstruiert.«

Behzat Ç. bückte sich und nahm das Waschmittelpaket in Augenschein.

»Es hat keinen Barcode«, sagte Harun. »Ist abgerissen worden. Aber anhand des Herstellungsdatums versuchen wir gerade herauszufinden, wohin es geschickt wurde.« Er machte eine wehmütige Pause. »Will sagen, Eda versucht das herauszufinden.«

Erstmals seit langer Zeit erinnerte Behzat Ç. sich wieder daran, dass es auch eine Frau in ihrer Abteilung gab. Die einmonatige Auszeit, die Eda sich genommen hatte, nachdem sie ihre Verlobung mit Selim aufgelöst hatte, war gerade zu Ende gegangen.

Der Geier trat seine Kippe aus. »Ich gehe.« Er stand auf und trottete in Richtung Tunalı-Hilmi-Straße davon.

»Wohin?«, rief Tahsin ihm hinterher.

»Wohin wohl? Ins Numune.«

»Warum?«

»Warum wohl? Gerade wurde über Funk ein Verletzter gemeldet.«

»Falls er stirbt, sag Bescheid.«

»Schon gut«, sagte der Geier in einem Ton, der zum Ausdruck brachte, dass er es nicht schätzte, wenn man sich in seine Arbeit einmischte.

»Apropos!«, rief Tahsin ihm hinterher. »Hör mal!«

Der Geier drehte sich um.

»Komm heute Nachmittag unbedingt im Dezernat vorbei. Du musst vor den Inspektoren aussagen.«

»Schrei noch ein bisschen lauter, damit es ganz Ankara hört.«

»Was hast du gesagt?«

»Okay, ich komme vorbei.«

Tahsin blieb vor dem Hund stehen. »Was wird hier eigentlich gespielt? Das ist doch nicht normal!«

Keiner sagte etwas.

Der zappelige Mann, den sie tags zuvor kennengelernt hatten, nützte die Gelegenheit, Tahsin abermals die Hand zu schütteln. »Guten Tag, ich bin Ahmet.«

Er tippte an seinen Strohhut und streckte auch Harun seine Hand entgegen.

»Guten Tag, ich bin Ahmet.«

Harun schlug ihm die Hand weg. »Okay, Mann, wir haben's verstanden. Seit zwei Tagen erzählst du uns, dass du Ahmet bist! Verpiss dich endlich, damit wir unsere Arbeit machen können.«

Der Mann entfernte sich einige Schritte und begann lautstark an seinem Handy zu telefonieren. »Hallo? Hier Ahmet. Ja, bitte? Nein, ich bin Ahmet, nicht Süleyman. Da müssen Sie sich verwählt haben. Ich sagte: Sie haben sich verwählt! Sie unverschämter Kerl! Ich bin nicht Süleyman. Ich bin Ahmet.« Er legte auf und schüttelte empört den Kopf. »Sachen gibt's …«

»He, du!«, rief Tahsin. »Komm doch mal eben her.«

Der Mann kam wieder näher und streckte seine Hand aus: »Angenehm, ich bin Ahmet.«

»Nimm deine Hand runter!«

Die Hand blieb, wo sie war.

»Bist du jeden Tag hier?«

»Ja, das bin ich.«

Aus dem Teegarten nebenan rief ein Stühle tragender Hilfskellner herüber: »He, Süleyman! Wie geht's?«

Der Mann rastete aus.

»Ich bin Ahmet! Ahmet, verdammt! Süleyman bist du selber, du Dreckskerl!«

Der Oberkellner, der damit beschäftigt war, Tische zurechtzurücken, gab dem Hilfskellner einen Schlag in den Nacken. »Du sollst dich doch nicht über ihn lustig machen! Das ist Sünde.«

»Was mischst du dich da ein?«, schrie der aufgebrachte Mann den Oberkellner an. »Ich bin Ahmet! Ja, du bist gemeint, schau mich gefälligst an, du Pfeife! Du bist Süleyman!«

Der Oberkellner wechselte sofort die Seiten. »Mach, dass du wegkommst. Jeder weiß, dass du Süleyman bist.«

Der Mann zog seinen Personalausweis aus der Tasche und wedelte damit herum. Gleichzeitig fing er an, seinen Kopf gegen eine Pappel zu donnern.

»Ich bin Ahmet, verdammt! Ahmet! Süleyman bist du, du Mistkerl!«

Harun ging zu ihm hinüber, nahm ihm den Personalausweis aus der Hand und warf einen Blick darauf. »Also, hier steht Süleyman.«

Möchtegern-Ahmet hüpfte herum und versuchte sich seinen Personalausweis zurückzuholen.

»Schluss jetzt, sonst fängst du dir eine«, warnte ihn Harun.

»Ich bin Ahmet!«

Harun gab ihm seinen Ausweis zurück und rief den Oberkellner heran.

»Was ist denn mit dem los?«

»Sie müssen wissen, der Kerl ist verrückt. Und zwar behauptet er andauernd, er sei Ahmet.«

»So viel haben wir auch verstanden.«

»Eigentlich heißt er Süleyman. Er sagt aber ständig, er sei Ahmet, nicht Süleyman.«

»Ja, und warum?«

»Das weiß ich auch nicht. Aber er ist harmlos. Nur Süleyman darf man nicht zu ihm sagen, sonst haut er seinen Kopf gegen Bäume und so. Solange man ihn Ahmet nennt, ist er glücklich. Ab und zu tut er so, als würde er am Handy sprechen. Auch da immer die gleiche Leier. Er ist einfach ein Irrer, der in seiner eigenen Welt lebt. Man muss nur mitspielen.«

Möchtegern-Ahmet hatte sich an der Pappel die Stirn blutig geschlagen.

»Ahmet!«, rief Harun. »Schau doch mal her. Hör auf mit dem Scheiß, du hast die Pappel ja total versaut!«

Möchtegern-Ahmet kam näher. »Ja, bitte? Ich bin Ahmet.« Er setzte den Strohhut wieder auf, den er kurz zuvor noch abgenommen hatte, um sich den Kopf einzuschlagen. »Wie kann ich Ihnen behilflich sein?«

»Bist du jeden Tag hier in der Gegend?«

»Ja, ich bin Ahmet, und ich bin jeden Tag hier.«

»Hast du hier einen Lieferwagen gesehen? Oder Männer, die ein Loch gegraben haben?«

»Ich habe nichts gesehen. Ich bin Ahmet. Die Bombe hat Süleyman geworfen. Dann ist er abgehauen. Als er weglief, schrie er: ›Der Mörderstaat wird bezahlen!‹ Ich habe mit der Sache nichts zu tun.«

»Was für eine Bombe?«

Möchtegern-Ahmet rannte davon. Sogleich heftete Cevdet sich an seine Fersen, doch Tahsin rief: »Lass den Verrückten laufen«, und so stellte er die Verfolgung wieder ein.

An Behzat Ç. gewandt, sagte Tahsin mit leiser Stimme: »Apropos verrückt – du solltest auch mal einen Arzt aufsuchen und dir attestieren lassen, dass psychisch mit dir alles in Ordnung ist. Sonst nehmen diese Inspektoren dich auseinander.«

Behzat Ç. zündete sich eine 216 an und zupfte am Kragen seines Pullovers.

»Şevket hat auch schon einen Spezialisten ausfindig gemacht. Du musst nur noch hingehen.«

Behzat Ç. zog eine Grimasse.

»Schau nicht so griesgrämig!«, schrie Tahsin ihn an. »Geh mir ja nicht auf die Nerven! Du wirst da hingehen, dich untersuchen lassen und dir eine Unterschrift abholen! Du brauchst nicht mal zu sprechen.«

Tahsin ging neben dem Hund in die Hocke und brüllte weiter: »Das ist doch wirklich unglaublich! Mit wem von euch ist eigentlich irgendwas anzufangen? Man versucht's im Guten, aber es nützt nichts. Wenn ich einen Bruder wie Şevket hätte, würde ich jeden Tag hingehen und ihm die Hand küssen.« Einen Moment lang spielte Behzat Ç. mit dem Gedanken, Tahsin in eine der Gruben zu stoßen und reichlich Erde darüber zu kippen. Harun spürte die Anspannung und wollte dazwischengehen, da kam Selim mit wehendem Haar und blieb vor Tahsin stehen. Er machte ein Gesicht wie drei Tage Regenwetter.

»Jetzt sprich schon«, sagte Tahsin. »Was ist passiert?«

»Da ist doch dieser Hund …«

»Ja?«

»Er gehörte zur Bereitschaftspolizei.«

»Was?«

»Das muss ja wohl ein Irrtum sein«, sagte Tahsin. »Der besteht doch nur aus Haut und Knochen. Der hat rein gar nichts von Bereitschaftspolizei.«

»Er war irgendwann zu alt, wurde ausgemustert und lebte seitdem im Garten des Ausbildungs- und Erholungscamps.«

Während Tahsin die schwarze Nase des Hundes berührte, ging allen die gleiche Frage durch den Kopf: »Das soll unser Rantanplan sein?«

»Er ist es.«

»Verfluchte Scheiße!« Tahsin stand auf. »Was geht hier eigentlich vor? Das ist doch echt nicht mehr normal!«

Er krempelte seinen Hemdsärmel hoch und zeigte Cevdet seinen Arm. »Nach wie vielen Stunden müssen diese Nikotinpflaster eigentlich gewechselt werden?«

»Keine Ahnung, Chef.«

»Hast du nicht gefragt, als du sie gekauft hast?«

»Nein, habe ich nicht. Hat die Wirkung nachgelassen?«

»Ich habe überhaupt keine Wirkung gespürt, woher soll ich da wissen, ob sie nachgelassen hat?«

10.
captain mickis kater

Dienstag, der 20. Februar … Lucky Luke hatte sich im Wartezimmer des Professors auf den Boden gehockt und untersuchte den Fuß des Beistelltischs. Als Selma eintrat, richtete er sich abrupt auf. Selma erschrak und hätte fast den Kaffeebecher fallen lassen, den sie in der Hand hielt. Lucky Luke verbarg den Minilautsprecher, der auf dem Boden liegengeblieben war, unter seinem Fuß und nahm Selma mit beruhigender Geste die Tasse aus der Hand. »Hast du *Der Daily Star* gelesen?«, fragte er sie.

»Was ist das?«

»Eines meiner wichtigsten Abenteuer. Ist seinerzeit in der Dienstagsbeilage der Milliyet in Fortsetzungen erschienen.«

»Nein, das kenne ich nicht.«

»Da sehe ich, als ich mir morgens einen Kaffee eingieße, plötzlich eine Schlange. Ich erschieße sie, während die Kaffeekanne in der Luft schweben bleibt. Dann greife ich wieder nach der Kanne und gieße weiter meinen Kaffee ein.«

»Aber das ist unmöglich.«

»Nicht, wenn du schneller schießt als dein Schatten.«

Mit einem spöttischen Lächeln im Gesicht kehrte Selma zu ihrem Schreibtisch zurück und wollte sich gerade setzen, als sie sich umdrehte, den Kopf schieflegte und ihn anschaute. »Seit wann hältst du dich eigentlich für Lucky Luke?«

»Seit wann hältst du dich denn für Selma?«

***

»Wo hast du den Militärdienst gemacht?«, fragte der Professor.

Lucky Luke lehnte sich zurück, konnte sich jedoch nicht entspannen. An diesen Ledersessel würde er sich nie gewöhnen. »Bei der Gendarmerie. Wie kommst du darauf?«

»Du hast doch letzte Woche von dieser Sache mit dem Kater erzählt.«

»Ja.«

Die Augen des Professors leuchteten. Er hatte zwar keinen weißen Rauschebart, aber er war ein Mann mit Erfahrung und wusste auf Anhieb, was Wahrheit und was Phantasie war. »Wo warst du Gendarm?«

»Zentralgefängnis, Ulucanlar.«

»Welches Ulucanlar?«

»Wie viele gibt es denn?«, fragte Lucky Luke. Dann erinnerte er sich. »Stimmt, das wurde ja inzwischen verlegt.«

»Was wurde nicht verlegt«, pflichtete ihm der Professor bei. »Ständig sind alle am Bauen. Das ist keine Stadt mehr, sondern nur noch eine einzige, riesige Baustelle.«

Lucky Luke seufzte. »Richtig. Keiner weiß mehr so genau, wer wo gräbt.«

***

Auf der Straßenseite vor dem Haupttor des Gefängnisses Ulucanlar hielten zwei Gendarmen Wache. Einer war Lucky Luke, der andere der Ayaşer. Nacht, Kälte. Auf das Zinkdach des Wachhäuschens prasselte der Regen. Wasser rann durch die verrostete Eisentür. Seit der Regen an Stärke zugenommen hatte, hielten die Wachmänner ihre Köpfe leicht gesenkt. Damit ihre G3s nicht nass wurden, hatten sie sie unter ihre Tarnkleidung geschoben.

Napoleon hatte sich im Wachhäuschen gegenüber dem elektrischen Heizofen ausgestreckt, machte wegen der Hitze ein dümmliches Gesicht und leckte sich langsam und ausgiebig. Weil er der Kater des Captain war, erhob niemand einen Einwand, und er konnte herumstrolchen, wo er wollte. Mit einem Auge spähte Lucky Luke hinüber zu dem leeren Waschmittelkarton, der nicht weit entfernt neben dem Mülleimer stand, mit dem anderen Auge beobachtete er Napoleon.

»Was machst du nach deiner Entlassung?«, brüllte der Ayaşer zu ihm hinüber.

»Schauen, dass ich ein bisschen herumkomme«, antwortete Lucky Luke von der anderen Seite des Tors.

»Was?«

»Herumkommen!«, schrie Lucky Luke.

»Nein, ich meine, welchen Job?«

»Werd schon was finden! Und du?«

Anstatt zu antworten, äugte der Ayaşer nach links und rechts und kam dann mit langsamen Schritten näher. Er war ein junger Kerl mit quadratischem Kinn und strahlenden Augen. Er hatte zwar eine hässliche Visage, aber eine reine Seele, war kaltblütig und ernst. »Ich werde einen Mörder umlegen!«, schrie er, während er das Hörgerät in seinem Ohr zurechtschob.

»Einen Mörder?«

Der Ayaşer erzählte davon, wie seine Mutter, sein Vater und sein Bruder getötet worden waren. »Jetzt eine Maltepe, das wär's«, seufzte er. Es war noch eine halbe Stunde bis zur Wachablösung. Er legte Lucky Luke eine Hand auf die Schulter. »Du bist mir sympathisch, sonst hätte ich dir das nicht erzählt. So einer wie du begegnet einem nicht alle Tage. Von jetzt an bist du mein Genosse.«

Napoleon kratzte an der Scheibe des Wachhäuschens.

»Dieser Kater macht mich rasend«, sagte der Ayaşer. »Wir essen seit einer Woche nichts als Lauch, und das Vieh rümpft sogar bei Leber die Nase.«

Lucky Luke warf begehrliche Blicke auf den Waschmittelkarton. »Wenn er anderes Futter gewohnt ist, kann das schon mal vorkommen.«

»Hattest du mal ein Haustier?«

»Wir hatten einen Hund.«

»Wie hieß der?«

»Rantanplan.«

»Ist er tot?«
»Ja.«
»Seit wann?«
»Schon seit Ewigkeiten.«

***

Drei Stunden später hatten sich alle Wachmänner in dem Häuschen versammelt. Der Oberstabsfeldwebel musterte einen nach dem anderen und nahm einen kräftigen Schluck aus seiner Rumflasche. »Wo zum Teufel ist Captain Mickis Kater?«, fragte er. »Wenn ihr ihn gesehen habt, dann raus mit der Sprache.« Niemand sagte ein Wort. Gefängnisarzt Salasso rührte mit einem Teelöffel die Milch um, die auf dem elektrischen Ofen kochte. Dabei fiel ein Milchtropfen zischend auf die heiße Herdplatte.

Der Feldwebel nahm einen zweiten Anlauf: »Jungs, dem Mann geht sein Kater über alles. Der wird das ganze Gefängnis auf den Kopf stellen.« Vier Wachmänner hintereinander beteuerten: »Wir haben ihn wirklich nicht gesehen.« Lucky Luke und der Ayaşer sagten nichts.

»Um den Kater täte es mir nicht mal leid, wenn er zu irgendwas taugen würde«, meinte Salasso. »Gib doch mal einen Schluck von dem Rum.« Der Feldwebel, den alle nur Windy nannten, sah mit Entsetzen, wie sich der Arzt über seinen Rum hermachte. Als er die Flasche endlich wieder an sich riss, war fast die Hälfte bereits weggeputzt. Wütend leerte er den Rest in einem Zug. Dann hakte er sich bei Lucky Luke unter und trat mit ihm vor das Fenster. »Jetzt hör mir mal zu, mein Junge. Diese Primitivlinge haben doch nur Stroh im Kopf, du dagegen hast ein Universitätsstudium hinter dir. Wenn du ihn also gesehen hast, dann sag es.« Lucky Luke blickte ihn ausdruckslos an.

Der Feldwebel wandte sich wieder den anderen zu. »Habt ihr dem Kater etwa irgendwas angetan?«

»Nein, Herr Oberstabsfeldwebel«, erwiderte einer der Soldaten. »Er saß die ganze Zeit hier im Häuschen.«

Abgesehen von Susan, der Tochter des Obersts, liebte Captain Micki nur eines auf dieser Welt: seinen Kater Napoleon. Nun betrat er höchstpersönlich das Wachhäuschen und brüllte die Männer an, wobei er jedes Wort deutlich betonte: »Seid ihr die Schwachköpfe, die heute Nacht Dienst hatten?«

»Jawohl, Herr Kommandant!«, antworteten die Gendarmen im Chor.

»Wo ist Napoleon?«

»Wir haben ihn nicht gesehen, Herr Kommandant.«

»Was soll das heißen, ihr habt ihn nicht gesehen?«

Außer Lucky Luke legten alle Wachleute der Reihe nach einen feierlichen Schwur ab. Auch der Ayaşer schrie: »Ich habe ihn nicht gesehen, Herr Kommandant!«, freilich ohne es zu beschwören, was aber weiter keinen Verdacht erregte, weil er allgemein als aufrichtig bekannt war. Lucky Luke hingegen schwieg, und bald waren alle Blicke auf ihn gerichtet. Der Captain strich sich mit einer Hand die Locken aus der Stirn, die in großem Maße dazu beigetragen hatten, dass man ihm den Spitznamen Captain Micki verpasst hatte. Er stürzte die lauwarme Milch, die Salasso ihm zur Beruhigung gereicht hatte, in einem Zug hinunter. Mit dem Handrücken wischte er sich über die Lippen, baute sich vor Lucky Luke auf und funkelte ihn feindselig an. »Warum sagst du nichts, Ingenieur?«

Drei Sekunden lang herrschte angespannte Stille, dann fielen zwei Tropfen Wasser von der Teekanne mit lautem Zischen auf den elektrischen Herd. Captain Micki verlor die Beherrschung, packte Lucky Luke am Kragen und schüttelte ihn. »Warum sagst du nichts, verdammt? Hast du ihn gesehen oder nicht? Hast du Napoleon? Jetzt rede endlich! Mach dein verdammtes Maul auf!«

11.

Am Nachmittag des Tages, an dem Rantanplan gefunden worden war, stieg Behzat Ç. in seinem Büro auf den Schreibtisch und kratzte mit einem Stock die Deckenfarbe ab. Zuvor hatte er sich fünfzehn Minuten lang vergeblich bemüht, auf der makellos glatten Decke einen Hund, ein Waschmittelpaket, eine alte Frau oder einen Sarg auszumachen. Plötzlich ging die Tür auf. Tahsin hatte nicht die Angewohnheit, bei seinen Untergebenen anzuklopfen.

»Was machst du denn da?«

Tahsin setzte sich vor den Schreibtisch in den Kunstledersessel, der von zwei Rissen durchzogen war. Er hatte einen Zahnstocher im Mund, den er bereits an sieben Stellen angekaut hatte. Sein Blick wanderte von der Decke zu Behzat Ç. »Was machst du da?«, wiederholte er. »Wurde die nicht gerade erst neu gestrichen?«

Behzat Ç. stieg wortlos vom Tisch, zog seine Schuhe an und setzte sich auf seinen Stuhl. Schon unter normalen Umständen war er nicht sonderlich gesprächig. Als er aufgehört hatte zu sprechen, hatte fast zwei Wochen lang niemand etwas davon gemerkt.

»Wo ist der Geier?«

Tahsin litt offenbar unter einer Wahrnehmungsstörung. Schließlich hatte er innerhalb von einer Minute bereits die vierte Frage gestellt, obwohl er doch wusste, dass er keine Antwort bekommen würde. Er begann an der achten Stelle seines Zahnstochers herumzukauen. Behzat Ç. streckte die Arme in einem Winkel von einhundertachtzig Grad von sich. ›Keine Ahnung‹, sollte das wahrscheinlich heißen.

»Er ist auf dem Weg«, sagte Harun, der inzwischen hereingeplatzt war.

»Die Inspektoren sind gleich da, verdammt! Wo ist der Kerl denn?«

Harun begann in seinen Taschen zu wühlen, als suche er nach dem Geier, und förderte schließlich ein Päckchen Fischlis zutage. »Er ist auf dem Weg«, wiederholte er. Behzat Ç. hatte bei Haruns Anblick erleichtert aufgeatmet. Es war gut, dass jemand bei ihm war, der Tahsins Fragen beantworten würde. Plötzlich wirbelte Harun herum, als sei ihm etwas eingefallen, hastete zur offenen Tür und rief Cevdet, der gerade auf dem Flur vorbeigegangen war, hinterher: »Ich hab deinen Treibhauseffekt so was von satt! Und dein Kyoto auch!«

»Jetzt dreht verdammt noch mal wieder die Lautstärke runter«, beschwerte sich Tahsin. Dann sah er Eda an der Bürotür vorbeihuschen und brüllte selbst aus voller Kehle: »Eda! Dieses Waschmittelpaket – habt ihr schon herausgefunden, wo das gekauft wurde?«

Eda betrat den Raum. »In Ayaş«, sagte sie. Ihr Haar war zu einem Pferdeschwanz gebunden. Auf ihrem Gesicht lag ein mattes Lächeln. Ein verträumtes, leicht melancholisches Lächeln, als habe sie nach einer langen Phase des Weinens endlich wieder angefangen zu lachen – eine seltsame Mischung.

»Wo in Ayaş?«

»Das wissen wir nicht genau. Der Barcode auf dem Karton war abgerissen. Ich habe die Firma angerufen, und sie haben nach dem Produktionsdatum geschaut. Alles, was an diesem Datum hergestellt wurde, sei nach Ayaş geliefert worden.«

Harun schob sich zehn Fischlis gleichzeitig in den Mund und brummelte: »Ja, gut, aber in Ayaş gibt es doch bestimmt hundert Verkaufsstellen für dieses Waschmittel.« Sein Blick blieb an Edas schwarzem Pullover hängen. Für einen Moment galt seine ganze Konzentration dem Bereich, wo ihre Brüste sich dem Stoff widersetzten, dann wandte er den Blick rasch wieder ab.

»Und wenn schon. Dann klappert ihr eben alle hundert ab. Also wirklich!«

»Ja, gut«, erwiderte Harun. »Aber wir müssen ja nicht den Verkäufer, sondern den Käufer des Waschmittels finden.«

»Macht erst mal den Verkäufer ausfindig, dann findet ihr auch den Käufer.«

Der Geist trat ein, zog sein Sommerjackett aus und hängte es über den Schreibtischstuhl. Dann schaltete er sein Funkgerät ab und zupfte am Kragen seines altbekannten schimmelgrünen Hemds.

Er wirkte wie aus einem Zeichentrickfilm entsprungen und passte so gar nicht in die trübe Büroatmosphäre. »Hat der Sarg was ergeben?«, fragte Tahsin, und der Geist antwortete: »Nein. Es ist ein ganz normaler Standardsarg mit vier Griffen. Keiner, den man irgendwo kaufen würde, sondern einer, der bei einer Beerdigung von der Friedhofsdirektion gestellt wird und den man wieder zurückgibt, wenn alles vorbei ist. Den die Hinterbliebenen zurückgeben, meine ich natürlich.«

»Könnte er gestohlen worden sein?«

»Schon möglich, aber das hieße die Nadel im Heuhaufen zu suchen.«

»Bis wann kannst du das herausfinden?«

»Keine Ahnung.«

Der Geist zupfte ein Haar von seinem Hemd. »Aber mal was ganz anderes: Die Gruben in den Parks wurden überaus exakt ausgehoben.«

»Wie meinst du das?«

»Zwei Meter in der Länge, einen Meter zehn in der Tiefe. Wie mit der Rasierklinge. Ein Standardgrab.«

»Ja, und?«

»Wer immer das getan hat, könnte diese Tätigkeit durchaus schon vorher ausgeübt haben.«

»Hmmmm«, machte Tahsin. »Dann sprich auch mit den Totengräbern, wenn du die Friedhöfe abklapperst.«

»Gut«, schaltete Harun sich ein, »und was ist mit den fehlenden Möbeln aus der Wohnung von Necmiye Karapınar?«

»Dazu ist mir was eingefallen, aber es ist einfach zu unwahrscheinlich«, erwiderte der Geist.

»Was?«

»Da gab es doch mal diese Typen, die in Birlik alles ausgeraubt haben. Die Spedition Stibitzke.«

Tahsin schnallte seinen Gürtel weiter. »Was soll das denn sein?«

»Die kamen im Laster vorgefahren, wenn gerade keiner zu Hause war. Dann räumten sie, wie bei einem Umzug, die komplette Wohnung leer. Am helllichten Tag …«

»Ach so!«, sagte Harun, als sei er gerade in ein großes Geheimnis eingeweiht worden. Er bot den Anwesenden von seinen Fischlis an und fuhr fort: »Ich erinnere mich. Da gab es doch diesen Mischa Gorbatschow. War das nicht einer von denen?«

»Hasan, nicht Mischa«, korrigierte der Geist. »Die haben's bis auf die Titelseite der Posta geschafft. Einer hat ständig Kaugummis gekaut: Pembo.«

»Du meinst also, deswegen haben sie die Sessel und die Anrichte mitgenommen? Um das Ganze wie einen Umzug aussehen zu lassen?«

»Möglich wär's.«

»Schöpft denn da niemand Verdacht?«

»Nein, in der Gegend kennt doch keiner keinen.«

»Dann geh sofort zum Diebstahlsdezernat. Schaff mir diesen Pembo hierher, Hasan Gorbatschow und alle, die sonst noch in die Sache verwickelt waren.«

»Mit wie vielen Leuten?«

»Was weiß ich? Nimm Cevdet mit oder so.«

»Cevdet! Komm mal her!« Behzat Ç. war es gar nicht recht, dass sich innerhalb von zwei Minuten die gesamte Mannschaft in seinem Büro versammelt hatte. Eigentlich hatte er vorgehabt, und sei es auch nur für eine halbe Stunde, sich durch An-die-Decke-Starren den Kopf freizumachen und Struktur in den Fall zu kriegen.

Cevdet kam hereingepoltert, warf den Stuhl um, der vor der Tür gestanden hatte, und riss bei dem Versuch, ihn wieder hinzustellen, den Kalender von der Wand. Dann wandte er sich Harun zu. »Du kannst sagen, was du willst, aber das Kyoto-Protokoll ist enorm wichtig.«

Während Harun sich eine Antwort zurechtlegte, fragte Tahsin: »Kriegen wir einen Tee?«

»Ich habe gerade welchen aufgesetzt, ist in fünf Minuten fertig«, erwiderte Cevdet. »Die ganzen Industriegase legen sich nämlich wie eine Decke über die Atmosphäre. Und weil so die Sonnenstrahlen nicht mehr reflektiert werden können, wird es überall wärmer.«

»Jetzt mach mal halblang«, entgegnete Harun. »Stoße ich das ganze Gas etwa aus? Erst sollen die Amis mal unterzeichnen.«

»Sagt mal, was geht denn hier ab?«, erregte sich Tahsin. »Ist alles in Ordnung mit euch?«

»Ja, Chef«, sagte Harun. »Wir diskutieren nur über das Kyoto-Protokoll.«

»Was ist denn das?«

»Was weiß ich, er erzählt seit heute Morgen davon. Atmosphäre, Kohlendioxidwerte und so'n Zeug … Er hat mich die ganze Zeit vollgequatscht.«

»Ihr habt sie doch nicht mehr alle«, sagte Tahsin in bestimmtem Ton. »Hört bloß auf mit dem unnützen Gerede. Cevdet!«

»Ja, Herr Direktor?«

»Du gehst jetzt zum Diebstahl und besorgst Fahndungsfotos und Adressen von allen, die in dieser Spedition Stibitzke beschäftigt waren.« Er wandte sich Harun zu. »Und du trommelst alles zusammen, was es in unserem Fall bisher an Augenzeugen gab, egal ob Silberblick, Hausfrau oder Bekloppter.«

»Mit wie vielen Leuten?«

»Nimm von mir aus das komplette Team mit, verdammt noch mal!«

»Okay, ist gebongt.«

»Genug jetzt!«

»Aber erst müssen wir zum Ausbildungs- und Erholungscamp, wegen Rantanplan.«

»Okay, dann geht eben erst dorthin und trommelt die Augenzeugen später zusammen.«

Harun schnaubte genervt.

»Du brauchst dich gar nicht so aufzuregen«, sagte Tahsin. »Ihr habt von Anfang an große Töne gespuckt, nach dem Motto: Wir regeln das schon, der Anruf ist bei uns eingegangen, das ist unser Job. Also habe ich die Terrorbekämpfung nicht eingeschaltet. Jetzt löffelt ihr das auch aus. Wenn ihr was braucht, sagt Bescheid.«

»Wir brauchen einen Mégane.«

»Vergiss es.«

Behzat Ç. zog eine zerknautschte Zigarettenschachtel aus der Innentasche seines Jacketts und hielt sie Tahsin hin. Tahsin starrte verständnislos auf den Zahlensalat, den Behzat Ç. dort hingekritzelt hatte.

»Was ist das?«, fragte er.

»Da geht's um ein subterranes Tomographiesystem«, erklärte Harun, der hinzugetreten war. »Rasim hat uns davon erzählt.«

»Was für ein System?«

»Na ja, Herr Direktor, das ist ein Gerät, das dazu dient, unterirdische Kabel, Rohre und tonnenweise anderen Mist aufzuspüren. Türkische Wertarbeit.«

»Verarscht mich nicht, Leute.«

»Entwickelt wurde das vom FZM.«

»Von wem?«

»Was weiß ich, so'n Zentrum für Forschung und Entwicklung eben. Du kennst doch die normalen Tomographiegeräte – das gleiche in subterran halt!«

»Und was soll das bringen?«

»Damit kann man Särge und Pakete finden, die unter der Erde liegen. Warst du nicht derjenige, der gefragt hat, wie wir ein Paket finden sollen, das irgendwo verbuddelt wurde?«

»Ja, aber ihr habt den Hund doch schon. Wozu braucht ihr das Ding jetzt noch?«

Der Geist hakte sich bei Tahsin ein. »Du solltest es trotzdem anfordern, Herr Direktor. Es könnte sich womöglich noch als nützlich erweisen.«

»Also gut. Schauen wir mal.« Selim huschte an der Tür vorbei. »Selim!«, rief Tahsin. Doch Selim, der gesehen hatte, dass Eda im Raum war, stellte sich taub. »Hallo! Mit wem spreche ich?«, brüllte Tahsin. Selim kam widerwillig herein, stopfte sein Funkgerät in die Tasche seiner Lederjacke und zupfte sein Haargummi zurecht. Um Selims Blick nicht zu begegnen, drehte Eda sich zum Fenster und sah einem Mannschaftsbus auf dem Parkplatz dabei zu, wie er versuchte rückwärts einzuparken. Harun seufzte wehmütig und ließ wütend seine Nackenwirbel knacken.

Harun war in Eda verschossen oder, wie er es ausdrückte: »Ich liebe sie, Chef, ich kann einfach nicht anders.« Bis zu Edas Verlobung hatte er nichts unversucht gelassen, aber er hatte es einfach nicht geschafft, bei ihr zu landen. Momentan war er im Ich-habe-es-euch-ja-gesagt-Modus. Er fasste den Stuhl ins Auge, den Cevdet umgeschmissen hatte, als er hereingestolpert war, und nahm sich vor, ihn Selim über den Kopf zu ziehen, sobald dieser ein falsches Wort sagte. Der Geist maß unauffällig die Entfernung zwischen Harun und dem Stuhl und bezog dementsprechend Position im Raum. Alle Anwesenden, mit Ausnahme von Tahsin, waren sich über das angespannte Verhältnis zwischen Harun, Eda und Selim im Klaren. Es gibt Sachen, über die jeder Bescheid weiß, obwohl niemand darüber spricht.

Selim sah Tahsin an und sagte mit zittriger Stimme: »Ja, Herr Direktor?«

»Habt ihr die Überwachungskameras der Banken rund um Schwanenpark und Jugendpark mal gecheckt?«

»Haben wir. Nichts.«

»Dann schaut euch die Bänder noch mal an. Achtet auf einen weißen Lieferwagen. Sind die Inspektoren schon da?«

»Sie kommen so in fünf bis zehn Minuten.«

Tahsin sprang auf und schlug mit der Hand auf den Tisch. »Wo steckt dieser Kerl nur wieder! Geht und findet mir diesen Geier!«

»Er ist auf dem Weg«, sagte Harun, zerknüllte die Verpackung der Fischlis und warf sie in hohem Bogen Richtung Mülleimer, wo sie am Rand abprallte. Den Rebound holte sich der Geier, der gerade eingetreten war.

»Wo hast du so lange gesteckt?«

Der Geier antwortete nicht. Er war immer noch völlig mit Staub und Erde verdreckt. Er setzte sich auf den Stuhl neben der Tür, den Cevdet umgeworfen und Harun zur Nahkampfwaffe auserkoren hatte, und knöpfte sich das Jackett auf.

Harun, der seinen Blick zum Blumentopf vor dem Fenster hatte wandern lassen, fragte: »Was ist aus der Körperverletzung im Numune geworden?«

»Hat sich auf morgen verschoben.«

»Wieso?«

»Der Mann wurde operiert. Falls er stirbt, dann erst morgen.«

»Du hättest ja wenigstens mal nach ihm schauen können, um herauszufinden, worum es eigentlich ging«, sagte Tahsin in gereiztem Tonfall.

»Das sollen die Beamten vor Ort erledigen. Was habe ich mit Lebenden am Hut?«

Der Geist schätzte die Entfernung zwischen Harun, Selim und dem Blumentopf ab und änderte dementsprechend seine Position innerhalb des Zimmers.

»Egal, was soll's«, sagte Tahsin. Er zog seine Tatortskizze aus der Tasche und breitete sie auf Behzat Ç.s Schreibtisch aus. »Als wäre die Lage nicht kritisch genug, haben wir euretwegen auch noch ein Disziplinarverfahren am Hals.« Selim und Eda begriffen, dass ein vertrauliches Thema angesprochen werden sollte, und verließen den Raum. Vor der Tür wandten sie sich in entgegengesetzte Richtungen, ohne einander noch eines Blickes zu würdigen.

Die fünf Polizisten beugten sich über die Skizze. Behzat Ç. reichte seine Zigarettenschachtel reihum. Der Geier und der Geist bedienten sich, Harun war zunächst unentschlossen, weil er innerhalb von zwei Tagen bereits drei Zigaretten geraucht hatte, doch als ihm Edas blasses Gesicht und besonders ihre blattgrünen Augen in den Sinn kamen, beschloss er, sich doch eine zu genehmigen. Tahsin knabberte seinen Zahnstocher an der neunten Stelle an, schaute abwechselnd auf die Gebetskette in seiner Hand und auf das Nikotinpflaster an seinem Arm, und die Polizisten warteten gespannt auf die Entscheidung, die er fällen würde.

»Halt mir die nicht ständig unter die Nase! Du weißt genau, dass ich aufgehört habe.«

Bevor Behzat Ç. sich seine 216 anzündete, hielt er sie eine Weile zwischen seinen zitternden Fingern. Dann steckte er sie in seinen Mundwinkel. Er sah Tahsin an, wie sehr er schon jetzt seine Entscheidung bereute. Tahsin war definitiv einer der zwei Typen Mensch, die er nie im Leben verstehen würde.

Der Geier hatte immer noch ein Ohr am Funkgerät und lauschte den nicht enden wollenden allgemeinen Durchsagen auf dem dritten Kanal. »Mach das aus«, forderte Tahsin. Der Geier drehte das Gerät leiser, ohne es ganz abzuschalten. Eine Weile schauten sie einander gereizt an.

Mit der Abschlussperle seiner Gebetskette pochte Tahsin auf die Skizze. »So, hergeschaut! Das hier ist das SSK-Gebäude und da sind die öffentlichen Toiletten, vor denen sich alles abgespielt hat.«

»Okay, Chef, es reicht, das hast du uns schon hundert Mal erzählt.«

»Unterbrecht mich nicht!«

Tahsin wandte sich dem Geier zu. »Guck hin! Du warst hier.«

»Ja, aber da war ich doch gar nicht.« Der Geier trat näher an die Skizze heran und wies mit dem Zeigefinger auf die Stelle, wo er während der Aktion gestanden hatte. »Da war ich.«

»Wenn du das während der Vernehmung sagst, bringst du uns in Teufels Küche.«

»Warum?«

»Weil da der Ausgang ist und wir gesagt haben, dass der Typ in diese Richtung davonlief. Wenn du angibst, am Ausgang gestanden zu haben, dann werden sie uns fragen, warum wir überhaupt geschossen haben.«

Der Geier wandte sich Harun zu wie ein schuldbewusstes Kind, das die Wohnzimmervase zerdeppert hat. »Was fragen die Inspektoren denn so?«

Ganz im Stil eines ausgewiesenen Experten für das Thema erwiderte Harun: »Was sollen sie schon fragen? Habt ihr ihn aufgefordert, stehenzubleiben? Warum seid ihr ihm nicht hinterher und habt ihn festgenommen? Wie groß war die Schussdistanz, et cetera pp.«

»Du wirst sagen: Es bestand die Gefahr, dass er aus dem Gebäude rannte und sich unter die Leute mischte«, schärfte Tahsin dem Geier ein. »Und wenn sie dich nach der Schussdistanz fragen, antwortest du: Ich weiß es nicht, ich habe nichts gesehen, sollte ich das in dem ganzen Chaos etwa auch noch ausmessen?«

»Das Gleiche habe ich auch gesagt«, meldete sich Harun.

»Er sollte besser nicht das gleiche auswendig gelernte Zeug herunterleiern«, gab der Geist zu bedenken.

Tahsin zog seinen Bauch ein, der sich während des Sitzens nach vorne gewölbt hatte, und spöttelte: »Was soll er denn sonst sagen? Dass wir aus Jux und Tollerei drauflos geballert haben?«

Behzat Ç. stand auf und öffnete das Fenster. Er sog die trockene Kälte in seine Lungen und dachte an die letzten zweiundzwanzig Jahre, die er in ungelüfteten Büroräumen mit niedriger Decke damit verbracht hatte, sich eine 216 nach der anderen anzustecken. Er hatte eintausendfünfhundert Tote und dreitausend Verletzte gesehen, zweitausend davon schwer. Er wollte einfach nur noch weglaufen, doch er wusste nicht, wohin. Es war eine bittere Bilanz, aber Morde waren so ziemlich das Einzige im Leben, wovon er etwas verstand.

Tahsin wandte sich abrupt dem Geier zu. »Wo ist eigentlich deine Krawatte?«

»Was für eine Krawatte?«

Alle drehten sich zum Geier um und musterten ihn von Kopf bis Fuß. Er war immer noch voller Staub und Erde, Haupt- und Barthaar gingen ineinander über, und seine Schuhe starrten vor Schmutz.

»Willst du in dem Zustand etwa den Inspektoren gegenübertreten? Werden sie sich da nicht fragen, was so einer im Staatsdienst zu suchen hat?«

»Sollen sie doch! Ich habe bis ins Morgengrauen Dutzende von beschissenen Löchern gebuddelt.«

»Jetzt reicht's aber!«, fuhr Tahsin ihn an. »Ein für alle Mal!« Dann zog er sein Jackett aus und hielt es dem Geier hin. »Zieh das an! Und du, gib deine Krawatte her!«

Behzat Ç. zog die rostige Schublade auf und reichte seine grau gestreifte Notfallkrawatte herüber. Der Geier schlüpfte in das Jackett, das Tahsin in sechs Monatsraten bei Sarar abgestottert hatte, und obwohl es ihm deutlich zu groß war, schlug er vor: »Wenn du willst, können wir tauschen.« Tahsin verdrehte nur die Augen.

Der Geier griff nach der Krawatte. »Wie bindet man die?«

»Das weißt du nicht?«

Harun band ihm die Krawatte, doch sie sah aus wie ein Strick. Er machte einen zweiten Versuch, aber diesmal war sie zu kurz. Der Geist musste lachen.

»Lach du nur«, schimpfte der Geier. »Du wirst dir das Ding auch noch umbinden müssen.«

Selim klopfte an die Tür.

»Die Inspektoren sind so weit, sie warten.«

Sogleich hatte der Geier ein schlechtes Gewissen, als hätte er sich irgendetwas zuschulden kommen lassen. Tahsin hakte sich bei ihm unter. »Sei nicht nervös. Denk dran: Ihre Quote ist 67 Prozent, unsere 87.«

»Das habe ich auch gesagt«, meinte Harun. »Sie haben geantwortet, das sei vor zehn Jahren so gewesen. Außerdem haben sie sich darüber lustig gemacht, in Ankara würden keine geplanten Morde begangen.«

»Na und?«, sagte Tahsin. »Mord ist Mord. Und was heißt schon ungeplant? Sag ihnen, dass sich die Leute hier gegenseitig begraben und wir bis zum Morgengrauen Löcher buddeln.«

Der Geier war leicht gekränkt. »Als ob die Inspektoren das interessieren würde.« Er war so nervös, dass er das Funkgerät versehentlich voll aufdrehte, statt es abzustellen.

»Mach das aus!« Tahsin warf den Zahnstocher, den er die ganze Zeit über vergewaltigt hatte, in Richtung Mülleimer, verfehlte und beugte sich zum Geier hinüber, um ihm etwas ins Ohr zu raunen. Dabei kramte er in seinen Taschen nach einem neuen Zahnstocher. »Es sind zwei Inspektoren, ein Mann und eine Frau. Der Mann ist Polizeiinspektor, also einer von uns. Der ist auf deiner Seite. Nur vor der Frau musst du dich in Acht nehmen, die ist Verwaltungsinspektorin. Wenn du der quer kommst, macht sie dich zur Schnecke. Die muss nur einen Wisch unterschreiben, schon sitzt du auf der Straße. Kapiert?«

»Kapiert.«

Behzat Ç. und Harun wandten sich zum Gehen. Tahsin drehte sich um und fragte: »Wohin wollt ihr?«

»Ins Ausbildungs- und Erholungscamp, uns um Rantanplan kümmern.«

»Gut. Aber geht bitte mit äußerster Diskretion vor.«

»Was heißt Diskretion, Chef?«

»Na ja, weckt keine schlafenden Hunde auf. Verhaltet euch ruhig.«

Bevor sie gingen, zog Tahsin ein doppelt gefaltetes Blatt Papier aus der Hemdtasche und drückte es Behzat Ç. in die Hand. Der starrte nur in Tahsins feistes Gesicht, anstatt das Blatt zu entfalten und zu schauen, was darauf stand. Aus Trotz oder um Behzat Ç. zu signalisieren: ›Solange du den Mund nicht aufmachst, spreche ich auch nicht mehr‹, schwieg Tahsin. Zehn Sekunden lang schauten sie einander nur an. Da Behzat Ç. in so etwas Übung hatte, war es Tahsin, der schließlich das Schweigen wieder brach. »Wehe, du gehst da nicht hin. Sonst machen diese Inspektoren dich fertig. Im schlimmsten Fall machen sie sogar uns alle fertig. Deinetwegen.«

***

Als er in den Toros stieg, faltete er das Blatt Papier auf. Sofort erkannte er Tahsins reinliche Schrift, für die ein Mädchen an der Mittelschule eine Belobigung bekommen hätte.

»Tunalı-Hilmi-Straße 40/8
23. Februar, Freitag, 14:00
Der Mann ist Professor, er wird dich untersuchen und dir eine Unterschrift geben.
Wehe, du gehst da nicht hin!«

Das Ausbildungs- und Erholungscamp der Ankaraner Polizei befand sich in Dikmen, zwei Straßen unterhalb von Behzat Ç.s Wohnung. Der Weg dorthin war beschwerlich, der Toros hoppelte bei jedem Schlagloch wie ein Kaninchen, und Behzat Ç. hatte Teergeschmack im Rachen. Zu allem Überfluss piekste ihn das Etikett seines Unterhemds ständig in den Hals. Zweimal schob er es zurecht, aber als sie beim Erholungscamp angelangt waren, riss er es ab. Natürlich redeten sie kein Wort: Schweigen ist ansteckend.

Da der Anruf, durch den sie von Rantanplans Beerdigung erfahren hatten, am 16. Februar eingegangen war, an dem Tag also, als die Inspektoren zum ersten Mal gekommen waren, konnte er am Abend zuvor oder an dem Tag selbst entführt worden sein. »Wie sind die Kerle hier in den Garten gekommen, wenn nicht durch den Haupteingang?«, fragte sich Harun. Behzat Ç. zeigte auf das Tor, das zum Dikmen-Tal hinausführte. Sie beschlossen, den Nachtwächter alias »Zeitgenosse Ruknettin« zu befragen.

Harun näherte sich »Zeitgenosse Ruknettin« mit äußerster Diskretion und lud ihn in die Cafeteria ein. Ruknettin bestand fast nur aus Haut und Knochen und hatte ein so schwaches Stimmchen, dass man ihn kaum hörte, selbst wenn er schrie. Er war vornehmer als ein englischer Gentleman, konnte aber auch launisch und unberechenbar sein. Niemand hatte auch nur einen Schimmer, warum man ihn den Zeitgenossen nannte. Er war einst Kommissar im Diebstahlsdezernat gewesen, bis ihm eines Abends der Kragen geplatzt war. Er war auf den Balkon getreten, hatte mit seinem Dienstrevolver durch die Gegend geballert und drei Personen verletzt, zwei davon schwer. Um die Sache unter den Teppich zu kehren, hatte man ihn im Erholungscamp zum Nachtwächter gemacht. Da er ständig am Hinterausgang stand, wusste er über jeden, der im Camp ein und aus ging, bestens Bescheid.

Der Tee wurde serviert. Behzat Ç. warf ein Stück Zucker hinein, Harun zwei und der Zeitgenosse drei.

»War Rantanplan angebunden?«

»Nein. Wozu sollte man das gute Tier anbinden? Er ist immer nur durch den Garten gestrolcht.«

Nach den Ereignissen von vor fünf Tagen befragt, legte der Zeitgenosse seine Stirn in Falten, als ginge es um die letzten fünfhundert Jahre. Um seine Gedanken zu sortieren, stellte er eine konkrete Frage. »Den Wievielten haben wir heute?«

»Mittwoch, den 21. Februar.«

»Und nach welchem Tag hattet ihr gefragt?«

»Nach Freitag, dem 16. Februar. Gab es in dieser Nacht irgendwelche außergewöhnlichen Vorkommnisse?«

Der Zeitgenosse überlegte hin und her, zündete sich die von Behzat Ç. angebotene 216 an, pustete den Rauch in die Luft, lockerte den Hemdkragen, reckte sich, trank seinen Tee zur Hälfte aus und sagte schließlich: »Also, gegen Mitternacht kam ein weißes Fahrzeug, ein Kleinlaster oder Lieferwagen oder so. ›Wir bringen das Waschmittel‹, haben sie gesagt und sind reingefahren.«

Harun spitzte die Ohren und Behzat Ç. runzelte die Stirn.

»Das Waschmittel?«

»Ja.«

»Wo haben sie es hingebracht?«

»In die Wäscherei.«

»Wer ist verantwortlich für die Wäscherei?«

Den restlichen Tee tranken sie schweigend. Zumindest hörte man nichts mehr, selbst wenn der Zeitgenosse noch etwas gesagt haben sollte. Irgendwann kam der Leiter der Wäscherei hinzu. »Wir kaufen unser Waschmittel selbst, das wird nicht angeliefert.«

Sie wandten sich wieder dem Zeitgenossen zu. Ihre Blicke verlangten nach einer Täterbeschreibung.

»Es waren zwei Männer. Der am Steuer hatte ein kantiges Kinn und eine äußerst hässliche Visage.«

»Und der andere?«

»Den hab ich nicht gesehen, er saß im Dunkeln.«

***

Harun lenkte den Toros vor das Fazilet Piknik unter der Sıhhiye-Brücke. Der Hähnchendöner im Brot plus Ayran kostete zwei Lira und fünfundzwanzig Kuruş. Harun biss in seinen Döner und schüttelte den Ayran. Behzat Ç. schlürfte sein in die Posta eingewickeltes Tekel. Dazu knabberte er zwei geröstete weiße Kichererbsen. Es wurde allmählich dunkel und über die Brücke fuhr der Vorortzug, der sich vom gewöhnlichen Verkehrslärm durch sein mechanisches Rattern abhob. Niedrige Wolken und kalkgesichtige Männer, die dreinschauten, als hätten sie in ihrem Leben nie etwas zu lachen gehabt. Sie sahen dem Zug hinterher, wie er den Nebel durchschnitt und in Richtung Kayaş verschwand.

Am U-Bahn-Eingang winkte Harun einem Raubkopienverkäufer zu und brüllte: »Habt ihr den ›Fluch der Karibik 2‹?« Der Verkäufer brachte den gewünschten Film, traute sich aber nicht, das Geld anzunehmen, das Harun ihm hinhielt. Er beließ es bei einem: »Geht aufs Haus.«

Als sie an die Kreuzung in Cebeci kamen, waren Behzat Ç.s Augen mindestens so blutunterlaufen wie die von Köter 3. An der roten Ampel ließ sein Zittern allmählich nach, er trank das Tekel in einem Zug aus und legte die leere Flasche ins Handschuhfach. Genau vor dem Postamt ging auf zwei Uhr ein Mädchen mit rotem Mantel vorbei. Der Toros fuhr an, und Behzat Ç. drehte den Kopf bis auf fünf Uhr, um das Mädchen nicht aus den Augen zu verlieren. Seine Schläfen pochten, als würden ihm zwei Betonnägel hineingeschlagen, und kalter Schweiß rann ihm den Hals hinab. Er schloss die Augen. Beruhige dich, du hast dich geirrt, es ist nicht *sie*. Er öffnete die Augen, es war *sie*. Er riss die Tür auf.

»Halt, Chef!«

Hals über Kopf sprang er aus dem Toros. Er rollte sich über die Schulter auf dem Asphalt ab und rappelte sich auf. Der Volvo, der hinter dem Toros gefahren war, bremste scharf, rutschte und blieb direkt vor Behzat Ç.s Nase stehen. Er begann zu rennen, an dem Volvo vorbei in Richtung Postamt. Harun zog die Handbremse und stieg aus. »Chef, wohin …«

Das Mädchen mit dem roten Mantel war vor der Post in den Minibus nach Ulus Siteler gestiegen. Behzat Ç. jagte dem Bus hinterher. Doch schon nach zwanzig Metern spürte er zwei starke Arme auf seinen Schultern und kam nicht weiter. Harun kriegte seinen Vorgesetzten nur mit Mühe in seine Gewalt. Für die Dauer von zweieinhalb Sekunden sehnte er sich nach einem Mégane mit seinem automatischen Schließsystem. Das war bereits der zweite Fall, in dem Behzat Ç. aus einem fahrenden Auto sprang.

12.

Mit zwei Salatköpfen, zweihundertfünfzig Gramm weißen Kichererbsen und einem Sixpack Tekel wartete er vor dem Aufzug mit dem Hinweisschild »Lasten befördern verboten«. Hausmeister Kamber kam mit einer leeren Mülltonne angeschlurft. Er würde in der obersten Etage damit anfangen, den Müll einzusammeln, den die Bewohner vor die Tür stellten, und sich dann Stockwerk für Stockwerk nach unten durcharbeiten. Er grüßte den Hauptkommissar mit einem kühlen Kopfnicken, denn er war nicht gut auf ihn zu sprechen. Bis vor einem Jahr war seine Frau Gülsün – die jeder fälschlicherweise Gülsüm nannte – einmal alle vierzehn Tage zu ihm zum Putzen gekommen. Seitdem Behzat Ç. sich aber nach jenem traurigen Ereignis in seine eigenen vier Wände verkrochen und seine Rakı-Therapie begonnen hatte und nicht einmal mehr die Vorhänge öffnete, geschweige denn die Tür, waren auch die Reinigungsséancen zu Ende gegangen. Dadurch entgingen Kamber monatlich achtzig Lira. »Nicht einsteigen, bevor Kabine sichtbar«. Als die Kabine sichtbar wurde, drückte Behzat Ç. auf den Knopf zum vierten Stock und achtete darauf, nicht in den schmutzigen Aufzugspiegel zu schauen. Weil zwischen Kamber und ihm die Mülltonne stand, mussten sie beide sich eng in die Ecken der Kabine drängen. Der Aufzug bewegte sich langsam nach oben.

Ihre bisherigen Ermittlungen hatten so gut wie nichts ergeben. Was waren die Fakten? Ein Typ, der sich für Lucky Luke hielt. Ein Hund und eine Frau, beide bei lebendigem Leibe begraben. Ein weißer Lieferwagen. Ein Waschmittelpaket. Ein Standardsarg. Eine aus den Fugen geratene Welt. Tod durch Ersticken in der Finsternis. Vielleicht war die Frage, die sie eigentlich hätten stellen sollen, unter all den anderen verschütt gegangen. »Warum begräbt er sie?«

Zwischen dem zweiten und dem dritten Stockwerk war plötzlich lautes Poltern zu vernehmen, der Aufzug ruckelte und blieb stehen. Dunkelheit. Normalerweise wäre es Kambers Aufgabe gewesen,

Leute, die im Aufzug steckenblieben, wieder aus ihrer misslichen Lage zu befreien. Diesmal musste wohl Gülsün ran. Mit der flachen Hand schlug Kamber gegen die Eisentür und rief nach seiner Frau: »Gülsün, verdammt, Gülsün!« Ein oder zwei Personen, die Behzat Ç. nicht identifizieren konnte, kamen zum Aufzug. Kamber begann lang und breit zu erklären, wo der Schlüssel zum Öffnen der Aufzugstür reingesteckt und in welche Richtung er gedreht werden müsse.

Gülsün tat wie geheißen, es gab klappernde Geräusche und der Aufzug erbebte.

»Gott, schmeiß Hirn herab! Du musst ihn langsam drehen, Frau!«, schimpfte Kamber.

»Wer steckt denn da drin?«

»Kamber und der Polizist aus Nummer 16.«

Gülsün versuchte es mit Gewalt.

»Es geht nicht!«

»Was ist denn passiert?«, fragte eine neugierige Nachbarin.

»Da stecken zwei im Aufzug fest.«

Bis dahin war der ganze Vorfall für Behzat Ç. nichts weiter als ein gewöhnliches Missgeschick, das sich innerhalb von fünf bis zehn Minuten wieder erledigt hätte. Aber diese letzte Bemerkung war wie ein Schlag ins Gesicht. Er steigerte sich in die Vorstellung hinein, er würde nie wieder aus dieser Aufzugkabine herauskommen. Als säße er in der Falle. Grabesqualen. Heulen. Sein Herz schlug schneller. Tod durch Ersticken in der Finsternis. Der Gedanke, keine Luft mehr zu bekommen, führte dazu, dass er wirklich bald unter Atemnot litt. Er schlug mit der Faust gegen die Milchglasscheibe des Aufzugs. Die Scheibe war robust.

»Bleiben Sie ruhig, Herr Kommissar«, beschwor ihn Kamber.

Das Glas ächzte unter zwei weiteren Schlägen. Der vierte Schlag war ein harter linker Haken und brachte die Scheibe an drei Stellen zum Reißen, während Behzat Ç.s Hand vier Schnitte davontrug. Sie steckten genau zwischen zwei Stockwerken. Es kam ihm vor, als türme sich über ihnen tonnenweise Erde auf. Ein Albtraum – während oben das Leben seinen Gang geht, unten Schreie, die niemand hört. Er öffnete den Druckknopf seines Holsters, woraufhin Kamber sich fest an ihn klammerte: »Bloß nicht! Sie bringen uns noch beide um.«

Als sich die Aufzugstür fünf Minuten später öffnete, hielt Kamber Behzat Ç. noch immer in fester Umklammerung. Ihre Retter schauten zu ihnen empor. Zwischen der offenen Aufzugstür und dem Boden war ein Höhenunterschied von anderthalb bis zwei Metern. »Lauf und hol einen Stuhl, mein Kind«, sagte die neugierige Nachbarin. Behzat Ç. wartete nicht auf den Stuhl, sondern sprang, die Lebensmittel in seiner Hand, mit lautem Gepolter in die Tiefe. Er stolperte noch ein, zwei Schritte weiter, um nicht bäuchlings auf den Boden zu schlagen. Dann atmete er tief durch. Die besorgten Fragen, die ihm hinterhergerufen wurden, ignorierte er.

***

Im Flur zog er seine Hausschuhe an. Hoppa war nirgends zu sehen. Er legte die Bierflaschen ins Eisfach, wusch seine Hand unter kaltem Wasser, riss ein sauberes Unterhemd in Streifen und legte sich einen primitiven Verband an. Hoppa war auch nicht in seinem Häuschen. Er lief den langen, engen Flur entlang ins Bad, warf einen Blick in die vergilbte Wanne, in den Wäschekorb, hinters Klo – nichts. Er steckte die leere Klopapierrolle in die Tasche seines Jacketts. Wenn er in die Küche zurückkehrte, würde er sie in den Müll schmeißen. Doch zuerst ging er ins Schlafzimmer und stocherte zwischen den Kleidern im offen stehenden Schrank herum. Sogar unter dem Gençlerbirliği-Trikot mit der Rückennummer 10 und dem aufgedruckten Namen Mehmet Çakırs, das einen Ehrenplatz bekommen hatte, sah er nach – immer noch nichts. Er bückte sich und schaute unter das Bett. Hier versteckte Hoppa sich doch gerne mal. Wieder Fehlanzeige. Langsam wurde er ein bisschen nervös. Hatte das Tier etwa einfach die Tür hinter sich zugezogen und sich aus dem Staub gemacht? Er ging ins Wohnzimmer. Hinter dem Sofa entdeckte er Hoppa endlich, an der Wand in eine Ecke gekauert. Als er den Hauptkommissar sah, knurrte er grimmig und drehte den Kopf zur anderen Seite. Er war beleidigt.

Behzat Ç. ging in die Küche und wusch den Salat. Als er das Tekel öffnete, machte sich der Schmerz in seiner Hand bemerkbar. Hoppas Toilettenschale war leer. Nicht einmal sein Wasser hatte er getrunken. Der Kommissar kehrte ins Wohnzimmer zurück, stellte Salat und Wasser vor Hoppa hin und setzte sich in seinen Sessel. Er schaltete den Fernseher an, drehte aber sofort den Ton ab. Bisher hatte Hoppa den Salat und das Wasser keines Blickes gewürdigt. Während Behzat Ç. durch die Kanäle zappte, machte er sich über das Tekel her. Bei einem grünen Rasen stoppte er, erkannte, dass es nur um Golf ging, und schaltete weiter. Bei NTV, wo gerade eine Tierdokumentation lief, machte er erneut halt. Es ging um Tannenmarder – Tiere, die von Ast zu Ast sprangen und sich von Eichhörnchen und Vogeleiern ernährten. Weil es keine Action wie Verfolgungsjagden, Kehlenbisse und gegenseitiges Verschlingen gab wie beim »Tagebuch der Raubkatzen«, war er nicht sonderlich gefesselt. Aber interessanter als die anderen Sendungen war es allemal. Je besser er die Menschen kannte, desto mehr liebte er die Tiere – ganz so, wie er es einmal an einer Hauswand hatte stehen sehen.

Er legte sich auf den Teppich und drehte Hoppa sein Gesicht zu. Bestimmt würde Hoppa den Salat fressen, sobald er selbst Interesse daran zeigte. Er widmete sich wieder seinem Tekel. Als es leer war, ging er in die Küche, um sich ein zweites zu holen. Dort überkam ihn das Gefühl, irgendetwas vergessen zu haben. Inzwischen näherte sich der weiße Teufel mit den roten Augen, kaum hatte er gesehen, dass Behzat Ç. Bier holen ging, seinem Futternapf und knabberte ein wenig am Salat. Er dachte an seine Freunde in Selami Kartals Tierhandlung. Im Nachbarkäfig hatte ein ungehobeltes Iguana-Junges gehaust, das ihm bei Anbruch der Nacht immer die Zunge herausgestreckt und damit einen fürchterlichen Schrecken eingejagt hatte. Doch das war immer noch besser gewesen als die Einsamkeit hier.

Behzat Ç. hatte nicht gemerkt, dass Hoppa in seiner Abwesenheit am Salat geknabbert hatte. Die 216, die er sich angezündet hatte, hatte ihm die Lippe verbrannt, und ein kleiner Hautfetzen löste sich. Er riss das Zellophan von der Schachtel und legte sie vor

Hoppa hin, doch der rümpfte nur die Nase. Das Telefon schrillte. Wäre es nach Behzat Ç. gegangen, dann hätte er getreu der Philosophie ›Wenn es etwas Wichtiges wäre, würden sie auf dem Handy anrufen‹ gehandelt, sich die Ohren zugestöpselt und einfach nicht abgehoben. Als Hoppa jedoch vor Schreck laut zu quieken begann, ging er ran.

»Hallo? Bahattin? Hallo!«

Schon wieder diese nervige, durchdringende Stimme.

»Hör mal, so geht das nicht, ich habe auch Ausgaben. Ich bin momentan sogar ziemlich knapp bei Kasse, Bahattin.«

Wütend knallte er den Hörer hin. Seine Hände hatten wieder zu zittern begonnen und mit ihnen auch alles, was er sah. Bevor die Dinge um ihn her ihre Form verlieren konnten, stürzte er sich auf sein Tekel. Er lebte ständig mit dem Gefühl, als könne jeden Moment eine Katastrophe geschehen und die Welt über ihm zusammenstürzen. Am stärksten war dieses Gefühl, wenn die Türglocke oder das Telefon gingen. Wieder schrillte das Telefon. Diesmal hob er sofort ab. Der Anrufer hatte offenbar noch nicht aufgegeben.

»Hallo? Warum sagst du nichts, Bahattin?«

Schweigen. ›Lass mich in Ruhe‹, hieß das.

Die schrille Stimme am anderen Ende der Leitung keifte: »Gott strafe dich, Bahattin! Du hast mich ruiniert! Möge dir das Geld im Halse steckenbleiben!«

Er war kurz davor, zurückzuschimpfen, biss sich aber auf die Zunge. *Das wäre ja noch schöner: das Sprechen aufzugeben, um dann wieder damit zu beginnen, wenn jemand sich verwählt hatte.* Er legte den Hörer auf und kniete nieder, um das Telefonkabel aus der Buchse zu ziehen. Im selben Augenblick läutete es an der Tür.

Der betrunkene Polizist und das humpelnde Kaninchen hockten nebeneinander auf dem Boden und blickten einander angsterfüllt an.

***

Ein Auge hatte er zugekniffen, als ziele er, mit dem anderen schaute er durch den Spion. Bahar. Er konnte es nicht glauben, sah noch einmal hin, zögerte. Bahar klingelte noch einmal. Er öffnete die Tür einen Spaltbreit. Über die Türschwelle hinweg blickten sie einander an. Ihre Geschichte war so alt, dass sie schon fast wieder neu war. Vor ungefähr fünfundzwanzig Jahren, als Behzat Ç. auf die Polizeiakademie gegangen war, hatten sie sich getrennt. Sie hatten beide jemand anderen geheiratet, Kinder bekommen und sich wieder scheiden lassen.

Er trat einen Schritt beiseite, um Bahar einzulassen. Durch die halb offenstehende Tür strömte das Treppenhauslicht herein, vermengte sich im Flur mit dem Wohnzimmerlicht zu einer seltsamen Einheit, und ihre Schatten an den Wänden waren größer als sie selbst.

»Warum verfolgst du mich?«, fragte Bahar.

Hoppa kam aus dem Wohnzimmer gehumpelt, und Behzat Ç. sah ihn böse an. Das Tier hatte einfach keinerlei Respekt vor seinem Privatleben.

»Hältst du dir ein Kaninchen?«

Behzat Ç. verschluckte sich und hustete. Er war völlig überrumpelt. Wenn er gewusst hätte, dass Bahar kommen würde, hätte er Stimmübungen gemacht. Es war ihm unerklärlich, wie sie seine Adresse hatte herausfinden können.

»Zwing dich nicht. Ich weiß, dass du nicht sprichst.«

Woher weißt du das? Wer hat es dir gesagt? Er betrachtete ihre Haare, die sich hinter dem Ohr aus der Spange gelöst hatten, die Strähne, die ihr über die Wange fiel, und die dünnen, leicht gerunzelten Brauen. Einen Moment lang hätte er nichts lieber getan, als ihren Nacken zu streicheln, und nur mit Mühe bekam er seine zitternden Hände wieder unter Kontrolle. Er war glücklich und traurig zugleich. Bahar streckte ihre Hand aus und ließ sie über das Gesicht des Hauptkommissars wandern. An seiner gebrochenen Nase verweilte sie, schwermütig, liebevoll, ehrlich. Die Wanderung endete bei der Narbe auf seiner Stirn.

»Hör bitte auf, mich zu verfolgen.«

Bahar wich einen Schritt zurück und wollte wieder gehen, ihre Hand lag schon auf der Klinke. Dass eine Frau, die sich zum Gehen wendet, die nur einen Atemzug entfernt und doch unerreichbar ist, plötzlich noch viel schöner wird – der Kommissar begriff, dass auch das eine Art Verbrechen war. Als Bahar gegangen war, blickte er sich um. Zum ersten Mal seit Monaten wurde ihm bewusst, in was für einem Saustall er hauste.

***

Er war in seinem Sessel eingeschlafen. Als er hörte, wie sich der Schlüssel zweimal im Schloss drehte, schlug er die Augen auf. Im Wohnzimmer standen genug leere Flaschen, um die Tekel-Brauerei in Yozgat komplett damit auszustatten. Şule platzte ins Wohnzimmer herein. »Unser heutiges Thema: die Sorgen und Nöte Ankaras. Ayrancı ist ein Stadtviertel, das aus einem oberen und einem unteren Teil besteht. Dort leben gutherzige, ehrliche Menschen.«

Sie nahm Hoppa auf den Arm und drehte zwei Runden um das Sofa. Dann zog sie die Vorhänge auf und öffnete das Fenster.

»Egal ob Ober- oder Unter-Ayrancı, alle Bewohner des Viertels zahlen rechtzeitig ihre Telefonrechnungen, schreiben sich nicht, um sich vor dem Wehrdienst zu drücken, für ein Fernstudium ein, aber vor allem haben sie keinerlei Sinn für Ironie.«

Als Şule Behzat Ç.s feindseligen Blick sah, sagte sie: »Schon gut. Du brauchst mich gar nicht so bitterböse anzuschauen. Ich war's. Ich habe Bahar deine Adresse gegeben.«

Behzat Ç. steckte das Telefonkabel wieder ein.

»Ich habe den Lauf der Dinge nur etwas beschleunigt. Du wärst ihr doch noch zehn Jahre hinterhergelaufen. Weißt du was? Zivilisierte Menschen verfolgen einander nicht heimlich, okay? Sie setzen sich zusammen und reden.«

Şule fläzte sich aufs Sofa, ließ ihre Beine über die Armlehne baumeln, und wie immer ratterte sie ihre Sätze herunter, ohne Luft zu holen, wie ein Maschinengewehr.

»Aber du wirst natürlich einwenden, dass du momentan gar nicht redest. Also gut. Dann musst du eben eine andere Methode entwickeln: SMS schreiben oder Briefe. Du könntest aus der Not eine Tugend machen. Deine Stummheit verleiht dir nämlich vor allem eine geheimnisvolle Aura. Eine ordentliche Portion Mysterium, gewürzt mit einem Quäntchen Ausgeflipptheit, das gefällt Frauen immer.«

Während Şule sprach, warf sie Hoppa in die Luft und fing ihn wieder auf. Behzat Ç. wusste nicht, wie er sich ihr gegenüber verhalten sollte. Er hatte es von Anfang an nicht gewusst, seit dem Tag, an dem sie einander zufällig in einem Krankenhauskorridor kennengelernt hatten.

Kurz nach jenem traurigen Ereignis vor fast einem Jahr, während seiner Rakı-Therapie also, hatte Şule mehrere Male vor seiner Tür gestanden, aber Behzat Ç. hatte nicht aufgemacht. Die Tür war so lange nicht aufgegangen, bis Şule mit einer zerbrochenen Bierflasche hinter Kamber hergejagt war. Sie wusste, dass er öffnen würde, wenn es um versuchten Mord ging.

Behzat Ç. konnte nicht begreifen, warum sie all das tat. Weshalb interessierte sie sich für ihn, was wollte sie? Er war ja nicht blöd. Wenn Şule ein erotisches Interesse an ihm hätte – die naiven Gefühle eines jungen Mädchens, das auf Männer mittleren Alters steht, waren ihm durchaus nicht fremd –, würde er es doch merken.

Şule kam näher und berührte die Narbe an Behzat Ç.s Hals. »Ich kann mich nur für Dinge begeistern, wenn sie hoffnungslos sind«, sagte sie. »Paul Auster, Die Musik des Zufalls, Seite 34.« Sie hatte den Spleen, die Bücher ihrer Lieblingsschriftsteller auswendig zu lernen. Vielleicht gab es solche Menschen ja doch noch. Außergewöhnliche Menschen. Menschen, die nicht mit ihren guten Taten hausieren gingen.

Die meisten Menschen in Behzat Ç.s Leben waren ersetzbar. Harun und Cevdet zum Beispiel: Man hätte problemlos einen gegen den anderen auswechseln können. Auch Tahsin und sein Bruder Şevket könnten ihre Rollen tauschen, ohne dass sich etwas Grundlegendes ändern würde. Aber wenn Şule nicht mehr da wäre, dann würde ihm wirklich etwas fehlen. Das wäre, als stünde man schon nach ein paar Spielminuten nur noch zu zehnt auf dem Platz oder als gäbe es abends am Kiosk keine 216 mehr. Oder als kletterte *sie* völlig unerwartet auf das Dach eines Hauses und stürzte sich hinunter. Die Blutlache auf dem Asphalt, ringsherum eine neugierige Menschenmenge. Trotzdem immer noch zu atmen, das Monatsende herbeizusehnen, den Rakı aufzugeben und stattdessen nach Bier zu lechzen, ab und zu den Browning zu zücken, seiner Verflossenen hinterherzustiefeln, nicht mehr zu sprechen, sich zu wünschen, man wäre taub, sieben Liter Blut, das einem durch die Adern pulsiert, und zwei Kilometer Nervenbahnen, das war wohl im Großen und Ganzen das, was man Leben nannte. Ring ring … Ring ring …

»Geh doch mal ran.«

Behzat Ç. legte den Hörer ebenso schnell wieder auf, wie er abgehoben hatte. Seine Miene hatte sich verfinstert. Als das Telefon erneute klingelte, machte er Şule ein Zeichen, diesmal solle sie rangehen. Şule setzte Hoppa auf den Teppich und nahm den Hörer ab. »Hallo?« Sie lauschte ein wenig. »Bahattin?«

Şule warf Behzat Ç. einen verständnislosen Blick zu. »Nein, hier gibt es niemanden, der so heißt. Sie müssen sich verwählt haben. Ich habe keine Ahnung, seit wie vielen Tagen Sie schon anrufen. Nein, ich habe Ihnen doch gesagt so einen gibt es hier nicht. Hier wohnt ein alkoholabhängiger Hauptkommissar, der mit niemandem mehr spricht. Er hat um die zweitausend Leichen gesehen und hält sich ein humpelndes Kaninchen namens Hoppa. Den Namen habe übrigens ich mir ausgedacht, wie finden Sie ihn? Eigentlich ist es ein Männchen. Aber bei jungen Kaninchen kann man das Geschlecht oft nicht so leicht feststellen. Wer ich bin, geht Sie überhaupt nichts an. Şule, Jale, Berna, Selma, was macht das schon für einen Unterschied?«

Sie legte ihre Hand über die Sprechmuschel und drehte sich zu Behzat Ç. um. »Er will wissen, wieso du ans Telefon gehst, wenn du sowieso nicht sprichst?« Sie wandte sich wieder dem Anrufer zu. »Hören Sie, dem Kaninchen macht das Klingeln Angst, verstehen Sie? Ja, manchmal *ist* es so schwierig, ›Sie haben sich verwählt‹ zu sagen. Wie gesagt, der Mann spricht mit niemandem, er ist ein verdammter durchgeknallter Psychopath. An Ihrer Stelle würde ich nicht noch einmal anrufen. Das weiß ich nicht. Das hätten Sie sich vorher überlegen müssen. Ich vertrete den Standpunkt, dass man Männern, die Bahattin heißen, überhaupt nichts leihen sollte.«

Şule knallte den Hörer hin und drehte sich zu Behzat Ç. um. »Lass dir Folgendes noch gesagt sein: Du solltest dir in Sachen Bahar nicht allzu große Hoffnungen machen. Solange eine Frau mit Kind nicht durch den Tod ihres Ehemanns, sondern nur durch Scheidung zur Alleinerziehenden wird, kehrt sie in aller Regel zu ihrem Ex zurück. Man nennt das das Theorem alleinerziehender Frauen mit Kind.«

Als das Telefon wieder zu läuten begann, nahm sie den Hörer ab und fauchte: »Mensch, sind Sie schwer von Begriff? Oh, Entschuldigung! Ich habe dich mit so einem Idioten verwechselt, der einem Kerl namens Bahattin Geld geliehen hat. Ich? Hast du mich nicht erkannt? Şule, Jale, Berna, Selma, was macht das schon für einen Unterschied? Ja, genau die, erinnerst du dich? Oh! ›Wie könnte ich dich vergessen‹, soso! Machst du mir etwa den Hof? War da nicht diese junge Polizistin, die dir so gut gefiel? Hieß sie nicht Eda? Ja, so bin ich, ich vergesse nichts. Und, was ist aus ihr geworden? Hat sie dich abblitzen lassen? War ja klar. Selim sieht einfach besser aus als du. Mach dir nichts draus. So sind die Frauen, sie sind ganz versessen darauf, Männern, die nichts von ihnen wollen, ein ›Ich liebe dich‹ zu entlocken. Ja, er ist hier. Ich gebe ihn dir.«

»Harun«, erklärte Şule und reichte das Telefon weiter.

»Hallo, Chef«, sagte Harun. »Dieses verrückte Ding war vor einem Jahr das erste und letzte Mal bei uns im Dezernat. Die erinnert sich ja wirklich an alles.«

Schweigen. ›Komm zur Sache‹, hieß das. Behzat Ç. verfügte über siebenundvierzig verschiedene Arten des Schweigens, und Harun kannte ungefähr dreißig davon. »Chef, du erinnerst dich doch an diesen Süleyman, der sich für Ahmet hält. Der Bekloppte aus dem Schwanenpark.«

Schweigen Nr. 2: ›Keine Unterbrechungen bitte, sprich weiter.‹

»Ich könnte schwören, dass er diese Typen dabei beobachtet hat, wie sie den Hund verbuddelt haben. Er hat da irgendwas gestammelt, aber wir haben nicht viel verstanden.«

Schweigen Nr. 3: ›Okay, ich komme.‹

Er legte auf. Vom Couchtisch nahm er ein Aspirin und zerkaute es. Er warf einen Blick auf das restliche Bier in seiner Flasche, aber er trank es nicht aus.

»Du brauchst dir keine Sorgen zu machen, dass ich wieder irgendwas ausfresse«, sagte Şule. »Ich habe Bahar schon deine Nummer gegeben. Sie wird dich in den nächsten Tagen anrufen.«

Ohne sich seine Erleichterung anmerken zu lassen, ging Behzat Ç. zur Tür. Er hielt einen Augenblick inne, und wenn er das Sprechen nicht eingestellt hätte, hätte er gefragt: »Die Handy- oder die Festnetznummer?«

»Beide«, rief Sule ihm hinterher. »Und rasier dich mal! Tritt der Frau nicht gegenüber wie Robinson Crusoe. Und gib Kamber dreißig Lira, das Aufzugfenster muss ersetzt werden. Wenn du ständig unnötigerweise Glasscheiben zertrümmerst, musst du dich nicht wundern, wenn schon vor Monatsende das Geld alle ist.«

13.

Behzat Ç. öffnete schwungvoll die Tür des Verhörraums. Die Tür knallte gegen Tahsin, und der Hauptkommissar tätschelte dem Vizedirektor zur Entschuldigung den Rücken. Möchtegern-Ahmet saß hinter einem rechteckigen Tisch. Er trug schmutzige Jeans, der Strohhut hing ihm an einem Bändel um den Hals. Behzat Ç. warf einen Blick auf sein Handy – bis jetzt hatte noch niemand angerufen.

Harun verabreichte Möchtegern-Ahmet eine Ohrfeige, woraufhin dieser sagte: »Die Bombe hat Süleyman geworfen, ich habe nichts damit zu tun.«

»Was für eine Bombe?«

Möchtegern-Ahmet war ganz außer Atem. Mit ausladenden Handbewegungen und einem irren Glitzern in den Augen setzte er zu einer Erklärung an: »Ich war nur Augenzeuge. Ich bin Ahmet. Die Bombe warf Süleyman. Dann machte er sich aus dem Staub. Auf der Flucht rief er noch: ›Der Mörderstaat wird bezahlen!‹ Süleyman ist Mitglied der DHKP-C, der TDKP, der TKPML/TİKKO und der MLKP/FESK. Er ist Sympathisant der Hisbollah und bewundert die Hamas. Am Gymnasium kam er mit illegalem Gedankengut in Kontakt. Er stand unter dem Einfluss seiner Freunde.«

Tahsin riss der Geduldsfaden. »Das nennt ihr einen Zeugen?«, brüllte er die Anwesenden an und zeigte mit dem Finger auf Möchtegern-Ahmet, der daherredete wie ein wildgewordenes Polizeiprotokoll. Harun fuchtelte drohend mit dem Zeigefinger in Richtung Cevdet. Der hatte schließlich Möchtegern-Ahmet angeschleppt und behauptet, dieser habe alles mitangesehen und wisse über alles Bescheid. Wie immer, wenn Cevdet sehr aufgeregt war, stotterte er. »E…E…Er hat wirklich den kompletten Tathergang geschildert. Wie sie ihn begraben haben und so weiter.«

Cevdet wandte sich an den Geier, der mit einem Ohr am Funkgerät klebte. »Du hast es doch auch gehört. Hat er nicht ausführlich davon berichtet, wie diese Typen den Hund begraben haben?«

»Gar nichts habe ich gehört.«

Als Cevdet auch vom Geier nicht die erwartete Unterstützung bekam, war er völlig verzweifelt und fing wieder an zu stottern: »Wa...Wa...Was soll das denn jetzt?« Er verfluchte den Tag, an dem er von der Arbeitslosigkeit genug gehabt und die Prüfung für den Polizeidienst abgelegt hatte. In dieser Abteilung schien jeder nur für sich selbst zu arbeiten.

Als plötzlich alle im Verhörraum durcheinander redeten, drehte der Geier sein Funkgerät ein wenig lauter. Einen Augenblick kam es Behzat Ç. so vor, als spüre er sein Handy vibrieren. Er zog es aus der Tasche und sah nach, aber er musste sich wohl getäuscht haben. Inzwischen hatte Cevdet, der vor Wut am ganzen Leib zitterte, Möchtegern-Ahmet am Kragen gepackt: »Sprich, verdammt, du hast doch gesagt, du hast es gesehen, du hast doch gesagt, es waren vier Männer!«

»Einen Moment mal. Ich bin Ahmet.«

»Dein Ahmet kann mir verdammt noch mal den Buckel runterrutschen!«

Dann aber sprudelte es aus Möchtegern-Ahmet heraus, und mit einem Mal waren alle Blicke auf ihn gerichtet. »Am Freitag, den 16. Februar, um neun Uhr morgens näherte sich von der Tunalı-Hilmi-Straße aus ein weißer Lieferwagen dem Schwanenpark.« Es war mucksmäuschenstill im Raum. Der Geier hatte zum ersten Mal seit Monaten sein Funkgerät abgeschaltet. Cevdet fiel ein Stein vom Herzen.

»Aus dem Lieferwagen stiegen vier Männer aus«, fuhr Möchtegern-Ahmet fort. »Dem ersten steckte eine Zigarette im Mundwinkel, die aber nicht brannte. Er war der Anführer. Der zweite hatte einen roten Fleck auf der Stirn, wie Gorbatschow. Der dritte kaute ständig Kaugummis, den nannten sie Pembo. Den vierten riefen sie den Ayaşer. Vorne ins Auto legten sie ein Schild mit der Aufschrift ›Wir bauen für Sie. Vielen Dank für Ihr Verständnis‹. Eine Grube war schon ausgehoben. Sie legten ein großes Waschmittelpaket hinein, schütteten Erde darüber und fuhren sie mit dem Lieferwagen platt, um die Spuren zu verwischen.«

Möchtegern-Ahmet unterbrach seine Ausführungen und begann mit den Fasern seines Strohhuts zu spielen. Um nichts zu vergessen, notierte Behzat Ç. die wichtigsten Punkte von Möchtegern-Ahmets Aussage auf seiner Zigarettenschachtel. Harun und Tahsin bedrängten Möchtegern-Ahmet:

»Erzähl weiter! Und dann?«

»Hast du mit den Männern gesprochen?«

»Würdest du sie wiedererkennen?«

»War sonst noch jemand in der Umgebung?«

»Hast du dir das Nummernschild notiert?«

»Welche Marke hatte der Wagen?«

»Erzähl schon! Was noch?«

Doch Möchtegern-Ahmet schwieg, als gingen ihn all diese Fragen nichts an. Harun packte ihn am Kragen und hob ihn in die Höhe, bis er den Boden unter den Füßen verlor. Möchtegern-Ahmet streckte wieder den Arm aus, um Tahsin die Hand zu schütteln.

»Ich war nur Augenzeuge. Ich bin Ahmet. Die Bombe wurde von drei Leuten gebaut. Den Zünder brachte Süleyman in der Toilette der Konditorei an.«

Tahsin schlug Möchtegern-Ahmets Hand weg. »Deine Bombe kannst du dir sonstwohin stecken. Erzähl uns lieber von dem Lieferwagen. Vier Männer, hast du gesagt? Und einen nannten sie den Ayaşer?«

»Ich werde alles erzählen, keine Sorge. Als Süleyman weglief, rief er: ›Der Mörderstaat wird bezahlen!‹ Am Gymnasium war er mit illegalem Gedankengut in Kontakt gekommen. Er stand unter dem Einfluss seiner Freunde. Zunächst wurde er Mitglied der MLSPB. Dann schloss er sich der Türkischen Union Revolutionärer Kommunisten an. Zur selben Zeit war er Vorsitzender der ESP in Tuzluçayır, verließ sie aber und gründete die İBDA-C. Dann wechselte er zu den Liberaldemokraten und kämpfte für die Abschaffung der Abseitsregel. Ich bin Ahmet. Ja, Süleyman hat es getan.«

***

Als Harun den Zündschlüssel drehte, wurde der gesamte Toros in Vibration versetzt, einschließlich der Sitze. Behzat Ç. dachte wieder, sein Handy habe sich geregt, schaute nach, aber noch immer hatte niemand angerufen. Die Fahndung nach den Drahtziehern der Spedition Stibitzke, Hasan Gorbatschow und Pembo, konnte beginnen. Hielt man sich an die Stellen von Möchtegern-Ahmets Aussage, die einigermaßen vernünftig und logisch geklungen hatten, dann waren die beiden auch in den aktuellen Fall verwickelt. Während Harun den Toros im Rückwärtsgang vom Parkplatz der Polizeidirektion lenkte, begegnete ihm der Blick des Geistes, der auf dem Rücksitz saß. »Dieser Möchtegern-Ahmet … Bei dem ist doch auch irgendwas faul. Hast du eine Ahnung, was da dahintersteckt?«

Der Geist hatte innerhalb der Ankaraner Provinzgrenzen nach eigenem Bekunden fast eine Million Bekannte. »Alles, was ich weiß, ist, dass er vor sieben oder acht Jahren nach einem Bombenattentat von der Terrorbekämpfung festgenommen wurde. Es war die Truppe um Averell Memduh und Coşkun, wenn ich mich nicht irre. Damals wurde nach einem Ahmet gefahndet. ›Ihr habt doch zusammengearbeitet, wo ist dieser Ahmet?‹, haben sie sich auf ihn gestürzt. Aber er behauptete steif und fest, keinen Ahmet zu kennen. Sie haben ihn mit Stromstößen und Schlagstöcken malträtiert. Damals saß man noch richtig lange in U-Haft … Irgendwann drehte er durch und fing an zu behaupten, er selbst sei Ahmet. Das Gericht hat ihn freigesprochen, aber er hat sich nie wieder von der Sache erholt. Jetzt lebt er in seiner eigenen Welt, aber eine politische Vergangenheit hat er nicht.«

»Woher kennt er dann die Namen der ganzen Organisationen?«

»Wenn du eine Woche lang von der Terrorbekämpfung verhört worden wärst, hättest du die auch alle drauf.«

Behzat Ç. kurbelte das Fenster runter. Er betrachtete die länger werdende Asche der 216; der Himmel hatte die gleiche Farbe. Ein kalter Luftstrom fuhr durch den Innenraum des Toros. »Fenerbahçe soll sich ja jetzt mit Roberto Carlos im Wesentlichen einig sein«, wechselte Harun das Thema. Die Hände am Steuer, wandte er sich Behzat Ç. zu: »Und Cavcav will offenbar Çakır verkaufen.«

Der Geist knöpfte sein Sommerjackett auf und fragte von hinten: »Echt? An wen denn?«

»Ja, echt. Im Gespräch sind der AZ Alkmaar, Beşiktaş und Trabzon.«

»Will er ihn an alle drei gleichzeitig verscherbeln?«

»Das würde Cavcav bestimmt auch noch hinkriegen!«

Behzat Ç. war zutiefst erschüttert. Er liebte Mehmet Çakır wie seinen eigenen Sohn. Einmal war er nach dem Spiel sogar auf den Platz gelaufen und hatte, obwohl so etwas eigentlich nicht zu seinen Angewohnheiten zählte, Çakır auf die Wange geküsst. Woraufhin Çakır sein verschwitztes Trikot mit der Nummer 10 ausgezogen und es dem Hauptkommissar geschenkt hatte.

»Meint ihr, wir brauchen lange, um diese beiden Typen zu finden?«, fragte Harun.

»Fahr du zum Flohmarkt«, erwiderte der Geist, »und überlass den Rest mir.«

Weil der Geist Experte für Personenfahndung war, sagte Harun bis zum Flohmarkt nichts weiter. Nur als sich um den İtfaiye-Platz herum der Verkehr staute, fluchte er ein wenig. In Samanpazarı fuhren sie zwischen den Geschäften für Second-Hand-Möbel hindurch. Der Flohmarkt lag zwischen zwei engen Gassen und hatte jede Menge Krimskrams zu bieten, von Boxhandschuhen bis zu Teleskopdeckeln. Als sie den weißen Toros näherkommen sahen, ließen die Raubkopienhändler sämtliche Porno-DVDs, ob mit oder ohne Handlung, unter ihren Verkaufstischen verschwinden. Der Geist kurbelte die Seitenscheibe runter und winkte den obersten Raubkopisten, der zwischen den Ständen nach dem Rechten sah, zu ihnen herüber. »Cafer! Komm doch mal her, bitte!«

Cafer, der über alle raubkopierten DVDs, die innerhalb der Stadtgrenzen Ankaras gehandelt wurden, Bescheid wusste, wedelte mit den Armen und näherte sich mit den Worten: »Ich schwöre, Kommissar, das sind keine Pornos, sondern Erotikfilme. Kommt und seht sie euch an, wenn ihr wollt.«

»Ruhe! Antworte gefälligst auf das, was du gefragt wirst, du Abzocker!«, schnauzte Harun ihn an.

»Was regst du dich so auf? Habe ich dir was getan?«

»Du hast doch einen Mitarbeiter unter der Sıhhiye-Brücke, oder?«

»Rauf, den Bastard?«

»Keine Ahnung, ob er ein Bastard oder ein Hurensohn ist, aber er hat mir den ›Fluch der Karibik‹ verkauft, und die zweite DVD funktioniert nicht. Die bleibt ständig hängen und hat mir den ganzen Abend versaut.«

»Kein Problem, Kommissar, wird sofort umgetauscht.«

»Ich hab sie aber nicht dabei.«

»Das macht überhaupt nichts.«

Cafer drehte sich zu den Ständen um und schrie: »Muhittin! He, Muhittin. Bring mal den ›Fluch der Karibik‹ rüber!« Dann fragte er, an Harun gewandt: »Eins oder zwei?«

»Zwei.«

Cafer machte das Victory-Zeichen in Richtung Muhittin. »Braucht ihr sonst noch irgendwas? Wir haben alle aktuellen Kinofilme da.«

»Lass stecken.« Der Geist winkte ab. »Wo ist Hasan?«

»Welcher Hasan?«

»Hasan Gorbatschow. Von der Spedition Stibitzke. Er hat einen Kumpel namens Pembo.«

Cafer war gleichzeitig inoffizieller Polizeiinformant. »Ach, die! Die haben's ja sogar auf die Titelseite der Posta geschafft, wusstest du das?«

»Ja.«

»Sie haben ein, zwei Jahre gesessen und sind dann durch 'ne Amnestie rausgekommen, aber sie sind nicht mehr sonderlich angesehen, haben sich aus meinem Umfeld völlig zurückgezogen. Pembo habe ich zuletzt vor ein paar Monaten gesehen. Er war völlig abgebrannt, wollte einen Stand haben, aber ich hab ihm keinen gegeben. Da hat er die Psychopathennummer abgezogen. Hat gegen die Stände getreten und so ... Meine Jungs mussten ihm 'ne Abreibung verpassen. Mit Einbrechern wollen wir nichts zu tun haben.«

»Wo hast du ihn gesehen?«

»In der Nähe von diesem Musikercafé.«

»Wo treiben die sich sonst noch so rum?«

»Schaut doch mal im Çin Çin in der Bentderesi vorbei. Abends gehen sie meistens runter nach Ulus.«

»In diesen Vergnügungsschuppen?«

»Nein, in die Kneipen und so.«

»Ich hab gehört, die sollen Fans von Ankaragücü sein. Kann man die nicht beim Spiel treffen?«

»Ja, das stimmt schon, aber als diese Einbruchssache publik wurde, haben sie im Stadion ganz schön was auf die Fresse gekriegt. Habe sogar gehört, sie wären von der Tribüne geschmissen worden.«

»Hast du ihre Handynummern?«, fragte der Geist.

»Ich nicht. Aber ich hör mich mal um.«

»Tu das. Wenn du sie rausfindest, schick mir eine Nachricht.«

Behzat Ç. hielt dem Geist die Zigarettenschachtel mit seinen Notizen unter die Nase. Der warf einen Blick darauf und sagte: »Ah, da fällt mir noch was anderes ein. Hast du von jemandem namens Lucky Luke gehört hier in der Gegend?«

»Es gibt einen Typen namens Sedat, der so genannt wird, aber ob der was ausgefressen hat, das die Mordkommission interessieren würde, weiß ich nicht.«

»Warum nennt man den Lucky Luke?«, fragte Harun.

»An der Kreuzung in Cebeci ist doch diese Kneipe, die früher ›Lucky Luke‹ hieß. Ist inzwischen umbenannt in ›Mein Dorf‹.«

»Hm, wo war die noch mal?«

»Da ist doch dieses Casino ›Mein Schicksal‹. Daneben. Direkt gegenüber vom Vergnügungslokal ›Busenfreunde‹. Ganz in der Nähe vom ›Hauptstadt-Saloon‹ …«

»Okay, Alter, halt die Luft an, wir haben's kapiert«, sagte Harun. »Wir sind selber in der Gegend aufgewachsen.«

»Da trieb Sedat sich eben öfter rum. Hat die Werkstatt, die er von seinem Vater geerbt hatte, und drei Wohnungen dort versoffen, mit Nutten und Animierdamen …«

Mit einem im selben Moment hervorgestoßenen »Soso!« brachten Harun und der Geist ihr Verständnis zum Ausdruck.

Cafer zupfte sich am Schnurrbart. »Aber wie gesagt: Ob der was mit Mord zu tun hat, weiß ich nicht, ich will ihm nichts anhängen. Drogen vielleicht. Dann gibt's noch eine Kneipe in Polatlı, die auch ›Lucky Luke‹ heißt, aber die Leute da sind eher gemäßigt, die begehen keine Morde.«

»Hast du mal von jemandem gehört, den sie den Ayaşer nennen?«, fragte der Geist.

»Na ja, ein, zwei Leute aus Ayaş sind mir schon bekannt. Aber niemand, der direkt so heißt.«

Cafer händigte Harun den »Fluch der Karibik« aus, den Muhittin ihm gebracht hatte. Harun nahm die DVD aus der Hülle und drehte sie hin und her: »Wenn die auch wieder kaputt ist, dann mach ich Kleinholz aus eurem Stand, klar?«

»Nein, nein. Bei unseren Produkten liegt die Fehlerquote bei einem Promille«, beruhigte ihn Cafer.

»Eine Fehlerquote von einem Promille, aber irgendwie kommt die immer bei mir zum Tragen!«

Cafer ging, und sie kurbelten die Scheiben hoch.

»Irgendwie habe ich die ganze Sache immer noch nicht so ganz kapiert«, sagte Harun.

»Dann passt mal auf«, erwiderte der Geist. »Die Vorgehensweise dieser Kerle ist doch ziemlich offensichtlich. Es liegt ja quasi auf der Hand, wie sie Necmiye Karapınar aus ihrer Wohnung entführt haben.«

»Und zwar?«

»Sie sind mit ihrem Lieferwagen direkt vors Haus gefahren, haben die Umzugsnummer abgezogen, die Frau in eine Kiste gesteckt und weggebracht. Genauso klar ist ihre Methode, was das Begraben angeht: Sie gehen irgendwohin, wo gerade Um- oder Neubauten stattfinden, tun so, als müssten sie irgendein Fundament ausheben, und die Sache ist geritzt.«

»Okay, das leuchtet mir ja noch ein«, sagte Harun. »Aber *warum* begraben sie sie? Das will mir nicht in den Kopf.«

»Interessanterweise verstehe ich das selbst noch nicht so ganz«, gab der Geist zu. »Aber mach dir keine Sorgen, das wird sich schon noch herausstellen.«

Als Harun die Durchsage »45 32« hörte, drehte er die Lautstärke seines Funkgeräts auf.

»45 34 an Zentrale, 45 32.« Das war die Stimme des Geiers.

»Hast du gehört, 45 32?« fragte die Zentrale.

»Ja, Zentrale, habe ich«, bestätigte Harun. »45 32 hört.«

Als der Geier merkte, dass die Verbindung bereits hergestellt war, sagte er: »Geh aus dem dritten Kanal raus und wechsle in den sechsten.«

Der dritte Kanal war der allgemeine Kanal, der von allen Polizeidienststellen und Informanten gehört wurde. Der sechste Kanal dagegen war der Kriminalpolizei vorbehalten. Er wurde für interne Gespräche benutzt wie »Bring Zigaretten mit« oder »Wo bleibt ihr Pappnasen?«. Als Harun in den sechsten Kanal gewechselt hatte, sagte der Geier: »Lucky Luke hat angerufen. Er sagt, er habe einen Sarg im Befreiungspark vergraben, mit einem Mann darin.«

»Wo bist du?«

»Na, wo wohl? Im Befreiungspark natürlich.«

Die Polizisten sahen einander an. Harun drehte den Zündschlüssel, gab zu viel Gas und sie kamen mit einem Ruck zum Stehen. Einer der wichtigsten Punkte beim Knacken eines Toros: Gas geben, ohne den Motor abzuwürgen. Als der Toros ruckelnd stehenblieb, schaute Behzat Ç. auf sein Handy, aber es hatte niemand angerufen. Auf dem Display stand als Datum Donnerstag, der 22. Februar.

14.
das martyrium von captain mickis kater

Lucky Luke steckte sich die Maltepe, die er während seiner gesamten Erzählung in den Händen gedreht hatte, wieder in den Mundwinkel. Die Augen des Professors leuchteten. »Und, hattest du Napoleon?«, fragte er.

***

Nachdem Lucky Luke ihm seine Bedingungen genannt hatte, runzelte Captain Micki die Stirn, und seine Nasenlöcher weiteten sich. Da er das Geschehene noch nicht ganz verstanden hatte, pflanzte er sich vor ihm hin wie beim offiziellen Rekrutenanschreien und fragte: »Du sagst also, du hast Napoleon versteckt?«

Lucky Luke nickte zur Bestätigung mit dem Kopf.

»Irgendwo hier im Gefängnis?«

Lucky Luke nickte bestätigend.

»Und er hat nicht mehr lange zu leben?«

Kopfnicken.

»Also müssen wir ihn suchen?«

Nicken.

Captain Micki dachte zweieinhalb Sekunden nach, dann war er überzeugt, die Angelegenheit in allen Details erfasst zu haben. Er wandte sich an Oberstabsfeldwebel Windy und sagte, wobei er insbesondere die materielle Beschaffenheit des Verlangten betonte: »Schnapp dir zwei Holzknüppel und komm wieder.«

Windy kehrte mit den Knüppeln zurück und gab einen davon dem Captain. Lucky Luke, dem klar wurde, dass er sich ordentlich in die Scheiße geritten hatte, lief es kalt den Rücken hinunter. Eigentlich pflegte Captain Micki sich mit derartigen Dingen nicht die Finger schmutzig zu machen, aber wenn es um Napoleon ging, wurde er auch gerne mal selbst handgreiflich. Zwischen den Schlägen, die auf Lucky Lukes Schädel, auf seine Schultern und sein bloßes Fleisch niedergingen, hielt er immer wieder inne, strich sich die Locken aus der Stirn und fragte: »Wo hast du Napoleon versteckt?« Er war aufgrund seiner Verdienste beim Massaker von Ulucan, wo zehn Gefangene mit Eisenstangen totgeprügelt worden waren, zum Captain befördert worden.

»Sprich! Raus mit der Sprache!«

Während Lucky Luke die Hiebe einsteckte, merkte er, wie allmählich seine ganze Nervosität von ihm abfiel. Jetzt konnten sie so erbarmungslos zuschlagen, wie sie wollten, er würde überhaupt nichts mehr sagen. Nach fünfzehnminütiger Knüppelei sah Captain Micki endlich ein, dass all ihre Bemühungen nichts fruchteten, und er scheuchte das gesamte Gefängnis auf. In sämtlichen Blöcken begann eine fieberhafte Suche nach Napoleon, dem Kater des Captain. Eine Einheit Gendarmen, unter ihnen der Ayaşer, lief durch Krankenzimmer, schlecht gelüftete Zellen, dunkle Verliese und schier endlose, furchteinflößende Korridore. Einer der an der nächtlichen Aktion beteiligten Gendarmen sagte: »Dem Typen wird seine komplette Dienstzeit aberkannt. Bedauernswert.«

Ein anderer Gendarm, wütend darüber, dass man ihn mitten in der Nacht aus den süßesten Träumen gerissen hatte, erwiderte: »Ist das nicht einer von den Kurzurlaubern? Der hält sich doch für was Besseres, die Schwuchtel.«

»Halt bloß dein dummes Maul!« Der Ayaşer ging auf den schlaftrunkenen Gendarmen los. Ihm stank es gewaltig, dass man Lucky Luke wegen dieses beschissenen Katers derart die Fresse poliert hatte. Die anderen mussten die beiden Streithähne gewaltsam voneinander trennen.

»Meiner Meinung nach hat er genau das Richtige getan!«, schrie der Ayaşer, und seine Stimme hallte durch den düsteren Korridor. »Während wir nichts anderes als Lauch vorgesetzt bekommen, ist sich dieser verfickte Kater sogar für Leber zu fein.«

Einer der Gendarmen sah sich beunruhigt um und versuchte ihn zu beschwichtigen. »Das geht doch auch ein bisschen leiser.«

»Genau«, sagten die anderen, »du bringst uns noch alle in Teufels Küche.«

»Na und?«, brüllte der Ayaşer. »Das soll Micki eine Lehre sein. Die Soldaten behandelt er wie den letzten Dreck, aber der Kater kriegt ein Festmahl vorgesetzt.« Am Ende des Korridors erschien der Gefängnisarzt. Die Gendarmen stürzten sich auf den Ayaşer und hielten ihm den Mund zu. »Halt's Maul, verdammt.« Denn Salasso und der Captain waren die besten Freunde.

***

Eine Woche später schleuderte der Wirt der Gefängniskantine, während er Waschmittelpakete in den Regalen verstaute, einen der Kartons angewidert von sich, weil er meinte, eine Ratte habe sich dort eingenistet. Erst beim zweiten Blick erkannten sie Napoleon, der der Länge nach in dem Paket lag. Sein Gesicht war starr und das Funkeln in seinen Augen erloschen. Als Captain Micki die Kratzspuren an der Innenseite des Kartons entdeckte, wurde ihm schmerzlich bewusst, dass das Geschöpf, das er im Leben am zweitmeisten liebte – am meisten liebte er natürlich Susan, die Tochter des Obersts –, bei lebendigem Leib zu einem Paket verschnürt worden war. »Wenn das so ist«, sagte er, »dann kommst du eben auch in ein Paket.«

Lange debattierte Micki mit seinen engsten Freunden – Gefängnisarzt Salasso und Oberstabsfeldwebel Windy – darüber, welche ihrer Zellen die dunkelste, stickigste und dreckigste sei. In diese sperrten sie Lucky Luke, und er bekam vier Monate lang kein Tageslicht mehr zu sehen.

In manchen Nächten ging der Ayaşer mit einem Kerzenstummel in der Hand hinunter zu der Zelle, in der Lucky Luke einsaß, und schob ihm, weil durch die mit Maschendraht gesicherten Gitterstäbe kein ganzes Päckchen Maltepe passte, die angezündeten Zigaretten einzeln hindurch. Lucky Luke war zwar die Dunkelheit gewohnt, aber mit Ratten zu kämpfen, die so lang waren wie sein Arm, war doch etwas mühsam. Nicht lange allerdings, und er kam auch damit ganz gut zurecht. Fortan wartete er geradezu darauf, dass sie endlich kämen und er sich mit ihnen balgen könnte. Die Ratten waren ihm ein Zeichen dafür, dass er noch lebte, und zugleich ein Zeitvertreib. Sie sorgten dafür, dass er wachsam blieb, und verhinderten, dass er sich gehen ließ.

Eines Nachts sperrten die Wärter zwei Männer in die Nachbarzelle. Fünf Minuten später kamen etwa ein Dutzend Gendarmen angerückt und fielen mit Schläuchen über die neuen Gefangenen her. Als sie wieder gegangen waren, sagte Lucky Luke: »Mein herzliches Beileid.« Es kam jedoch keine Antwort, und so dachte er für einen Moment, die beiden seien totgeschlagen worden. Dabei mussten sie nur erst einmal ihre Überraschung überwinden.

»Wenn ihr noch lebt, dann gebt irgendeinen Laut von euch«, sagte Lucky Luke. Da drang aus der Nachbarzelle ein Stöhnen, gefolgt von dem Ruf: »Danke der Nachfrage.« Lucky Luke, der über ein gutes akustisches Gedächtnis verfügte, kam die Stimme von irgendwoher bekannt vor. »Seid ihr Politische?«, fragte er.

»Mit Politik haben wir nichts zu schaffen«, erwiderte der in der Nachbarzelle. »Wir wurden verleumdet.«

»Von wem?«

»Von der Posta.«

Der andere Typ in der Zelle fügte mit unartikulierter Stimme, die ganz offensichtlich aus einem Kaugummi kauenden Mund stammte, hinzu: »Eigentlich sind wir Spediteure. Aber der Wohnungsbesitzer, dessen Umzug wir über die Bühne gebracht haben, war plötzlich über alle Berge. Daraufhin wurde uns vorgeworfen, wir seien eingebrochen.«

»Pembo? Bist du das?«

»Mensch, Lucky Luke!«

So waren sie einander nach Jahren wieder begegnet. Wäre keine Mauer zwischen ihnen gewesen, sie wären einander um den Hals gefallen.

»Und der andere bist du, Hasan der Bastard?«, fragte Lucky Luke.

»So darfst du ihn nicht mehr nennen. Er heißt jetzt Gorbatschow«, sagte Pembo. »So haben die von der Posta ihn getauft, als sie den Fleck auf seiner Stirn gesehen haben.«

»Ey, Junge! Wenn du mich noch einmal Gorbatschow nennst, dann kriegen wir uns aber mächtig in die Wolle!«

»Gut, dann kriegen wir uns eben in die Wolle. Schlimmer kann's ja eh nicht mehr werden … He! Nimm mal die Hand von meiner Schulter!«

»Ich hab meine Hand nicht auf deiner Schulter.«

»Was ist das dann?«

»Vermutlich 'ne Ratte«, sagte Lucky Luke. »Pass auf dein Ohr auf.«

Pembo stieß einen Schrei aus, und Hasan Gorbatschow fluchte: »Verdammt, du Vollidiot. Jetzt hast du sie mir direkt ins Gesicht geschmissen.«

Nachdem sie die Ratte in die Flucht geschlagen hatten, fragten sie Lucky Luke: »Und was machst du hier?«

»Militärdienst.«

»Was ist das bitteschön für ein Militärdienst?«

»Ist 'ne lange Geschichte.«

Die ganze darauffolgende Woche erzählten sie einander lange Geschichten. Da keine Fremden mithörten, schilderten Hasan Gorbatschow und Pembo das von ihnen entwickelte System der Spedition Stibitzke in allen Details. Sie ließen einander Adressen und Telefonnummern auswendig lernen. Abends kamen regelmäßig die Gendarmen und malträtierten Hasan Gorbatschow und Pembo mit Schläuchen. Doch am achten Tag, zur Prügelstunde, war kein Gendarm zu sehen. In der Zelle herrschte Grabesstille. Bis Pembo gegen die Eisengitter trat und schrie: »Verdammt, jetzt kommt doch endlich! Kommt her!«

Hasan Gorbatschow saß da und sagte: »Du bist so ein Vollidiot. Hast dich wohl an die Schläge gewöhnt? Scheinen dir nicht gut bekommen zu sein.«

Da Pembo immer noch gegen die Gitterstäbe trat und aus vollem Halse in die Dunkelheit hineinbrüllte, hörte er seinen Zellengenossen mit dem Fleck auf der Stirn nicht. Er forderte mit Leidenschaft ein Ende der Ungewissheit. »Kommt her, ihr Arschlöcher! Kommt her, verdammt!«

Hasan Gorbatschow stand auf und sagte in ruhigem Ton: »So solltest du nicht mit den Soldaten sprechen.«

»Wie denn sonst?«

»Sie tun doch nur ihre staatsbürgerliche Pflicht.«

»Dass ich nicht lache! Ich hab überall blaue Flecken, es bilden sich sogar schon Ödeme.«

»Junge, was können die Gendarmen dafür, wo es ihnen ihr Kommandant doch befiehlt?«

»Mit der Einstellung wirst du noch mehr Prügel bekommen«, entgegnete Pembo und setzte sich. »Du hast bisher sowieso viel zu wenig abgekriegt.«

»Halt die Klappe! Du kriegst gleich meine Füße zu spüren!«

Ein Wärter kam durch den dunklen Korridor näher und ließ den Schlagstock in seiner Hand in schnellem Stakkato gegen die Gitterstäbe der nebeneinander aufgereihten Zellen prallen. »Was ist hier los? Warum schreit ihr so rum?«

Er sperrte die Zellentür auf. Hinter ihm leuchtete ein anderer Wärter Gorbatschow und Pembo mit seiner Taschenlampe ins Gesicht.

»Los, aufstehen! Wir gehen!«

»Wohin?«

»In die Krankenstation!«

Bevor sie gingen, blieb Pembo vor der Zelle stehen, in der Lucky Luke saß. »Eine Frage noch: Warum hast du damals Hayri Babas Fische versteckt?«

»Zur Übung.«

»Für was?«

Der Wärter stieß Pembo den Schlagstock in den Rücken. »Hör auf zu palavern und setz dich in Bewegung!«

Daraufhin trat Pembo dem Wärter ans Schienbein und zischte: »Behalt deinen Knüppel bei dir, du Wichser!« Die Ereignisse überstürzten sich. Gemeinsam fielen die beiden Wärter über Pembo her. Bald darauf kam ein weiteres halbes Dutzend Männer, und die beiden Freunde wurden unter Schlägen und Tritten abgeführt. »Verdammt, Pembo, es reicht!«, schimpfte Gorbatschow. »Kannst du nicht einfach mal die Klappe halten? Du Vollidiot! Immer kriegen wir deinetwegen die Hucke voll.«

Lucky Luke war wieder alleine.

***

Ein Auge auf seinem Terminkalender, fragte der Professor: »Wie lange hast du in der Zelle gesessen?«

»Bis zur Entlassung aus dem Wehrdienst.«

»Eine harte Strafe.«

»Hast du mein Abenteuer *Im Schatten der Bohrtürme* gelesen? Es ist seinerzeit bei Milliyet Yayınları erschienen, im Großformat.«

Der Professor schaute ein wenig ratlos drein. »Nein, das habe ich nicht gelesen.«

»Es spielt in Texas zu einer Zeit, als der Wert des Erdöls noch nicht allgemein anerkannt war. In einer Kleinstadt stoßen die Bewohner überall, wo sie mit der Hacke in den Boden schlagen, auf Erdöl. Die ganze Stadt bekommt sich darüber in die Haare. Sie rufen mich zu Hilfe und bitten mich, das Amt des Sheriffs zu übernehmen. Ich gehe also hin und nehme als Erstes einen Kerl namens Bingle fest. Wegen Beamtenbeleidigung stecke ich ihn in eine Zelle. Als dieser Bingle nun versucht, sich einen Fluchttunnel zu graben, sprudelt auch aus dem Zellenboden Erdöl. Ich packe den Kerl und schmeiße ihn raus, aber er möchte die Zelle am liebsten gar nicht mehr verlassen. Obwohl er doch jetzt frei ist, ist er unzufrieden und beginnt, alle möglichen Verbrechen zu begehen, um wieder eingelocht zu werden. Aber was er auch tut, ich sperre ihn nicht mehr ein. Ist das nicht wunderbar ironisch?«

»Ja«, sagte der Professor. »Wann machen wir den nächsten Termin? Geht Donnerstag, der 22. Februar?«

»An dem Tag habe ich zu tun«, erwiderte Lucky Luke. »Wenn es für dich okay ist, nehmen wir doch Freitag, den 23. Februar.«

Der Professor schaute in seinen Terminkalender. An dem Tag musste er um 14 Uhr einem Polizisten seine geistige Zurechnungsfähigkeit bescheinigen. Weil es sich dabei aber um eine reine Gefälligkeit handelte, würde es wohl nicht besonders lange dauern, vermutete er. »Passt es dir um 14 Uhr 30?«, fragte er.

»Ja, das passt«, sagte Lucky Luke.

15.

Vor dem Rathaus von Altındağ hatte sich der Verkehr gestaut. »Kehr um, wir fahren unten rum«, schlug der Geist vor, woraufhin Harun den Toros in Richtung der Türbe von Tezveren Sultan beschleunigte und die Handbremse zog. Das Heck des Wagens wurde von der Zentrifugalkraft davongerissen und klopfte den vor dem Grabmal Betenden den Staub aus den Kleidern. Um sich nicht zu überschlagen und womöglich noch mehr Sünde auf sich zu laden, lenkte Harun gegen. Hätte der Fahrer des entgegenkommenden Gelenkbusses nicht im selben Moment auf Bremse und Hupe gedrückt, so wären die drei Beamten wohl zu Märtyrern der türkischen Polizei geworden. Der Bus blieb eine Nasenlänge vor Behzat Ç. stehen, der auf dem Beifahrersitz saß. Der Busfahrer, dunkelblaue Krawatte über hellblauem Hemd, streckte gerade den Kopf zum Fenster heraus, um eine Schimpftirade loszulassen, überlegte es sich jedoch anders, als er die Insassen des Toros als Polizisten identifiziert hatte. Behzat Ç. vergewisserte sich, dass sie wieder auf dem richtigen Weg waren, dann ließ er den Handgriff über dem Seitenfenster los.

»Wenn du schon diese U-Turns mit der Handbremse hinlegen musst, dann nimm wenigstens die Geschwindigkeit zurück«, maulte der Geist. Harun schien das nicht sonderlich zu interessieren. Nur ein undeutliches »Braucht man nicht« entrang sich seinen Lippen.

»Braucht man wohl! Wir hätten fast einen Salto gemacht. Noch schlimmer: Wir wären fast in die Türbe gerast. Das ist Sünde.«

»Keine Sorge, der Türbe passiert schon nichts. Dem Bagger, der neulich für die geplante Kreuzung die Türbe einreißen sollte, hat's einfach nur die Schaufel verbeult. Hast du das nicht mitgekriegt?«

»Doch, habe ich«, erwiderte der Geist. »Den Baggerführer selbst soll's auch verbeult haben, hieß es.«

»Warum machst du dann solche Panik?«

»Ich mache mir weniger Sorgen um die Türbe als vielmehr um uns selbst.«

Sieben Minuten später näherten sie sich dem Befreiungspark vom Vedat-Dalokay-Hochzeitssalon aus. Der Mitarbeiter eines privaten Sicherheitsdienstes kam angelaufen und hob den eisernen Schlagbaum. Harun fuhr in Richtung des Beckens, das in der Mitte des Parks lag. Als Erstes sahen sie den Geier, der sich an einem mit Bäumen bestandenen Fleck nahe dem Becken hingekauert hatte und die Erde abtastete.

Tahsin kam den Joggingparcours entlanggerannt, brachte seinen wabbelnden Bauch unter Kontrolle und brüllte: »Wo steckt ihr, verdammt noch mal?«

»Wir sind doch hier.«

Von den Ermittlern der Mordkommission abgesehen waren noch zwei Baggerführer sowie zwei Beamte der Terrorbekämpfung vor Ort. Harun zeigte mit dem Finger auf die beiden und fragte: »Haben wir die Angelegenheit nicht auf dem sechsten Kanal besprochen?«

»Die Typen hören anscheinend auch den Kripofunk mit.«

Selbst wenn sie es gewollt hätten, den Angehörigen der Mordkommission wäre es umgekehrt niemals möglich gewesen, auf dem zweiten Kanal den Funk der Terrorbekämpfung mitzuhören. Auch die Polizeiberichterstatter einiger Zeitungen befanden sich bereits am Tatort.

»Und wie haben die da von der Sache Wind bekommen?«, fragte Harun.

»Keine Ahnung«, gestand Tahsin.

Der Geier zeigte den beiden Baggerführern drei Stellen in der Nähe des Beckens, die ihm verdächtig vorkamen. Als die Männer ein wenig träge in Bewegung kamen, wurde er ungeduldig und schrie: »Ihr setzt jetzt sofort eure Bagger in Gang! Oder steigt aus und lasst mich das übernehmen!« Er wollte sich schon sein Jackett vom Leib reißen, wurde aber von den anderen festgehalten, und die Bagger rollten los.

Behzat Ç. näherte sich Tahsin und zeigte ihm seine Zigarettenschachtel. Tahsin war etwas schwer von Begriff. »Habe ich dir nicht gesagt, du sollst mir die nicht ständig unter die Nase halten?« Behzat

Ç. zog einen Kugelschreiber aus seiner Hemdtasche und schrieb das Wort ›Tomographie‹ auf die Schachtel. Jetzt verstand Tahsin. »Ach so! Das habe ich ganz vergessen. Wie war nochmal der ganze Name?« Er begann in seiner Tasche nach der 216-Schachtel zu kramen, die Behzat Ç. ihm vor ein paar Tagen gegeben hatte und auf der die vollständige Bezeichnung des Geräts stand. »Mist, ich kann ihn nicht finden. Aber war das nicht so was wie ›superterranes Tomographiedings‹?«

»Subterranes Tomographiedings«, verbesserte Harun.

Die Bagger hatten gerade die Stelle erreicht, die der Geier ihnen zugewiesen hatte, da erschien in etwa dreißig Metern Entfernung eine Frau, die aussah wie Olivia Oyl, und schrie den Baggerführern zu: »Sofort aufhören!« Der Geier schlug die Hände über dem Kopf zusammen. Olivia kam näher und streckte ihre Hand Behzat Ç. entgegen, der sie der Form halber schüttelte. »Ich komme vom Präsidium des Amtes für Verkehrswesen der Großstadtgemeinde Ankara …« Der Geier stürmte wutentbrannt auf Olivia zu, doch Behzat Ç., der Gewalt gegen Frauen ablehnte, solange Kämpfe von Mann gegen Mann möglich waren, hielt ihn zurück. Er verwies Olivia an Eda.

Tahsin biss derweil in seine Gebetskette und sagte in sein Handy: »Ja, Herr Direktor. Zu Befehl, Herr Direktor. Der Zeuge aus dem Schwanenpark hat nichts ergeben. In seiner Kriminalakte ist zwar ein Bombenattentat erwähnt, aber im Grunde genommen ist er nur ein armer Irrer. Wir brauchen dieses Gerät dringend. Ja, sofort.« Er legte auf und fragte: »Was war denn das gerade für eine Frau?«

»Wissen wir nicht.«

»Wenn ihr es nicht wisst, warum versucht ihr sie dann zu verprügeln?«

Tahsin musterte die Ermittler, die sich in seiner näheren Umgebung befanden. Zu Behzat Ç. sagte er: »Das Tomographiegerät kommt per Hubschrauber. Ist in etwa einer Stunde hier.« Selim rief er zu: »Alles, was das Kriminalamt an Leuten hat, soll kommen.« Zu Harun schrie er hinüber: »Riegelt den Park ab, werft die Journalisten raus und scheucht alle zusammen, die noch übrig bleiben.« Er wischte sich den Schweiß von der Stirn und fuhr fort: »Wir teilen uns jetzt in vier Einheiten auf und durchkämmen den ganzen Park. Wer irgendeinen Hubbel sieht, erstattet über den sechsten Kanal Meldung.« Mit all seiner Gestik und Mimik versuchte er so direktoral wie möglich zu erscheinen.

»Ihr braucht euch nicht über den ganzen Park zu verteilen«, wandte der Geier ein. »Es reicht, wenn ihr euch auf die Umgebung des Beckens konzentriert.«

»Woher willst du das wissen?«

»Ich weiß es einfach.«

»Okay, fangt rund um das Becken an, dann verteilt ihr euch über den Park«, fand Tahsin einen Mittelweg.

»Sollen wir die Verkehrspolizei einschalten, Herr Direktor?«

»Habt ihr das nicht sowieso schon getan?«

»Du hast nichts dergleichen angeordnet.«

»Muss ich immer alles anordnen? Sie sollen sämtliche Lieferwagen überprüfen. Vier Männer. Wie sie aussehen, wisst ihr ja. Einer hat einen roten Fleck auf der Stirn. Der Nächste hat eine Zigarette im Mund, der Übernächste einen Kaugummi. Der vierte Typ hat ein quadratisches Kinn und eine ziemlich hässliche Visage.«

Cevdet kam, begleitet von fünf Sicherheitsleuten.

»Sind das die Männer des privaten Sicherheitsdienstes, der für den Park zuständig ist?«

»Ja.«

»Hat jemand von euch einen Lieferwagen gesehen?«, wandte sich der Geist an die Sicherheitsleute.

»Nein.«

»Gab es heute Morgen sonst irgendwelche außergewöhnlichen Vorkommnisse?«

»Allzu viel ist nicht passiert«, sagte der größte der Sicherheitsmänner. »Vorhin haben mal zwei unter einem Baum rumgeknutscht, aber die haben wir weggejagt.«

»Bravo. Habt ihr denn vielleicht irgendjemanden graben sehen?«

»Gegraben wird hier jeden Tag.«

»Von wem?«

»Von den Wasserwerken, den Elektrizitätswerken, dem Straßenbauamt – wem auch immer es gerade in den Kram passt.«

»Und wer hat heute Morgen gegraben?«

»Das müssten die Elektrizitätswerke gewesen sein. Sie schließen neue Strommasten für den Bürgersteig da an.«

»Du, du, du und du«, wandte Tahsin sich an vier Polizisten, die sinnlos herumstanden. »Ihr trommelt die Elektriker zusammen und bringt sie her.«

Innerhalb einer halben Stunde waren alle Dezernate im Befreiungspark vertreten, vom Diebstahl bis zum Raub, von der Sitte bis zu den Vermissten.

»Wir haben den Park jetzt abgesperrt, aber was sollen wir mit den Leuten machen, die noch drin sind?«

»Da sind doch diese Picknicktische, gegenüber der Feuerwehr. Dort sammelt ihr sie. Nehmt Namen, Adressen und Telefonnummern auf. Wenn jemand Männer mit Schaufeln oder Hacken gesehen hat, behaltet ihr ihn da. Bei den anderen überprüft ihr die Kriminalakte und lasst sie gehen. Cevdet, nimm dir vier Leute mit.«

Tahsin schaute wieder in die Runde. »Du, du, du und du.«

Fünfzehn Minuten später kam Cevdet zurück. »He…He…Herr Direktor«, stotterte er. »Folgendes Problem: Wir sollen doch die, die Männer mit Schaufeln und Hacken gesehen haben, dabehalten. Jetzt fangen die Leute an zu erzählen, sie hätten nichts gesehen, nur, damit sie gehen dürfen.«

»Okay«, stöhnte Tahsin, »hol mir mal von dem Kiosk da eine Packung lange Marlboros. Diese Leute können mich echt mal am Arsch lecken! Ihr lasst niemanden mehr irgendwohin. Dann bleiben sie eben bis heute Abend hier.«

Eine Stunde später sahen sie einen Hubschrauber, der sich vom Himmel über Cebeci dem Befreiungspark näherte. Er drehte eine kleine Schleife und landete auf der Wiese nahe dem Becken. Aus dem Hubschrauber stieg ein uralter Wissenschaftler, der aussah, als dürfte er jeden Moment das Zeitliche segnen. Weil die Rotorblätter noch nicht stillstanden, zitterte der Mann wie ein Blatt im Wind, und sie mussten ihm unter die Arme greifen, damit er nicht umgepustet wurde.

»Und, Herr Professor, wo ist das Gerät?«, brüllte Tahsin.

Der Wissenschaftler klopfte auf die kleine, rechteckige Aktentasche in seiner Hand.

»Hier drin.«

»Da drin?«

Was der Mann als subterranes Tomographiesystem bezeichnete, unterschied sich nur unwesentlich von einer stinknormalen Fernsehantenne. Es sah aus, als könnte man es bequem auf jedem besseren Flohmarkt finden.

»Und, wo ist das, was Sie suchen?«

»Woher soll ich das wissen?«, erwiderte Tahsin. »Das sollen Sie uns doch sagen.«

»Ich kann mit dem Gerät nicht den ganzen Park durchleuchten. Zeigen Sie mir ein Gebiet, in dem ich mit der Suche beginnen soll.«

Der Geier hakte sich bei ihm ein. »Kommen Sie mit, Herr Professor. Fangen Sie hier an, rund um das Becken da.«

Der Wissenschaftler öffnete die Aktentasche und schloss das Gerät an einen Laptop an, den er eigens mitgebracht hatte. Die Polizisten holten ihm vom Kiosk einen Stuhl, damit er sich setzen, und ein wackliges Plastiktischchen, auf dem er den Laptop abstellen konnte.

»Jetzt Ruhe bitte«, sagte der Professor.

»Ruhe!«, schrie Tahsin die Anwesenden an. Sein Befehl machte schnell die Runde. Einige Augenblicke später war der ganze Park in tiefes Schweigen gehüllt. Mütter pressten ihren Kindern, die zu weinen wagten, die Hand auf den Mund. Die Vögel hatten aufgehört zu picken. Sogar die Hunde waren verstummt. Es herrschte vollkommene Stille. Behzat Ç. empfand inneren Frieden.

»Warum sagt denn niemand mehr was?«

»Haben Sie nicht gesagt, wir sollen still sein?«

»Nein, nein … So war das nicht gemeint. Das Gerät funktioniert vollkommen unabhängig von Umweltgeräuschen. Ich musste mich nur konzentrieren.«

»Mein Gott«, seufzte Tahsin, vollendete seinen Satz aber nicht, weil er es für besser hielt, dem Mann nicht zu widersprechen. Er hatte schon die halbe Schachtel lange Marlboros aufgeraucht. »Ist das Gerät bereit, Herr Professor?«

»Ist es.«

»Worauf warten wir dann noch?«

»Dass der Computer hochfährt. Ich muss ihn mal wieder neu formatieren, er ist ganz schön langsam geworden.«

Drei Minuten später war der Computer hochgefahren. Auf dem Monitor erschienen jede Menge Kurven und Geraden, die Schnittpunkte miteinander bildeten und sich zu undefinierbaren Formen zusammensetzten. »Es kann sich um eine von drei Stellen handeln«, verkündete der Wissenschaftler. »An einer davon haben Sie bereits gegraben.«

»Ja«, bestätigte der Geier. »Das habe ich veranlasst. Wir sind auf eine Wasserleitung gestoßen.«

»Hmmm«, machte der Wissenschaftler und musterte den Geier. »Sind Sie auch vom FZM?«

»Nein. Ich habe das Gymnasium nach zwei Jahren geschmissen.«

Der Mann sah den Geier ungläubig an. Der Kerl hielt ihn wohl für einen alten Knacker, über den man sich ungestraft lustig machen konnte. Doch dann fuhr er fort, als ob nichts gewesen wäre: »Also, an zwei Stellen befinden sich Objekte. Das eine dürften, wenn ich mich nicht irre, Stromkabel sein, die der Beleuchtung des Beckens dienen. Das andere ist eine Art Kasten. Besteht das, wonach Sie suchen, aus einem dreieckigen Prisma über einem rechteckigen Prisma?«

»Wir suchen keine Prismen«, sagte Tahsin. »Wir suchen einen Sarg.«

»Was Sie einen Sarg nennen, ist theoretisch nichts anderes als ein dreieckiges Prisma über einem rechteckigen Prisma.«

»Dann ist ja gut. Finden Sie erst mal den Sarg, Professor, theoretisieren können wir dann später immer noch.«

Tahsin deutete auf die Prismen auf dem Monitor. »Hier, sagen Sie?«

»Ja.«

»Okay, und welche Stelle auf dem Bildschirm entspricht welchem Ort hier auf der Erde, auf der wir stehen?«

»Bitte seien Sie kurz ruhig, dann berechne ich es.«

»Bitte machen Sie schnell, Professor, ich flehe Sie an!«

Der Professor nahm Maß, versank in Überlegungen, drehte zwei Runden durch den Park, setzte sich wieder und gab sich einigen detaillierten Berechnungen hin. Schließlich deutete er mit dem Zeigefinger genau unter den Hocker, auf dem er saß.

»Es ist hier.«

»Wir stehen also schon die ganze Zeit direkt über dem Sarg?«

»Ja.«

Während der Bagger heranrollte, zog der Geier sich das Jackett aus, zückte seine Waffe und kletterte neben den Baggerführer ins Führerhäuschen. Er drehte sich zu der neugierigen Menge um und rief: »Wir werden jetzt hier graben. Wer etwas dagegen einzuwenden hat, dem puste ich mit dieser Waffe den Kopf weg!«

»Ist der übergeschnappt?«, fragte Tahsin.

Cevdet und Selim kletterten auf den Bagger und holten den Geier wieder herunter. Sie brachten ihn zum Kiosk und spritzten ihm kaltes Wasser in das vor Zorn auberginenfarbene Gesicht. Behzat Ç. sah zu den welken Akazien hinüber, an deren trockenen Zweigen nur noch wenige hartnäckige Blätter den Herbst überdauert hatten.

16.

Behzat Ç. sah in den Personalausweis des Toten: Hamdullah Özdal, 1932, Ankara. Der Familienname kam ihm bekannt vor. Wieder war man nach der gleichen Methode vorgegangen: Paketband, Pfefferspray, Abtransport im Sarg. Fünf Minuten später stellte sich heraus, dass es sich bei dem Toten um den Vater von Coşkun handelte. Zehn Minuten später übernahm die Terrorbekämpfung den Fall. Tahsin beschrieb diesen Umstand mit den Worten: »Ihr werdet koordiniert zusammenarbeiten.« Die koordinierte Zusammenarbeit sah zunächst einmal so aus, dass sie aus einigen Verdächtigen mit langem Vorstrafenregister, die sie im Befreiungspark aufgelesen hatten, ein Geständnis herauszuprügeln versuchten. Doch außer ein wenig Stressabbau brachte diese Aktivität keinen positiven Nutzen. Die ganze Nacht über leiteten sie Informationen, Berichte und Vernehmungsprotokolle zum Fall an ihre Kollegen von der Terrorbekämpfung weiter. Jede Menge Direktoren mit viel Lametta auf den Schultern gaben einander in der Mordkommission die Klinke in die Hand. Tahsin ging auf dem Zahnfleisch, und Cevdet hatte Schwierigkeiten mit dem Teenachschub.

Hamdullah Özdal war Korea-Veteran gewesen und hatte in Batıkent gewohnt. Gegen Mittag des nächsten Tages fuhren Harun und Behzat Ç. dorthin, vorbei an Kinderspielplätzen mit schief hängenden Schaukeln und billigen Rutschen, die verstreut zwischen nebeneinander aufragenden Mietskasernen lagen. Harun gähnte, ohne sich die Hand vor den Mund zu halten, dann wischte er sich mit dem Handrücken die vor Müdigkeit tränenden Augen. Behzat Ç. betrachtete die dunklen Wolken am Horizont, die ausgefranst waren und sich wie Treppenstufen aneinanderreihten. Mit ein bisschen Phantasiedoping konnte man in diesen Kumuluswolken durchaus die Dalton-Brüder erkennen.

Als sie in die Siedlung einbogen, in der Hamdullah Özdal gewohnt hatte, wären sie fast in einen Gully gefahren, bei dem der

Deckel fehlte, doch Harun riss das Lenkrad gerade noch rechtzeitig herum. Behzat Ç. griff nach der Aspirinschachtel, die im Handschuhfach lag. Sie war leer.

Sie entfernten das Absperrband vor der Tür von Hamdullah Özdals Wohnung und traten ein. Schimmelgeruch schlug ihnen entgegen, und an den teils rußigen Wänden waren noch die Nägel von Bilderrahmen auszumachen, die einmal dort gehangen haben mussten. Wenig später betrat auch Ekrem, der Leiter des Sittendezernats, die Wohnung und schüttelte ihnen die Hand. Sie gingen ins Wohnzimmer, das bis auf einige Fotos an den Wänden völlig leergeräumt war.

»Was sagt ihr dazu?«, fragte Ekrem.

»Die gleiche Handschrift«, erwiderte Harun. »Die Sessel sind futsch, die Anrichte ebenfalls: die Spedition Stibitzke.«

Sie betrachteten die vergrößerten Fotografien, die noch in rechteckigen Rahmen an der Wand hingen. Eine von ihnen, die aus einem Zeitungsartikel zu stammen schien, trug die Überschrift: »Die Kunuri-Front«. Acht schlammverdreckte Soldaten mit angespannten Gesichtern, in ihrer Deckung auf ihre Waffen gestützt. Einer von ihnen war vermutlich Hamdullah Özdal.

Coşkun kam hereingestürmt. Bebend vor Zorn packte er Behzat Ç. am Kragen.

»Sprichst du immer noch nicht?«

Harun ging dazwischen.

»Reg dich ab, er hat ein Knötchen.«

»Ich scheiß auf sein Knötchen!«

Behzat Ç. schüttelte Coşkuns Hände ab. Wenn er ihm keine Ohrfeige verabreichte, dann nur aus Respekt vor seinem Alter. Obwohl Coşkun dreißig Zentimeter kleiner war als Behzat Ç., bekamen Harun und Ekrem ihn nur mühsam in ihre Gewalt. Wütender, als Joe Dalton es jemals sein könnte, brüllte er: »Was bist du eigentlich für ein Ermittler? Ich hasse dich. Ich hasse dich! Ich habe dich so oft gefragt, was es mit diesem Hund im Schwanenpark auf sich hat. Wenn du eine Korrelation zwischen den beiden Ereignissen festgestellt hast, warum hast du uns dann nichts davon gesagt?«

»Was ist denn eine Korrelation?«, fragte ein junger Polizist der Terrorbekämpfung seinen neben ihm stehenden Kollegen.

»Was weiß ich, bin ich ein Wörterbuch?«, gab der andere, noch jüngere zurück.

Coşkun befreite sich aus dem Griff der Polizisten, die ihn aus dem Wohnzimmer hinauszubringen versuchten, und blaffte Harun an: »Der Fall ist von jetzt an Sache der Terrorbekämpfung. Ihr haltet euch da raus.« Ein Beamter der Terrorbekämpfung vom gleichen Dienstgrad wie Behzat Ç. kam lächelnd näher und legte die Hand auf die Schulter seines Ranggenossen. »Nimm es Coşkun nicht übel.«

Behzat Ç. ließ seinen Blick noch einmal durchs Wohnzimmer schweifen, aber es gab weiter nichts, was seine Aufmerksamkeit erregt hätte. Er ging zur Haustür. Harun folgte ihm. Sie wollten gerade hinausgehen, da näherte sich Ekrem von der Sitte und hielt Behzat Ç. am Arm zurück. »Bitte kommt heute Abend bei mir vorbei. Es ist verdammt wichtig!«

Als sie draußen waren, überlegten sie, wohin sie sich als nächstes wenden sollten. Alle potentiellen Augenzeugen im Haus waren bereits von der Terrorbekämpfung abkommandiert worden. Behzat Ç. wies auf die leere Aspirinschachtel, und so lenkten sie den Toros zunächst einmal vor den Tante-Emma-Laden an der Einfahrt zur Siedlung. Der Lehrling des Ladens war noch in einem Alter, in dem man jeden, der auch nur ein einziges graues Haar hat, schon für alt hält, und als er Behzat Ç. mit eingezogenem Kopf durch die niedrige Tür treten sah, richtete er sich auf mit den Worten: »Bitteschön, Onkel, womit kann ich dienen?«

Harun legte sein Funkgerät auf den Tresen und fragte: »Wo ist hier der Inhaber?«

»Beim Freitagsgebet«, antwortete der pickelige Lehrling. »Sind Sie Polizist, Chef?«

»Ja.«

»Die Zigeuner klauen in einer Tour, das wollte ich Ihnen mal sagen.«

»Was klauen sie denn?«

»Gullydeckel. Deswegen sind Sie doch sicher hier.«

»Wegen Gullydeckeln? Nein. Aber hast du vielleicht gestern ein verdächtiges Fahrzeug beobachtet? Einen Lieferwagen?«

»Nein.«

»Na gut. Dann gib uns mal zwei Schachteln Aspirin und eine Flasche Tekel, aber eingewickelt.«

Behzat Ç. schüttelte den Kopf zum Zeichen, dass er kein Bier wollte.

Harun warf seinem Vorgesetzten einen überraschten Blick zu. »Also gut, dann nur Aspirin.«

Der pubertierende Lehrling nahm zwei Schachteln aus dem Regal. »Die normalen oder die wasserlöslichen?«

Mit einer Kopfbewegung wies Harun auf Behzat Ç. »Schau dir den Mann doch mal an. Sieht der so aus, als würde er Aspirin in Wasser auflösen?«

»Tut mir leid, Herr Kommissar, ich wollte ja nur nach der Sorte fragen.«

»Unnötig. Wo sind hier die Schokoprinzen?«

»Die Schokosandwichs?«

»Wieso Sandwichs? Die ganz normalen Schokoprinzen!«

»Die heißen jetzt Schokosandwichs, Herr Kommissar.«

»Du redest zu viel!«

Außer dem Aspirin kaufte Harun noch drei Rollen Schokoprinzen – es stand wirklich »Schokosandwichs« darauf –, zwei Marshmallowcookies, eine Packung Butterkekse, dazu Salzstangen, Pizzakräcker und Fischlis. Als er den Toros aus Batıkent hinausgesteuert hatte, hatte er nicht die geringste Ahnung, wohin er jetzt fahren sollte. Auf Höhe der Kreuzung zwischen Ostim und Gimat hatte er die Schokoprinzen bereits aufgegessen. Da die Sache allmählich aus dem Ruder zu laufen schien, würden sie bis zur Aufklärung des Falls den ganzen Tag über arbeiten müssen. Als Harun sein vibrierendes Handy aus der Tasche zog, warf Behzat Ç. einen Kontrollblick auf sein eigenes Telefon. Immer noch kein Anruf. Dabei hatte er Bahar zuliebe jetzt sogar schon auf sein Tekel verzichtet. Er wollte bei einem eventuellen Zusammentreffen schließlich nicht den Eindruck eines Alkoholikers erwecken.

»Der Geist ist dran«, sagte Harun und schrie dann ins Telefon: »Hallo! Wo bist du?«

»Bei der Müllhalde in Mamak.«

»Was für eine Müllhalde in Mamak?«

»Meine Güte, wie viele Müllhalden gibt es denn in Mamak?«

»Ist da überhaupt noch eine? Die wurde doch eingeebnet.«

»Jetzt hör mir doch mal zu, in Gottes Namen!«

»Was ist denn passiert? Erzähl schon!«, gab Harun zurück, als wäre sein Gesprächspartner derjenige, der die Unterhaltung unnötig in die Länge zog.

»Ich glaube, ich habe die verschwundenen Möbel gefunden.«

»Okay, wir kommen.«

Sie bogen von der Schnellstraße nach Istanbul ab in Richtung İvedik. Vor dem Atatürk-Forstgut mussten sie anhalten und einen Zug passieren lassen. Als sich die Schranken wieder hoben, empfing Harun eine SMS. Im Rückspiegel musterte er seinen Vorgesetzten unauffällig. Nachdem sie die Schienen überquert hatten, fuhr Harun den Toros rechts ran. »Chef«, sagte er zerknirscht, »ich soll dich zum Psychologen bringen. Befehl von Direktor Tahsin.«

Behzat Ç. öffnete eine neue Schachtel Zigaretten, fasste sie mit zwei Fingern am unteren Ende, schnippte dagegen und zog die vorderste der drei 216, die dabei zum Vorschein kamen, mit dem Mundwinkel heraus. Er hatte gute Gründe, die Welt der Seelenkunde zu verabscheuen. Schließlich hatte seine Frau, von der er sich vor zwölf Jahren hatte scheiden lassen, nur sechs Monate nach ihrer Trennung einen Psychiater geheiratet. ›Wenn's unbedingt sein muss‹, schien sein Blick zu sagen.

»Mach nicht so ein Gesicht, Chef. Es ist ein Befehl. Du brauchst dir auch keine Sorgen zu machen, ich bin ja dabei. Der Mann schaut dich nur an und unterschreibt, es gibt keinerlei Gespräch oder so. Şevket hat dankenswerterweise alles arrangiert. Sonst machen diese Inspektoren dich zur Schnecke. Und mit dir das ganze Team.«

Behzat Ç. sah erst Harun an, dann blickte er dem langsam in Richtung Kayaş davonrollenden Zug nach. Mit dem Handrücken strich er sich die Asche, die von der 216 herabgefallen war, vom

Jackett. Aus einem vorüberfahrenden Schulbus winkten Kinder dem Hauptkommissar zu und hatten ihren Spaß. Bis sie ihn aus den Augen verloren hatten, grinsten manche zu ihm herüber, während andere die Zungen herausstreckten. Einige ganz Freche zeigten ihm sogar den Stinkefinger. Die Jugend heutzutage hatte Staatsbeamten gegenüber keinerlei Respekt mehr.

»Du, versteh das nicht falsch«, sagte Harun. »Mich können sie ruhig observieren. Wäre mir sogar ganz recht, ich mache dann einfach einen Kiosk auf. Aber da sind ja auch noch der Geier und der Geist. Für die sind Morde ihr Leben, die können gar keinen anderen Beruf mehr ausüben.«

***

Am Freitag, dem 23. Februar, um 14 Uhr 15 betraten Harun und Behzat Ç. mit viertelstündiger Verspätung die Praxis des Professors. Auch Lucky Luke, der zu seinen Terminen im Durchschnitt etwa zwanzig Minuten vor der Zeit kam, hatte sich bereits eingefunden. Sie trafen ihn dabei an, wie er, auf einem Stuhl stehend, an den Vorhängen im Wartezimmer herumfummelte. »Was machst du da?«, fragte Selma, die gemeinsam mit den Polizisten das Zimmer betreten hatte.

»Der Vorhang ist aus der Schiene gerutscht. Ich versuche das gerade wieder in Ordnung zu bringen«, erwiderte Lucky Luke. Behzat Ç. spürte instinktiv, dass er sich diese Antwort vorher zurechtgelegt hatte. Harun, der den gleichen Eindruck gewonnen hatte, sah zu dem Haus auf der gegenüberliegenden Straßenseite hinüber und fragte sich, ob der Typ dort vielleicht jemanden beobachtet haben könnte. An die Polizisten gewandt, sagte Selma: »Der Professor wird Sie gleich empfangen.«

Sie setzten sich neben Lucky Luke aufs Sofa. Harun nahm sich eine Cosmopolitan und begann mit großem Ernst einen Artikel mit dem Titel »14 Sexideen, die Sie noch nie ausprobiert haben« zu lesen. Behzat Ç. lauschte dem ohrenbetäubenden Gezwitscher des grüngelben Wellensittichs und zündete sich eine 216 an, doch noch bevor der erste Zug seine Lungen erreicht hatte, kam Selma angeschossen. Eine Frau wie ein Gesetzestext: »Hier ist Rauchen verboten!«, keifte sie.

Mit den Augen wies Behzat Ç. auf Lucky Luke, der eine Maltepe im Mundwinkel stecken hatte.

»Seine brennt aber nicht«, sagte Selma.

Die beiden Polizisten schauten zweifelnd zu Lucky Luke hinüber, der seine Maltepe sogleich in der Westentasche verschwinden ließ. »Was soll ich machen? Mir fällt es auch nicht leicht. Ab und zu muss ich sie mir einfach in den Mund stecken, wenn ich hier bin.«

Als Behzat Ç. die 216 in der Erde der nächsten Begonie ausdrückte, kamen Selma fast die Tränen. »Ich hätte Ihnen doch einen Aschenbecher bringen können.«

»Wozu einen Aschenbecher, wenn man nicht rauchen darf?«, fragte Harun, der einen Widerspruch in ihren Aussagen festgestellt zu haben meinte.

»Um die Zigarette auszudrücken, falls sich doch jemand eine anzündet«, entgegnete Lucky Luke.

»Du bist ja ein ganz schön pfiffiges Kerlchen. Beruf?«

»Ingenieur.«

»Elektro?«

»Nein, Maschinenbau.«

Lucky Luke warf einen Blick auf das Funkgerät in Haruns Hand. »Und Sie? Welche Dienststelle?«

»Kriminalpolizei.«

»Mordkommission?«

»Jep.«

Der Professor kam, drückte Behzat Ç. die Hand und wies auf die Tür seines Sprechzimmers. »Gehen wir doch rein.« Harun war mit aufgestanden. Der Professor blieb im Türrahmen stehen und erkundigte sich mit fragendem Blick: »Und Sie?«

»Ich begleite ihn.«

»Er braucht keinen Begleiter. Wir regeln das schon.«

Harun sah Behzat Ç. an. Als er von diesem einen bestätigenden Blick empfangen hatte, kehrte er zu Lucky Luke aufs Sofa zurück.

Im Sprechzimmer setzte sich der Professor an seinen Schreibtisch. Er wühlte in den Schubladen und brachte eine Zigarrenschachtel zum Vorschein. »Wie ich gehört habe, sind Sie ein großer Tabakfreund. Diese Zigarren hat mir ein Freund aus Havanna geschickt. Möchten Sie eine?«

Behzat Ç. war nicht der Typ, der seine alte Freundin gegen eine kubanische Zigarre eintauschen würde. Ihm sprang ein Haar auf dem grünen Pullover des Professors ins Auge, und er wollte sich schon danach ausstrecken und es entfernen, ließ es dann aber doch. Der Professor steckte die Schachtel wieder weg. »Şevket hat mir viel von Ihnen erzählt. Ich weiß, was Sie durchgemacht haben. Ich kann Sie gut verstehen.«

Behzat Ç. schaute auf seine Hände, die leicht zu zittern begonnen hatten. Ein Schlag in die rasierte Visage dieses Kerls – damit ließe sich bestimmt ein ordentliches Klatschen erzeugen. Er schaute auf das Diplom an der Wand. Der Mann hatte was drauf. Sein Blick glitt zur Tür. Er könnte eigentlich auch sofort wieder gehen.

»Es mag sein, dass Ihre Stimme Ihnen vorkommt wie eine fremde Haut«, versuchte der Professor ein Gespräch anzuknüpfen. »Es mag sein, dass Sie das Sprechen als Qual empfinden. Doch sowohl zur Beschreibung dieses Zustands als auch zur Lösung des Problems ist wiederum das Sprechen unabdingbar. Wenn Sie mir zustimmen, dann nicken Sie einfach.«

Behzat Ç. schüttelte wütend den Kopf und warf dem Professor einen Blick zu, der zu sagen schien: ›Halt einfach deine blöde Fresse!‹ – er hatte siebenundvierzig verschiedene Flüche und die dazugehörigen Blicke im Repertoire –, woraufhin dieser ohne weitere Verzögerung das vor ihm liegende Attest unterzeichnete. »Die Unterschrift ist nicht das Problem. Ich hätte sie Ihnen sowieso gegeben. Ich wollte nur einen Dialog herstellen.«

Als Behzat Ç. wieder herauskam, eilte Harun auf die Tür zum Sprechzimmer zu. »Einen Moment noch, Chef.« »Wohin wollen Sie?«, rief Selma ihm hinterher. »Bleiben Sie stehen!«

»Ich möchte nur schnell einen Rat einholen. Dauert keine zwei Minuten«, antwortete Harun. Während Selma noch zeterte: »Das ist ja wohl …«, war er bereits drinnen. »Herr Doktor, wenn Sie zwei Minuten erübrigen könnten, ich hätte da auch mal eine Frage.«

Der Professor warf einen prüfenden Blick auf seine Uhr. »Bitte setzen Sie sich. Was ist das Problem?«

»Ich habe Gott sei Dank gar kein Problem«, entgegnete Harun und ließ sich nieder. »Ich bin ziemlich normal.«

»Derartige Unterscheidungen treffe ich nicht.«

»Wie meinen Sie das?«

»Unterscheidungen zwischen normal und anormal.«

»Ach so. Davon habe ich keine Ahnung, Herr Doktor. Ich wollte mich nur wegen eines Bekannten mal erkundigen. Er hat ein paar Probleme.«

»Nämlich?«

»Es ist folgendermaßen: Die Tochter dieses Bekannten hat letztes Jahr Selbstmord begangen. Sie hieß Berna, war einundzwanzig Jahre alt. Genau an ihrem Geburtstag hat sie sich umgebracht, als wollte sie Rache nehmen. Sie hat meinen Bekannten zu einem Treffpunkt bestellt und ist dann vom Dach gesprungen.«

»Ich verstehe. Bei Selbstmorden sind sowieso in aller Regel Rachegefühle mit im Spiel.«

»Also, davon verstehe ich nichts. Jedenfalls hatte ich selbst auch lange an diesem Ereignis zu knapsen. Aber mein Bekannter hat sich seitdem in völliges Schweigen gehüllt, er spricht mit niemandem mehr. Außerdem hat er sich dem Suff hingegeben, fast wie ein Alkoholiker. Er hat bestimmt jeden Tag eine Flasche Rakı getrunken. Bei seiner Arbeitsstelle haben sie ihn vorübergehend beurlaubt. Das wäre ja eigentlich alles gar nicht so schlimm, schließlich trinken wir alle ab und zu mal was. Und der Mann, von dem die Rede ist, hat nach einem Autounfall auch mit dem Rakı aufgehört und trinkt jetzt nur noch Bier. Aber er hat eben auch noch andere Probleme, davon abgesehen.«

»Probleme welcher Art?«

»Na ja, es scheint, dass er ihren Tod immer noch nicht akzeptiert hat. Er ist nicht einmal zur Beerdigung gegangen. Und da bräuchte ich Ihren Rat. Lässt sich eine derartige Krankheit irgendwie heilen?«

Der Professor lehnte sich zurück. »Offen gesagt ist das nicht mein Fachgebiet. Aber so viel kann ich Ihnen sagen: Einen derartigen Verlust zu akzeptieren fällt keinem leicht. Man sollte das dadurch ausgelöste Verhalten deshalb aber nicht als krankhaft betrachten. Einen nahen Angehörigen zu verlieren kann zu ganz unterschiedlichen Aussetzern führen. Jeder trauert auf seine eigene, ganz persönliche Weise. Manche haben das Gefühl, die geliebte Person plötzlich auf der Straße zu sehen. Andere schlagen alles kaputt. Wieder andere hören auf zu sprechen.«

»Auf meinen Bekannten trifft alles von dem zu, was Sie da gerade aufgezählt haben. Außerdem gehen ihm Quietsche-Entchen auf die Nerven.«

»Nun, damit ist Ihr Bekannter sicherlich nicht allein. Umgekehrt kann es natürlich genauso passieren, dass diese Leute anfangen, pausenlos zu sprechen, und Quietsche-Entchen über alles lieben. Oder dass sie das gleiche Verlustgefühl anderen zufügen wollen, indem sie beispielsweise ihre Haustiere umbringen oder was weiß ich. Wie gesagt: Das ist keine Krankheit oder, um es anders auszudrücken: Es ist nichts, was man therapieren könnte. So ist einfach das Leben.«

»Ich verstehe schon, Herr Doktor. Ich habe trotzdem das Gefühl, dass er den Tod seiner Tochter endlich akzeptieren muss. Er ist schon zweimal aus dem fahrenden Auto gesprungen, weil er meinte, sie gesehen zu haben. Wir haben ja keine Méganes mit automatischem Schließsystem. Deswegen habe ich bei der Fahrt im Toros immer ein Auge auf ihn. Ich muss jeden Moment damit rechnen, dass er rausspringen könnte. Was ich Sie aber fragen wollte, ist: Wenn er zu ihrem Grab ginge, wenn er ihr Grab sehen würde und so, täte ihm das gut? Würde er dann sagen: Aha, sie ist also gestorben, ich brauche nicht mehr ständig aus dem Wagen zu hüpfen?«

»Das weiß ich nicht.«

»Könnte es ihm denn schaden? Würde er erst recht austicken, wenn er ihr Grab sähe? Sagen Sie mir wenigstens das.«

»Ich denke nicht, dass es schadet. Und er ist auch nicht ausgetickt, wie Sie sich ausdrücken.«

»Danke schön, Herr Doktor. Vielen Dank.«

Harun drückte dem Professor die Hand und wandte sich zum Gehen. Er stand bereits vor der Tür, da sagte der Professor: »Ich möchte Sie auch etwas fragen. Wie löst Ihr Vorgesetzter eigentlich all diese Mordfälle, ohne auch nur ein Wort zu sprechen?«

Haruns Gesicht nahm zuerst einen verdutzten, dann einen drohenden Ausdruck an.

»Wenn Sie wüssten, dass ich mich wegen meines Chefs erkundigt habe, dann bliebe das doch unter uns, oder?«

»Ja.«

»Das würde sich nicht in dem Attest niederschlagen und so?«

»Keine Sorge. Ich kenne die ganze Geschichte sowieso in allen Einzelheiten.«

»Woher?«

»Şevket hat sie mir erzählt.«

»Ach ja, richtig.«

»Sie haben mir übrigens noch nicht auf meine Frage geantwortet.«

»Auf Ihre Frage? Ach so, ja. Bei unseren Mordfällen muss man nicht viel sprechen.«

17.

»Seit wie vielen Jahren arbeiten Sie zusammen?«, fragte der Inspektor, der aussah wie Barney Geröllheimer.

»Mein Vorgesetzter und ich?«

»Ja.«

»Seit vierzehn.«

Während Behzat Ç. und Harun beim Psychologen saßen, schwitzte der Geist vor den Inspektoren. Betty musterte ihn von Kopf bis Fuß. »Neigt er zur Gewalt?«

»Nicht mehr, als bei einem Hauptkommissar nötig.«

»Und das wäre?«

»Na ja, wenn jemand nicht artig ist, gibt's schon mal einen Klaps auf den Allerwertesten.«

Betty runzelte die Stirn, um zum Ausdruck zu bringen, dass sie derartig flapsige Antworten nicht guthieß. Sie trug ein schwarzes Kostüm, und ihr Rock endete zwei Fingerbreit über den Knien. Der Geist spielte an seiner geschmacklosen Krawatte herum, die schief über seinem schimmelgrünen Hemd saß.

»Haben Sie den Tathergang im SSK verfolgt?«, fragte Betty, ohne ihre Höflichkeit abzulegen, gleichzeitig aber darauf bedacht zu betonen, dass sie mit ihrer Geduld am Ende war. Der Geist nickte.

»Ja, habe ich«, antwortete er. »Sie haben den Verdacht, dass du ebenfalls dabei warst und alles mitangesehen hast«, hatten Harun und der Geier, die beide vor ihm ausgesagt hatten, ihn vorgewarnt. »Obwohl er zweimal aufgefordert worden war, stehenzubleiben, setzte der Verdächtige seine Flucht fort. Unser Vorgesetzter tat, was getan werden musste.«

Betty zog eine Tatortskizze aus der Tasche, breitete sie auf dem Tisch aus und winkte den Geist heran. Mit so etwas hatte dieser nicht gerechnet. Davon hatte ihm niemand erzählt. Aber das Leben war nun einmal voller Überraschungen. Polizeiinspektor Barney warf Betty einen bitterbösen Blick zu. Auch er sah die Skizze zum ersten Mal.

»Wo waren Sie während der Ereignisse? Können Sie es mir auf der Skizze hier zeigen?«

Der Geist schätzte die Entfernung zwischen dem Mann, auf den geschossen worden war, und dem nächsten Ausgang ab und legte seinen Zeigefinger auf die Stelle, die von beiden am weitesten entfernt lag. Betty, die ihr Haar zu einem Knoten gesteckt hatte, lächelte. Entweder wusste sie ohnehin schon genauestens Bescheid, oder sie versuchte die Wahrheit gerade aus ihm herauszukitzeln.

»Also gut«, sagte sie, »und wo befand sich İsmet Karasu?«

»Wer soll das sein?«

»Sie kennen Ihren eigenen Kollegen nicht?«

»Ach, Sie meinen unseren Geier?«

»Genau.«

»Heißt der İsmet? Ist ja witzig.«

»Wo befand er sich?«

»Das weiß ich nicht genau.« Der Geist überlegte, welche Stelle auf dieser Skizze jener auf Tahsins primitiver Zeichnung entsprach, von der er dem Geier gesagt hatte: »Du warst hier.« Als er meinte, sie gefunden zu haben, sagte er: »Ich erinnere mich nicht genau, aber es könnte in diesem Bereich gewesen sein«, und setzte den Zeigefinger auf die Skizze. Betty musterte den Geist mit einem vielsagenden Blick, als hätte sie ihn bei einem Widerspruch ertappt.

Der Geist kehrte wieder zu seinem Stuhl zurück. »Gemäß der Aussage eines Zeugen …«, fing Betty an, dann setzte sie ihre Brille auf – kaum zu glauben, aber sie hatte eine Brille –, begann in den Papieren zu blättern, die vor ihr lagen, und fuhr schließlich fort: »… kam in dem Moment, als Ihr Vorgesetzter sich bereit machte, einen zweiten Schuss abzufeuern, ein Mann angeflogen und warf sich im letzten Moment auf ihn.«

Brillenträgerinnen übten auf den Geist seit jeher einen starken Reiz aus. »Und?«, fragte er und hoffte inständig, dass das Gespräch nicht die von ihm befürchtete Richtung nehmen möge.

Betty liebte es, mit der Stille zu spielen.

»Haben Sie einen solchen Mann gesehen?«, fragte sie nach einer längeren Kunstpause.

»Was für einen Mann?«

»Einen, der angeflogen kam.«

»Also, Superman habe ich nicht gesehen.«

»Zufälligerweise wissen wir, dass Sie dieser Mann waren.« Dem Geist gefror das Blut in den Adern. Er musste seine grau gestreifte Krawatte lockern. Einen Moment lang verfing sich sein Blick an Bettys Knien, dann wandte er ihn sofort wieder ab. »Sie wissen, dass ich welcher Mann war?«, fragte er wie ein begriffsstutziger Idiot.

»Der, der angeflogen kam.«

»Wenn ich ein solches Talent hätte, wäre ich bestimmt nicht Polizist geworden.«

»Sondern?«

»Keine Ahnung … Vielleicht Pilot.«

»Warum sollte jemand, der fliegen kann, Pilot werden wollen?«

»Falls das Flugzeug abstürzt …«

»Sie halten sich wohl für besonders schlau?«

»Nein, schlau bin ich nicht. Ich bin Polizist. Ich benutze meinen Kopf, um Schlussfolgerungen zu ziehen.«

»Wenn das so ist …«, lächelte Betty. Ihre Zähne waren geisterhaft weiß. Sie hatte nicht die Absicht, seiner Schlagfertigkeit das Feld zu räumen.

»Da Sie Ihren Kopf benutzen, um Schlussfolgerungen zu ziehen, können Sie mir sicherlich sagen, warum Ihr Vorgesetzter die fragliche Person nicht ins Bein geschossen hat.«

»Stilfrage.«

»Was meinen Sie?«

»Unser Vorgesetzter war früher Fußballer. Der schießt nicht auf Beine.«

Betty spürte, dass er sich diese Antwort vorher zurechtgelegt hatte. In einem Tonfall, der keinen Zweifel daran ließ, dass sie von jetzt an kein Blatt mehr vor den Mund nehmen würde, sagte sie: »Jetzt pass mal auf! Nach diesem Disziplinarverfahren wird dein Vorgesetzter vom Dienst suspendiert. Darauf kannst du Gift nehmen. Denn der Stil deines Vorgesetzten kollidiert mit dem Gesetz über Aufgaben und Befugnisse der Polizei. Auch sein Recht, von der

Waffe Gebrauch zu machen, hat er weitaus überstrapaziert. Jetzt …«, sie schwieg für drei Sekunden, setzte ihre Brille ab, stemmte ihre Ellbogen auf den Tisch, stützte ihre Wangen in ihre Hände und beugte sich vor, »… erzählst du uns entweder, was sich wirklich abgespielt hat, oder du wirst ebenfalls gefeuert. Und nicht nur du, sondern natürlich auch alle deine Kollegen, die falsch ausgesagt haben. War das deutlich genug?«

»Ja.«

»Also, sagst du uns jetzt die Wahrheit? Was ist wirklich vor diesen Toiletten passiert?«

Innerhalb von zweieinhalb Sekunden ließ der Geist die vergangenen vierzehn Jahre Revue passieren. Dann sagte er: »Ich habe nicht falsch ausgesagt …«

***

Behzat Ç. und Harun standen in der Parkgarage der Kriminaldirektion und schauten auf ein dreisitziges Sofa hinunter. »Ihr kriegt auch überhaupt nichts vernünftig hin«, fluchte Tahsin. »Was hat diese Couchgarnitur hier zu suchen?«

»Was weiß ich? Der Geist hat das Zeug angeschleppt.«

»Wo ist der?«

»Na, wo wohl? Der sagt vor den Inspektoren aus.«

Behzat Ç. beugte sich über das Sofa, um es aufzuklappen. Tahsin baute sich vor ihm auf. »Was tust du da?«

Behzat Ç. hätte Tahsin am liebsten am Kragen gepackt und in das offene Sofa gestopft. So hätte er auch gleich herausgefunden, ob überhaupt ein Mensch hineinpasste und ob sich die Spedition Stibitzke dieser Methode bedient haben könnte. Er untersuchte den aus dicker Pappe bestehenden Boden des Sofas. Dann klappte er es wieder zu und vergrub seine Hand in der Ritze zwischen Sitzfläche und Armlehne. Wegen der Zigaretten, die er an ähnlicher Stelle hatte fallen lassen, hatte sein über alles geliebter Sessel schon dreimal in Gefahr gestanden, in Flammen aufzugehen. Seine Hand stieß auf etwas Hartes. Er zog es heraus und musste es lange anschauen, um zu erkennen, was es war. Es sah aus wie ein Hörgerät. Er ließ es unauffällig in seine Tasche gleiten.

»Wo sind Cevdet und der Geier?«, fragte Tahsin, an Eda gewandt.

»Die sind beim Straßenbauamt, um den weißen Lieferwagen zu finden«, antwortete Selim, bevor Eda die Gelegenheit dazu hatte.

»Steht mittlerweile fest, dass er dem Straßenbauamt gehört?«

»Laut Möchtegern-Ahmets Aussage war es ein offizielles Fahrzeug. Sie fahren jetzt eben alles ab.«

»Ach ja, was habt ihr mit dem eigentlich gemacht?«

»Der sitzt im Büro. Wir haben ihm einen Hähnchendöner bestellt.«

»Gut, heute Abend werden die Jungs von der Terrorbekämpfung kommen und ihn mitnehmen.«

Es wurde dunkler. Der Geist erschien am Ende der Parkgarage und schwebte heran wie eine Feder, die vom Wind durch die Luft gewirbelt wird.

»Hast du deine Aussage gemacht?«, fragte Tahsin.

»Habe ich.«

»Und, wie war's?«

»Wie soll's schon gewesen sein? Sie vergleichen unsere Aussagen miteinander und versuchen Widersprüche aufzudecken.«

Mit einer unsichtbaren Geste zog der Geist Behzat Ç. und Harun in eine düstere Ecke der Parkgarage. »Hört mal. Die Inspektoren wissen alles. Jemand hat geredet. Zu viel geredet.«

Harun sah sich um, fasste den Feuerlöscher ins Auge und warf Selim, der an seinen spitzen Koteletten herumspielte, einen bösen Blick zu.

»Ich glaube nicht, dass es jemand von uns war«, sagte der Geist. »Hoffe ich zumindest.«

Harun schob den Kopf vor und zurück wie eine Luftpumpe. »Ich weiß nur zu gut, wer das war. Kommt mit.« Sie stiegen in den Toros. »Wo fahrt ihr hin?«, rief Tahsin.

»Wir haben zu tun.«

»Und zwar?«

»Privat.«

Durch einen Schlag auf die Kühlerhaube stoppte Tahsin den an ihm vorüberfahrenden Toros und streckte seinen Kopf durchs Fenster ins Wageninnere. »Behaltet Kontakt zu dem Team in Ayaş. Sie werden euch anrufen, sobald sie herausgefunden haben, wo das Waschmittelpaket gekauft wurde.«

***

Das SSK-Gebäude war wie eine Miniaturausgabe der Stadt, eine chaotische Mischung, in der alles zusammenkam. Man stelle sich einen Ort vor, an dem eine Moschee, ein Parkhaus, eine öffentliche Toilette, Kaldaunen-, Gewürz- und Gemüsehändler, Bars mit Rockmusik und solche mit türkischer Volksmusik, Vergnügungslokale, das Einwohnermeldeamt und die Buchhalter verschiedener Ministerien miteinander koexistieren, an dessen Eingang der Porzellanhändler ein Nachbar des Dönerverkäufers ist.

Die drei Polizisten stellten den Toros am Eingang Sakarya ab und marschierten am Becken vorbei in den quadratischen Innenhof des Geschäftshauses hinein. Zielstrebig steuerten sie auf die öffentlichen Toiletten zu. Die Musikfetzen, die aus den diversen Bars zu ihnen herüberwehten, erinnerten an den Remix eines besoffenen DJ.

»Es gibt vier Augenzeugen«, sagte Harun, an den Geist gewandt. »Dich, mich und den Geier. Und eben diesen Klofuzzi. Da wir nicht geredet haben, muss er es getan haben. Das ist ja wohl offensichtlich, oder?«

»Schon«, erwiderte der Geist, »aber du solltest trotzdem einen gemäßigten Ton anschlagen.«

Haruns gemäßigter Ton bestand darin, den Toilettenbetreiber erst einmal am Kragen zu packen, ihn aus der Kabine zu zerren, in der er saß, und in die Herrentoilette zu schubsen. Der Toilettenmann verlor das Gleichgewicht, stürzte in die Rinne für die rituelle Waschung und beteuerte: »Ich habe nichts gesagt, Herr Kommissar. Wirklich nicht.«

Harun schleifte den Toilettenmann von der Waschrinne fort und drückte ihm den Kopf in ein Pissoir. Mit einer Hand packte er ihn im Genick, mit der anderen fuchtelte er zu zwei Jugendlichen hinüber, die gerade ihr Geschäft verrichteten, und brüllte: »Wenn ihr mit dem Pissen fertig seid, macht die Biege! Und lasst ja kein Geld da!«

Die beiden gingen, ohne ihre Reißverschlüsse hochzuziehen. Kaum waren sie draußen, erschien ein Typ von der Toilettenmafia, gestikulierte herum und krakeelte: »He, he, he! Gibt's Probleme?«

Harun ließ den Mann nahe genug herankommen, dann rammte er ihm seinen Schädel gegen die Nasenwurzel. »Fick dich und deine Probleme!« Während der Mann sich die gebrochene Nase hielt und davonstolperte, versetzte Behzat Ç. ihm einen Tritt, der aber ins Leere ging. Er lief ihm hinterher und brachte ihn mit einem Tackling zu Fall. Der Mann stürzte vornüber aufs Gesicht. Mit den Händen stützte er sich auf die Kacheln und rappelte sich auf, Mund und Nase waren blutüberströmt. Er verschwand, ohne sich noch einmal umzusehen. Der Geist schloss leise die Klotür hinter sich. Er verrichtete sein Geschäft lieber im Stillen, und unter den Kollegen gab es schon genügend Raufbolde.

Sie wandten sich wieder dem Toilettenmann zu.

»Warst du derjenige, der geredet hat?«

»Nein, ich habe wirklich nicht geredet, Herr Kommissar!«

Harun fing an, den Kopf des Toilettenmanns gegen das Pissoir donnern zu lassen, bis dieses schließlich zu Boden fiel und zerbrach. Dabei wurde das Abflussrohr herausgerissen, und die dreckige Brühe spritzte nach allen Seiten.

Dem Toilettenmann tropfte die Pisse vom Gesicht. »Ich schwöre es bei meinem Sohn, ich habe nicht geredet, Herr Kommissar. Ich habe ausgesagt, nichts gesehen zu haben. Gott strafe mich, wenn ich lüge. Ich habe weder dem Staatsanwalt etwas gesagt noch den Inspektoren, die später kamen.«

»Du hast also überhaupt nicht geredet? Wer soll es denn dann gewesen sein?«

»Ich habe denen erzählt, dass ich während der ganzen Sache drinnen war und die Toiletten geputzt habe. Genau das, was Sie von mir verlangt haben. Sonst nichts.«

Der Geist fiel Harun in den Arm. »Okay, lass ihn.«

Die Hosenbeine der Polizisten waren kotbespritzt. Sie wandten sich in Richtung Ausgang. Bevor Harun hinausging, drehte er sich noch einmal um und schrie: »In ein bis zwei Tagen habe ich die Wahrheit herausgefunden und komme wieder! Und dann ertränke ich dich in deiner Scheiße!«

18.
die schildkröte des direktors

Als Lucky Luke die Polizisten gesehen hatte, die in Begleitung von Selma in das Wartezimmer getreten waren, hatte er schon geglaubt, sie seien gekommen, um ihn festzunehmen. Gott sei Dank hatte diese Befürchtung nur kurz gewährt. Der Größere und Breitere der beiden schien zwar ohnehin nicht der Hellste zu sein, aber der andere war ihm nicht ganz geheuer. Dieser graubärtige Bulle, der aussah, als hätte er einen Stock verschluckt, hatte beim Gehen sogar noch einen Blick in Selmas Terminplaner geworfen und etwas auf seiner Zigarettenschachtel notiert.

Nachdem die Polizisten gegangen waren und er sich vergewissert hatte, dass Selma mit ihrem Handy auf der Toilette verschwunden war, um mit Refik, ihrem Geliebten, Süßholz zu raspeln – was mindestens fünfzehn Minuten dauern würde –, stieg er wieder auf den Stuhl, um sein Werk zu vollenden.

Er spürte, dass ihm nicht mehr viel Zeit blieb. Er zog das Abspielgerät aus der Tasche und klebte es an die von ihm ausersehene Stelle.

Plötzlich ging die Tür auf. »Was machst du da?«, fragte der Professor.

Lucky Luke hatte sich bereits eine passende Antwort zurechtgelegt: »Der Vorhang ist aus der Schiene gerutscht. Ich bringe das gerade wieder in Ordnung.«

»Ist das auch eine deiner fixen Ideen?«

»Wieso nicht? Ich leide eben unter Symmetriewahn.«

Er stieg vom Stuhl herunter. »Wenn irgendwo Pantoffeln herumfliegen, muss ich sie auch immer sofort richtig hinstellen.« Sie schüttelten einander die Hand, und während sie das Sprechzimmer betraten, entfernte er ein Haar vom grünen Pullover des Professors.

Heute würden sie darüber reden, warum er seine Arbeit aufgegeben hatte.

»Wieder eine ähnliche Geschichte?«, fragte der Professor, während er mit einer kubanischen Zigarre herumspielte.

»Ja«, sagte Lucky Luke. »Die Leidenschaft egoistischer Männer für Haustiere.«

***

Drei Ingenieure standen im Büro des Fabrikdirektors. Einer war Lucky Luke, die beiden anderen verfügten über keine nennenswerte Persönlichkeit. Alle drei waren sie in der Forschung und Entwicklung tätig, und vor zwei Jahren hatten sie eine geräuschlos laufende Waschmaschine mit Direktantrieb entwickelt. Mithilfe eines riemenlosen Trommelsystems hatten sie den Motor direkt mit dem Kessel verbunden, und so produzierte die Maschine während des Betriebs fast keinerlei Geräusche. Zwar hatte diese Erkenntnis, weil Hausfrauen im Allgemeinen weniger Wert auf die Lautstärke einer solchen Maschine als vielmehr auf ihre Ladekapazität legen, zu keinem nennenswerten Verkaufserfolg geführt. Dennoch war es ein wichtiger Fortschritt.

»Drück doch mal die Maltepe aus, die stinkt ja entsetzlich«, sagte einer der Ingenieure.

»Du hast so viel Geld. Warum rauchst du immer noch Maltepe?«, fragte der andere, der nicht wusste, dass ein Maltepe-Raucher kein gewöhnlicher Zigarettenkonsument war und seine Lieblingsmarke nie durch eine andere würde ersetzen können. Wie sehr sich doch die Sorgen und Nöte von Männern ohne nennenswerte Persönlichkeit gleichen.

»Alte Gewohnheit«, sagte Lucky Luke.

»Seit wann?«

Interesse heuchelnd, starteten sie ein kleines Verhör.

»Seit meinem siebten oder achten Lebensjahr. Der Direktor unseres Kinderheims rauchte Maltepe, und wir haben sie ihm geklaut.«

Dann redeten sie über den Fabrikdirektor. Sie ließen kein gutes Haar an ihm. Lucky Luke hatte ein Auge auf die Wasserschildkröte hinter dem Schreibtisch geworfen. Es war eine von der Sorte, die sich nur ein, zwei Zentimeter pro Monat fortbewegen.

»Ich sage dir, der Mann hat mich von all meinen Sorgen befreit«, hatte einer der Ingenieure das Thema gewechselt, und Lucky Luke horchte auf. »Wer?«, erkundigte er sich. Die Rede war von einem Therapeuten. »Du solltest auch mal bei ihm vorbeischauen. Das würde dir gut tun«, rieten sie Lucky Luke, hielten ihm ein Blatt Papier hin, und er notierte sich Namen und Adresse des Professors. »Tunalı-Hilmi-Straße wie viel? Was steht hier?«, fragte er. Der, dem die krakelige Schrift gehörte, nahm das Blatt in die Hand, und nachdem er mit einiger Mühe seine eigene Handschrift entziffert hatte, sagte er: »40/8.«

In dem Moment kam der Direktor. Er streckte Lucky Luke einen Miniroboter entgegen. »Könntest du dir den mal anschauen? Er singt nicht mehr. Sind die Schaltkreise kaputt oder was?« Eigentlich war er selbst Maschinenbauingenieur, aber da er keine große Leuchte war, hatte man ihn zum Direktor gemacht.

Er kam zum eigentlichen Thema des Treffens. »Aus dem Projekt wird nichts«, verkündete er. Gemeint war das Projekt einer Waschmaschine, die ohne Waschmittel funktionierte, entwickelt von den Ingenieuren, die ihm gegenüberstanden.

Der Direktor verschränkte die Hände vor dem Bauch. »Wir können es uns mittelfristig nicht erlauben, uns mit den Waschmittelfirmen zu überwerfen. Indem wir ihnen das Patent der Erfindung verkaufen, profitieren wir aber trotzdem von der Sache.«

***

Als die Besprechung beendet war, befanden sich immer noch drei Ingenieure und ein Direktor in dem Raum, aber keine Schildkröte mehr.

»Okay, Freunde. Ein nettes Späßchen«, sagte der Direktor. »Wirklich amüsant. Durchaus nicht ohne Reiz. Aber irgendwann ist es dann auch genug!«

Die beiden anderen Mitarbeiter waren im Wir-waren's-nicht-Modus. Eigentlich hatte der Direktor sie im Verdacht, denn Lucky Luke war keiner, der sich solche albernen Scherze erlaubte. Außerdem musste er sich gut mit ihm stellen, denn schließlich sollte er die

Kapazität der neu zu produzierenden Waschmaschine noch auf zehn Kilo steigern.

Lucky Luke schwieg und zog an seiner Maltepe. Irgendwann war er mit dem Direktor alleine im Raum.

»Schau«, sagte der Direktor, »du weißt ja, wie sehr ich dich mag.«

Beide wussten, dass das eine Lüge war.

»Ja, ich weiß«, erwiderte Lucky Luke.

»Hast du Donatello verschwinden lassen? Warum sagst du nichts? Jetzt sprich schon! Mach den Mund auf, verdammt!«

19.

Am Abend, nachdem sie dem Toilettenmann die Fresse poliert hatten, statteten sie Ekrem, dem Leiter des Sittendezernats, einen Besuch ab. Harun parkte den Toros vor dem Mietshaus in Birlik, wo Ekrem wohnte. Sie betraten das Haus, wussten allerdings nicht, in welchem Stockwerk seine Wohnung lag. »Kein Problem, wir brauchen nur dem Fischgeruch nachzulaufen«, sagte der Geist. »Sicher hat Ekrem schon eine Flasche Rakı aufgemacht.«

»Wir könnten auch auf seinem Handy anrufen.«

»Nicht nötig.«

Vor der Tür, an der der Geruch am intensivsten war, blieb der Geist stehen. An der braunen Stahltür mit Holzmuster stand kein Name. Er klingelte, und es wurde ihnen von einer etwa zwanzigjährigen Miss Universum aufgemacht. Dass Ekrem eine jüngere Schwester besaß, hatten sie ja gewusst, aber mit so etwas hatten sie nicht gerechnet. Die etwa eins achtzig große, gertenschlanke Schönheitskönigin, deren Haar bis auf die Hüften herabfiel, schaute Behzat Ç. in die Augen und schnarrte: »Ich bin Çelik, Arçelik. Und wer bist du?«

Die drei Polizisten sahen einander verdutzt an. In dem Moment kam Ekrem zur Tür geeilt, wobei er sich mit einem Küchentuch die Hände abtrocknete. »Jetzt lass sie doch rein, Songül«, schalt er und zog sie einen Schritt zur Seite. »Außerdem weißt du genau, dass du niemandem aufmachen sollst, ohne vorher zu fragen, wer es ist!«

Songüls blaue Augen bekamen einen glasigen Schimmer, und mit weinerlicher Stimme erwiderte sie: »Das habe ich vergessen, Ekrem. Es tut mir leid.«

Ekrem führte die Ermittler ins Wohnzimmer. »Wo wart ihr denn so lange? Ich habe euch früher erwartet.«

»Uns ist was dazwischengekommen.«

»Na, dann setzt euch erst mal. Ich hole solange das Essen. Bin gleich wieder da.«

Sie ließen sich nebeneinander auf dem dreisitzigen Sofa nieder. Der Geist, der in der Mitte Platz genommen hatte, wirkte zwischen Behzat Ç. und Harun wie ein kleines Kind. Während Behzat Ç. sich mit einem Erfrischungstuch unauffällig den Kot von den Hosenbeinen zu entfernen versuchte, schnappte Songül sich eine Fernbedienung, deren Batteriefach mit Klebestreifen zugeklebt war, und wechselte in schneller Folge die Fernsehkanäle. Nur bei den Sendern, auf denen gerade Werbung lief, verweilte sie kurz, um dann rasch weiterzuzappen. Als sie auf die Arçelik-Reklame mit dem Roboter stieß, klatschte sie in die Hände und sang voller Begeisterung den Jingle mit: »Hast du Arçelik, dann fehlt nichts zum Glück.«

Ekrem kam mit einem Haufen Bastardmakrelen, die auf einer ovalen Platte angerichtet waren, aus der Küche zurück, und nachdem er sie auf dem Tisch abgestellt hatte, nahm er Songül die Fernbedienung aus der Hand und schaltete den Fernseher aus. »Ab ins Bett, Schlafenszeit!«

Songül stand widerwillig auf, blieb an der Wohnzimmertür noch einmal stehen, drehte sich zu den Beamten auf dem Sofa um und sagte: »Hier stinkt's nach Scheiße.« Die drei Polizisten blickten betreten auf ihre verdreckten Hosenbeine.

»Schäm dich«, schimpfte Ekrem und hielt Songül den Mund zu.

Songüls lange Wimpern und ihre Augenbrauen erzitterten, und wieder war sie dem Weinen nahe.

»Es stinkt aber wirklich«, beharrte sie.

»Ruhe jetzt!«

Ekrem fasste Songül am Arm und brachte sie in ihr Schlafzimmer.

Der Geist boxte Harun mit dem Ellbogen in die Seite und raunte ihm zu: »Musste das sein, diese Aktion mit dem Pissoir?«

»Was sollte ich denn machen? Dieser Typ ist schuld daran, wenn wir suspendiert werden. Ähm, hast du noch eins von den Dingern, Chef?« Behzat Ç. gab Harun ein Erfrischungstuch. Als Ekrem wiederkam, setzten sie sich an den Tisch. Allen dreien schwirrte die gleiche Frage im Kopf herum: Was genau stimmte mit Songül nicht?

»Sie ist geistig behindert«, erklärte Ekrem. »Schon von Geburt an.

Sie ist jetzt einundzwanzig, aber ihr Begriffsvermögen ist das einer Sechsjährigen.«

Ekrem hatte nach dem Tod seiner Eltern seine Schwester alleine durchgebracht. Seinen Kochkünsten war das gut bekommen. Er verteilte die Makrelen auf den Tellern. Dann schraubte er den Rakı auf, woraufhin Harun und der Geist gespannt zu Behzat Ç. hinübersahen. Als die Reihe an ihn kam, gab der Hauptkommissar mimisch zu verstehen, dass er nichts wolle. Dabei hätte er in Wirklichkeit nur zu gern ja gesagt. Harun sah Ekrems gekränkte Miene und erklärte: »Er hat aufgehört.«

»Warum das denn?«

»Ist eine lange Geschichte«, antwortete Harun und stand abrupt auf. »Ich gehe dir ein Tekel kaufen.«

Behzat Ç. bedeutete ihm, sich wieder hinzusetzen. Er mochte es nicht, wenn andere für ihn den Laufburschen spielten. Da aber Bahar höchstwahrscheinlich sowieso nicht anrufen würde, war gegen ein Bier tatsächlich nichts einzuwenden. »Du biegst einfach links ab und gehst fünfzig Meter geradeaus«, beschrieb Ekrem ihm den Weg zum nächsten Kiosk.

Während Behzat Ç. sich im Flur die Schuhe anzog, öffnete Songül leise die Tür ihres Zimmers und kam durch den dunklen Korridor auf ihn zugeschlichen. Sie trug ein rotes Nachthemd, das die Konturen ihres Körpers deutlich hervortreten ließ. Wie sie sich so mit einer Hand an der Wand abstützte, hätte selbst eine Naturkatastrophe nicht beeindruckender sein können. »Wo gehst du hin?«, flüsterte sie.

Behzat Ç. schwenkte seine Hand parallel zu seinem Ohr, um anzudeuten, dass er im Begriff sei, kurz nach draußen zu gehen.

»Bringst du mir einen Çelik mit?«, fragte Songül. Behzat Ç. wandte sich ihr zu, öffnete die Hände und schüttelte den Kopf. Diese Geste war gleichbedeutend mit der Frage, was denn ein Çelik sei.

»Das ist ein Roboter«, erklärte Songül. »Der aus der Werbung. Mein Bruder kauft mir keinen.«

Das tat Behzat Ç. leid. Hätte sie sich etwas gewünscht, das es am Kiosk gab, so hätte er sich bestimmt nicht lumpen lassen. Budgetäre

Einschnitte waren schließlich nebensächlich, wenn es darum ging, einem Kind eine Freude zu machen.

Als Behzat Ç. mit sechs Tekels zurückkehrte, sagte Harun gerade zu Ekrem: »Das musst du wissen, Ekrem. Worum handelt es sich denn?«

»Nun, die Angelegenheit ist ziemlich heikel«, antwortete Ekrem. »Deswegen habe ich euch ja auch gebeten vorbeizukommen. Aber dieser Besuch muss in jedem Fall unter uns bleiben.«

»Ja, natürlich, aber ...«

»Anscheinend haben Averell Memduh und Coşkun einen gemeinsamen Feind. Das ist jedenfalls mein Eindruck.«

»Wir vermuten das Gleiche«, sagte Harun. »Aber wenn er *ihr* Feind ist, warum bringt er dann nicht sie, sondern ihre Eltern um? Was ergibt das für einen Sinn?«

»Das will ich euch sagen«, schaltete der Geist sich ein. »Ein kleiner Junge, dessen Mutter und Vater getötet wurden, wird zum Mann und nimmt Rache, indem er die Eltern derjenigen umbringt, die seine eigenen Eltern auf dem Gewissen haben. Ich nenne das die Theorie vom rachsüchtigen Jungen.«

»Und worauf fußt deine Theorie?«

»Als er die Bekenneranrufe gemacht hat, was hat er da genau gesagt? ›Ich habe im Jugendpark einen Sarg vergraben, darin liegt eine Mutter.‹ Das waren seine Worte.«

»Da haben wir aber andere Informationen«, widersprach Harun. »So viel ich weiß, soll er gesagt haben: ›In dem Sarg befindet sich eine Frau.‹«

»Hast du dir die Mitschnitte mal angehört?«

»Nein.«

»Ich schon. Beim ersten Anruf sagt er: ›In dem Sarg liegt eine Mutter‹, und beim zweiten spricht er ausdrücklich von einem Vater.«

»Warum haben wir diese Mitschnitte nicht bekommen?«

»Ich bin nach dem zweiten Vorfall selbst hingegangen und habe sie mir angehört. Allerdings wurde mir eingeschärft, wir sollten diese Aufnahmen ja nicht zu genau unter die Lupe nehmen.«

»Von wem?«

»Wenn ich das jetzt verrate, ist doch die ganze Spannung weg.«

»Jetzt spuck's schon aus«, ging Harun auf den Geist los. Der zeigte mit dem Daumen an die Decke, um anzudeuten, dass es sich um jemanden in gehobener Position handelte. Während Ekrem und Harun den emporgereckten Daumen des Geists anstarrten, schaute Behzat Ç. an die Decke.

»Meine Vermutung deckt sich mit deiner Theorie vom rachsüchtigen Jungen«, bemerkte Ekrem. »Coşkun und Memduh waren an allen möglichen Einsätzen und auch an sogenannten außergerichtlichen Vollstreckungen beteiligt.«

»So ganz will mir das noch nicht in den Kopf, Ekrem«, erwiderte Harun. »Warum muss er seine Opfer ausgerechnet begraben?«

»Das weiß ich nicht.«

»Und was ist mit dem Hund, den er ganz am Anfang verscharrt hat?«

»Das weiß ich auch nicht. Aber immerhin besteht eine Verbindung mit dem Fall darin, dass er ein Polizeihund war und Rantanplan hieß.«

»Und warum nennt er sich Lucky Luke?«

»Dafür gibt es allerdings eine denkbare Erklärung. Coşkuns Truppe war nämlich auch als ›die Daltons‹ bekannt.«

Ekrem reichte Behzat Ç. einen Aktendeckel. »Da solltest du mal reinschauen. Das sind Unterlagen zu Disziplinarverfahren gegen Coşkun und Averell Memduh, die man in keinem Archiv findet. Es sei denn, man ist Polizeiinspektor. Vielleicht hilft euch das ja weiter.«

Behzat Ç. faltete den Aktendeckel in der Mitte und steckte ihn in die Innentasche seines Jacketts.

»Und wie kommst du an so was?«, fragte Harun.

Ekrem lehnte sich zurück. »Das solltest du besser nicht fragen. Aber so viel kann ich dir wohl verraten: Immer, wenn es innerhalb der Polizeiführung Gerangel gibt, kommt jede Menge schmutzige Wäsche ans Tageslicht. Da wirbeln Berichte, Personalakten und Verfahrensprotokolle nur so durch die Luft. Sagen wir einfach, diese

Akte stammt ebenfalls aus so einer Zeit. Natürlich habt ihr sie nicht von mir. Ihr habt sie sogar nie gesehen.«

Eine Weile tranken sie schweigend. Behzat Ç. wollte seine leere Zigarettenschachtel schon zusammenknüllen und wegwerfen, bevor er es sich doch eines Besseren besann. Schließlich waren darauf die Notizen, die er sich beim Psychologen gemacht hatte. Er drückte die Schachtel platt und steckte sie ebenfalls in die Innentasche seines Jacketts. Während der Rakı langsam zur Neige ging, verlagerte sich ihr Gespräch hin zu Beförderungen und Versetzungen, zu Dienstzeiten und den Auswirkungen von Steuererhöhungen auf ihre Gehälter.

Harun setzte einen Schlusspunkt unter diese Themen, indem er mit der Faust auf den Tisch schlug und ausrief: »Ich scheiße auf den Tag, an dem ich Polizist geworden bin! Ich hätte wirklich einen Kiosk aufmachen sollen.«

»Nicht so laut«, warnte der Geist. »Da drinnen schläft jemand.«

»Das macht nichts«, sagte Ekrem. »Songül hat einen festen Schlaf.«

Harun, der so gut wie keinen Alkohol vertrug, hatte sie beide nicht gehört. »Meinem Vater habe ich gesagt«, lallte er mit der selbstmitleidigen Emotionalität des Betrunkenen, »dass wir jetzt, wo wir schon mal ein bisschen Geld hätten, doch einen Kiosk aufmachen könnten. Egal, ob wir da Zeitungen verkaufen oder Illustrierte, Knabberzeug, belegte Brote oder von mir aus auch Lottoscheine, wir hätten endlich ausgesorgt. Direkt an der Ecke der Sakarya ist doch dieser Kiosk, Nummer 20, der zwischen dem Babacan und dem Otlangaç, für den gab es eine Ausschreibung, an der wir uns hätten beteiligen können. Ich hatte sogar schon jemanden von der Stadtverwaltung eingeschaltet. Gezahlt hätten wir in Raten. ›Meine Ecke‹ hätten wir den Kiosk genannt. Den Namen habe ich mir ausgedacht, was haltet ihr davon?«

»Durchaus originell.«

»Aber mein bekloppter Vater hat ›nein‹ gesagt. ›Geh zur Polizei‹, hat er gesagt, ›geh in den Staatsdienst.‹ Jetzt ist er durchgedreht und ich auch.«

Haruns Vater war bis zu seiner Pensionierung Busfahrer gewesen. Als er das Rentenalter erreicht hatte, war er in den Ruhestand versetzt worden. Dabei hätte er gerne weitergemacht. Seitdem ging er, um sich die freie Zeit zu vertreiben, hin und wieder ins Depot seines früheren Arbeitgebers und entführte Busse. Ein Großteil von Haruns Gehalt ging für Schadenersatzzahlungen drauf, wenn sein Vater mal wieder irgendwo dagegengefahren war. Er legte Ekrem seine Hand auf die Schulter und schlug einen vertraulichen Ton an: »Ekrem, warum bist du eigentlich, als du von der Terrorbekämpfung weg bist, ausgerechnet zu dieser gottverdammten Sitte gewechselt? Weil's da einen Mégane gab?«

Ekrem schob sich seine Armbanduhr unter den Hemdsärmel. »Das ist eine lange Geschichte.«

»Dann mach sie kurz.«

»Das ist nicht so einfach.«

»Erzähl schon. Wir hören zu.«

Ekrem zeigte auf die Milchglasscheibe der Wohnzimmertür. »An allem war so eine Scheibe schuld.« Die drei Polizisten schauten neugierig zur Tür, als stünde die Geschichte dort geschrieben.

»Das verstehe ich nicht«, sagte der Geist. Diesen Satz bekam man von ihm nicht oft zu hören.

»Wir schreiben das Jahr 1985«, begann Ekrem. »Ich bin einundzwanzig Jahre alt und komme gerade frisch von der Akademie.« Mit einem Kopfnicken wies er auf Behzat Ç. »Euer Vorgesetzter da und ich haben gleichzeitig unseren Abschluss gemacht.«

Mit einem versonnenen Lächeln schloss Behzat Ç. die Augen, legte den Kopf zur Seite und dachte zurück an die gute alte Zeit.

»Damals gab es die Terrorbekämpfung noch nicht«, fuhr Ekrem fort. »Sie hieß damals noch ›Erstes Dezernat‹. Weil ich gute Noten hatte, schickte man mich dorthin. Zu der Zeit war natürlich ganz schön was los, jeden Tag gab es einen Einsatz. Na ja, ich will's kurz machen: Eines Tages mussten wir einen Terroristenunterschlupf ausheben, hinten in Abidinpaşa. Die erfahreneren Mitglieder unseres Teams drangen als Erste in das Haus ein und erschossen zwei Terroristen. Ich gab ihnen Rückendeckung. Die Schlafzimmertür hatte eine Scheibe aus Milchglas, und hinter ebendieser Scheibe erscheint plötzlich ein Terrorist. Ich schieße zweimal, wir öffnen die

Tür und sehen, dass es sich bei der Toten um ein sechsjähriges Mädchen handelt. Ich weiß nicht, ob es an der schummrigen Umgebung lag, auf jeden Fall war mir ihr Schatten durch die Scheibe viel größer erschienen. Danach war ich irgendwie völlig von der Rolle. Ich konnte nicht mehr stillsitzen, nicht mehr richtig sprechen und so weiter und so fort. Ich bat darum, auf einen ruhigeren Posten versetzt zu werden, und so kam ich zur Sitte.«

»Wurde damals kein Disziplinarverfahren eröffnet oder so?«

»Doch, es gab da mal so eine Inspektorin, die mich ein bisschen löcherte, bis die Führung die Sache relativ schnell unter den Teppich gekehrt hat. Aber das schlechte Gewissen bleibt natürlich.«

»Schmutzige Sache«, sagte der Geist.

»Ja, allerdings.«

Die Polizisten schauten wieder zur Wohnzimmertür, als stünde dort der Rest der Geschichte. Hinter der Milchglasscheibe erschien eine schemenhafte Gestalt, die im Näherkommen immer größer wurde. Als die Tür aufging, schraken sie alle etwas zusammen. Songül kam hereingeschlurft. Sie weinte. Ekrem streichelte seiner Schwester übers Haar.

»Was ist denn passiert, Songül?«

»Ich habe von einem Aufzug geträumt. Ich hatte solche Angst.«

Zwei riesige Tränen tropften auf die Tischdecke. Ekrem nahm Songül in den Arm, küsste sie auf die Wange, wischte ihr mit seinem Daumen die Tränen aus dem Gesicht und sagte: »Du brauchst keine Angst zu haben. Ich bin doch bei dir.« An Behzat Ç. gewandt, flüsterte er: »Wir sind letzten Monat im Aufzug steckengeblieben. Sie hatte fürchterliche Panik. Seitdem hat sie immer wieder den gleichen Albtraum.« Behzat Ç. konnte das gut nachempfinden. Er warf einen Blick auf seine linke Hand, die vier tiefe Schnittwunden trug. Er musste Kamber immer noch dreißig Lira geben.

»Darf ich hier schlafen?«, fragte Songül so liebenswürdig wie nur irgend möglich.

»Also gut«, sagte Ekrem. Kaum war er weg, um ihr Bettzeug zu holen, fragte Songül den Hauptkommissar: »Bringst du mir einen mit? Bringst du mir einen Çelik mit?«

Behzat Ç. war sich alles andere als sicher, aber er nickte. Harun und der Geist hatten keine Ahnung, worum es ging. Songül jedoch freute sich und hüpfte auf der Stelle. Mit beiden Händen kniff sie Behzat Ç. in die Wangen und sagte: »Ich habe dich soooo lieb!« Behzat Ç. schaute verlegen vor sich hin.

»Warum sprichst du eigentlich nie?«, fragte Songül und berührte die Narbe auf seiner Stirn. »Hast du einen Kurzschluss? Çelik spricht total super, er kann sogar singen.«

Ekrem kehrte mit einer Decke und einem Laken ins Wohnzimmer zurück. »Jetzt lass den Onkel mal in Ruhe. Habe ich dir nicht gesagt, du sollst niemanden um diesen Çelik anbetteln?«

Songüls Kinn begann zu zittern.

»Wenn du mir keinen mitbringst!«

Ekrem bettete seine Schwester auf das Sofa, setzte sich neben sie und sagte: »Nicht weinen, mein Schatz. Wir haben doch schon so oft darüber gesprochen. Es gibt einfach keine mehr in den Fabriken, sie werden nicht mehr hergestellt, deswegen kann ich dir keinen mitbringen.«

Songül zeigte mit dem Finger auf Behzat Ç. »Aber er hat gesagt, er bringt mir einen mit.« Ekrem sah Behzat Ç. an. Schon bereute der Hauptkommissar sein Versprechen. Er hatte gedacht, er könne den Roboter, den Songül sich so sehr wünschte, in jeder beliebigen Arçelik-Filiale kaufen.

Die Ermittler der Mordkommission erhoben sich. »Also, wir verabschieden uns dann mal.« »Bleibt doch noch ein Weilchen«, eilte Ekrem hinter ihnen her. »Wir können noch eine Flasche Rakı aufmachen.«

»Ein andermal.«

Sie wollten gerade zur Tür hinausgehen, da wurde Behzat Ç. von Ekrem noch einmal zurückgehalten. »Ich habe überall nachgefragt, konnte aber nirgendwo einen von diesen Robotern finden. Wo willst du den denn auftreiben?«

Behzat Ç. öffnete die Hände, um zu signalisieren, wie leid es ihm tue. »Wovon wollt ihr diesen riesigen Roboter überhaupt bezahlen?«, fragte der Geist. »Das ist doch bestimmt ein ziemlich teures Ding.«

»Das ist kein Thema«, antwortete Ekrem. »Als Songül mir andauernd damit in den Ohren lag, habe ich ein wenig recherchiert. Es wurden seinerzeit auch Miniaturversionen von dem Ding hergestellt. Die konnten genauso sprechen und singen wie das Original und waren überall in den Geschäften erhältlich. Aber jetzt gibt es keine mehr. Die Produktion wurde eingestellt. Neulich war ich sogar bei der Fabrik und habe mit den Ingenieuren geredet. Die haben mir gesagt, sie könnten vielleicht noch irgendwo einen auftreiben. Jetzt warte ich darauf, dass sie sich melden.«

***

Am nächsten Tag, als sie sich Ayaş näherten, am äußersten Ende der Ankaraner Stadtgrenzen, und Behzat Ç. befreit aufatmete, fiel es ihm wie Schuppen von den Augen. Eigentlich war die ganze Stadt ein riesiger Sarg, in dem die Menschen lebendig begraben waren. Der Unterschied lag einzig und allein in der Größe, das Prinzip aber war mehr oder weniger das gleiche. Wenn die einem zugeteilte Luft zu Ende geht, dann stirbt man eben und wird noch einmal begraben.

»Du wirst uns jetzt Rede und Antwort stehen«, sagte Harun. Seine Pranke lag auf der Schulter des Supermarktlehrlings, der dem Verdächtigen das Waschmittelpaket verkauft hatte.

»Zu Befehl, Herr Kommissar.«

Zum Glück gab es bei der Polizei doch noch Leute, die etwas auf dem Kasten hatten. Dank Edas Bemühungen war es ihnen gelungen, das Paket anhand seines Produktionsdatums zurückzuverfolgen, und so waren sie, wenn auch etwas spät, bei dem Lehrling gelandet, der jetzt vor ihnen stand.

»Bist du Moslem?«

»Ja, Gott sei Dank.«

»Bist du Türke?«

»Zu hundert Prozent.«

»Bravo. Dann denk gut nach, bevor du auf das antwortest, was ich dich jetzt fragen werde. Was war das für ein Typ, der das Paket mitgenommen hat?«

»Einer mit einer ziemlich hässlichen Visage, ehrlich gesagt.«

»War er allein?«

»Nein, ein anderer wartete im Auto.«

»Was für ein Auto war das?«

»Das habe ich nicht gesehen.«

»Woher weißt du dann, dass er im Auto wartete?

»Ich hörte den Kofferraum zuschlagen.«

»Haben sie das Paket in den Kofferraum gepackt?«

»Ja, könnte sein.«

»Hatte der Mann, außer dass er hässlich war, vielleicht noch irgendeine andere Besonderheit? Wie alt war er? Hatte er einen Fleck auf der Stirn? Hat er Kaugummi gekaut? Hatte er eine Zigarette im Mund?«

Behzat Ç. fasste in die Innentasche seines Jacketts und brachte eine leere Klopapierrolle zum Vorschein. Die anderen blickten ihn verwundert an. Während die Rolle mit reichlich Verspätung ihren Weg in den Papierkorb fand, musste Harun ein Lachen unterdrücken. Behzat Ç. versenkte seine Hand wieder in der Jacketttasche, zog das Hörgerät heraus und zeigte es dem Lehrling.

»Ja«, bestätigte der Lehrling. »So eins hatte er im Ohr. Das habe ich von hinten gesehen.«

»Meine Güte, Junge«, sagte Harun, »anstatt dem Mann anständig ins Gesicht zu schauen, hast du ihm auf den Hintern gestarrt, als er ging?«

»Das verstehen Sie falsch, Herr Kommissar. Ich hatte in dem Moment gerade viel zu tun. Ich habe Ware einsortiert. Der Mann kam, zeigte auf das Paket in der Auslage und fragte, ob er es haben könne. Klar, habe ich gesagt. Als er ging, habe ich ihm hinterhergeschaut. Ich meine – nur, dass er nichts mitgehen lässt, draußen steht ja auch Ware.«

Sie überließen den Lehrling sich selbst und drängelten sich nebeneinander den schmalen Bürgersteig entlang. Der Geist lief in der Mitte. Behzat Ç. fielen ein paar Jungen ins Auge, die nicht weit entfernt auf einem leeren Grundstück Fußball spielten. Ob Weltmeisterschaft, Zweite Liga oder Streetsoccer – für ihn machte es keinen

Unterschied: Er interessierte sich für jeden, der einem Ball hinterherlief. Sogar beim Fernsehen hielt er in erster Linie nach etwas Grünem Ausschau. Bei dem Spiel auf dem leeren Grundstück lief die eine Mannschaft, die mit allen Mann in die Offensive gegangen war, gerade in der eigenen Hälfte mit wenigen Leuten in einen gefährlichen Konter, weil die meisten zu faul gewesen waren, in die Verteidigung zurückzueilen. Zum Glück bewies wenigstens der Libero Einsatz, und nachdem er den Ball mit einem Befreiungsschlag ins Aus befördert hatte, beschimpfte er lauthals seine Freunde, die immer noch vor dem gegnerischen Tor herumstanden. Der Ball kam indessen auf Behzat Ç. zugeflogen. »Hier, hier!«, riefen sie schon, noch bevor er den Boden berührt hatte. Behzat Ç. nahm den Ball mit der Brust an, ließ ihn aufs Knie abtropfen und schickte ihn dann mit dem Innenrist millimetergenau zu dem Spieler zurück, der sich zum Einwurf bereit gemacht hatte. Die Jungen waren baff. Sie konnten natürlich nicht wissen, dass Behzat Ç. seinerzeit als Vorstopper in der ersten Amateurliga für Wirbel gesorgt hatte und dass kurzzeitig sogar ein Wechsel zu Şekerspor im Gespräch gewesen war. Womöglich wussten sie nicht einmal, dass ein Verein dieses Namens überhaupt existierte.

»Alle drei Tage«, sagte der Geist, als sie wieder vor dem Toros standen.

»Was ist alle drei Tage?«

»Alle drei Tage begräbt er einen.«

»Wie meinst du das?«

»Die zeitlichen Abstände, in denen der Kerl seine Opfer begräbt. Am 16. Februar hat er den Hund verbuddelt. Am 19. Februar Necmiye Karapınar. Am 22. Februar Hamdullah Özdal. Heute haben wir Samstag, den 24. Februar. Falls er also vorhat, noch jemanden unter die Erde zu bringen, dann morgen. Ich nenne das die Drei-Tage-Theorie.«

»Aber deine beiden Theorien widersprechen einander«, entgegnete Harun, während er die Tür des Toros öffnete. »Nach der Theorie vom rachsüchtigen Jungen müsste jetzt, wo er ihre Eltern begraben hat, Schluss sein. Er hat doch bereits Vergeltung geübt.«

»Das werden wir ja morgen sehen«, erwiderte der Geist. Behzat Ç. verdross diese neue Theorie. Denn am nächsten Tag spielten die Gençler gegen Fenerbahçe. Er verabscheute es, wenn an Spieltagen gemordet wurde.

»Hast du Direktor Tahsin schon von deiner Drei-Tage-Theorie erzählt?«, fragte Harun, während er den Rückspiegel einstellte.

»Hab ich.«

Harun drehte den Zündschlüssel, schaltete in den Leerlauf, gab leicht Gas, und während er den Rückwärtsgang einlegte, durchfuhr ihn eine Erkenntnis. »Klappert der Geier deswegen alle möglichen Parks und Gärten ab?«

»Genau.«

Der Geier war nämlich mit zehn Männern der Kriminalpolizei sowie dem kompletten Abschlussjahrgang der Polizeischule losgezogen, um in Parks und öffentlichen Gärten nach einem offenen Grab zu fahnden.

»Eine der Methoden dieses Kerls besteht schließlich darin, die Gräber im Voraus auszuheben«, erklärte der Geist. »Das sollten wir nicht vergessen.«

Als plötzlich sein Handy zu vibrieren begann, schlug Behzat Ç. das Herz bis zum Hals. Er zog es hastig hervor, ließ es vor Aufregung fallen, und als er sich bückte, um es wieder aufzuheben, knallte er mit dem Kopf gegen das Handschuhfach.

»Immer mit der Ruhe, Chef.«

Endlich hatte Behzat Ç. das Telefon wieder gefunden. Er schaute auf das Display, sah, dass es Tahsin war, und reichte das Gespräch an Harun weiter.

»Kommt sofort zurück!«, ließ Tahsins Stimme sich vernehmen. »Der Fall ist gelöst.«

»Wieso das denn?«, fragte Harun.

»Die von der Terrorbekämpfung haben angerufen. Der Typ hat alles gestanden.«

»Wer?«

»Na, dieser Möchtegern-Ahmet.«

20.

Nach seiner Identität und seinen bisherigen Aktivitäten befragt, antwortete er:

»Ich wohne an der angegebenen Adresse. Die Personalien, die ich Ihnen genannt habe, sind meine und entsprechen der Wahrheit. Mein Name ist Süleyman, aber aufgrund psychischer Probleme halte ich mich schon seit Längerem für Ahmet und stelle mich in der Regel als dieser vor. Zu meiner Gymnasialzeit kam ich mit illegalem Gedankengut in Berührung. Ich stand unter dem Einfluss meiner Freunde. Ich wurde Sympathisant der TKP/ML, der MLKP, der Dev-Sol (DHKP-C) und der PKK. Das linksextremistische Gedankengut hat meine Psyche zerrüttet. Am 26.09.2000 plante ich gemeinsam mit einem Mann namens Ahmet Karaman, der mit den selben Organisationen wie ich sympathisiert, ein Bombenattentat. Unser Ziel war es, gegen die Ereignisse im Gefängnis Ulucanlar zu protestieren, die genau ein Jahr zuvor mit dem Tod von zehn Häftlingen endeten. Der Zünder wurde von Süleyman (also von mir) in der Toilette der Konditorei angebracht. Obwohl ich vor Gericht meine Schuld an diesem Anschlag eingestand, bei dem drei Personen verletzt wurden, zwei davon schwer, wurde ich freigesprochen.«

Auf die Frage, warum er Necmiye Karapınar und Hamdullah Özdal lebendig begraben habe, antwortete er:

»Nach der Sache mit dem Bombenattentat vom 26.09.2000 entwickelte ich einen tiefen Hass gegenüber dem gesamten Polizeiapparat, weil ich der Ansicht war, während meiner Vernehmung von den Beamten zu Unrecht beschuldigt und misshandelt worden zu sein. Ich beschloss, mich an der Polizei zu rächen. Über lange Jahre hinweg verfolgte ich die Spuren der Polizeibeamten Memduh Karapınar und Coşkun Özdal, von denen ich dachte, dass sie mich misshandelt hätten, bis ich ihre Privatadressen herausfand. Mein Hass galt nicht nur ihnen, sondern auch ihren Familien.«

Danach befragt, ob er einen Komplizen gehabt habe, antwortete er:

»Mein Komplize war Süleyman. Von ihm sind solche Dinge zu erwarten. Seinen Nachnamen kenne ich nicht. Ich weiß nur, dass er Fahrer beim Straßenbauamt ist.«

Auf die Frage, wie die Morde vonstatten gegangen seien, antwortete er:

»Wir betäubten die Opfer mit Nato-Pfefferspray, fesselten sie mit Paketband an Händen und Füßen und verklebten ihre Münder. Dann legten wir sie in Sofas. Als Umzugsunternehmen getarnt, trugen wir die Sofas zu unserem Lieferwagen, wo wir sie in Särge verfrachteten. Die Särge entwendeten Süleyman und ich beim Cebeci-Asri-Friedhof. Die Gräber hoben wir jeweils vorher aus. Um Spuren zu beseitigen, fuhren wir mit dem Lieferwagen die Erde platt.«

Danach befragt, warum man sich bei den Morden für die Methode des Begrabens entschieden habe, antwortete er:

»Nach der Auflösung der Sowjetunion und dem reihenweisen Zusammenbruch kommunistischer Regimes war ich psychisch so am Ende, dass ich begann, derartige Mordpläne zu schmieden.«

Auf die Frage, warum er auch Rantanplan, den ehemaligen Hund der Bereitschaftspolizei, begraben habe, antwortete er:

»Aufgrund meines tiefen Hasses gegen die Polizei begrub ich zu Testzwecken auch den ehemaligen Hund der Bereitschaftspolizei mit Namen Rantanplan, wohnhaft im Garten des Ausbildungs- und Erholungscamps. Dies diente der Vorbereitung auf weitere Aktionen.«

Danach befragt, warum er nach der Tat den Polizeinotruf 155 angerufen und sich zu seinem Verbrechen bekannt habe, antwortete er:

»Ich fand das aufregend.«

Auf die Frage, warum er bei diesen Bekenneranrufen den Codenamen Lucky Luke geführt habe, antwortete er:

»Ich wählte den Codenamen Lucky Luke, weil ich sehr gerne Lucky Luke lese.«

Danach befragt, ob er noch irgendetwas hinzuzufügen habe, antwortete er: »Nein.«

Das Protokoll wurde ihm vorgelesen. Nachdem er bestätigt hatte, dass das Geschriebene mit seinen Aussagen übereinstimme, wurde das Protokoll gemeinsam unterschrieben.

Zur Weiterleitung an die Staatsanwaltschaft mit den entsprechenden Untersuchungsakten, Unterschrift, Datum, etc. pp.

Nachdem Behzat Ç. die Kopie des Vernehmungsprotokolls, die ihm in die Hand gedrückt worden war, überflogen hatte, zerknüllte er sie und warf sie in den Papierkorb. Er traf mitten hinein und erntete dafür anerkennende Blicke. Es war Sonntag, der 25. Februar. Sie saßen im Büro des Direktors der Terrorbekämpfung und warteten auf den Staatsanwalt. Im Raum befanden sich die Ermittler der Kripo, das mit dem Fall befasste Team der Terrorbekämpfung und ein hochrangiger Polizeibeamter, der auf der Akademie mit Behzat Ç. in einer Klasse gewesen war. Jeden anderen Hauptkommissar, der die Unverfrorenheit besessen hätte, so mit einem offiziellen Dokument umzugehen, hätte er sofort zur Sau gemacht. So aber begnügte er sich damit, Tahsin mit einer Handbewegung auf Behzat Ç. aufmerksam zu machen, die in etwa bedeutete: ›Was sollte das denn jetzt?‹ Anstelle einer Antwort rieb Tahsin sich die Hände und schaute zerknirscht zu Boden. »Ihr sagt gar nichts. Wenn nötig, dann rede ich«, hatte er den Ermittlern an seiner Seite noch eingebleut, bevor sie zu der Unterredung mit dem Staatsanwalt gegangen waren. Es hatte ihn beruhigt zu wissen, dass Behzat Ç. ohnehin nicht sprechen würde, aber mit einer derartigen Provokation hatte er nicht gerechnet.

Als der junge Staatsanwalt mit dem stacheligen Schnurrbart eintrat, erhoben sich die Polizisten von ihren Plätzen. Behzat Ç. mochte den Kerl nicht. Letztes Jahr hatte er bei einem zweifelhaften Selbstmordfall erst auf rasche Aufklärung gedrängt; als der Fall dann aber immer höhere Wellen schlug, hatte er ihn plötzlich im Stich gelassen. Der Staatsanwalt ging gleich ans Eingemachte: »Ist der Mann überhaupt strafmündig? Der glotzt einen ja an wie ein Irrer.«

»Wenn es so weit ist, werden wir die notwendigen Gutachten schon beschaffen«, sagte der hochrangige Polizeibeamte. Er drückte dem Staatsanwalt die Hand und bat ihn, im Sessel gegenüber Platz zu nehmen. Der Staatsanwalt strich sich die Hosenbeine glatt und fragte: »Habt ihr denn den Typen gefunden, der sein Komplize gewesen sein soll?«

»Haben wir, Herr Staatsanwalt«, antwortete der Leiter des mit dem Fall befassten Teams der Terrorbekämpfung. »Er ist Fahrer beim Straßenbauamt. Es wurde ja ein offzieller Lieferwagen benutzt.«

»Und er heißt tatsächlich Süleyman, ja?«

»So ist es. Da es sowieso nur einen Süleyman gibt, der beim Straßenbauamt als Fahrer arbeitet, mussten wir gar nicht lange suchen. Er behauptet zwar, nichts mit der Sache zu tun zu haben, aber ich denke, man muss ihm nur noch ein bisschen zusetzen. Auf jeden Fall ist er schon mal Gewerkschafter. Also zumindest kein unbeschriebenes Blatt.«

»Gut.«

Der Staatsanwalt wandte sich an Tahsin. »Hat das mit der koordinierten Zusammenarbeit geklappt?«

»Ja, Herr Staatsanwalt. Unsere Indizien deuten in die gleiche Richtung. Wir werden sie den Untersuchungsakten beilegen.«

»Sie waren die Ersten, die den Mann als Zeugen vernommen haben?«

»Ja, Herr Staatsanwalt.« Tahsin verhaspelte sich und musste sich räuspern, um seiner zitternden Stimme wieder Herr zu werden. »Ja, wir haben ihn ganz am Anfang vernommen. Zu diesem Zeitpunkt konnten wir allerdings noch keine Korrelation zwischen den Ereignissen herstellen.«

Mit einem Mal sprang Behzat Ç. auf, und alle sahen ihm hinterher, wie er zur Tür lief, sie hinter sich zuknallte und verschwand. Als er die Räume der Mordkommission erreichte, schloss Cevdet hinter ihm nicht die Tür, weil er noch die anderen erwartete, bemerkte dann aber mit Verwunderung, dass sonst keiner kam. Der Hauptkommissar rauschte an Cevdet vorbei in sein Büro und schlug ihm die Tür vor der Nase zu. Dann riss er das Fenster auf und schaute hinunter zu den Autos auf dem Parkplatz, die sich vor seinen Augen über- und untereinander zu schieben schienen. Einen Moment lang kam es ihm so vor, als winke ihm jemand zwischen den Autos zu, und bei dem Gedanken, es könne *sie* gewesen sein, schlug ihm das Herz bis zum Hals.

Zehn Minuten später platzte ein wütender Tahsin herein und ging auf Behzat Ç. los.

»Verdammt, für wen hältst du dich eigentlich?«

Harun und der Geist, die kurz nach ihm hereingekommen waren, hielten Tahsin fest. Tahsin wand sich aus seinem Jackett und entledigte sich mit einem Schubser seines Bauchs des Geistes, aber aus Haruns Pranken konnte er sich nicht befreien.

»Wer bist du, verdammt, dass du dem Staatsanwalt einfach die Tür vor der Nase zuknallst und abhaust! Du verfluchter Psychopath! Warum machst du mich derart zum Deppen? Was meinst du eigentlich, wo so ein Irrer wie du inzwischen gelandet wäre, wenn ich nicht immer hinter dir gestanden hätte? Dabei hast du mir mein Leben vermasselt! Deinetwegen hänge ich seit Ewigkeiten hier fest! Du hast nicht nur dich selber in die Scheiße geritten, sondern mich gleich mit! Einer nach dem anderen wird Direktor, nur ich bin immer noch Vize! Seit fünf Jahren wurde ich schon nicht mehr befördert. Mir steht's bis hier!«

»Immer mit der Ruhe, Herr Direktor. Nicht doch, Herr Direktor.« Durch viel gutes Zureden brachten sie Tahsin schließlich dazu, sich zu setzen. Sein Gesicht war knallrot angelaufen, sodass sie befürchteten, er könnte jeden Moment einen Herzinfarkt bekommen. Seine zwei Töchter gingen beide auf eine Privatschule, und obwohl ihm der Direktor der Schule schon einen üppigen Rabatt eingeräumt hatte, ging immer noch der größte Teil seines Gehalts für ihre Schulgebühren drauf. Wäre seine Frau nicht ebenfalls berufstätig gewesen, hätte er wahrlich nichts zu lachen gehabt. Nachdem Tahsin sich wieder einigermaßen beruhigt hatte, kam Cevdet und hielt ihm einen dünnen Tee unter die Nase. Tahsin zückte einen Süßstoffspender und fragte: »Wo ist eigentlich der Geier?«

»Der klappert die Parks ab auf der Suche nach einem offenen Grab.«

»Bringt mir den Knallkopf hierher! Habe ich ihm nicht befohlen zurückzukommen? Er soll die Suche abblasen. Der Fall ist abgehakt!«

Er wandte sich Behzat Ç. zu, der immer noch auf den Parkplatz hinuntersah. »Ich meine, das musste ja so kommen. Wie der Herr, so's Gscherr! Der Chef ein Psychopath, sein Untergebener ein durchgeknallter Irrer! Eine Mordkommission wie ihr gehört abgeschafft! Von jetzt ab ist auf den Tahsin, der positive Berichte über euch schreibt, geschissen!«

»Reg dich nicht so auf, Herr Direktor«, wiegelte Harun ab.

»Und nenn mich nicht Herr Direktor! Euretwegen bleibe ich mein Leben lang Vizedirektor!«

»Ist ja gut, Herr Direktor. Jetzt sag uns lieber, was aus diesen Méganes geworden ist. Soweit wir gehört haben, sollen sie schon eingetroffen sein und in der Garage auf uns warten. Stimmt das?«

***

Bevor sie das Dezernat verließen, warf Behzat Ç. einen Blick auf die Wanduhr: 10 Uhr 15. Sie brachen gerade auf, um nach dem Geier zu suchen, der seit zwei Stunden weder über sein Handy noch über das Funkgerät zu erreichen war. »Ich weiß, wo er ist«, sagte Cevdet und schloss sich ihnen an. »Lasst uns zuerst im Goldpark nachschauen, dann im Hundewärterpark und schließlich im Botanischen Garten.«

»Na bravo«, meinte Harun. »Du weißt es ja wirklich ganz genau.«

Während der Fahrt unterzog Behzat Ç. jeden Bauarbeiter, der irgendwo mit Grabungsarbeiten beschäftigt war, einer eingehenden Musterung. Besonders einer, der an der Akay-Kreuzung mit einem Presslufthammer eine Verkehrsinsel durchlöcherte, kam ihm verdächtig vor. Der Mann zitterte wie Espenlaub, während er den Asphalt aufbrach und hinter ihm ein anderer die ausgehobene Erde auf einen Haufen schaufelte. Für einen Moment dachte er darüber nach, Harun den Toros anhalten zu lassen, überlegte es sich dann aber anders. Sie bogen in die Tunus-Straße ein. Weil Cevdet sauer auf Harun war, sprach keiner ein Wort. Aber der Toros machte ja zum Glück genügend andere Geräusche. Schließlich schaltete Harun den polizeieigenen Radiosender ein. Als gerade der Wetterbericht begann, rief Cevdet so plötzlich: »Stopp stopp stopp stopp!«, dass Harun mit voller Wucht auf die Bremse trat. Mit einem herzerweichenden Jaulen der Reifen kamen sie zum Stehen. Cevdet riss die Tür auf und stürzte hinaus. Er blieb vor einem Mann stehen, der vor einem Kiosk sein Auto wusch, und schrie ihn an: »Was machst du da?«

»Nichts. Ich wasche mein Auto.«

»Hast du eine Ahnung, wie hoch momentan das Wasser in den Stauseen steht?«

»In was für Stauseen?«

»Çubuk! Çamlıdere! Die Stauseen, die Ankara mit Wasser versorgen. Die sind leer bis auf den letzten Tropfen. Und der Sommer kommt erst noch!«

»Ja, gut, Herr Kommissar, aber in der Waschanlage verlangen sie zwanzig Lira. Was bleibt mir da anderes übrig, als selber zu waschen?«

»Wenn das schon unbedingt sein muss, dann nimm wenigstens einen Eimer. Keinen Schlauch mit aufgesetzter Bürste.«

»Ojemine!«

Harun kurbelte das Fenster runter und ließ seinen Arm herausbaumeln. »Wasch ruhig weiter. Lass dir von dem da nicht reinquatschen.«

»Sag mal, was bist du eigentlich für ein Polizist?«, drehte Cevdet sich zu Harun um. »Wie kann man nur dermaßen unverantwortlich sein? Ankara erlebt gerade den trockensten Winter seit einundvierzig Jahren.«

»Komm schon, Cevdet, steig wieder ein. Wir haben zu tun.«

Cevdet wandte sich wieder dem Mann zu.

»Du drehst jetzt sofort den Hahn ab!«

Der Mann machte ein verdattertes Gesicht. Cevdet hob einen Stock vom Boden auf.

»Dreh ihn ab!«

Während der Mann den Wasserhahn abdrehte, stieg Cevdet wieder in den Toros. Er streckte seinen Kopf durchs offene Fenster und schrie: »So, und jetzt machst du einen Eimer voll und wäschst damit weiter!«

Als Harun aufs Gas drückte, schob Cevdet sich noch etwas weiter zum Fenster hinaus und schüttelte drohend seine Faust. »Ich habe mir dein Kennzeichen notiert! Ich hab dich auf dem Kieker, AFK 46! Von jetzt an stehst du unter Beobachtung! Ich werde alles kontrollieren, bis hin zu deiner Wasserrechnung!«

Harun drosselte das Tempo ein wenig. »Komm wieder rein, verdammt! Bist du verrückt geworden, oder was?« Cevdet zog den Kopf wieder ein. Er bebte vor Wut. »Wenn erst mal der Sommer kommt, haben wir alle kein Wasser mehr. Jeder von uns wird mit einem Kanister durch die Gegend laufen. Überall werden Seuchen ausbrechen.«

»Ich dachte, die wollen Wasser aus dem Roten Fluss herbeischaffen?«

»Das kann man aber nicht trinken.«

»Du machst vielleicht einen Stress!«, brauste Harun auf. »Allmählich reicht's ja wohl mal. Das Wasser hier ist doch auch ungenießbar. Außerdem trinke ich ohnehin kein Wasser, ich trinke Tee.«

»Na toll.«

***

Den Geier fanden sie drei Stunden später im Botanischen Garten. Cevdets Vorschlag folgend hatten sie nämlich zuerst im Goldpark und im Hundewärterpark nachgesehen. Der Geier lag über ein Loch gebeugt und versuchte herauszufinden, worum es sich dabei handeln mochte. Nicht weit entfernt davon stand eine Bronzestatue, die – unglaublich, aber wahr – bockspringende Kinder darstellte.

»Hier verläuft weder eine Erdgasleitung noch ein Stromkabel, was ist das also für ein Loch, zum Kuckuck noch mal?«, fragte der Geier Behzat Ç.

»Steh auf«, sagte Harun. »Der Fall ist erledigt. Direktor Tahsin verlangt nach dir, wir sollen uns wieder um unsere Arbeit kümmern.«

Der Geier schaute hoch in den diesigen Himmel, der sich unter dem Fernsehturm niederzuducken schien. Sein Gesicht glich einem zerknüllten Blatt Papier. »Dann geht doch zu ihm, aber ohne mich.«

»Red keinen Stuss! Der Fall ist abgehakt. Komm, gehen wir.«

Der Geier rappelte sich auf, klopfte seine Kleider aus und legte Behzat Ç. die Hand auf die Schulter. »Zu so etwas wäre dieser Verrückte nicht fähig, das siehst du doch auch so, oder?« Behzat Ç. nickte.

»Geht ihr nur! Ich werfe noch einen Blick in den Vertrauenspark.«

Harun hakte sich beim Geier unter. »Komm, jetzt mach keinen Scheiß. Vergiss den Vertrauenspark. Die haben den Fall abgeschlossen, sage ich dir. Sogar der Staatsanwalt hält sich raus. Was ist denn los mit dir?«

»Welcher Staatsanwalt?«

»Der mit dem stacheligen Schnurrbart.«

Mit seinen erdigen Händen nahm der Geier von Behzat Ç. eine 216 entgegen, zündete sie an und pustete ihren Rauch gegen eine ihm unbekannte tropische Baumart. »Also, dieser Staatsanwalt kann mich mal kreuzweise. Richte ihm das von mir aus, wenn du ihn siehst.«

»Ich werde mich hüten, den Staatsanwalt zu beleidigen. Darauf stehen mindestens sechs Monate.«

»Gut, dann lass es eben. Geht ihr, ich schaue noch in den Vertrauenspark.«

Harun ließ zuerst seine Nackenwirbel knacken, indem er den Hals nach rechts und links drehte, dann seine Hände – ein klares Zeichen dafür, dass er mit der Geduld am Ende war. »Der Vertrauenspark scheint's dir ja wirklich angetan zu haben, was?«

»Der einzige Ort, an dem ich noch nicht nachgeschaut habe.«

»Brauchst du auch nicht. Da ist es ja wahrscheinlicher, dass er im Vorgarten der Polizeidirektion einen vergräbt.«

Der Geier ließ sich neben Behzat Ç. nieder, der sich auf eine Bank gesetzt hatte und die Skulptur mit den bockspringenden Kindern betrachtete. »Die haben's dem Verrückten doch nur deshalb angehängt, damit sie den Fall für abgeschlossen erklären können.«

»Das haben wir auch schon geschnallt«, erwiderte Harun. »Wir sind ja nicht blöd.«

»Was habt ihr geschnallt?«

Harun schabte mit dem Funkgerät über die Armlehne der Bank. »Dass so ein Fall ganz schnell zu den Akten kommt, wenn es um eine Staatsaffäre geht. Dass da ganz andere Dinge zum Vorschein kommen würden, wenn man weiter herumstochert. ›Bis hierhin und nicht weiter‹, heißt es dann, und du hörst auf. So einfach ist das.«

»Eine Fäkaliengrube«, sagte der Geier.

»Was für 'ne Grube?«

»Das Loch da hinten. Zehn Meter weiter ist ein Gullydeckel. Irgendein Idiot muss seinerzeit an der falschen Stelle gebuddelt haben. Dann haben sie's einfach so gelassen.«

Harun beugte sich über das Loch. »Stimmt. Aber wenn so was passiert, schüttet man das ja wohl wieder zu. Da spielen doch Kinder und fallen womöglich hinein, Gott behüte.«

Der Geier berührte Behzat Ç. am Ellbogen. »Chef?« Behzat Ç. erschrak. Der Geier, der nicht an der Akademie studiert hatte, sondern in den Beruf des Kriminalisten hineingewachsen war, war zehn Jahre älter als er selbst und nannte ihn daher fast nie »Chef«. Der Geier nahm einen tiefen Zug von seiner 216, kratzte sich mit dem Zeigefinger an der Warze auf seiner Nasenspitze und sagte: »Wir kennen uns jetzt seit so vielen Jahren. Du sollst wissen, dass ich dich liebe, egal, was passiert. Okay? Vergiss das nicht!« Er gab Behzat Ç. einen Klaps auf den Rücken, erhob sich, schwenkte sein Funkgerät und trottete davon in Richtung der Treppen am Ausgang des Botanischen Gartens. So recht einzuordnen wusste Behzat Ç. diese plötzliche Liebesbezeugung nicht.

»Wo willst du hin?«, rief Harun dem Geier hinterher.

»Ins Numune natürlich. Wohin denn sonst?«

»Hast du dein Funkgerät angeschaltet?«

»Ja, habe ich.«

»Ah, gut. Wir bewegen uns wieder in Richtung Normalität.«

Behzat Ç. sah auf die Uhr. Es war wieder einmal so weit. Solange die Welt sich drehte und die Mannschaft der Gençlerbirliği auf den Rasen ging, musste er um diese Zeit seinen Platz auf der Marathontribüne einnehmen. Er ließ den Toros am Eingang Rüzgârlı-Straße stehen. Vor dem Marathontor hatte sich bereits eine lange Schlange gebildet. Die Gençler hatten zwar nicht sonderlich viele Fans, aber wenn von vier Eingangstoren nur eines geöffnet wurde, war eine Schlange unausweichlich. Die Köfte- und Sonnenblumenkernverkäufe liefen gut. Behzat Ç. wusste, dass er die ersten Minuten des Spiels verpassen würde, wenn er sich jetzt anstellte. Also ging er hinüber zum nächsten Leiter der Bereitschaftspolizei, und man ließ ihn durch das Hauptausgangstor der Marathontribüne ein. Er hatte das Tor gerade passiert, da sah er vor dem Fechtklub einen weißen Lieferwagen stehen, der von Männern mit Hacken und Schaufeln umgeben war. Einer durchlöcherte mit einem Presslufthammer den Beton. Der Hauptkommissar wollte schon auf dem Absatz kehrtmachen, fand dann aber doch, dass das ständige »Tür auf, Tür zu« ein bisschen zu viel des Guten gewesen wäre.

Obwohl sie nicht gerade berauschenden Fußball spielten, schossen die Spieler von Fenerbahçe innerhalb der ersten zehn Spielminuten zwei Tore hintereinander. Kein Wunder, denn Cavcav hatte in der Transferperiode während der Sommerpause ungefähr die Hälfte aller Verteidiger und Mittelfeldspieler verkauft. Etwa zweihundert Gençler-Fans im Herzen der Marathontribüne standen nach Jahren erstmals auf und rebellierten. »Cavcav, rück das Geld heraus!«, skandierten sie.

Behzat Ç. war mit einem Ohr am Funkgerät. Von seiner Ecke der Marathontribüne aus verfolgte er die Ereignisse. Er war so sauer, dass er fast selbst noch in die Sprechchöre mit eingefallen wäre. Dann lief er urplötzlich los in Richtung Ausgangstor, getrieben von einer unerklärlichen Unruhe. Ob es eine Eingebung war, ein Instinkt, der schlechte Fußball, der ihm geboten wurde, oder der Geruch der Pfeife, die der graubärtige Mann vor ihm geraucht hatte – jedenfalls hatte ihn mit einem Mal ein Geistesblitz durchzuckt. Er ließ den Leiter der Bereitschaftspolizei das Haupttor öffnen, spurtete zu dem weißen Lieferwagen vor dem Fechtklub hinüber und zog seinen Browning. Der Mann am Presslufthammer stellte die Arbeit ein, während die mit den Schaufeln und Hacken die Hände hochnahmen. Behzat Ç. kontrollierte sie einen nach dem anderen, doch keiner hatte eine Zigarette zwischen den Lippen, einen Kaugummi im Mund, einen Fleck auf der Stirn oder ein Hörgerät im Ohr.

»Es handelt sich sicher um einen Irrtum, Herr Kommissar. Wir arbeiten für die Städtischen Wasserwerke«, erklärte der älteste der vier Männer. Er ging zum Fahrerhäuschen und brachte die entsprechenden Dokumente.

Doch Behzat Ç. hatte kein Bedürfnis, sie sich anzuschauen. Er hätte sich gerne entschuldigt und den Irrtum aufgeklärt, doch er hatte einen Kloß im Hals und bekam kein Wort heraus. Er hockte sich auf die Bordsteinkante und vergrub seinen Kopf zwischen den Händen. Er hatte genug vom Leben. Seine Hände zitterten so sehr, dass es ihm nicht einmal mehr gelang, sich mit seinem Feuerzeug eine 216 anzuzünden.

Von der Marathontribüne brandete lautes Jubelgeschrei herüber, gefolgt von dem Schlachtruf »Çak Çak Çak Çakır!« Die Gençler hatten also den Anschlusstreffer zum 2:1 erzielt. Und wer sonst hätte der Torschütze sein können, wenn nicht Mehmet Çakır?

21.

Am Montag, dem 26. Februar, saßen sie im Verhörraum der Mordkommission um Möchtegern-Ahmet herum. Heute würden sie ihn der Staatsanwaltschaft vorführen. Die runde Neonröhre an der Decke flackerte und gab ein unaufhörliches, nervtötendes Knistern von sich. Möchtegern-Ahmet rieb sich mit den Handflächen über die Beine, mit denen er wie verrückt wackelte, er spielte mit den Fasern seines Strohhuts, kratzte sich am Bart, ließ seinen Kopf nach rechts und links wippen, kurz: Er zappelte herum, als hätte er Flöhe im Arsch. Plötzlich aber hielt er inne und fragte: »Worauf warten wir eigentlich?«

Als man ihm mitteilte, dass er gleich zum Gericht gebracht werde, freute er sich, und sein von unzähligen Falten übersätes Gesicht hellte sich auf. »Wird Süleyman auch da sein?«, fragte er.

»Ja, der wird auch da sein.«

»Ich habe nichts getan, Süleyman war's.«

»So wird's sein.«

»Ich bin Ahmet, ich war's nicht.«

»Okay, Mann, es reicht!«, fuhr Harun ihn an. »Andauernd sagst du, du hättest nichts gemacht, aber bei der Terrorbekämpfung hast du ein zwanzigseitiges Geständnis unterschrieben!«

In dem Moment trat Tahsin ein. Er hatte zwei Polizeiwesten mitgebracht, von denen er eine Selim zuwarf, die andere Harun. Weil sie die Größten und Stärksten innerhalb der Mordkommission waren, war ihnen die Aufgabe zuteil geworden, Möchtegern-Ahmet vor den Kadi zu zerren.

Selim zog sich die Weste über den Kopf und fragte: »Wo bindet man die Dinger noch mal zu?« Harun wusste es zwar, antwortete aber nicht. Seit in ihm der Verdacht aufgekommen war, dass Selim derjenige gewesen sein müsse, der sie bei den Inspektoren verpfiffen hatte, verhielt er sich ihm gegenüber schroff abweisend. Wegen eines unnötigen Remplers waren sie vor zwei Stunden sogar richtiggehend aneinandergeraten. Harun hatte dem Geist von seiner Theorie erzählt, dass Selim der Verräter in ihren Reihen sein müsse, aber der Geist hatte nur abgewinkt und ihm vorgehalten, er gehe wegen der Geschichte mit Eda zu emotional an die ganze Sache ran.

Harun band sich die Weste um und fragte mit kaum verhohlenem Zorn: »Warum müssen eigentlich wir ihn da hinbringen? Wenn die Terrorbekämpfung ihn sich schon geschnappt hat, sind die ja wohl dafür zuständig.«

»Noch ein einziges Wort, und du fliegst in hohem Bogen raus aus der Mordkommission«, erwiderte Tahsin. Nach kurzer Überlegung fügte er hinzu: »Dann schicke ich dich zur Sitte.«

»Tu's doch!«, schrie Harun. »Der Sitte hast du ja eh schon sämtliche Méganes zugeschustert, also wieso jetzt nicht auch noch mich! Aber wir sind natürlich selber schuld, wenn wir Morde aufklären, anstatt irgendwelchen Nutten und ihren Zuhältern hinterherzulaufen.«

Tahsin presste sich die Hand auf die Brust. »O weh, Herr Direktor!« »Ganz ruhig, Herr Direktor!« Mit diesen Worten setzten sie ihn auf einen der Eisenstühle. »Raus mit dir, ich will dich nicht mehr sehen«, keuchte Tahsin. »Wie du meinst«, entgegnete Harun und zog die Weste wieder aus. Er wollte den Raum gerade verlassen, als er von Behzat Ç. am Handgelenk festgehalten wurde. Er schickte Harun dorthin zurück, wo er hergekommen war, und warf Tahsin einen tadelnden Blick zu. Während alle gespannt darauf warteten, was wohl als nächstes passieren würde, kam Cevdet mit einem Elan hereingestürmt, dass nicht nur die Klinke in seiner Hand zurückblieb, sondern er auch der Länge nach auf den Boden schlug. »Bravo«, sagte Harun. »Das war die letzte, die du noch nicht abgerissen hattest. Die hast du jetzt also auch noch geschafft.« Cevdet rappelte sich auf und starrte entgeistert auf die Klinke in seiner Hand. Er legte sie auf den Tisch und brachte seine Kleidung in Ordnung. Dann fing er an zu stottern: »He...He...Herr Direktor. Die Staatsanwaltschaft hat angerufen. Wir sollen ihn jetzt bringen, sagen sie.«

»Also, dann mal los.« Tahsin stand auf. Er war schon fast draußen, da drehte er sich noch einmal um, wies auf Möchtegern-Ahmet und fragte: »Was ist das denn?«

»Was ist was?«

»Will der Typ da etwa seinen Strohhut aufbehalten? Nehmt ihn ihm ab!«

»Mach's doch selbst, wenn du dich traust«, presste Harun zwischen den Lippen hervor. Tahsin schnappte nach dem Hut, aber Möchtegern-Ahmet kauerte sich zusammen und wollte ihn nicht hergeben. Während Harun und Selim seine Starre lösten, zogen Cevdet und Tahsin an dem Hut, bis sie ihn schließlich nach einigem mühsamen Hin- und Hergezerre in den Händen hielten. Seines Huts beraubt, brüllte Möchtegern-Ahmet die gesamte Kriminaldirektion zusammen. Er schrie so laut, als würde ihm die Kehle durchgeschnitten.

»Hör auf, hier so rumzubrüllen! Es reicht, Mann! Ruhe, verdammt!«

Doch Möchtegern-Ahmet war vollkommen hysterisch, schien nichts von dem zu hören, was man ihm sagte, und schrie weiter wie am Spieß.

»Jetzt stopf ihm doch einer mal das Maul«, sagte Tahsin, woraufhin Selim versuchte, Möchtegern-Ahmet den Mund zuzuhalten, und prompt in die Hand gebissen wurde. Behzat Ç. nahm Cevdet den Strohhut ab, hielt ihn mit der Rechten an die Wand und drückte ihn mit der Linken platt. Dann zog er Möchtegern-Ahmet den Pullover über den Kopf und band ihm den Hut an seinem Bändel vor die Brust. Möchtegern-Ahmet verstummte. Sie zogen den Pullover wieder herunter und gingen zum Toros.

Der Geist übernahm das Steuer, Behzat Ç. setzte sich auf den Beifahrersitz und hinten saß Möchtegern-Ahmet, flankiert von Harun und Selim. Als sie sich dem Justizpalast näherten, fing vor der Radiostation Ankara Behzat Ç.s Handy an zu klingeln. In freudiger Erwartung zog er es hervor, doch als er sah, dass es nur sein Bruder Şevket war, stellte er es auf lautlos und steckte es zurück in seine Tasche.

Der Ankaraner Justizpalast war die architektonische Entsprechung aller Sorgen und Nöte, die ein Mann, der wie Behzat Ç. in dieser Stadt geboren und aufgewachsen war, empfinden konnte.

Hätte Kafka ihn je zu Gesicht bekommen, er hätte gesagt: »Dem ist nichts hinzuzufügen«, und hätte die Schriftstellerei an den Nagel gehängt.

Kaum waren sie aus dem Toros ausgestiegen, waren sie von Reportern umringt.

»Warum haben Sie das getan, Süleyman?«

»Bereuen Sie Ihre Tat, Süleyman?«

»Warum haben Sie sie begraben, Süleyman?«

»Würden Sie bitte etwas sagen, Süleyman?«

»Ich bin Ahmet, verdammt! Ahmet! Ihr seid Süleyman! Ihr Drecksäcke! Ich bin Ahmet!«, schrie Möchtegern-Ahmet die Reporter an. Harun hielt ihm den Mund zu, und sie hasteten die Treppe hinauf.

***

Während sie vor dem Büro des Staatsanwalts warteten, kontrollierte Behzat Ç. erneut sein Telefon. Als er sah, dass Bahar anrief, war er so aufgeregt, dass er erst einige Augenblicke verstreichen ließ, bevor er ranging. Er räusperte sich. Doch er musste gar nicht sprechen. Bahar gab nur den Treffpunkt für ein gemeinsames Mittagessen durch und legte gleich wieder auf. Dennoch hatte Behzat Ç.s Miene sich aufgehellt. Er klopfte seine Taschen ab, dann trabte er zum Geist hinüber und rieb seinen Daumen gegen Zeige- und Mittelfinger – das universale Zeichen für jeden, der Geld haben will.

Der Geist zückte sein schmales Portemonnaie, gab ihm fünfzig Lira und fragte: »Reicht das?«

Behzat Ç. hob verneinend den Kopf. Der Geist legte noch einmal fünfzig Lira drauf, präsentierte ihm seine leere Börse und sagte: »Mehr habe ich nicht.« Mit seinem schimmelgrünen Hemd brachte er Farbe in die fahlen Korridore des Justizpalastes.

Behzat Ç. fasste den Mann, der seit vierzehn Jahren zu seinen besten Freunden zählte, an den Schultern und sah ihn dankbar an. Zwar hatte er das Limit seiner Kreditkarte noch nicht völlig ausgeschöpft, aber mit Bargeld in der Tasche fühlte er sich einfach sicherer. Als er sich zum Gehen wenden wollte, wurde er vom Geist am Arm zurückgehalten. »Soll ich mich mal auf die Suche nach Pembo und Gorbatschow machen?« Behzat Ç. vollführte eine schwer zu deutende Drehung des Handgelenks, die sowohl ja als auch nein heißen mochte. »Okay«, meinte der Geist. »Wenn ich sie gefunden habe, sage ich dir Bescheid.«

Behzat Ç. suchte sich eine schmutzige Scheibe und betrachtete sein Spiegelbild: höchste Zeit für eine Rasur. In den labyrinthähnlichen Gängen des Justizpalastes hatte er manchmal immer noch Schwierigkeiten, den Ausgang zu finden, obwohl er bereits seit zweiundzwanzig Jahren alle paar Tage hierher kam. Und gerade jetzt war er dermaßen aufgekratzt, dass es ihm besonders schwer fiel. Er irrte lange umher und atmete tief durch, als er endlich am Haupttor ankam. Die kalte Luft war von einem unbeschreiblichen Duft erfüllt.

Im Garten des Justizpalastes gab er einem Obdachlosen, der zwei Finger zum Mund führte und ihn um eine Zigarette bat, zwei 216. »Wie komme ich denn von hier aus zum Numune-Krankenhaus?«, fragte ein Passant, der Zeuge von Behzat Ç.s Großzügigkeit geworden war. Behzat Ç. fasste ihn an der Schulter und drehte ihn in Richtung der geisteswissenschaftlichen Fakultät der Universität Ankara. Er zeigte auf die Straße auf der anderen Seite des Boulevards, in der das Institut für türkische Geschichte lag, und bedeutete ihm, indem er seine Hand vor und zurück schwenkte, er solle dort stur geradeaus gehen. Dann machte er ein Stoppzeichen, was hieß, dass er an der nächsten Einmündung stehenbleiben müsse, und durch ein Biegen der Handaußenfläche nach links gab er ihm die Richtung an, in die er sich zu wenden habe. Sollte er sein Ziel nach dieser detaillierten Wegbeschreibung nicht finden, dann wäre er wirklich selber schuld.

Behzat Ç. schwang sich in den Toros und hielt vor dem nächsten Barbierladen. Er setzte sich in den Kundensessel, sah den Barbier, und schon war seine gute Laune verflogen.

»Haare und Bart?«

Behzat Ç. strich sich mit der Hand über den Bart.

»Wo kommen Sie her?« Der Barbier wählte einen klassischen Gesprächseinstieg. Als Behzat Ç. nicht antwortete, hielt er mit der

Sicherheitsnadel zwischen seinen Lippen kurz inne und sah mit dem Umhang in der Hand für einen Moment aus wie ein Stierkämpfer mit seinem roten Tuch. Ein Rentner, der hinter ihnen auf einem Sofa saß und die Posta las, musterte Behzat Ç. durch den Spiegel. Ein Ofen, von dem leichter Rauch aufstieg, sorgte für stickige Luft.

»Und was machen Sie beruflich?«

Es gibt ja Branchen, denen man gemeinhin nachsagt, sie erforderten ein gutes Mundwerk, aber Barbiere gehören definitiv zu deren nervtötendsten Vertretern. Behzat Ç. zückte sein Funkgerät und legte es auf den Tresen. »Ja, ja, die Polizei hat's auch nicht leicht«, seufzte der Barbier, während er in einer Metalldose die Rasierseife aufschäumte.

›Red nicht so'n Quatsch!‹ – das war die einzige Sache, die Behzat Ç. gerne noch ab und zu gesagt hätte, seit er das Sprechen aufgegeben hatte. Er wandte seinen Blick ab und ließ ihn von der Registrierkasse auf dem Tresen hinüber zu einem Spiegelschränkchen wandern, in dem zwanzig Jahre alte Duftwässerchen und Lotionen in vergilbten Verpackungen lagerten. Er runzelte die Stirn und schnaubte verächtlich durch die Nase. Er wandte sämtliche Taktiken des Schweigens an, um sich gegen die Attacken des Barbiers zur Wehr zu setzen. Als dieser sah, dass er bei Behzat Ç. auf taube Ohren stieß, ergoss sich sein Redeschwall über den Rentner, der jeden Tag in den Laden kam, um die Posta und den Gözcü zu lesen. »Die machen ja ein Mordstamtam wegen diesem Armenier, der da neulich erschossen wurde. Ich meine, gut fand ich das natürlich auch nicht. Klar, das war wirklich total daneben. Aber ich denke, man kann's auch übertreiben. Schuld an dem Ganzen sind sowieso die Internetcafés.«

Während er den schaumigen Rasierpinsel auf Behzat Ç.s Gesicht klatschen ließ, wandte er sich seinem verschnupften Lehrling zu: »Du gehst nicht ins Internet, oder?«

Der Lehrling zog die Nase hoch. »Nein, Meister. Wozu auch? Aber Ercan geht rein.«

»Wer ist das denn?«

»Der Lehrling von Bahattin, dem Cafébesitzer.«

»Na ja, Hauptsache, du lässt die Finger davon.«

Der Barbier brach eine Rasierklinge in der Mitte durch und steckte sie ins Rasiermesser. Dann presste er zwei Finger gegen Behzat Ç.s Schläfe und fuhr mit dem Messer über seine Wange. Das Gemisch aus Schaum und Barthaaren wischte er an der Außenfläche seiner Hand ab. Er kam dabei so nah an Behzat Ç. heran, dass dieser den feuchten Atem des Barbiers an seinem Hals spürte und ihm sein Mundgeruch in die einst auf dem Militärgymnasium vom Hauptmann gebrochene Nase stieg.

»Was soll das überhaupt heißen: ›Wir sind alle Armenier‹? Das ist ja wohl erst recht daneben. Wir sind vor allem Türken. Jeder von uns ist Türke! Wir scheinen echt schnell vergessen zu haben, wie viele unserer Diplomaten von den Armeniern erschossen wurden.«

An diesem Punkt verspürte schließlich auch der Rentner das Bedürfnis, sich ins Gespräch einzumischen. Er schaute über die Posta und seine Brille hinweg und sagte: »Diese Nation hat ein Gedächtnis wie ein Sieb. Hummare ermanum est.«

»Nein, das heißt irgendwie anders«, erwiderte der Barbier, während er Behzat Ç. seinen Daumen gegen die Schläfe drückte und mit der Rasur der anderen Wange begann. »Emmare huranum est. So was in der Art jedenfalls. Na ja, was soll's, Irren ist menschlich!«

Als der Muezzin zum Mittagsgebet rief, schaltete der rotznasige Lehrling mitten in einem Lied von Neşet Ertaş das Radio aus. »Du kannst auch gleich die Tür noch zumachen, Junge«, forderte ihn der Barbier auf. »Das Wetter war so schön mild die letzten Tage. Ständig haben sie über die globale Erwärmung gemeckert. Und schon ist es wieder kalt. Die haben sie ja nicht mehr alle, sich dermaßen in Gottes Angelegenheiten zu mischen! Da habt ihr eure Eiszeit! Seid ihr jetzt zufrieden, globale Erwärmer? War das euer Ziel? Wie hätten Sie denn gerne die Koteletten?«

Mit der Hand zeigte Behzat Ç. die Höhe an, auf der sie gekappt werden sollten. Der Barbier nahm eine Kotelette ab, beugte sich zur zweiten hinüber und kam wieder bis auf Spuckweite näher. Behzat Ç. spürte den feuchten Atem an seiner Schläfe. Mundgeruch, Schweiß, Speichel.

»Aber ihr Polizisten habt's auch nicht leicht. Kaum fangt ihr einen ein, lässt das Gericht den doch schon wieder raus. Jedes Jahr eine Amnestie. Meiner Meinung nach sollte man den Dieben ihre Hände und den Vergewaltigern die Schwänze abhacken. Anders kriegt man die Sache nicht in den Griff. Hab ich nicht recht, Chef?«

Behzat Ç. schnappte nach Luft.

»Alles in Ordnung mit Ihnen?«

Behzat Ç. riss sich den Umhang vom Hals und sprang auf. Er packte den Barbier an Gürtel und Nacken und rammte ihn gegen den Spiegel. Der so malträtierte Spiegel sprang mitten entzwei. Mit einem Handtuch wischte sich Behzat Ç. den verbliebenen Schaum vom Gesicht und bedeutete dem Rentner, der vom Sofa aufgesprungen war, sich wieder hinzusetzen. Er legte zwanzig Lira auf den Tresen und wollte schon hinausgehen, blieb dann aber stehen, besah sich den Schaden am Spiegel und erhöhte auf vierzig. Nach kurzer Überlegung nahm er zehn Lira wieder an sich, knallte die Tür hinter sich zu und ging.

Bahattin, der Inhaber des nebenan gelegenen Cafés, hatte mit der Hand an der Stirn durchs Schaufenster des Barbierladens geschaut. Jetzt rief er Behzat Ç. hinterher: »He! Du da! Schau dich mal um!«

Behzat Ç. drehte sich um und ließ sein Funkgerät auf ihn zuschnellen, verfehlte ihn aber. Er schickte einen Tritt hinterher, der ebenfalls ins Leere ging. Er setzte dem flüchtenden Bahattin nach, und als er nahe genug herangekommen war, trat er noch einmal zu. Wieder wich Bahattin ihm geschickt aus, rettete sich erneut um Haaresbreite und sprang über die erstbeste Gartenmauer, die ihm in die Quere kam. Behzat Ç. gab die Verfolgung auf. Er sah auf die Uhr, ordnete seine Kleider und trabte zurück zum Toros. Über den Cumhuriyet-Boulevard fuhr er zum Bahnhof, wo er mit Bahar im Restaurant verabredet war.

***

Das Bahnhofsrestaurant war ein geräumiger Saal mit hoher Decke, in dem sich die Vergänglichkeit eines Bahnhofs mit der Beständigkeit einer Kneipe vermischte. Weil der Ostexpress und der Schlafwagenzug nach Istanbul gerade abgefahren waren, waren fast alle Tische leer. Behzat Ç. hielt mit einer Hand seine Schläfe bedeckt, denn seit der kleinen Auseinandersetzung mit dem Barbier war eine seiner Koteletten länger als die andere.

Während der Fahrt hatte er bereits alle möglichen Stimmübungen gemacht. Er war fest entschlossen, zu sprechen, bis plötzlich der Kellner vor ihnen stand und fragte: »Sie wünschen?« Da merkte er, dass es gar nicht so einfach war, monatelang nichts zu sagen und dann plötzlich eine Bestellung aufzugeben. Also bestellte Bahar. »Ich muss heute Nachmittag nicht mehr arbeiten. Sollen wir auch eine kleine Flasche Rakı nehmen?«, fragte sie. Behzat Ç. nickte und betrachtete die beiden Strähnen, die in Bahars schlanken Nacken gefallen waren. An so einem Tag hätte jeder wieder mit dem Rakı angefangen.

Bahar unterrichtete Türkisch an einem privaten Nachhilfeinstitut. Da er sie regelmäßig verfolgt hatte, kannte der Hauptkommissar das Institut und die Straßen in dessen näherer Umgebung inzwischen wie seine Westentasche. Bahar hatte auch andere Jobs – als Lektorin bei einer Zeitschrift zum Beispiel –, aber das waren keine Angelegenheiten, die Geld einbrachten oder sonst etwas zur Sache taten. Als der Kellner ihre Bestellungen brachte, wurde ihnen für einen kleinen Augenblick klar, dass Sprechen nicht unbedingt erforderlich war, damit zwei Menschen einander verstanden.

Dann, als Behzat Ç. seinen Rakı mit Wasser auffüllte, als also die durchsichtige Flüssigkeit im Glas gerade im Begriff war, sich milchig-weiß zu verfärben, verkündete Bahar: »Du, ich möchte dir etwas sagen.« In dem Moment aber klingelte ihr Handy, sodass sie ihm den Rest schuldig blieb. Sie nahm das Telefon ans Ohr und runzelte die Stirn. »Was?«, rief sie aus und sprang auf. »Und wo sind sie jetzt?« Auch Behzat Ç. war unwillkürlich aufgestanden, die Rakı-Flasche immer noch in der Hand. Mit zitternden Händen legte Bahar auf. »Mein Sohn.« Behzat Ç. kannte den kleinen Racker.

»Das war seine Grundschule. Er ist gestürzt und wurde ins Numune eingeliefert. Du kannst hierbleiben, ich nehme ein Taxi.«

Behzat Ç. schüttelte entschieden den Kopf. Er zog einen Fünfzig-Lira-Schein aus der Tasche und legte ihn auf den Tisch. Innerlich dankte er dem Geist dafür, dass er jetzt, wo Eile geboten war, nicht auf seine Kreditkarte warten musste. Er holte alles aus dem Toros raus, was der Talat-Paşa-Boulevard zuließ, und sie kamen innerhalb kürzester Zeit am Numune an. Vor der Notaufnahme bremste er scharf.

Drinnen wimmelte es von Patienten, die man auf Tragen, Rollstühlen, normalen Stühlen und in jedem verfügbaren Winkel untergebracht hatte, Krankenschwestern und Pfleger rannten von A nach B, und die vielen Angehörigen sahen oft kränker aus als die Patienten selbst. Es schienen Menschen jeder Berufsgruppe anwesend zu sein, nur keine Ärzte. Weil allerorten laut schreiend telefoniert wurde, war es schier unmöglich, sein eigenes Wort zu verstehen. Der Hauptkommissar fasste Bahar am Handgelenk, damit sie einander in dem Gedränge nicht verloren, und bahnte ihnen mit der anderen Hand einen Weg, der sie über zahllose auf dem Boden liegende Infusionsbeutel und blutgetränkte Wattebäusche führte. Sie fanden den Jungen auf einer Bahre liegend, unter einer blauen Decke, die mit Blut befleckt war. Neben ihm saß eine junge Frau, fast noch ein Mädchen. Beide weinten. Bahar schloss ihren Sohn in die Arme, woraufhin der Junge einen Schrei ausstieß und sich den Ellbogen hielt. »Was ist passiert?«, fragte Bahar.

»Er ist beim Mittagsschlaf von seinem Etagenbett gefallen«, erklärte die junge Frau, die im Hort der Grundschule arbeitete. »Vorhin war ein Krankenpfleger da und hat gesagt, wir sollen hier warten. Sie würden ihn dann röntgen. Aber das ist inzwischen schon wieder eine halbe Stunde her.«

Behzat Ç. klopfte an die Tür des Röntgenzimmers. Als keiner antwortete, drückte er die Klinke. Es war abgeschlossen. Ein Patient, der auf einer Trage lag und seinen eigenen Infusionsbeutel in die Luft hielt, sagte: »Die lässt sich nur von innen öffnen. Sie rufen einen nach Dringlichkeit auf.« Behzat Ç. gehörte nicht zu der Sorte

Mensch, die darüber diskutierten, wonach sich die Dringlichkeit in einer Notaufnahme bemessen lasse. Er schlug zweimal mit der Faust gegen die Tür. Eine strahlungsgeschädigte Frau mit bleichem Gesicht öffnete die Tür einen Spaltbreit und stieß ein genervtes »Verdammt, was ist denn?« aus. Behzat Ç. schob sie beiseite, drückte die Tür auf und hielt den Finger vor die Lippen wie das Krankenschwesterportrait an der Wand. Er gab Bahar ein Zeichen, dass sie Barış – so hieß ihr Sohn – jetzt herüberbringen könne. Barış wurde auf den Röntgentisch gelegt, und Behzat Ç. zog die genervte Frau am Arm vor das Gerät.

Diese fügte sich dem Unvermeidlichen. »Okay, aber während ich den Jungen röntge, gehen Sie zum Empfang und melden ihn an.« Bahar händigte Behzat Ç. den Personalausweis und den Impfpass ihres Sohnes aus. Behzat Ç. nahm die Dokumente und ging mit ihnen zu dem Schalter am Eingang der Notaufnahme. Die Frau hinter dem Schalter quäkte: »Nicht hier. Hier ist nur die Einlieferung. Sie müssen zum Empfang.« Er drehte seine Hand im Gelenk, was gleichbedeutend war mit der Frage, wo denn das sei. Die Frau wies auf die gegenüberliegende Seite des Raums.

Auf der gegenüberliegenden Seite des Raums gab man ihm ein Formular zum Ausfüllen. Name, Nachname, Ausweisnummer, Adresse, Telefon, Impfpassdatum, Krankenkassenregisternummer – dem Hauptkommissar schwirrte der Kopf. Durch Emporstrecken seines Zeigefingers bat er die Frau hinter dem Schalter, einen Moment zu warten. Dann drehte er sich um und winkte die zwei Polizisten heran, die in dem nahegelegenen Polizeihäuschen Dienst taten. Die beiden kamen sofort angerannt. Einem gab er das auszufüllende Formular, dem anderen den Schlüssel des Toros, der mitten in der Einfahrt der Notaufnahme stand und dem Krankenwagen den Weg versperrte. Er spürte eine Hand auf der Schulter, drehte sich um und sah den Geier.

»Du hier?«

Behzat Ç. atmete auf. Er fasste den Geier am Arm und zog ihn hinter sich her zum Röntgenzimmer. Der Geier hielt die Aufnahme gegen das Licht und studierte sie. Da er sich jahrelang in Krankenhäusern um Fälle von Körperverletzung gekümmert hatte, war er auf medizinischem Gebiet durchaus beschlagen. Er wandte sich an die Röntgenassistentin. »Ein klarer Fall von Hals- und Beinbruch! Geben Sie sofort Doktor Selçuk Bescheid.«

»Wer ist Doktor Selçuk?«, fragte Bahar.

»Ein Facharzt für Orthopädie. Die hier können auch nicht mehr als ich. Besser, er schaut sich das mal an.«

Doktor Selçuk war ein Mann, der mit seinen runden Brillengläsern an Trotzki erinnerte. Lächelnd, als kehre er gerade frisch aus dem Exil zurück, betrat er das Röntgenzimmer. Als Barış der Arm eingegipst wurde, kam der Polizist, der von Behzat Ç. das Formular ausgehändigt bekommen hatte, und sagte: »Ich habe die Anmeldeformalitäten erledigt, Herr Kommissar.«

»Gut«, entgegnete der Geier und streichelte Barış über den Kopf. »Dann erledige jetzt die Abmeldeformalitäten.«

***

Bahar war in die Küche gegangen, um Tee aufzusetzen. Behzat Ç. saß mit Barış im Wohnzimmer. Die Wohnung war sauber und aufgeräumt. Nachdem Bahar sich tausendmal bei ihm bedankt und ihn anschließend noch zu einem Tee eingeladen hatte, hatte Behzat Ç. zum ersten Mal gedacht, dass der Beruf, den er ausübte, vielleicht doch zu irgendetwas nutze war.

Während Bahar in der Küche hantierte, hörte Barış, dessen gebrochener Arm jetzt in einem Gips steckte und von einer Schlinge um seinen Hals gehalten wurde, gar nicht mehr auf zu quengeln. »Gib her, gib her!« Seit er den Browning an Behzat Ç.s Gürtel gesehen hatte, hatte er nichts anderes mehr gesagt. Behzat Ç. lächelte und streichelte Barış den Kopf, woraufhin dieser mit seiner gesunden Hand ein Quietsche-Entchen am Bürzel packte und es dem Hauptkommissar an den Kopf schmiss. »Gib her!«

Wäre Barış sein eigener Sohn gewesen, dann hätte er jetzt einfach das Magazin herausgenommen und ihm die Pistole gegeben, aber weil Bahar das als Erziehung zum Militarismus hätte deuten können, ließ er es lieber bleiben. Stattdessen durchwühlte er seine Taschen auf der Suche nach etwas, womit er Barış ablenken könnte. Schließlich zog er sein Feuerzeug mit der Taschenlampe am unteren Ende hervor. Als er die Lampe anschaltete, bekam Barış ganz leuchtende Augen. Er vergaß die Waffe, zeigte auf das Feuerzeug, und das Gequengel ging von vorne los. »Gib her, gib her!« Behzat Ç. dachte schon, er brauche ihm nur noch das Feuerzeug auszuhändigen und sei gerettet, da klingelte es an der Tür. Er spürte diese gewisse Anspannung, die jeder Gast empfindet, sobald ein anderer Gast im Anmarsch ist. Herein kam ein dreizehn- bis vierzehnjähriger schlaksiger Jugendlicher mit graublauen Augen. Er trug ein Iron-Maiden-T-Shirt, und die Musik, die aus den Kopfhörern seines IPod quoll, erfüllte das Wohnzimmer.

»Only the good die young
All the evil seem to live forever«

»Darf ich vorstellen?«, sagte Bahar. »Mein ältester Sohn Ulaş.«

Dieser Halbstarke, der ihm während seiner Verfolgungen nie über den Weg gelaufen war, war eine große Überraschung für Behzat Ç. »Setzt ihr euch hin, ich bringe den Tee«, verabschiedete sich Bahar und ging wieder in die Küche. Stille breitete sich im Wohnzimmer aus. Ob Sohn, Ehemann, Ex-Mann, Vater oder Bruder – die Männer im Leben einer geliebten Frau sind immer Auslöser von Spannungen. Sie erinnern einen daran, dass die Auserwählte vielleicht doch nicht das perfekte Wesen ist, und verderben einem damit die Laune.

Ulaş nahm die Kopfhörer ab, schaute zuerst auf den Gipsverband am Arm seines Bruders, dann auf Behzat Ç. und fragte: »Du willst mit meiner Mutter ins Bett, stimmt's?« Angesichts dieser Unverblümtheit gefror das Lächeln auf Behzat Ç.s Gesicht und wich allmählich einem leicht dümmlichen Grinsen. »Wieso, bist du müde?«, fragte Barış und stupste Behzat Ç. an die Schulter. »Ich muss immer schlafen gehen, obwohl ich noch gar nicht müde bin. Weißt du was? Heute bin ich vom Etagenbett gesprungen und dabei hingefallen. Und letzten Monat habe ich ein Stück Pastellkreide in die Nase bekommen. Mein Lehrer hat sie mit einem Staubsauger wieder rausgeholt, und alle haben geklatscht.«

Ulaş stand auf, ging aus dem Wohnzimmer, ohne seine Mutter, die gerade mit einem Tablett hereinkam, eines Blickes zu würdigen, verschwand in seinem Zimmer und schlug die Tür zu. »Ist was passiert?«, fragte Bahar ihren jüngeren Sohn. Barış tunkte mit seiner heilen Hand einen Petit-Beurre-Keks in seinen Tee, zeigte auf Behzat Ç. und erwiderte: »Er ist müde. Er will ins Bett.«

Dann trank er seinen Tee in einem Zug leer und rannte in den hinteren Teil der Wohnung. Bevor ihn jemand warnen konnte, war er auch schon im Flur gestolpert und auf seinen heilen Arm gestürzt. Bahar stieß einen unterdrückten Schrei aus und lief zu ihm hin. Doch Barış stand auf, als wäre nichts passiert. Er war kein Kind von der Sorte, die weinten, wenn sie hinfielen. Er rieb sich nur kurz mit dem Gips über den Arm, auf den er gefallen war, und verschwand in seinem Kinderzimmer. Wenig später kam er mit einem Filzstift wieder zurück und streckte ihn Behzat Ç. entgegen. »Hier, schreib was!« Im ersten Moment verstand Behzat Ç. nicht, was Barış von ihm wollte. Erst nachdem dieser ihm erklärt hatte: »Als Hakan seinen Arm gebrochen hatte, haben alle was draufgeschrieben. Das sollst du jetzt auch machen«, erinnerte er sich an die Tradition, auf einem Gipsverband zu unterschreiben. Er nahm den Stift, überlegte kurz, aber ihm fiel nichts ein.

»Gute Besserung.
Hauptkommissar Behzat Ç.«

Kaum hatte er das geschrieben, beschloss er den »Hauptkommissar« doch wieder zu streichen. Irgendwie war es unpassend, den Arm des Jungen in ein Vernehmungsprotokoll zu verwandeln. Unbeholfen kritzelte er eine Blume darüber.

Bis jetzt hatten sich die Ereignisse dermaßen überstürzt, dass sie noch gar keine Gelegenheit gefunden hatten, über irgendetwas zu sprechen. Aber ihm machte das ohnehin wenig aus, und auch Bahar und ihre Söhne reagierten auf sein Schweigen, als wäre es das Normalste auf der Welt. So, als wäre er ein ebenso stummer wie entfernter Verwandter. Nachdem er seinen Tee ausgetrunken hatte, stand er auf und öffnete die Hände, wie um zu sagen: ›Dann gehe ich wohl mal besser.‹ Doch Bahar sagte: »Nein, bleib ruhig sitzen, ich schenke dir noch einen Tee ein.«

In diesem Moment stieg ihnen Brandgeruch in die Nasen, und sie erkannten, dass Barış offenbar auch ein kleiner Pyromane war. Mit dem Feuerzeug, das Behzat Ç. ihm gegeben hatte, hatte er es geschafft, die Vorhänge in Flammen aufgehen zu lassen. Behzat Ç. stürzte los, riss sich das Jackett vom Leib und begann damit auf die Vorhänge einzuschlagen.

Er hatte Bahar am Gymnasium Kurtuluş kennengelernt, wo er sich eingeschrieben hatte, nachdem er seinem Hauptmann einen Faustschlag versetzt hatte und von der Militärschule geflogen war. Als er sich nach seinem Abschluss für die Polizeiakademie entschieden hatte, hatten sie sich getrennt. Glaubte man Behzat Ç., so hatte linksradikales Gedankengut Bahars Psyche in Mitleidenschaft gezogen. Bahar hingegen war der Ansicht, Behzat Ç. habe sich für die falsche Seite entschieden. So war die Liebe, die in Cebeci begonnen hatte, im Befreiungspark zu Ende gegangen. Vor den Bänken direkt gegenüber der Feuerwehr.

Jetzt, wo er mit dem Jackett auf die brennenden Vorhänge einschlug, erinnerte er sich zurück an den Tag ihrer Trennung. Damals hatte er sogar mit dem Gedanken gespielt, den Polizeiberuf an den Nagel zu hängen und bei der Feuerwehr anzufangen. Dann war er zum nächsten Kiosk gegangen und hatte eine Zigarette verlangt. Der Kioskverkäufer hatte ihm die damals teuerste Zigarette, eine 216, entgegengestreckt. Weil Behzat Ç. damals noch Vorstopper in der Amateurliga gewesen war, hatte er bis dahin noch überhaupt keine Tabakprodukte konsumiert. Er hatte sich irgendwo hingesetzt und bis zum Einbruch der Dunkelheit ein ganzes Päckchen 216 geraucht.

Als er sich vor der Tür die Schuhe anzog, gab Bahar Behzat Ç. mit leicht vorwurfsvollem Blick das Feuerzeug wieder, das sie Barış abgenommen hatte. »Mach es gut«, sagte sie. »Unser nächstes Treffen steht hoffentlich unter einem besseren Stern.«

***

Als er sein Wohnhaus erreichte, merkte er, dass er das Tekel vergessen hatte. Er beschloss, diese Vergesslichkeit als etwas Positives aufzufassen, schließlich war das eine gute Gelegenheit, seiner Leber Entspannung zu gönnen. Er drückte Kamber, der sich gerade wieder aufmachte, Müll einzusammeln, dreißig Lira in die Hand und betrat seine Wohnung. Damit waren die einhundert Lira, die er sich vom Geist geborgt hatte, restlos aufgebraucht. Auch von Hoppa fehlte mal wieder jede Spur. Er schaute überall nach, wo man nachschauen konnte, und je länger das dauerte, desto mehr Sorgen machte er sich. Schließlich setzte er sich in seinen Sessel und zündete sich eine 216 an. Es blieb ihm wohl nichts anderes übrig, als zu warten, dass Hoppa von alleine wieder auftauchte.

Er richtete seinen Blick an die Decke und versuchte, eine Bilanz seiner Beziehungen zum anderen Geschlecht zu ziehen. Nachdem er in der rechten Ecke acht unterschiedliche Punkte und diverse Hubbel miteinander verbunden hatte, sah er seine geschiedene Frau Ceyda. Sie war ein guter Mensch, und ihr einziger Fehler war es gewesen, ihn zu heiraten. Obwohl er alles andere als ein Draufgänger war, konnte man an einigen Punkten der Decke, die im Dunklen lagen, doch das eine oder andere kleine Abenteuer entdecken, das er erlebt hatte. Die unregelmäßigen Kurven in der linken Ecke standen für das Auf und Ab der sexuellen Beziehung mit Gönül nach seiner Scheidung. Aber zwischen all diesen Linien, Kurven und dunklen Ecken hindurch zwinkerte ihm immer wieder Bahar zu. Über die Jahre hatte sich der Gedanke an sie regelrecht in ihm festgesetzt.

Der Schlüssel drehte sich im Schloss. »Esat ist ein beschaulicher Stadtteil, bestehend aus Groß-Esat und Klein-Esat«, platzte Şule ins Wohnzimmer hinein. »Dort leben sympathische Menschen mit Liebeskummer. Eine weitere Besonderheit dieses unseres Stadtteils ist, dass seine Grenzen …«

Behzat Ç. sprang auf und unterbrach Şules Redefluss mit einer schroffen Handbewegung. Dieses Mal war er wirklich sauer. Şules Gesicht nahm einen besorgten Ausdruck an. »Und? Wie war das erste Treffen nach so vielen Jahren?«

Behzat Ç. nahm Hoppa aus Şules Armen und drückte ihn an seine Brust. Dann setzte er das humpelnde Kaninchen zum ersten Mal im Leben auf seinen Schoß.

»Du bist auch nicht anders als die anderen«, konstatierte Şule. »Solange du ihn direkt vor deiner Nase hocken hast, weißt du ihn nicht zu schätzen. Bist du jemals auf die Idee gekommen, das arme Tier mal mit raus zu nehmen und mit ihm Gassi zu gehen?«

Behzat Ç. senkte beschämt den Kopf. Sie hatte recht.

»Du solltest den Ärmsten doch wenigstens mal mit in einen Park nehmen oder so. Damit er mal über Wiesen und Felder hoppeln kann. Aber du hast ihn ja nicht mal impfen lassen. Außerdem müssen ihm alle zwei Monate die Krallen geschnitten werden. Nicht mal das hast du gemacht. Als wäre es nicht schon schlimm genug, dass du ihn zum Krüppel gefahren hast, sperrst du ihn auch noch zu Hause ein und stürzt ihn in eine Krise. Wenn du nicht in der Lage bist, Verantwortung für ihn zu übernehmen, überlass ihn mir, dann kümmere ich mich um ihn.«

Behzat Ç. setzte Hoppa auf den Teppich, damit er nach Herzenslust herumhumpeln konnte. »Bitte nimm's mir nicht übel«, sagte Şule. »War ich zu hart?« ›Nein, ist schon okay‹, gab Behzat Ç. ihr zu verstehen, indem er seinen Kopf leicht in den Nacken warf.

Şule nahm Behzat Ç.s rasiertes Gesicht in ihre Hände. »So siehst du doch schon wieder viel besser aus. Du solltest dir Gedanken darüber machen, für eine Rolle im Menschengeschlecht vorzusprechen. Wenn du Glück hast, gibt man dir vielleicht eine Statistenrolle. Paul Benjamin, Aus für den Champion, Seite 69. Ach, übrigens, warum ist eigentlich eine deiner Koteletten länger als die andere? Hat dich beim Rasieren die Geduld verlassen? Na ja, egal. Wo war ich stehengeblieben? Wenn du mich fragst, solltest du Bahar heiraten. Zwei Kinder wären auch schon da, da müsstet ihr nicht extra noch welche machen. Dein Leben verläuft wieder in geregelten Bahnen, du trinkst weniger, fängst allmählich wieder an zu sprechen und so. Aber daraus wird wohl nichts. Ist einfach zu schwierig.«

›Warum das denn?‹, versuchte Behzat Ç. zu fragen, indem er seine Hände öffnete wie zum Gebet. »Hm, wie soll ich das erklären?«, überlegte Şule. »Zunächst mal steht dem das Theorem alleinerziehender Frauen mit Kind im Weg. Wenn Bahar will, dass ihre Kinder glücklich sind, dann kann sie deren Vater – also ihren Ex-Mann – nicht einfach aus ihrem Leben streichen. Übrigens ist in diesem Fall, wenn wir von Kindern sprechen, von einem sechs Jahre alten, hyperaktiven Springinsfeld mit Ödipuskomplex sowie einer dreizehn- bis vierzehnjährigen Ausgabe des Rockstars Teoman die Rede. Willst du dich zum Stiefvater eines Halbstarken aufschwingen, der Iron Maiden hört, und das Leben des Jungen von jetzt auf gleich in eine Romanschmonzette von Kemalettin Tuğcu verwandeln? Kurz gesagt, Bahar wird mit sechsundachtzigprozentiger Wahrscheinlichkeit zu ihrem Ex zurückkehren. Davon abgesehen war die Frau in dich verliebt, bevor du Polizist geworden bist. Sich an dein jetziges Ich zu gewöhnen, wird ihr verdammt schwer fallen. Du hast inzwischen so eine misstrauische Art, die dein gesamtes Verhalten durchdrungen hat. So eine Polizistenart. Du brauchst gar nicht zu sprechen – schon deine Sitzhaltung, deine Art zu stehen, dein Gang, alles hat etwas Polypenhaftes an sich. Das würde Bahar niemals aushalten. Sie hat doch früher ständig im Knast gesessen und Unmengen Prügel bezogen von Polizisten und Gendarmen. Klar, ob in der Literatur oder im Film – eine unmögliche Liebe, die mit der Zeit immer komplizierter wird, hat schon immer ein interessantes Thema abgegeben … Aber im richtigen Leben funktioniert das nicht. Eine solche Beziehung läuft der Realität dieses Landes zuwider. Wir sind schließlich nicht in Schweden, und du bist nicht Kommissar Martin Beck. Also sei vernünftig und such dir eine Unpolitische. Natürlich sage ich dir das alles nur, um dir die Fakten in Erinnerung zu rufen. Ich weiß schon, dass du sonst einfach tun würdest, was du selbst für richtig hältst.«

Als plötzlich jemand anfing, wie verrückt an der Tür zu klingeln, ging die Hand des Hauptkommissars unwillkürlich zum Browning.

22.
das martyrium der schildkröte des direktors

Lucky Luke hatte die Hosenbeine seiner Jeans hochgekrempelt. Sein Gürtel hing leicht nach links. Er rieb sich mit den Handflächen über die Beine. »Und?«, fragte der Professor. »Wo hattest du die Schildkröte des Direktors versteckt?«

Lucky Luke zeigte mit der Maltepe in seiner Hand auf die Vorhänge. »Hinter der Gardinenleiste. Du weißt ja, ich habe so einige Obsessionen.«

***

Seit der Direktor Direktor war, hatte er keine solche Grausamkeit erlebt. Es wäre ihm in tausend Jahren nicht eingefallen, dass einer seiner vertrauenswürdigsten Ingenieure seinem über alles geliebten Donatello nach dem Leben trachten könnte. Er zupfte sich wütend am Schnurrbart.

»Du sagst also, du hast Donatello versteckt?«

Lucky Luke nickte bestätigend.

»Irgendwo hier im Büro?«

Kopfnicken.

»Und er hat nicht mehr lange zu leben?«

Nicken.

»Also muss ich ihn finden.«

Der Direktor ließ von seinem Schnurrbart ab und begann stattdessen seine fülligen Wangen zu kneten. Er lachte, aber es war keine Freude in diesem Lachen. »Das ist doch alles nur ein schlechter Scherz!«, rief er aus. Bekanntlich verwandelt sich ja so manches, was als Scherz beginnt, zunehmend in einen Albtraum, doch so weit dachte der Direktor in diesem Moment noch nicht. Er nahm den Telefonhörer ab und verständigte den Sicherheitsdienst.

Der Chef des Sicherheitsdienstes erschien in Begleitung seines vertrauenswürdigsten Mannes – ein wahres Monstrum, versteht sich. Eigentlich hatte er Lucky Luke immer gemocht. Er kannte den Ingenieur als einen zwar stillen und zurückhaltenden, immer jedoch gutmütigen, bescheidenen und höflichen Menschen. Nachdem der Direktor die Tür abgeschlossen hatte, ließ er die Jalousien herunter. Dann standen sie einander von Angesicht zu Angesicht gegenüber. Es dauerte etwa fünf Minuten, bis der Chef des Sicherheitsdienstes sich ein Bild von der Lage gemacht hatte. Die Kampfmaschine an seiner Seite gab sich gar nicht erst die Mühe, sich ein Bild von der Lage zu machen.

Nach einem etwa zehnminütigen Frage-Antwort-Spiel hatte der Chef des Sicherheitsdienstes dem Beharren des Direktors schließlich nichts mehr entgegenzusetzen. »Nimm's mir nicht übel, aber …«, entschuldigte er sich bei Lucky Luke und gab ihm eine Ohrfeige. Die Antwort bestand in zwei Faustschlägen. Damit war der Stein ins Rollen gebracht, und so ließ Lucky Luke es sich nicht nehmen, als nächstes dem Direktor einen ordentlichen Tritt mit dem Innenrist zu verpassen, der auf dem grünen Rasen mit Sicherheit einen wunderschönen Schlenzer ergeben hätte. Und wo er schon einmal in Fahrt war, griff er sich auch gleich noch einen Eisenstuhl und ließ ihn auf King Kongs Kopf krachen. Glücklicherweise existierte zwischen ihnen keine Befehlskette, was Lucky Luke die Möglichkeit verschaffte, vergleichsweise gerechter auszuteilen, und er schlug schneller zu als sein Schatten. Aber einer gegen drei, das kann besonders auf engem Raum schnell gefährlich werden. Als ihm eine rechte Gerade auf die Nase donnerte, schossen ihm die Tränen in die Augen. Der Hüne an der Seite des Sicherheitschefs schien ziemlich mies gelaunt zu sein, was wohl an dem Stuhl liegen musste, den er auf den Kopf bekommen hatte.

Lucky Luke zückte sein Springmesser.

»Macht die Tür auf, oder ich schicke euch alle zur Hölle!«, zischte er.

Sie öffneten die Tür.

»Du wirst nie wieder irgendwo einen Job finden!«, schrie der Direktor ihm hinterher. Dann suchten sie das ganze Büro ab, doch von Donatello keine Spur. Bis eine Stunde später eine mittelstarke Explosion zu vernehmen war …

***

»Wieso das?«, fragte der Professor. »Was für eine Explosion? Das ist doch eine ganz andere Methode als sonst.«

»Wie du dir sicherlich vorstellen kannst«, erklärte Lucky Luke, »ist es gar nicht so einfach, eine Schildkröte zu töten, besonders, wenn es sich wie hier um eine Wasserschildkröte handelt. Aber drei Lady-Knaller, ein bisschen Schießpulver und ein Zeitzünder, und die Sache war geritzt.«

Eine Wolke zog am Gesicht des Professors vorüber. Es gab da ein paar Dinge, die er noch nicht ganz begriffen hatte, und er beschloss, ihnen auf den Grund zu gehen. »Also das mit Hayri Babas Fischen habe ich ja verstanden. Und das mit dem Kater des Captain auch. Diese Männer waren für dich, sagen wir mal, so eine Art Unterdrückerfiguren, du fühltest dich ihnen gegenüber in die Enge getrieben und bist deshalb zum Angriff übergegangen. Aber der Fabrikdirektor war nach allem, was du erzählt hast, kein solcher Mensch.«

»Vielleicht kann ich einfach nur Direktoren nicht ausstehen«, sagte Lucky Luke. »Wann immer ich einen Direktor sehe, habe ich Lust, ihm eine runterzuhauen.«

Hatte er das im Scherz gesagt oder meinte er es ernst? Das war auch so eine Sache, die der Professor nicht begriff, die er bei Lucky Luke von Anfang an nicht begriffen hatte. Für ihn gab es nichts Schlimmeres, als die Aussagen eines Mannes, der nur Witze machte, für bare Münze zu nehmen.

»Also gut«, sagte er. »Und was hast du getan, nachdem sie dich aus der Fabrik gejagt hatten?«

»Natürlich fand ich nirgendwo mehr eine Stelle. Der Direktor hatte wirklich weitreichende Beziehungen. Ich bin dann ins Skulpturengewerbe eingestiegen.«

»Wie das? Bist du etwa auch an Kunst interessiert?«

»Nein, das nicht. Ich habe nur angefangen, Skulpturen zu gießen. Eine rein technische Angelegenheit. Wird von Maschinenbauingenieuren gemacht.«

»Das wusste ich nicht.«

»Es ist nicht nur das Gießen. Hat eine Skulptur einen kritischen Riss, muss der mit der gleichen Legierung wieder zugeschweißt werden; aber auch das ist eine rein technische Angelegenheit. Oft steht das Modell bereits fest, und man macht nur den Guss. Es gibt doch diese Standard-Atatürk-Büsten, die überall an den Schulen stehen, die mache ich besonders gut. Im Moment habe ich gerade einen Auftrag vom Kulturministerium. Es geht um die Restaurierung eines bedeutenden Denkmals.«

»Soso«, sagte der Professor. »Wie kamst du eigentlich ursprünglich dazu, bei einer Waschmaschinenfabrik anzufangen?« Er hielt es für völlig ausreichend, zunächst noch einige Details an der Oberfläche zu klären, ohne gleich in die Tiefe zu dringen, um schließlich irgendwann zur Wahrheit zu gelangen – oder zumindest zu einem Teil davon.

»Kennst du noch die alten Bottichwaschmaschinen?«, fragte Lucky Luke.

»Ja. Wer von uns hatte sie nicht, bevor irgendwann die elektrischen rauskamen? Wer von uns hat nicht im Schweiße seines Angesichts stundenlang daran herumgekurbelt?«

Manchmal bewegte sich auch der Professor an der Grenze zwischen Ernst und Witz. Besonders dann, wenn sein Gesprächspartner die gleiche Taktik anwendete. So sind Männer ohne nennenswerte Persönlichkeit eben: Sie halten es für besonders kreativ, den Spieß umzudrehen und ihre Kontrahenten mit deren eigenen Waffen zu schlagen.

»Hat dir eine Bottichwaschmaschine auch schon mal das Leben gerettet?«, fragte Lucky Luke.

»Was? Nein.«

»Mir schon.«

»Wie das?«

»Ich war noch so klein, dass ich mich in einer verstecken konnte.«

»Damals, an jenem Tag?«

»Ja.«

»Wäre es nicht allmählich an der Zeit, über jenen Tag zu sprechen?«, fragte der Professor. »Wenn du dich immer so verschließt, kommen wir irgendwann nicht mehr weiter.«

Diesmal war es Lucky Luke, der auf die Uhr sah. »Unsere Zeit ist abgelaufen. Wann machen wir die nächste Sitzung?«

Der Professor klappte seinen Terminkalender auf. »Ist Mittwoch, der 28. Februar, in Ordnung?«

»Wunderbar«, erwiderte Lucky Luke, »das passt mir sogar sehr gut.«

»Nanu? Da hast du nichts zu tun?«

»Doch, habe ich. Aber ich möchte trotzdem gerne vorbeikommen.«

»Passt es dir um zwei Uhr?«

»Ja.«

23.

Behzat Ç. schaute durch den Spion, um herauszufinden, wer der Schwerhörige sein mochte, der seinen Finger nicht vom Klingelknopf wegbekam. Es war sein Bruder Şevket. Er öffnete die Tür. Şevket nahm einen gierigen Schluck aus der flachen J&B-Flasche in seiner Hand und kam hereingetorkelt. »Ich bin ruiniert«, lallte er. »Ich habe alles verloren.« Er steckte in einem schwarzen Anzug, darunter ein ausgewaschenes blaues Hemd, dessen zwei oberste Knöpfe abgerissen waren, und seine lose grüne Krawatte hing ihm zu beiden Seiten über die Brust wie bei einem schulschwänzenden Gymnasiasten. Er reichte Behzat Ç. eine schwarze Plastiktüte, in der sich mehrere Flaschen Tekel befanden. »Hier. Lass es dir schmecken. Die schwarzen Tüten sollen zwar krebserregend sein, aber Unkraut vergeht ja bekanntlich nicht. Wenn, dann kriegt die Tüte eher Krebs von dir als umgekehrt.«

Behzat Ç. nahm die Tüte entgegen und hielt sich mit der freien Hand Şevket vom Leib, der ihn zu umarmen versuchte. »Du bist mein Bruder. Ich liebe dich. Warum tust du das?«, beschwerte sich Şevket. Als er zu stürzen drohte, griff Behzat Ç. ihm unter die Arme und führte ihn den schmalen, langen Flur entlang ins Wohnzimmer. Şevket hielt einen großen braunen Umschlag in der Hand. Er erinnerte an die Röntgenumschläge, die man im Krankenhaus bekommt.

Als sie das Wohnzimmer betraten, machte Şule gerade einen Kopfstand, wobei sie die Rückenlehne des Sofas als Stütze benutzte. »Hallo«, sagte sie zu Şevket, den sie verkehrt herum sah. »Ich bin Hegelianerin und warte darauf, dass ein Marxist mich wieder auf den Boden der Tatsachen zurückholt.« Şevket drehte sich mit einem dreckigen Grinsen zu Behzat Ç. um. »Du Schürzenjäger«, raunte er. »Wenn ich störe, komme ich später wieder.« Behzat Ç. ballte die Faust, aber er hielt sich zurück. Schließlich kostete es einiges an Überwindung, seinen älteren Bruder zu schlagen. Mit einem halben Flickflack kehrte Şule in die Welt derjenigen zurück, die mit beiden

Beinen im Leben stehen, strich sich die Locken aus der Stirn und sagte zu Şevket: »Keine Sorge. Wir schlafen nicht miteinander. Ich habe sowieso kein Sexualleben, ich bin als Sprechblase auf die Welt gekommen. Gleichzeitig bin ich die Kaninchenpflegerin dieses Herrn hier.«

Şevket gab ihr die Hand. »Freut mich. Ich bin sein Bruder. Ich kenne ihn von Kindesbeinen an. Damals war er noch so klein.« Ebenso wenig, wie selbst zu sprechen, fand Behzat Ç. Gefallen daran, zum Gesprächsgegenstand zu werden.

»Was, so klein soll er mal gewesen sein? Ich habe schon Schwierigkeiten, mir vorzustellen, dass er überhaupt jemals ein Baby war. Ich dachte immer, er wäre mit einem Funkgerät in der Hand auf die Welt gekommen.«

Şevket hatte die Ironie nicht herausgehört. »Doch, doch, er war wirklich so klein«, sagte er und fuhr fort, gestenreich die Ausmaße seines Bruders nach dessen Geburt darzulegen. Er ließ sich in einer Ecke des Sofas nieder und nutzte seinen Bauch als Abstellfläche für seine J&B-Flasche. »Whisky?«, fragte er und hielt Şule die Flasche hin. »Du bist ein lustiger Typ«, sagte Şule, setzte die Flasche an die Lippen und legte den Kopf in den Nacken. Nachdem sie, in Gläsern gemessen, etwa einen Doppelten in sich hineingeschüttet hatte, gab sie die Flasche zurück. Sie verzog das Gesicht und schaute einen Moment lang aus traurigen Augen wie ein Panda, der in den Bauch geboxt worden war. Nach Monaten fiel Behzat Ç. erstmals wieder auf, was für eine schöne junge Frau sie doch eigentlich war. Wäre er mit einer Zeitmaschine fünfzehn bis zwanzig Jahre in seine eigene Vergangenheit gereist und dort auf die unveränderte Şule getroffen – es hätte sich einiges zwischen ihnen entwickeln können.

Şevket musterte Şule von Kopf bis Fuß. »Lerne Jugend und Schönheit zu schätzen. Alles ist vergänglich. Es geht mit jedem bergab. Schau mich an. Mich richten keine zehn Pferde wieder auf.«

Behzat Ç. sah seinen Bruder an, als wolle er ihn beißen.

»Guck nicht so«, sagte Şevket. »Du bist mein einziger Bruder. Der einzige.« Er richtete seinen Zeigefinger zur Decke und schrie: »Du bist mein einziger Bruder! Ich liebe dich!«

»Sprecht ihr nur weiter, rechnet miteinander ab, schlagt euch – ich gehe«, verabschiedete sich Şule und küsste Hoppa auf die Nase. Sie war schon auf dem Weg nach draußen, da blieb sie noch einmal stehen, als wäre ihr etwas Wichtiges eingefallen, kam zurückgelaufen und presste ihr Ohr an Şevkets Brust. Sie lauschte eine Weile, dann sagte sie: »Gib ein bisschen mehr auf dich acht. Das sieht gar nicht gut aus.«

Während Şule davontrabte, setzte Behzat Ç. sich in seinen Sessel. Er hatte bereits begehrliche Blicke auf die Tekels geworfen, aber er hielt sich zurück. Seine Hände hatten schon wieder leicht zu zittern begonnen. Mit der Fernbedienung, deren Batteriefach mit Klebestreifen zugeklebt war, begann er wahllos zwischen den Fernsehsendern herumzuzappen.

»Wer war das Mädchen?«, fragte Şevket. Behzat Ç. antwortete nicht. Seine ganze Aufmerksamkeit galt den in rascher Folge wechselnden Kanälen. In dieser Form ähnelte Fernsehen dem schnellen Durchblättern eines fremden Fotoalbums. Sie hatten einander seit dem Tag, an dem sie den großen Streit gehabt hatten, nicht mehr gesehen. Şevket hatte Behzat Ç. vorgeworfen, am Tod ihres Vaters schuld zu sein. Ganz unrecht hatte er damit nicht: Ihr Vater, Oberst Rahmet, hatte sechs Monate, nachdem Behzat Ç. seinen Hauptmann geschlagen hatte und von der Militärschule geschmissen worden war, einen tödlichen Herzinfarkt erlitten.

»Ich bin trotz allem immer noch dein Bruder«, lallte Şevket. »Vergiss das nicht! Ich liebe dich! Eigentlich wollte ich gar nicht kommen. Aber ich habe gedacht, also gesagt habe ich mir: Şevket, du hast auf dieser Welt nur einen Bruder. Einen einzigen! Egal, was war, er ist und bleibt dein Bruder. Verstehst du das? Sieh mich an!«

Behzat Ç. sah ihn an. Şevket hatte sein Jackett ausgezogen. Das Hemd klebte ihm schweißnass am Körper. Seine letzte Rasur lag mehrere Tage zurück, und sein Gesicht war aufgedunsen. Behzat Ç. zog die vergilbten Vorhänge zurück und öffnete das Fenster. Der Mond war von Wolken verdeckt. Mit seinem diffusen Licht verwandelte er den Himmel in einen unregelmäßig gepflügten Acker. Auf dem Parkplatz versuchte ein Clio, rückwärts einzuparken.

Şevket war hinter Behzat Ç. aufgetaucht, drehte ihn zu sich herum und fragte: »Warum sprichst du nicht mit mir? Was habe ich dir getan? Okay, ich habe vielleicht nicht alles richtig gemacht. Aber immerhin bin ich der Ältere von uns beiden. Eigentlich hättest du kommen und dich bei mir entschuldigen müssen. Wenn ich trotzdem hier bin, dann nur, weil ich dich liebe. Was meinst du, warum du immer noch in deinem Job bist? Das hast du mir zu verdanken! Was sollte die Polizei sonst mit einem kaputten Trinker wie dir anfangen? Als du Abend für Abend eine Flasche Rakı leergemacht hast, habe ich mich eingeschaltet und dafür gesorgt, dass du beurlaubt wurdest. Immer noch kriegst du jeden Monat von einem Krankenhaus mit allem Drum und Dran attestiert, dass du ein Knötchen hast und nicht sprechen darfst. Welchen Scheiß du auch anrichtest, ich kehre hinter dir auf. Auch Reşat ist schon x-mal für dich in die Bresche gesprungen. Reşat höchstpersönlich, verdammt.«

Behzat Ç. stieß seinen Bruder von sich. Er war fest entschlossen, ihm die Faust mitten ins Gesicht zu schlagen, wenn er noch einmal diesen Namen nannte. Reşat war der große Zampano. Er war Eigentümer einer Hotelkette, zu der auch das Viersternehotel gehörte, das Şevket in den Ruin geführt hatte. Außerdem war er in der Automobilbranche tätig. Mit dem Schwarzgeld, das er wusch, hätte eine vierköpfige Familie ihren Lebensunterhalt im Weltall bestreiten können. Der Clio hatte sich nach sechsunddreißig Manövern allmählich seiner endgültigen Parkposition genähert. Als Behzat Ç. sah, dass eine Frau am Steuer saß, erlosch sein Interesse schlagartig.

»Komm, lass uns reden«, sagte Şevket und setzte sich wieder hin. »Eigentlich bin ich ja gekommen, damit wir uns beieinander ausheulen können. Nicht, um dir Ratschläge zu erteilen. Ich bin gekommen, damit du mich nicht vergisst. Nicht, um dir zu sagen, dass du dich zusammenreißen sollst.«

Nachdem Şevket alle Gründe für sein Kommen und Nichtkommen aufgezählt hatte wie ein Pleitier, dem die Verzweiflung ins Gesicht geschrieben steht, legte er wieder los: »Aber was du dir zuletzt geleistet hast, war wirklich die Krönung. Einen Wildfremden in aller Öffentlichkeit so niederzustrecken! Das ist bis zum Staatssekretär vorgedrungen, lass dir das gesagt sein.« Er führte zwei Finger zum Mund, um eine Zigarette zu verlangen. Behzat Ç. zündete zwei 216 an und reichte eine an Şevket weiter.

»Eigentlich wollten sie dich ja sofort suspendieren. Aber Gott sei Dank hat Reşat sich mal wieder eingeschaltet. Indem er dich zu seinem Bruder erklärt hat, hat er der Sache ein Ende gemacht. Ich weiß, du magst ihn nicht und benimmst dich ihm gegenüber unmöglich, aber Reşat ist ein feiner Kerl. Er hat der Polizei bei öffentlichen Ausschreibungen so oft das beste Angebot unterbreitet, dass sie es sich gar nicht leisten können, ihm etwas abzuschlagen. Neulich hat er ihnen wieder jede Menge Méganes geliefert. Die Führung steht also hinter dir. Allerdings …«

Şevket unterbrach sich und pustete den Rauch, den er inhaliert hatte, gegen das brennende Ende seiner 216. Sein Gesicht war knallrot, und mit dem Handrücken wischte er sich die Schweißtropfen von der Stirn. »Allerdings gibt es da so eine bekloppte Verwaltungsinspektorin. Du hast ja von deinem Recht auf Aussageverweigerung Gebrauch gemacht, daher kennst du sie nicht. Aber frag mal Harun und den Geist, die können ein Lied von ihr singen. Das Weib hat sich auf dich eingeschossen. Wenn wir uns nicht eingemischt hätten, hätte sie dich längst an den Eiern. Du wärst nicht nur suspendiert worden, sondern auch drei, vier Jahre hinter Gitter gewandert. Momentan suchen sie sich gezielt Männer wie dich, die sie abservieren können. In ein, zwei Monaten, wenn Gras über die Sache mit diesem Armenier gewachsen ist, wird alles wieder seinen gewohnten Gang gehen. Aber keine Angst, dieses Disziplinarverfahren steckst du locker weg. Du kriegst vielleicht einen Verweis, im schlimmsten Fall wird für sechs Monate deine Beförderung ausgesetzt. Eigentlich nicht einmal das, wenn diese Bekloppte nicht so einen Druck gemacht hätte. Sie hat darauf bestanden, das Hemd des Mannes vorgelegt zu bekommen, auf den du geschossen hast. Um es auf Schmauchspuren untersuchen zu lassen und die Schussdistanz zu ermitteln. Was geht dich das an, du olle Spinatwachtel? Na ja, ich habe jedenfalls bei allen möglichen Leuten vorgesprochen und das Hemd aus der Asservatenkammer verschwinden lassen …«

Er warf Behzat Ç. den großen braunen Umschlag vor die Füße. »Hier, bitteschön. Und du sagst einem nicht mal Hallo. Aber das ist eine andere Geschichte.« Behzat Ç. warf einen Blick in den Umschlag. Es steckte ein blutverschmiertes Hemd darin.

»Gott sei Dank ist auf deine Kollegen Verlass. Solange von denen keiner aus der Reihe tanzt, kann dir das Weib überhaupt nichts. Wir haben alles dementsprechend hingebogen.«

Şevket setzte seine Flasche an den Mund. Als kein Whisky kam, sah er, dass er sie bereits leergetrunken hatte. »Mach mir doch mal eins von den Tekels da auf.« Behzat Ç. öffnete eine der Flaschen mit der Unterseite seines Feuerzeugs. Das Bier war eiskalt. Er zögerte. »Trinkst du nichts?«, fragte Şevket. In Behzat Ç.s Herz fand eine offene Feldschlacht statt. Er nahm den Kopf zwischen die Hände und überlegte. Wenn er jetzt anfinge, würde unweigerlich das nächste folgen, das wusste er. Er entschied sich dagegen. Zumindest beschloss er, die endgültige Entscheidung noch fünf Minuten hinauszuzögern.

»Deinetwegen bin ich den ganzen Tag rumgerannt«, fuhr Şevket fort. »Ich liebe dich, du bist mein Bruder. Wir haben viel durchgemacht. Unser Leben ist ganz schön den Bach runtergegangen. Wir haben wirklich mehr als genug gelitten. Deine Tochter, Berna … Irgendwie war sie auch meine Tochter. Als Berna plötzlich tot war, ist auch in mir etwas gestorben. Und du bist nicht mal zur Beerdigung gekommen. Aber du musst ihren Tod endlich akzeptieren, anders kommst du nicht darüber hinweg. Okay, sag jetzt nichts. Lass uns später sprechen, aber lass uns sprechen … Neulich habe ich Rasim getroffen. Du weißt ja, dass er und unser Vater ebenfalls zerstritten waren. Kein Wort haben sie mehr miteinander gewechselt. Und was passiert dann? Unser Vater kriegt's am Herzen, es rafft ihn dahin, und jetzt werden sie sich erst in der Hölle wieder begegnen. Ich habe dir gegenüber auch vieles falsch gemacht. Aber du kannst so viel Scheiß bauen, wie du willst, ich stehe immer zu dir. Du bist mein einziger Bruder. Ich bin ruiniert, du bist alles, was ich noch habe auf dieser Welt. Wenn du etwas brauchst, dann sag es.«

Behzat Ç. deutete mit dem Zeigefinger auf den Fernseher, wo gerade Werbung über den Bildschirm flimmerte. Şevket kniff die Augen zusammen. »Willst du eine Waschmaschine, oder was?«

Behzat Ç. hob verneinend den Kopf. Wie ein Schiedsrichter, der auf Vorteil entscheidet, zeigte er beidhändig auf den Roboter, der in dem Spot zu sehen war.

»Eine Spülmaschine? Einen Kühlschrank? Was brauchst du? Spielen wir Stummfilm? Sprich doch endlich, verdammt! Ist das so schwer? Hast du deine Zunge verschluckt?« Behzat Ç. ließ die Hoffnung fahren, dass Şevket ihn irgendwann vielleicht doch noch verstehen würde, und schrieb das, was er wollte, auf ein Blatt Papier.

»Was willst du denn mit einem Roboter?«, fragte Şevket, nachdem er es gelesen hatte. »Willst du lieber mit einem Roboter sprechen als mit mir?«

Şevket diesen Sachverhalt auseinanderzusetzen wäre schon verbal sehr schwierig geworden, in Körpersprache dagegen war es schlichtweg unmöglich. »Na ja, okay, ich werde mich mal erkundigen. Der Direktor der Firma ist einer von Reşats Bekannten. Wenn er einen erübrigen kann, regeln wir das schon. Du bist mein einziger Bruder. Ich liebe dich. Du sollst deinen Roboter haben.«

Noch ehe Şevket das Tekel ausgetrunken hatte, rollte er sich auf dem Sofa zusammen. »Du bist mein einziger Bruder«, wiederholte er. »Du, erinnerst du dich? Als die Stadtverwaltung deinen Lieblingshund eingeschläfert hatte, hast du dich auch in Schweigen gehüllt. Eine Woche lang hast du mit niemandem geredet. Aber damals waren wir Kinder, und jetzt sind wir erwachsene Leute. Wenn du mit niemandem sprichst und bei jeder Gelegenheit in der Gegend rumballerst, dann sagt heute keiner mehr: ›Er ist doch noch ein Kind.‹ Dann geben sie nicht eher Ruhe, als bis sie dich in die Klapsmühle gesteckt haben, verfluchte Scheiße! Klar, wir haben dir von einem Professor deine Zurechnungsfähigkeit bescheinigen lassen, aber das ist kein Freibrief!«

Ein letztes »Du bist mein einziger Bruder«, dann endlich nickte Şevket ein. Hoppa kam angehumpelt und begann am Zipfel der grünen Krawatte zu knabbern, die über Şevkets Hemd hing. Behzat

Ç. warf einen Blick auf die schwarze Plastiktüte. Als das Telefon zu klingeln begann, fuhr Şevket hoch, bekam aber von Behzat Ç. ein Zeichen, er solle ruhig bleiben. Hoppa hatte von der Krawatte abgelassen und sich hinter den Sessel verdrückt. Behzat Ç. nahm ab.

»Hallo? Bahattin? Hallo! Wer war dieses Mädchen, das neulich dran war? Solche Nummern passen gar nicht zu dir. Die Schulden einfach Schulden sein lassen und untertauchen. Und dann alte Weiber und Mädchen drangehen lassen, ja, ja.«

Auflegen und ein Tekel öffnen, das geschah fast zeitgleich. Er trank die Flasche in einem Zug bis zur Hälfte leer. In einer Welt voller Idioten mit dem Trinken aufzuhören war ein Ding der Unmöglichkeit. Als das Telefon erneut zu schrillen begann, überlegte er zweieinhalb Sekunden. Er könnte ja erst einmal gar nichts sagen und dann wüst drauflos fluchen. Eigentlich eine gute Idee. Perfekt sogar, um wieder mit dem Sprechen zu beginnen. Er nahm ab. Es war der Geist. »Du musst sofort kommen. Ich habe Hasan Gorbatschow und Pembo gefunden.«

***

Behzat Ç. betrat die Kneipe, die der Geist ihm beschrieben hatte. Sie lag in Ulus, wurde von Leuten frequentiert, die ihr Bier gerne im Stehen tranken, und war ebenso geräumig wie stickig. Hoppa streckte seinen Kopf aus Behzat Ç.s Manteltasche, betrachtete die angeheiterten Gäste und war auch selbst guter Dinge. Durch das Auftrennen einiger Nähte hatte Behzat Ç. die Tasche seines Mantels so erweitert, dass Hoppa bequem hineinpasste. Beim Gehen hielt er seinen rechten Arm wie ein Geländer an die Tasche gedrückt, damit das Kaninchen nicht herausfiel.

Harun, Cevdet und der Geist saßen mit aufgestützten Ellbogen an einem der langen Tische. Vor ihnen standen zwei Gläser Bier, ein Kirschsaft und eine Schale mit Knabberzeug. »Hey, nichts rauspicken!«, sagte Harun zu Cevdet. »Du hast schon die ganzen Pistazien aufgegessen! Dabei trinkst du nicht mal Bier.« Cevdet machte ein beleidigtes Gesicht.

Behzat Ç. gesellte sich zu ihnen und stützte ebenfalls seine Ellbogen auf den Tisch. Da nicht genug Zeit war, sich von irgendwo ein Tekel holen zu lassen, schnippte er mit den Fingern nach einem der Kellner, um sich ein Bier vom Fass zu bestellen. Der Kellner deutete mit fragender Miene auf das leere Bierglas in seiner Hand, und der Hauptkommissar nickte. Er mochte Kellner. Es waren Menschen, mit denen man leicht kommunizieren konnte.

Cevdet sah es als Erster. »Chef, du hast da ein Kaninchen in der Tasche.« Harun streichelte Hoppas Kopf. »Kennst du das nicht?« »Woher soll ich das kennen?« Cevdet hatte recht, denn Behzat Ç. berichtete nicht gerne über sein Privatleben. Er zog Hoppa, der in seiner Tasche unruhig zu werden begann, heraus und setzte ihn auf den Tisch.

Der Geist sah sich besorgt um. »Den hättest du besser nicht mitgebracht.«

»Wie groß der geworden ist«, staunte Harun. »Womit fütterst du den? Als wir ihn von dieser Schwuchtel namens Selami Kartal bekommen haben, war er doch noch winzig klein.«

»Gute Rasur übrigens, Chef«, merkte Cevdet an. »Aber eine deiner Koteletten ist zu lang geworden.«

Alle schauten Behzat Ç. an, als erwarteten sie, dass er jetzt, wo er rasiert war, auch wieder anfinge zu sprechen. Der Kellner brachte Behzat Ç. ein Bier vom Fass und für Hoppa eine in Streifen geschnittene Standardkneipenmöhre, die in einem hohen, mit Wasser gefüllten Glas steckte. Er streichelte Hoppa den Kopf. »Ist das euer Maskottchen?«

»Nein«, erwiderte Harun, »der ist arbeitslos.«

Nachdem der Kellner gegangen war, öffnete Behzat Ç. die Hände und brachte damit ein ›Worauf warten wir?‹ zum Ausdruck. »Schau mal acht Tische weiter, quer rüber auf vier Uhr«, sagte der Geist. »Aber unauffällig.« Dort saßen Hasan Gorbatschow und Pembo. Um in der überfüllten Kneipe nicht für Aufruhr zu sorgen, wollten sie warten, bis die beiden ihre Rechnung bezahlt hätten und aufständen.

»Wo war ich stehengeblieben?«, wandte Harun sich an Cevdet und den Geist. Er hatte gerade damit begonnen, ihnen seine These, Selim sei der Spion, der sie bei den Inspektoren verpfiffen hatte, in allen Einzelheiten auseinanderzusetzen. »Also, zunächst mal kam er an dem Tag, als die Inspektoren da waren, ständig zu uns hereingeplatzt, während wir uns beraten haben.«

»Gib dir keine Mühe«, sagte der Geist. »Er war es nicht.«

»Wer denn sonst?« Harun versetzte Cevdet einen leichten Schlag in den Nacken. »Oder hast du uns etwa bespitzelt?«

Cevdet schlug Haruns Hand weg. »Also, das geht ja wohl entschieden zu weit.«

»Nicht so laut«, wisperte der Geist. »Ich sage euch, versucht nicht aufzufallen, und ihr fangt an euch herumzuschubsen. Und zu allem Überfluss hockt auch noch ein Kaninchen mitten auf dem Tisch.«

»Und was wäre so schlimm daran, wenn wir auffallen?«, fragte Harun. »Lasst uns doch einfach unser Bier austrinken, zu diesen Schwachköpfen da rübergehen und sie festnehmen. Von alleine scheinen die eh nicht aufstehen zu wollen.« Er nahm einen großen Schluck von seinem Bier und ließ wütend seine Nackenwirbel knacken. »Wer könnte es denn gewesen sein, wenn nicht Selim?«, murmelte er zu sich selbst. Die Sache ging ihm offenbar immer noch nach. Er wandte sich Behzat Ç. zu, der sein Bier schon fast ausgetrunken hatte, und sagte: »Im Prinzip würde ich es ja auch Direktor Tahsin zutrauen, dass er geplaudert hat. Aber das Lügenmärchen für die Inspektoren ist schließlich auf seinem eigenen Mist gewachsen. Wenn dir was passiert, ist der mindestens genauso schnell weg vom Fenster. Es muss Selim gewesen sein. Der würde sich doch nicht so die Haare wachsen lassen, wenn er ein richtiger Mann wäre. Und wie er Eda erst mit Heiratsabsichten geködert und dann eiskalt abserviert hat. Ich hab's euch damals schon gesagt, dass ihr dem Kerl mal die Ohren langziehen solltet, aber ihr habt's ja nicht gemacht. Jemand, der seine Kollegin fickt und dann fallen lässt, verpfeift unsereinen doch erst recht.«

»Kein Grund, ausfällig zu werden«, sagte Cevdet. »Eda ist ein anständiges Mädchen.«

»Halt du bloß die Klappe! Habe ich etwa das Gegenteil behauptet?«

»Pssst«, sorgte der Geist wieder für Ruhe. »Ihr solltet euch was schämen. Sie haben sich eben verlobt, sind nicht miteinander zurechtgekommen und haben sich wieder getrennt. Diese Unterstellungen sind völlig fehl am Platze.«

»Hör bloß auf«, murrte Harun. »Jetzt stärk diesem Zuhälter von Selim nicht auch noch den Rücken, sonst krieg ich die Krätze. Und diese Schwachköpfe da drüben sitzen auch da wie festgewachsen. Kommt, wir nehmen sie hoch.«

Alle sahen Behzat Ç. an. Er mochte es zwar nicht, an einem Ort, an dem getrunken wurde, für Tumult zu sorgen, aber er nickte. Er trank den Rest seines Biers aus, steckte Hoppa in seine erweiterte Tasche und die nasse Karotte aus dem Glas in seine normale Tasche.

»Du gehst voraus und fragst die Kerle nach Feuer«, sagte der Geist zu Cevdet. »Den Rest überlässt du uns.«

»Ja, aber ich rauche doch gar nicht?«

Harun hielt ihm eine Marlboro Light hin. »Dann fängst du eben damit an. Und du willst Bulle sein …«

Cevdet nahm die Zigarette entgegen und stotterte: »O…O… Okay.« Ihm schlotterten vor Aufregung die Knie.

Harun klopfte Cevdet auf den Rücken und spornte ihn an: »Na los, jetzt zeig uns mal, was du drauf hast. Mach der Mordkommission keine Schande! Die Operation Kaninchen beginnt.«

***

»Die Kleine hatte vielleicht Möpse!«, schwärmte Hasan Gorbatschow. »Klar, sie hat ja auch nachgeholfen. Ne echte Russin. Hab ihr 100 Dollar für eine Stunde gegeben, aber das war's wert.«

»Woher aus Russland kam sie denn?«, erkundigte sich Pembo.

Hasan Gorbatschow wischte sich den Bierschaum von den Lippen. »Du bist vielleicht ein Trottel! Wen interessiert's, wo sie herkommt? Wahrscheinlich aus dem tiefsten Sibirien. Meine Güte! Ich habe mir nicht ihren Ausweis zeigen lassen. Kann ich jetzt wieder zum Thema kommen?«

»Als du was von echter Russin gesagt hast, hab ich mich das eben gefragt. Komm wieder runter und erzähl weiter.«

Hasan Gorbatschow stützte seinen Ellbogen auf den Tisch und rückte mit verschwörerischer Miene näher. »Na ja. Ich hab sie natürlich flachgelegt. Alter, das Weib hatte vielleicht Beine, so schlank wie das Tischbein hier. Oder hier, so weiß wie diese Serviette. Hab sie zuerst mal nur manuell durchgecheckt und so langsam auf Betriebstemperatur gebracht. Ich sag dir, man nennt mich nicht umsonst Gorbatschow, wir haben echt die gleiche Sprache gesprochen, die Kleine und ich. Na ja, und dann hab ich ihr eben meinen Schwanz reingerammt, Alter. Ich hab ihn ihr so was von reinge…«

»E…E…Entschuldigung, dass ich Sie unterbreche. Haben Sie vielleicht mal Feuer?«

Hasan Gorbatschow erstarrte mitten im Satz, als posiere er für ein Foto, sah zu Cevdet hinauf und hielt ihm dann seine brennende Zigarette hin.

»N…Nein«, sagte Cevdet. »Ich frage für einen Freund. Ich bräuchte ein Feuerzeug.«

Inzwischen hatte Harun sich von hinten genähert und legte Hasan Gorbatschow seine Hand auf die Schulter.

»Bist du Mischa Gorbatschow?«

»Was für'n Mischa? Der Betonmischer?«

Patsch! Harun erhob gerade die Hand, um ihm noch eine runterzuhauen, da hielt Hasan Gorbatschow schützend die Arme vor sein Gesicht und flehte: »Bitte nicht schlagen! Ja, ich bin's.«

»Dann sag's doch gleich. Zahlt eure Rechnung, wir gehen. Und du Schwuchtel wirst Pembo genannt?«

»Ja, werde ich, aber die Schwuchtel bist du!«

Als Harun ihm einen mittelharten Schlag versetzte, landläufig als Backpfeife bezeichnet, irgendwo zwischen Ohrfeige und Faustschlag, warf es Pembo mitsamt dem Tisch zu Boden. Behzat Ç. packte Gorbatschow, der Reißaus zu nehmen versuchte, am Kragen, zog ihn zu sich und verpasste ihm eine Ohrfeige, wobei er darauf achtgab, Hoppa nicht fallen zu lassen.

Unterdessen gab der Geist dem Kellner ein Handzeichen und rief: »Junge, komm doch mal bitte hier rüber! Die beiden möchten zahlen.«

Die Rechnung wurde von Pembo beglichen, dessen Lippe aufgeplatzt war und blutete. Als sie die Kneipe verließen, erkundigte sich Hasan Gorbatschow: »Sagen Sie mal, worum geht's eigentlich?«

»Schnauze!«

Draußen sogen sie die kalte Luft in ihre Lungen. Während sie in den Toros stiegen, sagte Hasan Gorbatschow: »Wir wollten heute Nacht eigentlich los zum Auswärtsspiel. Ankaragücü spielt doch morgen, schaffen wir das noch?«

»Ich erzähle dir dann schon, wie's war«, entgegnete Harun. »Mach dir keine Sorgen.«

***

»Warum nennt man dich Gorbatschow?«

Hasan zeigte mit beiden Händen auf seine Stirn. »Das hat nur mit dem Fleck hier zu tun, Herr Kommissar. Mit Kommunismus haben wir nichts am Hut.« Weil sich sein Haar an der Stirn zu lichten begann, war der Fleck in den letzten Jahren immer deutlicher hervorgetreten. Harun tigerte im Verhörraum auf und ab. Behzat Ç. hatte sich auf einem Standardstuhl aus Eisen zurückgelehnt, die Hände in die Taschen gesteckt und betrachtete die Decke.

Harun zog sein Jackett aus und hängte es über die Rückenlehne des Stuhls, dann baute er sich vor Gorbatschow auf und schob die Daumen unter seinen Gürtel. »Was sagst du eigentlich zu der Sache mit der globalen Erwärmung, Hasan?«

Als die flackernde Neonröhre wieder zu knistern begann, schloss Behzat Ç. die Augen und stellte sich vor, er höre irgendeine belanglose Nachtsendung auf einem schlecht zu empfangenden Radiosender.

Hasan musste erst ein wenig nachdenken. »Ehrlich gesagt, Herr Kommissar, ich mach mein eigenes Ding. Über das globale Zeug sollte man sich nicht allzu sehr den Kopf zerbrechen.«

»Du unverantwortliche Schwuchtel!«, schrie Harun und gab ihm eine schallende Ohrfeige. »Was zum Teufel willst du denn machen, wenn die Türkei eine Wüste ist? In den Stauseen ist jetzt schon kaum noch Wasser, du Hund! Ankara erlebt gerade den trockensten Winter der letzten einundvierzig Jahre.«

Schon hatte Hasan seine Meinung geändert. »Sie haben verdammt recht, Herr Kommissar. Dieses globale Zeug ist schon ein ziemlich ernstes Thema.«

Harun gab ihm eine noch schallendere Ohrfeige als zuvor.

»Schnauze, verdammt! Steh gefälligst zu dem, was du zuerst gesagt hast!«

Harun zog Nato-Pfefferspray aus der Tasche seines Jacketts und fuchtelte damit herum, als wolle er es gleich versprühen. Er drehte eine Runde um den Tisch und packte Gorbatschow am Kragen. »In Saudiarabien hat's letztes Jahr sogar geschneit.«

»Soll es doch, Chef. Was gehen uns die verdammten Araber an? Die fressen den Reis doch mit den Händen!«

»Sind das etwa nicht deine Glaubensbrüder, du gottloser Ketzer!«

»Natürlich, wir sind alle Muslime, Allah sei Dank! Aber im Ersten Weltkrieg sind sie uns trotzdem in den Rücken gefallen.« Hasan Gorbatschow legte den Kopf leicht zur Seite und schüttelte die Faust mit einer Wut, die er aus dem Unterricht in Revolutionsgeschichte herübergerettet hatte. »Dabei waren wir doch, als Deutschland geschlagen war, eh schon so gut wie besiegt!«

»Du weißt ja eine ganze Menge.« Harun beugte sich zu Gorbatschow hinunter, bis ihre Gesichter nur noch eine Handspanne voneinander entfernt waren. Er sprühte ein wenig Pfefferspray in die Luft. »Dann sag mir doch mal Folgendes: Aufgrund der Industriegase legt sich eine Schicht über die Atmosphäre, was wiederum einen ganz bestimmten Effekt erzeugt. Welchen?«

In der Stille, die auf diese Worte folgte, schien das Knistern der Neonröhre lauter als je zuvor.

»Ja, da schaust du, was? Das ist der Treibhauseffekt, du ungebildete Dumpfbacke! Der Treibhauseffekt.«

»Also, ich habe keinen Effekt gespürt.«

»Hast du schon mal vom Kyoto-Protokoll gehört?«

»Nein, Chef! Ich bin kemalistischer Nationalist.«

»Wenn du Kemalist bist, warum hast du dann einen Lieferwagen geklaut und ein ganzes Viertel ausgeraubt?«

»Kein ganzes Viertel, Herr Kommissar, wir sind in Birlik gerade mal in zwei Häuser eingebrochen. Die Posta hat maßlos übertrieben, als sie geschrieben hat, wir hätten das ganze Viertel ausgeraubt. Nur bei zweien sind wir rein, und die waren noch dazu gerade im Urlaub.«

»Schnauze! Von wegen Urlaub.«

Harun zog mit seinem Daumen an seinem Holster und ließ es zurückschnappen. »Kommen wir jetzt zur eigentlichen Sache. Erzähl doch mal.«

Hasan warf einen Blick auf die knisternde Neonröhre und fragte: »Was soll ich erzählen, Herr Kommissar? Ich steh gerade irgendwie auf dem Schlauch.«

»Schnauze, verdammt! Erzähl einfach!«

»Soll ich jetzt die Schnauze halten oder erzählen?«

»Erzählen!«

»Und was?«

»Leg einfach mal los, ich lenke dich dann schon in die richtige Richtung.«

»Na ja, Herr Kommissar«, sagte Hasan, »falls es um heute geht, da habe ich mich gegen Abend mit Pembo vor dem Gima getroffen.«

»Vor welchem Gima?«

»Kennen Sie nicht den Gima in Kızılay?«

»Das ist inzwischen ein Carrefour.«

»Wie auch immer, davor haben wir uns jedenfalls getroffen. Hatten uns vorgenommen, in Ulus das eine oder andere Bierchen zu kippen. Wie Sie wissen, wollten wir heute Nacht noch zum Auswärtsspiel aufbrechen, was allerdings schwierig werden könnte, wenn das hier so weitergeht. Ich meine, wir haben ja nichts gemacht. Ich habe keine Ahnung, wonach Sie überhaupt fragen.«

»Du kennst dich doch mit so was aus, Hasan«, sagte Harun.

»Mit was?«

»Mit Verhaftungen, Festnahmen und so. Hast doch schon oft genug gesessen.«

»Klar, wir wurden zwar verleumdet, aber bei dem Thema bin ich wohl oder übel nicht ganz unbeleckt«, erwiderte Hasan mit Unschuldsmiene.

»Habe ich dich ein Verhaftungsprotokoll unterschreiben lassen?«

»Nein.«

»Weiß irgendjemand, dass du hier bist?«

»Nein.«

»Wenn ich dir jetzt dieses Pfefferspray hier in deine Äuglein sprühen würde, wenn ich dich mit Paketband fesseln und knebeln würde, wenn ich dich in einen Sarg verfrachten und in einem Park begraben würde, was, meinst du, würde dann passieren? Rein gar nichts würde passieren! Die Welt wäre nur um einen Blödian wie dich ärmer.«

»Wie meinen Sie das, Herr Kommissar?«

»Denk einfach mal ein bisschen nach!«

»Cevdet!« Harun packte Hasan am Arm und beförderte ihn per Fußtritt zu seinem Kollegen. Cevdet breitete die Arme aus und empfing den auf ihn zutaumelnden Hasan. »Was machen wir mit ihm?«

»Schlagt ihm die Visage ein. Dann lasst ihn ein bisschen nachdenken. Ich komme später und spreche noch einmal mit ihm.«

Hasan Gorbatschow schien den Tränen nahe, seine Stimme zitterte, und während er versuchte, sich aus Cevdets Händen zu befreien, wimmerte er: »Hören Sie mir doch mal eine Sekunde zu, Chef. Bitte, nur eine Sekunde. Ich war diesem Staat gegenüber immer loyal. Schließlich hat er mich großgezogen. Ich habe mir dem Militär oder der Polizei gegenüber nie etwas zuschulden kommen lassen. Bin ich Armenier? Bin ich Grieche? Bin ich bei der PKK?«

Während Cevdet Gorbatschow abführte, kam der Geist herein. Er rückte den Kragen seines schimmelgrünen Hemds zurecht und setzte sich auf den Tisch. »Ich muss dich mal was fragen«, sagte Harun. »Warum trägst du eigentlich immer dasselbe Hemd?«

»Tu ich doch gar nicht. Ich trage nicht immer dasselbe Hemd.«

»Wie soll ich das verstehen?«, wunderte sich Harun. Auch Behzat Ç. hatte die Augen wieder aufgeschlagen. Das Thema interessierte ihn.

»Du ziehst das doch ständig an. Ich habe noch nie ein anderes Hemd an dir gesehen.«

»1993 habe ich vierzehn dieser Hemden gekauft. Ich trage sie immer abwechselnd. Sieben davon habe ich noch nicht mal ausgepackt.«

»Warum hast du vierzehnmal das gleiche Hemd gekauft?«

»Weil mir die Farbe gefiel.«

Harun lachte laut auf. »Nimm's mir nicht übel, aber du bist mir vielleicht ein schräger Vogel!«

Als Behzat Ç. hörte, wie in seinem Büro das Telefon klingelte, sprang er auf. Hoppa hatte sich unter den Heizkörper geduckt und ließ ein ängstliches Quieken ertönen. Behzat Ç. nahm zwar den Hörer ab, legte ihn aber gleich auf den Schreibtisch, ohne ihn ans Ohr zu führen. Dann ging er vor der Heizung in die Hocke, nahm die immer noch feuchten Karottenstücke aus seiner Tasche und legte sie vor Hoppa hin. Der schnupperte halbherzig daran. Aus dem Hörer tönte es: »Hallo? Hallo! Sittendezernat …« Getreu der Devise, dass man ihn in wichtigen Fällen sowieso auf dem Handy anrufen würde, kehrte Behzat Ç. in den Verhörraum zurück. »Ja, aber nicht nur das«, sagte der Geist zu Harun. »Die Typen können was wegstecken. Die liefern einem nicht einfach so ein Geständnis ab.«

»Und was jetzt?«

»Jetzt müssen wir eine andere Methode finden.«

»Und was für eine?«

»Ich weiß es nicht. Jemand muss denen gesagt haben, sie sollen den Mund halten. Vielleicht wurden sie auch nur für diese Sache angeheuert und dann zum Abschuss freigegeben, sodass wir sie uns schnappen konnten. Sonst hätten wir sie doch am ersten Tag gleich auf Anhieb finden müssen. Die wären uns nie entkommen. Vielleicht hat ihnen jemand Unterschlupf gewährt. Pembo hatte immerhin fünftausend Dollar in der Tasche. Der andere viertausendneunhundert.«

»Was er wohl mit den hundert Dollar gemacht hat?«

»Keine Ahnung. Viel interessanter ist doch die Frage, wo die fünftausend herkommen. Dem sollten wir nachgehen.«

»Okay.«

Cevdet stieß mit der Schulter die Tür auf, die sich ohne Klinke längst nicht mehr so einfach öffnen ließ wie bisher. »Soll ich euch jetzt den anderen bringen?«, fragte er.

»Her mit ihm.«

Pembo kam herein. Er hielt seinen Handrücken gegen seine blutende Lippe gepresst. Sein kartoffelnasiges Gesicht wirkte irgendwie kindlich. Harun öffnete eine große Packung Panchos, hielt sie den Polizisten hin und steckte sich dann drei Chips gleichzeitig in den Mund. Er überlegte kurz und bot dann auch Pembo welche an, dem bestimmt schon das Wasser im Munde zusammenlief. »Warum nennt man dich Pembo?«

»Früher gab es mal einen Kaugummi, der so hieß. Meine Freunde haben mir dann diesen Spitznamen verpasst. Aber den Kaugummi gibt's nicht mehr, ist vom Markt genommen worden.«

»Was kaust du jetzt?«

»Bin zum Turbo übergegangen. Aber der ist auch nicht mehr das, was er mal war.«

»Was sagst du zu dem Fall?«

»Zu welchem Fall?«

»Zur Spedition Stibitzke und so.«

»Ach, das waren Jugendsünden«, antwortete Pembo so entspannt, als erzähle er das alles einem alten Freund. »Aber wir haben unsere Strafe abgesessen. Wir schulden niemandem mehr was. Das ist Schnee von gestern.«

»Was habt ihr in der Kneipe gemacht?«

»Was sollen wir da schon gemacht haben? Bier haben wir getrunken. Gorbatschow hatte 'ne Russin flachgelegt, davon hat er mir berichtet.«

»Für wie viel Dollar?«

»Hundert die Stunde. Dann kam dieser Typ, der aussah wie Tim von Tim und Struppi, und wollte Feuer. Voll die Unschuldsmiene. Er wirkte irgendwie überhaupt nicht wie ein Bulle.«

»Ist er auch nicht«, bestätigte Harun. »Er ist Agraringenieur. Ist nur übergangsweise bei der Polizei, bis er wieder einen Job findet.«

Behzat Ç. schaute zu der Neonröhre hoch, deren Knistern ständig lauter zu werden schien. Er stellte sich auf die Zehenspitzen und versuchte sie mit der Hand in Ordnung zu bringen. Die Röhre flackerte auf, funktionierte wieder einigermaßen und fing dann schlimmer an zu knistern als zuvor.

»Gibt es sonst noch irgendwas, das du uns erzählen willst?«, brummte Harun mit vollem Mund.

»Nein.«

Pembo zog einen imaginären Reißverschluss vor seinem Mund zu. »Ich möchte von meinem Schweigerecht Gebrauch machen.«

Harun dachte zweieinhalb Sekunden nach, dann pflanzte er sich vor Pembo hin und grunzte: »Wenn ich dich gefickt habe, können wir einander anschweigen, solange du willst.«

»Hör auf, mich zu beleidigen, Arschloch!«, schrie Pembo. Harun warf dem Geist seine Panchos-Tüte zu. Dann packte er Pembo am Kragen und schleuderte ihn gegen die Wand. Er wartete, bis er von dort zurückprallte, und setzte mit Schlägen und Fußtritten nach. Weil er sich damit aber nicht abreagiert hatte, schnappte er sich auch noch einen Eisenstuhl und ließ ihn auf Pembos Rücken krachen. Dem knirschten die Schulterblätter, aber er lachte.

»Was fällt dir ein, die Polizei dieses Staates zu beleidigen!«

»Ich scheiße auf diesen Staat mitsamt seiner Polizei«, gab Pembo, auf dem Boden liegend, zurück. »Was hat mir dieser Staat schon gegeben? Was hat er mir gegeben, verfickte Scheiße! Ich hab schon so oft einstecken müssen, meinst du, jetzt hätte ich vor dir Angst? Hurensohn!«

Pembo hatte Schlägen gegenüber etwas Unersättliches, Psychopathisches. Es war, als bezöge nicht er selbst Prügel, sondern jemand anderes, und er stände nur daneben und sähe dabei zu. Harun ließ den Stuhl auf seinen Kopf niedersausen. »Schnauze, Schwuchtel!«

»Halt du die Schnauze, du Wichser!«

Tahsin trat die Tür auf und kam herein, dicht gefolgt von Selim. Er zeigte auf den am Boden liegenden Pembo. Selim wuchtete Pembo hoch, packte ihn am Ellbogen und übergab ihn Cevdet, der vor der Tür gewartet hatte. »Tür zu!«, befahl Tahsin. Selim versetzte der Tür einen Stoß, sah, dass sie nicht ganz zugegangen war, und drückte sie mit der Schulter ins Schloss. Mit den Händen strich er sich über den Kopf und justierte sein Haargummi.

»Was ist hier los?«

Tahsin bekam keine Antwort. Außer dem Knistern der Neonröhre herrschte absolute Stille im Verhörraum. »Was ist hier los, verdammt?«, brüllte Tahsin, diesmal lauter.

»Folgendes ist los, Chef«, erklärte Harun. »Wir haben uns diese Typen geschnappt und kitzeln jetzt ein bisschen was aus ihnen raus, um den Fall zu lösen.«

»Und wer hat euch befohlen, sie euch zu schnappen?«

Harun sah zu Behzat Ç. hinüber, der mit geschlossenen Augen auf seinem Stuhl saß. Der Geist kratzte sich an der Wange.

»Wer es euch befohlen hat!«

Der Geist hüstelte. »Musste uns das jemand befehlen?«, fragte er. »Die Sache liegt doch klar auf der Hand. Wir haben diese Männer festgenommen, werden eine Verbindung herstellen, und den Rest soll die Staatsanwaltschaft erledigen.«

»Der Fall wurde aber bereits abgeschlossen.«

»Von wem?«, fragte Harun.

»Von mir, verflucht noch mal. Was dagegen?«

»Allerdings.«

»Nix ›allerdings‹. Wenn du mit mir sprichst, dann heißt das: ›Zu Befehl, Chef‹. Ihr lasst die beiden sofort laufen und kümmert euch wieder um eure Arbeit.«

Behzat Ç. schlug die Augen auf und erhob sich langsam. Er blieb unter der Neonröhre stehen, stellte sich auf die Zehenspitzen und schlug mit der Faust dagegen. Die Lampe prallte gegen die Decke und zerbarst in tausend kleine Splitter, die in der plötzlichen Dunkelheit auf die Polizisten herunterregneten. Dann öffnete er die Tür und ging hinaus. Im fahlen Licht, das aus dem Korridor hereinfiel, sahen die zurückgebliebenen Polizisten einander verdutzt an. Harun schnaubte und ließ noch einen Augenblick verstreichen, bevor er Selim anbellte: »Was grinst du so, du verdammter Spitzel?« Dann schlug er ihm seine Faust mitten ins Gesicht. Von einem Moment auf den anderen ging es drunter und drüber. Es herrschte das absolute Chaos. Im Verhörraum der Mordkommission entwickelte sich eine regelrechte Schlägerei.

Behzat Ç. nahm Hoppa, der reglos unter der Heizung hockte, und stopfte ihn in seine erweiterte Tasche. Man konnte nicht behaupten, dass sich das arme Tier bei der Mordkommission sonderlich wohl fühlte. Er spürte, wie sein Handy vibrierte, und zog es hervor. Eine unbekannte Nummer. Er wurde leicht nervös. Schließlich war es drei Uhr nachts. »Hallo, ich bin's, Ekrem von der Sitte«, sagte die Stimme am anderen Ende. »Könntest du mal bei uns im Dezernat vorbeischauen? Hier sitzt eine Frau, die behauptet, dich zu kennen.«

***

Behzat Ç. betrat das Sittendezernat. Weil er wie immer schnell unterwegs war und stur geradeaus schaute, fiel ihm nicht auf, dass ein, zwei Polizisten ihn grüßten. Er klopfte an die Tür zu Ekrems Büro und öffnete. Ekrem empfing ihn stehend. Die Frau, die vor seinem Schreibtisch saß, war Gönül. Sie sah Behzat Ç. an und sagte: »Bitte nimm's mir nicht übel.« Der Hauptkommissar schloss die Augen und neigte den Kopf leicht nach vorn, was so viel hieß wie: ›Kein Problem.‹

Ekrem hakte sich bei Behzat Ç. ein und trat mit ihm vor das breite Fenster. »Es gab eine Anzeige wegen Prostitution. Unsere Jungs haben sie zur Vernehmung mit aufs Revier genommen. So sind die Vorschriften. Wenn ich natürlich gewusst hätte, dass du sie kennst, wäre das ganz anders gelaufen.«

Behzat Ç. kniff das rechte Auge zu und klopfte Ekrem auf die Schulter, um ihm recht zu geben.

»Was ist eigentlich aus eurem Fall geworden? Hast du mal einen Blick in die Akte werfen können, die ich dir gegeben habe?«

Der Aktendeckel steckte immer noch zusammengefaltet in der Tasche seines Jacketts. Behzat Ç. vollführte eine Drehung des Handgelenks, die bedeuten mochte: ›Ich hab's mal überflogen.‹

»Wie ich vermutet hatte«, sagte Ekrem. »Also haben sie den Fall abgeschlossen. Na ja, die Sache war eh eine Nummer zu groß für dich. Mach dir keine Gedanken, ist doch egal.«

Behzat Ç. ging zu Gönül hinüber und zeigte mit der Hand zur Tür. Er wollte gerade selbst den Raum verlassen, da kam Ekrem noch einmal auf ihn zu, streichelte Hoppa über den Kopf und flüsterte: »Hast du dich schon nach dem Roboter erkundigt?« Behzat Ç. gab ihm durch ein Kopfnicken zu verstehen, dass er sich um das Thema kümmern werde. In dem Moment klingelte ein Handy auf dem Schreibtisch, Ekrem eilte hin und ging dran. »Ja, mein Schatz? Okay, ich komme sofort. Leg dich wieder hin. Wenn du Angst hast, einfach nur lange auf den Knopf drücken, dann werde ich automatisch angerufen.«

»Songül«, erklärte Ekrem. »Sie hat schon wieder von einem Aufzug geträumt.«

Als Gönül und Behzat Ç. das Sittendezernat verließen, hatte sich Ekrem bereits in seinen Mégane geschwungen und raste in Richtung Zuhause.

Als sie in den Toros stiegen, zündete der Hauptkommissar zwei 216 an. Eine gab er Gönül. Er öffnete das Seitenfenster einen Spalt, und während der gesamten Fahrt sprachen sie kein Wort. In Demetevler, vor einem Mietshaus mit dem Namen Demet, blieben sie stehen. Gönül weinte. Das Taschentuch in ihrer Hand war schon ganz zerpflückt. Behzat Ç. drehte ihren Kopf zu sich hin, wischte ihr die Tränen aus dem Gesicht und küsste sie auf die feinen Linien am Rande ihrer Augen, damit sie aufhörte zu weinen.

Mit ihrer leicht kratzigen Stimme fragte Gönül sich selbst: »Habe ich jemals einen Kunden mit nach Hause gebracht? Nein, niemals. Der Typ aus Nummer acht war's. Er ist mir gefolgt und hat herausgefunden, als was ich arbeite. Erst hat er sich an mich rangemacht, aber ich habe ihn abblitzen lassen. Dann hat er mich bedroht. ›Ich bin zwar eine Hure, aber deswegen muss ich es dir noch lange nicht besorgen, du Schwein‹, habe ich gesagt. Da hat er die Polizei angerufen und gemeldet, in seinem Haus werde Prostitution betrieben. O nein, ich bitte dich, lass mich einfach hier und geh. Mach bloß kein großes Aufheben davon. Geh, um Gottes Willen. Versprich mir, dass du gehst, okay? Häng das ja nicht an die große Glocke, schwör mir, dass du das nicht tun wirst.«

Der Morgengebetsruf erscholl. Behzat Ç. drückte Gönüls Hand, um ihr zu versichern: ›Es wird alles genau so geschehen, wie du es dir wünschst.‹ Gönül gab Hoppa, der sich im Handschuhfach verkrochen hatte und mit neugierigen Blicken die Umgebung inspizierte, einen Abschiedskuss. Der alkoholabhängige Polizist und das humpelnde Kaninchen warteten im Toros, bis Gönül ihre Wohnung betreten hatte und Licht aus ihrem Fenster schien. Als sie die Vorhänge zurückzog und zu ihnen herabschaute, drehte Behzat Ç. den Zündschlüssel und legte den Rückwärtsgang ein. Zwei Straßen weiter blieb er stehen. Bis auf eine Katze mit gelb funkelnden Augen war die Straße wie ausgestorben. Mit der Unterseite seines Feuerzeugs machte er sich ein Tekel auf. Gut, dass er Şevkets schwarze Plastiktüte mitgenommen hatte, bevor er aus dem Haus gegangen war. Als er ausgetrunken hatte, stieg er mit der leeren Flasche aus dem Toros und bedeutete Hoppa, sich still zu verhalten, er komme gleich wieder. Die Flasche stellte er neben einen Müllcontainer. Dann betrat er das Mietshaus mit dem Namen Demet. Er klopfte an die Tür von Nummer 8.

»Wer ist da?«

Er antwortete nicht. Als er einen Mann durch den Türspion schauen sah, zeigte er sein Funkgerät vor. Der Mann öffnete die Tür einen Spaltbreit und fragte: »Sind Sie Polizist? Ich bin der Besitzer dieses Hauses, es gehört mir. Den Namen hat es von meinem Vater. Hier wurde Prostitution betrieben. Ich habe das aber schon gemeldet, und es kam auch ein Streifenwagen. Die Frau wohnt im Obergeschoss. Sie nimmt ihre Freier mit nach Hause.«

Der Mann rückte mit verschwörerischer Miene näher an Behzat Ç. heran. »Ich habe gehört, sie geht auch auf den Strich …«

Mit der linken Hand packte Behzat Ç. den Mann am Hals. Mit der rechten hielt er ihm den Mund zu. Er schob ihn ins Innere der Wohnung und sah ihm tief in die Augen. Fast eine Minute lang blieben sie so stehen. Dann nickte Behzat Ç., was so viel hieß wie:

›Hast du kapiert, was ich dir damit sagen wollte?‹ Als der Mann das bejahte, ließ er von seinem Hals ab.

Draußen auf der Straße schlug ihm eine scharfe Kälte entgegen, und es fiel ein dünner, kalter Nieselregen. Die Nacht ging gerade zu Ende, aber der neue Tag hatte noch nicht begonnen. Je heller es wurde, desto fahler erschien das Licht der Straßenlaternen. Am anderen Ende der Straße begann ein Straßenkehrer am Rinnstein mit seinem Tagewerk. Obwohl weit und breit kein Auto zu sehen war, sprangen die Ampeln von Rot auf Grün und von Grün wieder auf Rot. Aus der Ferne drang das Motorengeräusch von Bussen herüber, die ihre ersten Haltestellen anfuhren. Als er so allein mitten auf der Straße stand und der Regen sanft auf den Asphalt niederging, verspürte er eine schwer zu beschreibende Hilflosigkeit, ähnlich jener, die man der Unendlichkeit des Universums gegenüber empfindet.

24.

Als eine Hand an die von der Kälte beschlagene Scheibe klopfte, schlug er die Augen auf. Er war im Toros eingeschlafen. Ein Blick verriet ihm, dass es sich bei dem Besitzer der knochigen Hand um einen Verkehrspolizisten handelte. Ein weiterer Blick, und ihm wurde klar, dass der Toros direkt vor dem Denkmal im Vertrauenspark stand. Hoppa war auf Behzat Ç.s Schulter geklettert und rieb sein Näschen an seiner Wange. Er konnte sich beim besten Willen nicht mehr daran erinnern, wie er von Demetevler nach Kızılay gekommen war, wie er die Schranke überwunden und in den für den Verkehr gesperrten Bereich eingedrungen war. Als Müdigkeit und Tekel zusammengekommen waren, musste der Film gerissen sein.

Aus blutunterlaufenen Augen schaute Behzat Ç. zu dem Denkmal hinüber, das hinter der beschlagenen Scheibe nur schemenhaft zu erkennen war. Da es gerade restauriert wurde, war eine blaue Plane davorgespannt. Hinter der Plane, die im Wind flatterte, konnte man bei genauem Hinsehen einen Schriftzug entziffern: »Türke. Sei stolz. Arbeite. Habe Vertrauen.« Das Monument, ein Geschenk der türkischen Nation an ihre Polizei und Gendarmerie, war auch unter dem Namen »Polizistendenkmal« bekannt. Vielleicht hatte er ja deshalb den Toros hierher gelenkt, unbewusst. Das war immer noch besser, als in eine Tierhandlung zu brettern, denn wenigstens bestand zu dem Ort, an dem er diesmal zu sich kam, eine gewisse symbolische Verbindung.

Als er einen Blick auf sein Handy warf, um nachzuschauen, wie spät es war, entdeckte er die Nachricht, die der Geist fünfzehn Minuten zuvor geschickt hatte: »wir gehen ins rumeli, stoss dazu, wenn du willst.«

Er setzte Hoppa auf den Beifahrersitz und drehte den Zündschlüssel, aber der Wagen wollte nicht anspringen. Er versuchte es hartnäckig weiter, doch der Motor heulte immer nur laut auf, brachte den Toros zum Vibrieren und erstarb wieder, was nicht darauf hoffen ließ, dass er bald anspringen würde. Als es ihm mit viel Mühe schließlich doch gelungen war, ließ er den Motor erst einmal warmlaufen. Dann legte er den Rückwärtsgang ein und beschrieb auf dem Platz gegenüber dem Denkmal einen Halbkreis. Er schaltete in den ersten Gang und steuerte in Richtung Nationale Lottobehörde. Zwischen den am Fußgängerüberweg Wartenden hindurch fand er zurück auf die Straße. Da Fußgänger in Ankara ohnehin eher daran gewöhnt waren, Fahrzeugen Platz zu machen als Menschen, bildeten sie mitten auf dem Bürgersteig sofort eine Gasse.

Er hielt vor dem Rumeli, einem Innereienlokal in der Sakarya. Während Cevdet gerade versuchte, die vor ihm stehende Linsensuppe durch Pusten zu kühlen, hatte Harun die Hälfte seiner Hammelkopfsuppe – mit Hirn – bereits ausgelöffelt. Der Geist rührte in seinem Tee – keiner hatte ihn je etwas essen sehen. Für Behzat Ç. hatten sie Käsetoast bestellt und für Hoppa einen Salat der Saison.

»Du solltest das Kaninchen nicht zu oft spazieren führen. Das macht sich doch vor Angst in die Hosen. Schau mal, wie es guckt«, sagte der Geist.

Behzat Ç. warf Hoppa einen vorwurfsvollen Blick zu. Zu Hause bekam er Depressionen, und wenn er ihn mitnahm, hatte er Angst. Gott strafe dich, Selami Kartal!

Haruns Jochbein war angeschwollen. Als der Geist es untersuchen wollte, verzog Harun vor Schmerz das Gesicht. Er war dermaßen sauer, dass er ebenfalls aufgehört hatte zu sprechen. Zum ersten Mal in seinem neunundzwanzigjährigen Leben schwieg er bereits seit einer vollen Stunde. »Mach dir nichts draus. Selim ist noch viel übler zugerichtet als du«, tröstete ihn der Geist.

Cevdet hatte seine Kühltätigkeit eingestellt und nahm den ersten Löffel von seiner Linsensuppe. »Und wie geht es jetzt weiter?«

Der Geist nippte an seinem Tee. »Ehrlich gesagt: Ich weiß es nicht. Direktor Tahsin meinte jedenfalls, er solle gefälligst abhauen, er wolle ihn nicht mehr sehen.« Er legte Harun die Hand auf den Arm. »Tritt ihm einfach ein, zwei Tage nicht unter die Augen. Wenn sein Zorn verraucht ist, werde ich mal mit ihm reden. Er hätte dich bestimmt nie gefeuert, wenn er nicht bei dieser Keilerei plötzlich deine Faust ins Gesicht bekommen hätte. Ist doch klar, dass er da wütend ist.«

Er klopfte Harun auf die Schulter. »Du solltest dich jetzt erst mal ein bisschen beruhigen. Komm schon, reiß dich zusammen.«

›Okay‹, gab Harun ihm zu verstehen, indem er vor sich hin starrte und die Augen schloss.

Der Kellner stellte einen leicht verkohlten Toast mit wenig Butter vor Behzat Ç. hin und fragte: »Für wen ist der Salat?« Behzat Ç. hatte den Aktendeckel aus der Innentasche seines Jacketts gezogen, befeuchtete mit der Zunge seinen Zeigefinger und blätterte die Seiten durch. Er nickte mit dem Kopf in Richtung Hoppa.

»Soll ich jetzt etwa das Vieh da bedienen?«

Harun schnaubte, funkelte den Kellner an, und es sprudelte aus ihm heraus: »Das Vieh bist du, und bedienen kannst du von mir aus deine Oma. Aber lass gefälligst den Salat hier, und dann verpiss dich, sonst reiß ich dir so was von den Arsch auf!« Er bebte am ganzen Körper. »Geht mir nicht alle auf den Sack, verdammt! Ich mache seit zwei Wochen Überstunden und bin mit den Nerven am Ende!«

Der Kellner stellte eilig den Teller vor Hoppa hin und machte sich aus dem Staub.

»Also, die Reaktion gerade war ja wohl etwas überzogen«, sagte Cevdet zu Harun, wurde von diesem aber mit einem Stirnrunzeln sofort wieder zum Schweigen gebracht.

Doch auch der Geist schüttelte den Kopf. »Du hast dich da wirklich in etwas verrannt.«

»In etwas verrannt? Wer soll es denn sonst gewesen sein, wenn nicht Selim?«

Harun schob den Suppenteller von sich – das erste Mal, dass er eine Hammelkopfsuppe nicht auslöffelte – und wischte sich mit der Serviette über den Mund. Dann boxte er Cevdet gegen die Schulter. »Nicht, dass du am Ende der Spitzel warst! Du bist doch ständig reingekommen, während wir über dieser Skizze hingen.«

Cevdet stand auf und packte den Stuhl, auf dem er gesessen hatte, an der Lehne. »H...H...Hör mir mal zu! Wenn du das noch einmal sagst, nehme ich diesen Stuhl und ziehe ihn dir über den Schädel, klar?«

»Das will ich sehen!«

»W...W...Wirst du auch.«

»Verdammt, es reicht!«, schrie der Geist. »Entspannt euch mal wieder!« Behzat Ç. hatte in vierzehn Jahren niemals erlebt, dass der Geist seine Stimme erhoben hätte. Einen Mann ausrasten zu sehen, der sonst kein Wässerchen trüben konnte, war immer ein beeindruckendes Schauspiel.

»Andauernd fangt ihr an zu streiten. Es reicht, verdammt!«

Cevdet setzte sich wieder hin, und Harun murmelte: »Tut mir leid.« Ein, zwei verkaterte Trunkenbolde schauten neugierig zu ihnen herüber. Hoppa knabberte an seinem Salat.

»Jetzt hört mir mal gut zu«, sagte der Geist mit dem Selbstvertrauen seiner neu gewonnenen Autorität, die ihn allerdings fast ein bisschen zu beschämen schien. »Meine Drei-Tage-Theorie hat sich als falsch erwiesen. Die Theorie vom rachsüchtigen Jungen – die ist es, an die wir uns halten sollten.«

»Dann ist der Fall also abgeschlossen?«, fragte Cevdet, während er die Linsen auf seinem Löffel begutachtete. »Wird er jetzt niemanden mehr begraben?«

»Höchstwahrscheinlich nicht«, erwiderte der Geist. »Pembo und Hasan Gorbatschow, die er eigens für diesen Coup angeheuert hatte, hat er ja inzwischen auch wieder fallen lassen. Da die beiden zusammen im Heim aufgewachsen sind, könnten sie übrigens schon seit damals mit diesem Lucky Luke befreundet sein.«

»Woher willst du das wissen?«

»Ich weiß es nicht. Ich sage nur, es könnte sein. Wenn seine Eltern wirklich umgebracht wurden, ist es nämlich gut möglich, dass er ins Heim gekommen ist. Solche Leute haben in der Regel nichts zu verlieren. Und Gorbatschow und Pembo sind sich ja auch tatsächlich für nichts zu schade, solange sie Geld dafür bekommen. Gorbatschow ist ein bisschen berechnender, aber wie ihr wisst, sagt der andere ja selber, dass er auf diesen Staat pfeift. Also, was haben wir in der Hand? Erstens scheint dieser Lucky Luke finanziell ganz gut gestellt zu sein, wenn er denen zehntausend Dollar bezahlen konnte. Zweitens wurden seine Eltern ermordet. Drittens ist er im Heim aufgewachsen. Also müssen wir jetzt nur noch sämtliche Kinderheime abklappern, deren Unterlagen durchforsten, und dann haben wir ihn.«

Cevdet winkte dem Kellner und rief: »Ist die Linsensuppe hier passiert?«

Der Kellner, der sich davor hütete, dem Tisch noch einmal zu nahe zu kommen, machte einen oder zwei Schritte auf Cevdet zu und antwortete: »Ja, ist sie, Herr Kommissar.«

»Tut mir leid, aber ich war mir da gerade echt nicht sicher«, rechtfertigte sich Cevdet, als er die feindseligen Blicke seiner Kollegen gewahrte.

Harun wandte sich an den Geist. »Das klingt alles ziemlich schlüssig. Aber Direktor Tahsin hat die Typen doch laufen lassen.«

»Wer ist schon Tahsin? Wir erzählen einfach alles dem Staatsanwalt. Falls er an einer Lösung des Falls interessiert ist, heißt das.«

»Das sollten wir lieber bleiben lassen«, entgegnete Harun. »Den Staatsanwalt mit seinem Igelbart kannst du vergessen. Erst sagt er: › Ich klär das auf, da quatscht mir keiner rein‹, aber kaum gibt es Schwierigkeiten, zieht er den Schwanz ein. Du erinnerst dich doch an den zweifelhaften Selbstmordfall letztes Jahr, wo die von der Terrorbekämpfung das Mädchen vom Dach haben werfen lassen. Wir haben den Übeltäter geschnappt, aber er hat den Fall für abgeschlossen erklärt, ohne sich für die Hintergründe zu interessieren. Jede Berührung hinterlässt eine Spur? Von wegen! Ab einem bestimmten Punkt: Was geht's mich an! Und wenn der Staatsanwalt schon selber keinen Finger krumm macht, warum soll ich mir dann Probleme aufhalsen? Wieso haben sie denn diesmal den Fall abgeschlossen? Da steckt doch wieder nur irgendeine andere Scheiße dahinter. Okay, dieser Lucky-Luke-Arsch hat also die Eltern von zwei Polizisten begraben. Aber wer hat seine eigenen Eltern getötet? Wo wurden sie bestattet? Wer hat ihre Totenscheine ausgestellt? Wenn man

Lucky Luke finden würde, müsste das ebenfalls alles aufgeklärt werden, und der Fall würde immer mehr Wellen schlagen. Deswegen haben sie einfach alles dem Verrückten angehängt. Affe tot, Klappe zu. Den Verrückten haben sie eh gleich selbst in den Wahnsinn getrieben, indem sie ihm Stromschläge verpasst haben, wahrscheinlich noch mit abgezapftem Strom, sodass ihm Hören und Sehen verging und er jetzt überall rumläuft und jedem erzählt: ›Ich bin Ahmet, ich bin Ahmet.‹ Wenn sie morgen oder übermorgen auch noch Lucky Luke finden und ihm eine Kugel in den Kopf jagen, ist der Fall dann endgültig abgeschlossen. Das ist doch deren Plan. Ich meine – wenn wenigstens einer käme und mir sagen würde: ›Das ist eine Staatsangelegenheit, mein lieber Harun, wenn wir den Fall zu den Akten legen, dann nur im Interesse des Staates‹, okay, das könnte ich noch akzeptieren, aber es kommt ja keiner. Und Tahsin ist schließlich auch kein Idiot. Der weiß doch, wie der Hase läuft. Wenn er denen jetzt Steine in den Weg legt, dann bleibt er sein Leben lang Vizedirektor, darauf könnt ihr Gift nehmen. Hoffentlich steigt er nach diesem Fall auf, dann haben wir ihn endlich vom Hals.«

Nachdem Harun seine Tirade beendet hatte, schnippte er mit dem Finger nach dem Kellner. »He, du! Unsere Kehlen sind schon ganz ausgetrocknet, wo bleiben die Tees?«

»Wie viele, Chef?«

Harun sah sich auf dem Tisch um. Der Geist und Behzat Ç. hatten sowieso schon je einen Tee vor sich stehen, und Hoppa war mit seinem Salat beschäftigt. »Trinkst du einen mit?«, fragte er Cevdet.

Cevdet antwortete mit einer Gegenfrage: »Benutzen die hier Leitungswasser oder stilles Mineralwasser?«

»Woher soll ich das wissen? Deine Sorgen möchte ich haben! Ist die Suppe passiert? Kommt das Wasser aus der Leitung?«

»Ist ja gut, halt mal den Rand. Ich frage doch nur, weil das Füllvolumen der Stauseen ständig zurückgeht und sich im Leitungswasser Bakterien bilden.«

»Sag mir einfach, ob du einen mittrinkst oder nicht. Mach mich nicht rasend!«

»Ja, aber bitte nicht so lange ziehen lassen.«

Harun bestellte zwei Tee, einen davon hell. Die zwei Zuckerstücke, die neben seinem Teeglas lagen, gab Cevdet, der jede Art von Verschwendung ablehnte, sofort dem Kellner zurück. Er nahm den ersten Schluck und sagte zum Geist: »Aber eines will mir noch nicht in den Kopf.«

»Was?«

»Du sagst doch, dieser Junge sei inzwischen groß geworden und habe Rache geübt. So weit, so gut. Aber woher weiß er, welche Polizisten damals an dem Einsatz beteiligt waren? Wer hat ihm das verraten?«

»Gute Frage. Darüber zerbreche ich mir auch schon seit einer Woche den Kopf. Aber manche Organisationen machen ja richtiggehend Jagd auf Polizisten, die irgendwelche ihrer Mitglieder getötet haben. Wenn sie sie finden, bringen sie sie um und brüsten sich dann damit, sie hätten sie für das und das bestraft.«

Behzat Ç., der über das, worüber sich der Geist seit einer Woche den Kopf zerbrach, selbst bereits seit sieben Tagen nachgedacht hatte, legte seinen Finger auf einen Namen in der Akte, die Ekrem ihm gegeben hatte. Dann versuchte er, sich Namen und Adresse auf seiner Zigarettenschachtel zu notieren, was nicht einfach war, denn die Adresse lag in einem gottverlassenen Teil der Stadt und war so lang, dass sie kaum auf die Schachtel passte.

Die Beamten am Tisch schauten ihren Vorgesetzten an. Nur Harun beließ es nicht beim Schauen und fragte: »Was sollen wir jetzt tun?« Behzat Ç. nahm einen Bissen von seinem Toast. Er musste erst ordentlich kauen, bevor er ihn hinunterschlucken konnte. Dann breitete er die Arme aus wie ein Schiedsrichter beim Schlusspfiff, was so viel hieß wie: ›Der Fall ist abgeschlossen, also stochert nicht weiter darin herum.‹

»Was liest du da eigentlich?«, fragte der Geist. »Ist das die Akte, die Ekrem dir gegeben hat?«

Behzat Ç. klappte den Aktendeckel zu und hob verneinend den Kopf. Nachdem er ein weiteres Viertel seines halben Toasts gegessen hatte, steckte er sich eine 216 in den Mundwinkel und nahm das erste Nikotin des nebligen Tages zu sich. Dann stand er auf und steckte Hoppa in seine Tasche. »Wohin gehst du, Chef?«, rief Harun ihm hinterher. Er bekam keine Antwort.

***

Behzat Ç. saß im Toros und wartete, dass die Zielperson das Haus verließ. Der Verdächtige bewohnte in einem gottverlassenen Viertel – dem Misket Mahallesi – in der hinteren Talsohle von Abidinpaşa ein einstöckiges Haus, das irgendwann mehr oder weniger illegal über Nacht hochgezogen worden war. Weil das Haus im Rahmen städtebaulicher Maßnahmen abgerissen werden und einer Bushaltestelle oder Ähnlichem weichen sollte, war es mit einem roten X markiert.

Drei Stunden später verließ der Verdächtige das Haus, stieg einen Abhang hinauf, der der Erdanziehungskraft zu trotzen schien, und bog auf den Nato Yolu ab. Behzat Ç. nahm die Verfolgung auf. Als sie sich einer Bushaltestelle näherten, fing der Verdächtige plötzlich an zu rennen. Er verpasste den Bus 334 Tuzluçayır–Kızılay und stieg in die Nummer 339 Ege Mahallesi–Sıhhiye, die gleich als nächstes kam. Auch Behzat Ç. sprang in den Bus, doch weil er seine EGO-Karte nicht gleich parat hatte wie die anderen Fahrgäste, verging geraume Zeit, bevor er sie aus seinem Portemonnaie gefriemelt und in das grüne Lesegerät gesteckt hatte. Hinter ihm erhob sich Gemaule. Ein Mann, dessen kostenfreie Umsteigezeit abgelaufen war, schrie: »Deinetwegen sind meine fünfundvierzig Minuten um, meine fünfundvierzig Minuten!«

Kaum war die Karte abgelesen, belehrte ihn der Fahrer: »Tiere dürfen hier nicht rein«, und fing an, etwas von den »Beförderungsbedingungen für den öffentlichen Nahverkehr« zu faseln. Behzat Ç. legte einen Finger auf die Lippen, passte einen Moment ab, in dem der Verdächtige gerade in eine andere Richtung schaute, drehte sich leicht zur Seite und wies auf den Browning an seinem Gürtel, woraufhin der Fahrer beschloss, es mit der Einhaltung der Beförderungsbedingungen nicht ganz so eng zu sehen. Eigentlich hatte Behzat Ç. sich ja nur deshalb für die EGO-Karte entschieden, um nicht seinen Dienstausweis zeigen zu müssen und unnötig aufzufallen. Dabei hätte er kaum für mehr Aufmerksamkeit sorgen können, selbst wenn er laut verkündet hätte, dass er Polizist sei.

Auf der Sıhhiye-Brücke verließ der Verdächtige den Bus durch die Mitteltür und ging zu Fuß weiter in Richtung Kızılay. Behzat Ç. stieg an der Hintertür aus und heftete sich ihm erneut an die Fersen. Von der Mithatpaşa bogen sie in die Sakarya. Der Verdächtige ging die Karanfil hoch und bog in die Konur-Straße. Als er sich vor der Buchhandlung Dost befand, ergriff Behzat Ç. das paranoide Gefühl, selbst verfolgt zu werden. Er blieb an der Straßenecke stehen und warf einen Kontrollblick zurück. Doch außer ein paar alternativen Jugendlichen, die vor dem Dost herumlungerten und Gitarre spielten, waren keine suspekten Gestalten zu sehen.

Inzwischen hatte der Verdächtige die Hände seiner Genossen geschüttelt, sich an den Stand vor dem Menschenrechtsdenkmal gesetzt und trank einen Tee. Dann nahm er einen Stapel Flugblätter in die Hand und begann sie an die Passanten auf der Yüksel-Straße zu verteilen.

Behzat Ç. setzte sich auf eine der Bänke vor dem Mäuerchen der Verwaltungshochschule, von wo aus er den Verdächtigen gut im Blick hatte. Weil es an diesem ohnehin schon trüben Tag im Schatten der Akazien in der Yüksel sogar noch düsterer war, bot sich ihm dort eine ideale Deckung. Direkt neben ihm saß eine von Ankaras interessantesten Statuen. Gerne hätte er sich einmal auf ein oder zwei Bierchen mit demjenigen getroffen, der sich diese Frau ausgedacht hatte, die mit einem Tuch um ihre Schultern auf einer Bank saß. Je später es wurde, desto zahlreicher wurden die Genossen des Verdächtigen. Bald zählte die Gruppe vor dem Menschenrechtsdenkmal an die hundert Köpfe. Behzat Ç. hielt das Ganze zunächst für eine gewöhnliche Kundgebung. Dann marschierte in zwei Reihen eine fünfzigköpfige Einheit der Bereitschaftspolizei an ihm vorbei. Sie nahmen die Ecke zwischen Yüksel und Karanfil ein. Mit der Zeit kamen immer mehr dieser Robocops, sodass sie bald in der Überzahl waren.

Behzat Ç. näherte sich der Gruppe von Aktivisten, verbarg Hoppa unter seinem Arm und mischte sich unter seine Kollegen in Zivil, von denen sich ebenfalls viele eingefunden hatten. Dabei behielt er den Verdächtigen weiter genau im Blick. Dieser war bis vor zehn Jahren Mitglied einer Organisation gewesen, die es sich zur Aufgabe gemacht hatte, jeden Polizisten, der bei sogenannten außergerichtlichen Vollstreckungen eines oder mehrere ihrer Mitglieder getötet hatte, gebührend zu bestrafen. Er war daher im Besitz einer Liste mit Namen und Adressen, unter denen sich auch die von Coşkun und Averell Memduh befanden. Dies war eine der wenigen Quellen, über die Lucky Luke an die Namen und Adressen der Polizisten gekommen sein könnte.

Erst war Beifall zu vernehmen, dann wurden Slogans skandiert. Die Gruppe schaukelte sich selbst immer weiter hoch. Ein Polizeidirektor vierter Klasse mit gelbem Halbmond und Stern auf der Schulter – viertklassig in jeder Hinsicht – schwenkte das Funkgerät in seiner Hand, ging auf die Gruppe zu und winkte ihren Wortführer zu sich heran. Der winkte zurück und rief: »Komm doch selber!« Sie trafen sich in der Mitte. Unterdessen wurde die Gruppe von den Robocops umringt. Es war offensichtlich, worauf das Ganze hinauslaufen würde, aber da auch zwei Presseleute vor Ort waren, sagte der Direktor der Form halber: »Gebt eure Erklärung ab und dann zerstreut euch wieder.«

»Wir werden sie vor dem Justizministerium abgeben.«

»Ihr gebt sie hier ab.«

»Nein, wir werden es dort tun.«

»Das werdet ihr nicht.«

»Doch, werden wir.«

»Willst du Prügel?«

»Pass auf, was du sagst!«

»Festnehmen!«

Damit waren die Verhandlungen zwischen Polizei und Demonstranten abgeschlossen. Der achtklassige Chauffeur des viertklassigen Direktors gab dem Wortführer der Aktivisten eine Ohrfeige. Als Antwort ging aus den hinteren Reihen die hölzerne Stange einer roten Fahne auf seinen Kopf nieder. Der Direktor suchte das Weite.

Die Einsatzleiter begannen mit Pfefferspray gegen die Gruppe vorzurücken. Anschließend gingen die Robocops mit Schlagstöcken auf die Demonstranten los, die kaum noch Luft bekamen, geschweige denn geradeaus sehen konnten. Die Vorhut schlug so lange auf sie ein, bis sie auf dem Boden lagen, dann kam die Nachhut und trampelte sie nieder. Auf jeden Aktivisten kamen im Schnitt drei Robocops. Die Männer bekamen die ganze Härte ihrer Knüppel zu spüren, die Frauen wurden an den Haaren davongezerrt und, wann immer sich eine Gelegenheit ergab, auch sexuell belästigt.

Auf der Konur-Straße erhoben sich vor der Parteizentrale der TKP und dem alten Dost Sprechchöre, mit denen die Menschen gegen das Vorgehen der Polizei protestierten. Aus den Häusern an der Yüksel-Straße kamen Beifall und Buhrufe. Ein müder Demokrat, der in dem Café auf dem Dach der Buchhandlung Turhan seine Spaghetti aß, wollte sich das grausame Geschehen nicht länger tatenlos ansehen, peilte einen der Robocops an und schleuderte einen Löffel voll Tomatensoße auf ihn hinab. Als er sah, wie ein Polizist nach dem anderen zum Café hochschaute, verdrückte er sich auf die Toilette.

Aus Sicht der Polizei nahm die Stimmung auf der Yüksel-Straße inzwischen bedrohliche Dimensionen an. In jedem anderen Teil der Stadt hätte die Bevölkerung applaudiert, aber die Menschen, die hier lebten, waren anders. Von der Metro-Station rückte Verstärkung an, stieß in die Konur-Straße vor und machte jeden nieder, ohne Ansehen der Person. Eine etwa fünfzigjährige Dozentin war auf das Mäuerchen der Verwaltungshochschule gestiegen und schrie: »Was um alles in der Welt machen Sie da?«

»Ruhe, rein mit dir!«, fuhr der viertklassige Direktor sie an.

»So lasse ich nicht mit mir reden!«

»Ich stopf dir gleich das Maul! Rein mit dir, Schlampe!«

Die Dozentin errötete vor Wut und Scham. »Gott strafe Sie!« Ihre Studenten zogen die Frau, die dem Weinen nahe war, wieder ins Innere des Gebäudes.

Behzat Ç. spürte, wie sich Feuchtigkeit in seiner Tasche ausbreitete. Hoppa hatte sich vor Angst zwischen die Beine gemacht. Als er mit drohender Miene den Zeigefinger erhob, senkte das arme Tier wie zur Entschuldigung den Kopf. Jetzt stieß es nicht einmal mehr sein ängstliches Quieken aus. Derartig heftigen Auseinandersetzungen beiwohnen zu müssen war für die Psyche eines Kaninchens, das sogar vor einem klingelnden Telefon Angst hatte, schlicht und einfach zu viel.

Behzat Ç. behielt nach wie vor den Verdächtigen im Auge. Gerade versuchte er, einem Genossen wieder auf die Beine zu helfen, und bekam prompt einen Schlagstock auf den Kopf. Er geriet ins Taumeln und ging zu Boden, direkt vor dem Denkmal des melancholischen Beamten mit Krawatte, Bauchansatz und hinter dem Rücken verschränkten Händen. Die Robocops traten noch ein bisschen auf ihn ein und trampelten auf ihm herum, dann riss einer von ihnen den Verdächtigen in die Höhe, drehte ihm den Arm auf den Rücken und führte ihn mit nach unten gedrücktem Kopf ab in Richtung Mannschaftsbus. Behzat Ç. eilte hinzu, um ihm den Festgenommenen abzunehmen.

»Ich wollte ihn gerade wegbringen, Herr Vorgesetzter.«

Als Behzat Ç. ihm mit dem Handrücken bedeutete, dass er sich entfernen könne, sagte der Robocop: »Na gut«, lief hinüber zum Mannschaftswagen und grabschte einem Mädchen, das sich dagegen wehrte, hineingedrückt zu werden, an die Hüfte.

Behzat Ç. hielt den Verdächtigen am Arm fest und bog mit ihm in die Selanik-Straße ein. Der Mann war von Pfefferspray, Tritten und Schlägen noch ganz benebelt. Nach etwa zwanzig Metern öffnete er seine tränenden Augen einen Spalt weit und blinzelte Behzat Ç. an.

»Wer bist du?«

Behzat Ç. legte einen Finger vor die Lippen und wies ihn an, weiterzugehen. Da riss sich der Mann los. Behzat Ç., der mit seiner rechten Hand Hoppa halten musste, schlug mit der linken Faust nach ihm, doch der Schlag ging ins Leere, und er kam ins Straucheln. Weil der Mann gerade aus einem heißen Kampf gekommen war, war er ungleich gewandter, machte sich das Straucheln zunutze, indem er dem Hauptkommissar mit der Schuhsohle in die Seite trat, und während dieser den Bürgersteig küsste, rannte er los in Richtung Kocatepe. Hoppa war derweil aus seiner Tasche gesprungen und sah Behzat Ç. mit traurigen Augen an, die zu fragen schienen: »Was passiert hier eigentlich alles mit uns?« Behzat Ç. rappelte sich auf, nahm Hoppa in den Arm und rannte dem Verdächtigen hinterher. Als er die Meşrutiyet überquerte, kam ein schwarzer Volvo mit quietschenden Bremsen direkt vor ihm zum Stehen.

»Benutz gefälligst die Überführung, du Esel!«

Behzat Ç. rannte unbeeindruckt weiter den nach der Meşrutiyet beginnenden Teil der Selanik hinauf. Der Verdächtige bog zur Kocatepe-Moschee ab, lief am Parkplatz vorbei und verschwand zwischen zwei Teegärten. Behzat Ç. war völlig ausgepumpt, und das Herz schlug ihm bis zum Hals. Auch der Verdächtige war außer Atem und musste stehenbleiben, um nach Luft zu schnappen. Er griff nach einem Holzstuhl aus einem der Teegärten. Da er keine Kraft mehr hatte, weiterzulaufen, ließ er es lieber auf eine erneute Schlägerei ankommen. Während Behzat Ç. sich dem Verdächtigen näherte, sondierte er genau die Umgebung, um nicht in einen Hinterhalt zu laufen.

Als er so seinen Blick schweifen ließ, sah er vor dem Kızılırmak-Kino *sie*. Sie trug einen roten Mantel, hatte ihren Kopf auf die Schulter des Mannes neben ihr gelegt und machte ein zutiefst glückliches Gesicht. Behzat Ç. überließ den Verdächtigen sich selbst und drehte sich zu ihr um. Ohne es zu merken, begann er wieder zu rennen. Jetzt gab es keinen Zweifel mehr: Sie lebte. Sie hatte niemals Selbstmord oder dergleichen begangen. Er musste sich letztes Jahr so in diesen zweifelhaften Selbstmordfall vertieft haben, dass er schon geglaubt hatte, seine eigene Tochter hätte sich ebenfalls umgebracht. *Sie* und der Mann an ihrer Seite stiegen vor dem Kino in ein Taxi. Behzat Ç. zog den Browning und wollte auf die Reifen schießen, doch seine Hand zitterte so sehr, dass er es lieber bleiben ließ. Schließlich hatte er nicht die Absicht, das Leben seiner eigenen Tochter in Gefahr zu bringen. »Stehenbleiben!«, wollte er schreien, aber er war so außer Atem, dass ihm die Stimme versagte. Er wäre wohl ohnehin der Einzige gewesen, der es gehört hätte. Dennoch war er glücklich. Es war gut zu wissen, dass sie lebte. Fürs Erste mochte sie ihm noch entwischt sein, aber wenn nicht heute, so würde er sie spätestens morgen finden. Schließlich war es sein Job,

Leute ausfindig zu machen. Während er noch darüber nachdachte, dass er eigentlich stolz sein konnte auf seinen Beruf …

Päng! Der Hauptkommissar verstand die Welt nicht mehr. Irgendjemand hatte einen schweren, harten Gegenstand – ein Bügeleisen vielleicht – auf seinen Schädel niedersausen lassen. Er taumelte, sackte in die Knie und nahm den Kopf zwischen die Hände. Die Minarette der Kocatepe drehten sich vor seinen Augen. Dann bekam er einen Tritt in den Rücken, und aus der knieenden Gebetshaltung ging er in jene über, wo man sich ganz niederzuwerfen hat. Eine Hand packte ihn am Schopf und riss seinen Kopf in die Höhe. Vor ihm stand ein Jugendlicher mit Iron-Maiden-T-Shirt, dreizehn oder vierzehn Jahre alt, der ihn aus graublauen Augen fixierte und anzischte: »Hör endlich auf, meiner Mutter hinterherzulaufen.«

***

Er erinnerte sich nicht, wie lange er dort gelegen hatte. Als der Muezzin zum Abendgebet rief, kam er wieder zu sich. Er führte seine Hand zum Kopf, wo er eine walnussgroße Beule und klebriges Blut ertastete. Dann kontrollierte er die Tasche seines Mantels. Hoppa war weg. Er suchte den Rinnstein ab, schaute in Mülleimer und unter Autos, doch von Hoppa keine Spur. Es war zum Verrücktwerden. Mitten auf der Straße, ohne sich um die vorüberfahrenden Autos zu scheren, saß ein verwahrloster Kater, der aussah wie Garfields böser Bruder, und schaute mit hämischem Grinsen zu dem Hauptkommissar herüber. Für einen Moment glaubte er, dieser Kater müsse seinen Hoppa aufgefressen haben. Er trat nach ihm, verfehlte ihn aber. Garfields böser Bruder trollte sich, blieb ein paar Meter weiter stehen und drehte den Kopf, wie um zu fluchen.

Als Behzat Ç. auf seinem Handy nachschauen wollte, wie spät es war, bemerkte er die Nachricht, die der Geist ihm fünfzehn Minuten zuvor geschickt hatte: »sind im numune, du musst unbedingt kommen.«

Der Toros stand auf dem Talat-Paşa-Boulevard, mit Blick auf die Notaufnahme des Numune. Behzat Ç. öffnete die Hintertür und stieg ein. Am Steuer saß der Geist. Harun hatte eine Bandage um den Kopf. »Cevdet hat ihm einen Stuhl über den Schädel gezogen«, erklärte der Geist und fügte, an Harun gewandt, hinzu: »Ich habe dir doch gesagt, du sollst ihn nicht immer so provozieren. Du bist total verblendet. Deine andauernden Beschuldigungen sind vollkommen haltlos.«

Behzat Ç. nahm Harun das Wasserstoffperoxid und die Watte aus der Hand, träufelte etwas von der Flüssigkeit auf einen Wattebausch und drückte sich das Ganze an den Kopf. Das um die Beule herum geronnene Blut begann leicht aufzuschäumen. Harun und der Geist drehten sich um. »Und was hast du auf die Birne gekriegt?«, fragte der Geist. Behzat Ç. gab ihm mimisch zu verstehen, dass nichts Schlimmeres passiert sei und er sich keine Sorgen zu machen brauche. »Ich habe Mullbinden im Überfluss«, sagte Harun. »Willst du welche?«

Der Geist nahm die Beule an Behzat Ç.s Kopf genauer in Augenschein. »Wo wir schon beim Numune sind, wäre es ratsam, wenn du dich auch mal durchleuchten lassen würdest. Auch wenn auf der Röntgenaufnahme dieses Dickschädels hier rein gar nichts zu sehen war. Der Stuhl ist allerdings zu Bruch gegangen.«

Harun zeigte Behzat Ç. die Röntgenaufnahme seines Kopfes. »Schau sie dir an, Chef. Da ganz oben gibt es eine Stelle, die aussieht wie ein Riss. Der Arzt hat gesagt, falls mir übel wird oder ich starke Kopfschmerzen bekomme, soll ich wiederkommen. Sie machen dann eine Tomographie. Dieser Scheißkerl von Cevdet ist einfach abgehauen, nachdem er mir mit dem Stuhl eins übergebraten hat. Wenn ich den in die Finger kriege, kann er sein blaues Wunder erleben.« Harun schlug mit der rechten Faust in seine linke Handfläche, dann warf er seinem Vorgesetzten einen irritierten Blick zu und fragte: »Wo ist eigentlich Hoppa?«

Behzat Ç. öffnete in einer ratlosen Geste die Hände und schüttelte besorgt den Kopf.

»Da kommt er ja«, sagte der Geist.

Aus dem Numune war der Geier getreten. »Also, meiner Meinung nach sind wir kurz davor, einen großen Fehler zu machen«, sagte Harun zum Geist.

»Halt die Klappe und geh mir nicht auf die Nerven. Was ein Fehler ist und was nicht, werden wir ja jetzt gleich sehen.«

Sie steuerten den Toros auf den Geier zu. Behzat Ç. öffnete die Hintertür. Nachdem der Geier eingestiegen war, sagte er zu Harun und dem Geist: »Ich dachte, ihr wolltet schon fahren?«

»Wir haben auf dich gewartet«, erwiderte der Geist. »Es gibt da ein paar Dinge, die wir gerne mal mit dir besprechen würden.«

»Was für Dinge?«

Der Geist antwortete nicht. Er lenkte den Toros in Richtung Ulucanlar-Straße. Als er vor der Türbe von Tezveren Sultan stoppte, um auf die andere Straßenseite zu wechseln, untersuchte der Geier mit beiden Händen die Beule auf Behzat Ç.s Kopf.

»Dein Schädel ist heil geblieben. Aber du brauchst eine Tetanus-Impfung.«

Gegenüber dem Ulucanlar-Gefängnis bog der Geist in eine als Akbaş-Viertel bekannte Gegend ab. Er fuhr durch schmale, von ärmlichen Baracken flankierte Gassen und hielt schließlich auf einem leeren Grundstück an, mitten im Nirgendwo. Ein paar dunkle Gestalten, die auf dem Grundstück Haschisch geraucht und Wein getrunken hatten, verdrückten sich in eine andere stille Ecke, nachdem sie das Scheinwerferlicht hatten näherkommen sehen. Der Geist schaltete die Scheinwerfer aus. Behzat Ç.s 216 war jetzt die einzige Lichtquelle weit und breit.

Dann knipste der Geist die Lampe über dem Rückspiegel an, drehte sich nach hinten um und fragte den Geier: »Gibt es vielleicht irgendetwas, das du uns sagen willst?«

»Ihr wisst es also?«

»Nein, das ist nicht wahr!«, schrie Harun. »Das hast du nicht getan, oder? Selim, die Schwuchtel, hat uns bei den Inspektoren verpfiffen, aber doch nicht du.«

Der Geier starrte ausdruckslos vor sich hin.

»Wie jetzt?«, schrie Harun, lauter als zuvor. »Warum sagst du nichts? Sag einfach, du hast nicht geredet. Oder haben wir diesen Toilettenheini etwa umsonst vermöbelt? Wegen dieser ganzen Geschichte habe ich ein geschwollenes Jochbein und mein Schädel ist angeknackst. Es gibt niemanden, mit dem ich mich deswegen nicht angelegt hätte. Sieh mich an! Schau mir ins Gesicht!«

Der Geier sah ihn aus dem Augenwinkel an.

»Sag gefälligst, dass du es nicht warst! Du bist doch gar nicht der Typ für so was. Selim, ja, dem wäre das zuzutrauen, oder Direktor Tahsin. Sogar Cevdet kommt infrage. Klar, er ist ein guter Junge, aber letztendlich eben doch nur Agraringenieur. Er hat halt keinerlei polizeiliche Laufbahn vorzuweisen. Warum schweigst du? Jetzt sag doch endlich, dass du nicht geredet hast!«

Dem Geier kullerten zwei Tränen aus den Augen.

Harun packte ihn am Kragen und schüttelte ihn. »Mensch, ich will jetzt von dir hören, dass du nicht geredet hast. Sonst ist dieses ganze Leben echt für'n Arsch! Wir kennen einander seit so vielen Jahren. Wir sind doch zusammen durch dick und dünn gegangen. Mann, ich habe meine Eltern seltener zu Gesicht bekommen als dich!«

Behzat Ç. löste Haruns Hände vom Kragen des Geiers.

»Warum hast du es getan?«, fragte der Geist.

Der Geier zog die Nase hoch. »Dieses Inspektorenweib ...«, schniefte er, führte den Satz aber nicht zu Ende.

»Ja, was ist mit ihr?«

»›Ich suspendiere dich‹, hat sie gesagt. ›Ich suspendiere dich vom Dienst‹, hat sie gesagt.«

»Meinst du wirklich, es wäre so einfach, jemanden mal eben zu suspendieren?«, sagte Harun. »Es ist schließlich keiner gestorben oder sonstwie draufgegangen. Irgend so ein Ganove hat eine Kugel in die Schulter bekommen, das war alles.«

»Den Inspektoren ist es egal, ob jemand draufgegangen ist. Sie suspendieren mich trotzdem, haben sie gesagt.«

»Sie haben dich an der Nase herumgeführt wie ein kleines Kind«, sagte der Geist. »Du hast dir doch überhaupt nichts zuschulden kommen lassen! Wieso sollten sie dich suspendieren?«

»Können die das denn nicht?«, fragte der Geier und schaute wie ein schuldbewusster Junge, der eine Vase kaputtgemacht hat.

»Nein, das können sie nicht!«, brüllte Harun. »Und selbst wenn! Uns haben sie auch gedroht, sie würden uns suspendieren, haben *wir* deshalb alles ausgeplaudert?«

»Bei euch ist das was anderes«, sagte der Geier. »Ihr kommt von der Akademie, ihr seid studierte Leute.«

»Was hat das denn damit zu tun?«, knurrte Harun.

»Eine ganze Menge. Du bist außerdem jung, dir steht noch alles offen. Wahrscheinlich kommst du mit einem Verweis und einer Beförderungsaussetzung davon. Und dich kann man sowieso nicht zählen, Geist. Dich nehmen sie doch in jedes Dezernat auf, da kannst du anstellen, was du willst, die Polizei kann auf Männer wie dich nicht verzichten.«

Der Geier wandte sich Behzat Ç. zu. »Du hast auch Leute, die dich protegieren. Dein Bruder hat dermaßen gute Beziehungen. Ich dagegen habe niemanden. Ich habe nichts außer der Mordkommission. Die Mordkommission ist mein Ein und Alles. Versteht ihr das? Das ist nicht nur ein Job für mich, das bin ich selbst. Wenn man mir die Mordkommission wegnimmt, dann bin ich am Ende. Versteht ihr? ›Wir suspendieren dich vom Dienst‹, haben sie gesagt. ›Wenn du nicht redest, dann bist du gefeuert‹, haben sie gesagt.«

Behzat Ç. nahm den Geier in den Arm und tätschelte ihm den Rücken, um ihn zu beruhigen. Sein Handy fing an zu vibrieren, doch in diesem Moment konnte er weder sprechen noch zuhören. Er reichte es weiter an Harun. Der ging dran und sagte: »Ja. Ich bin sein Assistent. Sie können mit mir sprechen. Was? Was sagen Sie? Welches Krankenhaus? Wie ist sein Zustand? Okay.«

Harun legte auf und sah Behzat Ç. an. »Şevket hatte einen Herzinfarkt. Er ist ins Bayındır eingeliefert worden.«

25.

Sie betraten die Privatklinik Bayındır in Kavaklıdere und begaben sich in die Abteilung für Kardiologie, wo sie von einer jungen Ärztin mit lockigem Haar und dezentem Make-up empfangen wurden. »Wir haben bei Şevket Bey eine Angioplastie durchgeführt«, resümierte sie die aktuelle Lage. »Momentan liegt er auf der Intensivstation.«

»Haben Sie einen Stent benutzt?«, fragte der Geier.

»Ja.«

»Einen medikamentenbeschichteten oder einen stinknormalen?«

Der Lockenkopf musterte den Geier von Kopf bis Fuß. »Einen medikamentenbeschichteten. Sie sind vom Fach?«

»Nein. Ich habe das Gymnasium nach zwei Jahren geschmissen.«

»Können wir ihn sehen?«, fragte Harun.

»Den Stent?«

»Quatsch, Şevket natürlich.«

»Das ist im Moment leider nicht möglich.«

Behzat Ç. ging zu den Kindern seines Bruders hinüber, die etwas abseits in einer Ecke saßen. Da er nicht wusste, was er sagen sollte, schaute er sie einfach nur an, und sie schauten ebenso wortlos zurück. Sie wirkten verängstigt und dem Weinen nahe. Sie hatten ihren Onkel so lange nicht mehr gesehen, dass sie womöglich längst vergessen hatten, dass sie überhaupt einen besaßen.

Behzat Ç. verließ das Krankenhaus und ging zum nächsten Geldautomaten. Er zog so viel Bargeld, wie es ihm sein Kreditkartenlimit erlaubte, steckte sich einhundert Lira in die linke und den Rest in die rechte Tasche. Zurück im Krankenhaus, nahm er seinen großen Neffen beiseite und streckte ihm unauffällig das Geld aus seiner rechten Tasche hin.

Sein Neffe war ein Junge von achtzehn Jahren. »Nicht nötig, Onkel. Reşat Bey hat meine Mutter schon angerufen. Er wird die Krankenhauskosten übernehmen. Mein Vater ist total pleite, aber

Reşat Bey hat ein gutes Herz. Morgen will er ihm selber einen Besuch abstatten.«

Behzat Ç. steckte seinem Neffen das Geld mit sanfter Gewalt in die Tasche und zwinkerte ihm zu. Wenn es auch nicht so viel wie von Reşat Bey war, konnte man etwas Bargeld doch immer gut gebrauchen, um das eine oder andere kleine Bedürfnis zu befriedigen. Er setzte sich in dem weitläufigen Flur auf einen der eisernen Doppelstühle und zündete sich eine 216 an. Seine Kollegen von der Mordkommission murmelten etwas wie: »Wir stehen hier nur im Weg rum. Wir gehen vor die Tür. Wenn es was Neues gibt, lass es einfach kurz anklingeln.« Dabei war es hier so leer, wie es im Numune voll war. Alles war blitzblank, und es liefen alle möglichen Ärzte und Krankenschwestern herum, nur Patienten waren keine zu sehen. Entweder wurden die Reichen nicht allzu oft krank, oder der Anteil jener hochgeschätzten Schnösel an der Bevölkerung hatte weiter abgenommen.

Eine Krankenschwester, die mit einer metallenen Medikamentenbox herumwedelte und beim Gehen mit ihrem Arsch wackelte, registrierte den Geruch der 216, wandte den Kopf, warf Behzat Ç. einen bissigen Blick zu und verschwand im Ärztezimmer, aus dem fünfzehn Sekunden später die Ärztin mit dem Lockenkopf wieder herauskam. Sie hakte sich bei dem Hauptkommissar unter. »Kommen Sie.« Behzat Ç. gehorchte, als hätte er selbst einen Herzinfarkt erlitten. Im Ärztezimmer bot der Lockenkopf ihm einen Kaffee im Pappbecher und einen metallenen Aschenbecher an. Ihre Augen waren blutunterlaufen, als hätte sie gerade den Eignungstest für Medizin hinter sich, ihre Hände hatte sie in den Taschen ihrer Schürze vergraben, und von ihrem Hals baumelte ein Stethoskop. »Sie sind sein Bruder?« Behzat Ç. nickte.

»Möchten Sie ein Beruhigungsmittel?«

Er hob ablehnend den Kopf. Allerdings wären ein oder zwei Aspirin nicht schlecht, dachte er, denn sein Kopf schmerzte, als wolle er zerspringen – und teilweise hatte er das ja bereits getan. Er deutete mit dem Zeigefinger auf den Bayer-Kalender, der auf dem Beistelltisch stand. Der Lockenkopf begriff sofort und gab ihm zwei

Aspirin. Bis sie aus einem Spender mit aufgesetzter Gallone, der an einer Seite über einen Kaltwasser-, an der anderen über einen Warmwasserhahn verfügte, einen Pappbecher mit dem kühlen Nass gefüllt hatte, hatte Behzat Ç. die beiden Tabletten längst zerkaut und hinuntergeschluckt. Der Lockenkopf kam mit dem Becher in ihrer Hand zurück und sah die Beule an Behzat Ç.s Kopf. »Moment, das schaue ich mir mal an.«

Behzat Ç. fuchtelte abwehrend mit den Händen.

»Wann ist das passiert?«

Er wusste es nicht mehr. Alles war so schnell nacheinander geschehen. Nein, eigentlich fast schon nebeneinander. In einer seltsamen Gleichzeitigkeit, die die Grenzen des Verständlichen überstieg. Je mehr er versuchte, sich zu erinnern, desto mehr Bildfetzen schwirrten ihm durch den Kopf; Orte, Personen, Gegenstände und Worte bildeten einen Sog und rissen ihn in die Tiefe. Tritte, Ohrfeigen, Schlagstöcke, Pfefferspray, eine Fahnenstange, Hammelkopfsuppe, ein Salat der Saison, Leitungswasser, der Verdächtige, Şevkets grüne Krawatte, Hoppa, Cevdet, seine Jacketttasche, Haruns bandagierter Kopf, der Verrat, die Kocatepe-Moschee, das Kino, *sie*, das Taxi, die Reifen des Taxis, wieder *sie*, Päng! Jetzt erinnerte er sich wieder und bekam einen Kloß im Hals. Sogar Hoppa hatte er verloren. Er biss sich in die Faust.

Der Lockenkopf reichte ihm Überzieher für Kopf und Füße und bat ihn: »Bitte streifen Sie das über.« Sie sagte das in einem so sanften Tonfall, dass er ihrer Aufforderung unwillkürlich Folge leistete. Nachdem sie eine Unzahl von Korridoren hinter sich gelassen hatten, betraten sie ein Krankenzimmer. Şevket lag im Bett, an Maschinen angeschlossen. Sein Mund, seine Nase, seine Brust und diverse andere Körperstellen waren über Kabel, Röhren und Infusionsschläuche mit einer ganzen Armee medizinischer Gerätschaften verbunden, deren jeweilige Funktionen ihm ein Rätsel waren. Als er die Hand seines Bruders anfasste, kam es ihm einen Augenblick so vor, als öffne dieser die Augen. Er erinnerte sich nicht, wie lange er dort stand. Gerne hätte er mit Şevket geredet, aber der war ja nicht in der Lage zu sprechen.

Als er das Zimmer verließ, sah er seine Schwägerin, die mit dem Rücken an der Wand lehnte und wartete. Er ging auf sie zu. »Als Şevket im Krankenwagen lag, bat er mich, dir etwas zu sagen«, begann sie, bekam einen Weinkrampf und konnte nicht weitersprechen. Dann holte sie tief Atem und sammelte sich wieder. Sie war eine starke Frau. »Er hat gesagt, du sollst dir keine Sorgen machen. Es gehe um einen Roboter, er habe das arrangiert, der Roboter stehe bereit. Und dann hat er noch gesagt, dass du sein einziger Bruder seist. ›Sag ihm das unbedingt‹, meinte er. ›Der einzige, der einzige.‹«

Er legte seiner Schwägerin die Hände auf die Schultern und versuchte sie zu beruhigen. Als er die Intensivstation verließ, zog er sich die Überzieher von Kopf und Füßen, warf sie in einen Abfalleimer und atmete tief durch. In dem Moment kam sein Onkel Rasim auf ihn zugetorkelt. Er packte Behzat Ç. mit den Händen und schrie: »Ich habe es dir ja gesagt! Sprecht, solange ihr noch die Zeit dazu habt, versöhnt euch miteinander, bevor es zu spät ist, habe ich dir gesagt. Dein Vater und ich waren auch zerstritten, und dann ist dein Vater zack, plötzlich von uns gegangen.«

Behzat Ç. hielt seinem Onkel den Mund zu. Rasim heulte Rotz und Wasser, wobei er gleichzeitig einen scharfen Anisgeruch verströmte. Behzat Ç. ließ die Hand, wo sie war, und nahm sie erst wieder weg, als sein Onkel ihm mit den Augen signalisierte, dass er sich beruhigt hatte. Rasim zog ein Schnupftuch aus seiner Tasche und wischte sich über Mund, Nase und Kopf. »Nimm's mir nicht übel. Ich bin wohl ein bisschen angetrunken.«

Ein Mann kam und blieb vor Rasim stehen.

»Entschuldigung, wie komme ich hier zur Inneren?«

Rasim setzte sich die Brille, die an einer Schnur um seinen Hals hing, auf die Nase und sah den Mann an. »Sie steigen in den Aufzug, fahren zwei Stockwerke nach unten, wenden sich nach links, gehen am Schalter vorbei und dann immer der Nase nach.«

Als sie vor das Krankenhaus traten, sahen sie, wie sich der Verkehr in Form einer rot-gelben Lichterflut schwerfällig an der Schwanenkreuzung vorüberwälzte. Rasim raunte Behzat Ç.s ins Ohr: »Meinst du, du könntest fünfzig Lira für mich entbehren? Ich gebe sie dir auch Anfang nächsten Monats wieder zurück.« Behzat Ç. steckte ihm unauffällig einen der beiden Fünfziger aus seiner linken Tasche zu.

In dem Moment kam Harun und gab Behzat Ç. sein Handy wieder, das er für ihn aufbewahrt hatte. »Eine Bahar hat angerufen. Sie sagt, du sollst dir keine Sorgen machen, das Kaninchen ist bei ihnen, du kannst jederzeit kommen und es abholen.«

***

Ayrancı ist ein Stadtteil von Ankara, bestehend aus einem oberen und einem unteren Teil. Seine Bewohner sind gutmütige und umgängliche Menschen. Ob in Ober- oder Unter-Ayrancı, ein jeder von ihnen begleicht rechtzeitig seine Telefonrechnung, würde sich niemals, nur um sich vor dem Wehrdienst zu drücken, für ein Fernstudium einschreiben und hat definitiv keinen Sinn für Ironie. Behzat Ç. bog in Richtung Unter-Ayrancı ab und kam oben an der Hoşdere-Straße raus. Vor dem Mietshaus, in dem Bahar wohnte, blieb er stehen und schlug mit den Handflächen auf das Lenkrad seines Freundes, des guten alten Toros. Dieses Mal war er fest entschlossen zu reden. Er räusperte sich.

Kurz bevor er an der Tür klingelte, kam von Tahsin eine SMS, die die Kapazität von 160 Zeichen voll ausschöpfte: »habs grad im bayindir gehört alles gute komm dringend morgen früh ins büro inspektoren wollen dich sehn, offiz. schreiben kam riesenchaos hier kacke am dampfen.«

Bahar öffnete die Tür mit den Worten: »Es tut mir leid. Es tut mir so schrecklich leid.« Sie wich einen Schritt zurück, um ihn eintreten zu lassen, und fragte: »Hat er dich auf den Kopf geschlagen? Womit hat er dich geschlagen?« Als sie die walnussgroße Beule am Kopf des Hauptkommissars sah, stieß sie einen halblauten Schrei aus. Wie jede Mutter, deren Sohn etwas ausgefressen hat, konnte sie nicht glauben, dass ausgerechnet ihr Kind so etwas getan haben sollte. Behzat Ç. schloss die Augen, um ihr zu versichern: ›Ist halb so wild.‹

Lautlos betraten sie die Küche, wo Barış, der Hoppa sofort ins Herz geschlossen hatte, seinen heilen Arm um das Kaninchen gelegt hatte und mit ihm gemeinsam eingeschlafen war. Natürlich war es auch für Hoppa ein anstrengender Tag gewesen, sodass sein frühes Zubettgehen absolut verständlich war. Bahar trug ein gut gelauntes Nachthemd mit kleinen Enten als Muster. Sie war eine Frau, der man eher in einer Tschechow-Erzählung zu begegnen erwartete als in dieser verkommenen Welt, in der wir leben. Eine Frau, die mit ihrer Schönheit weniger sexuelle Begierde erweckte als vielmehr eine seltsame Art von Melancholie. »Eine Sekunde«, sagte sie und verschwand in der Wohnung.

Behzat Ç. ließ seinen Blick durch die saubere, aufgeräumte Küche schweifen und hielt nach einem Sandwichtoaster Ausschau. Er hörte, wie sich aus dem Inneren der Wohnung Bahars Stimme erhob. Er verstand nicht, was sie sagte, aber es war offensichtlich, dass sie jemanden anschrie. Als sie mit Ulaş zurückkehrte, hatte sie sich ein Halstuch umgebunden, das wie ein Stirnrunzeln über ihrem gut gelaunten Nachthemd lag. Ulaş schaute zu Boden und murmelte mit gedämpfter Stimme: »Es tut mir leid.« Dann blickte er mit unverhohlenem Zorn zu dem Kommissar auf, um klarzustellen, dass er von seiner Mutter zu dieser Entschuldigung gezwungen worden war.

»Soll ich den Herren Kaffee machen?«, fragte Bahar. Behzat Ç. traf gerade letzte Vorbereitungen zu einem ›Ich möchte keine Umstände machen‹, indem er tief Atem holte, damit seine Stimme im entscheidenden Moment nicht zitterte, da rief Bahar aus: »Moment, Moment, Moment«, und rannte schon wieder los. »Ich habe ganz vergessen, dass ich ja noch zum Arzneimittelschrank wollte. Du hast eine riesige Beule, und ich denke an Kaffee. Manchmal weiß ich wirklich nicht, wo mir der Kopf steht.«

Während Behzat Ç. sich noch ein ›Ist doch nicht nötig‹ zurechtlegte, war Bahar längst über alle Berge. Ulaş setzte sich Behzat Ç. gegenüber auf einen Stuhl an den Küchentisch. Er stützte seinen Ellbogen auf die Tischplatte und knurrte: »Lässt du meine Mutter jetzt endlich in Ruhe?« Behzat Ç. senkte den Kopf und setzte einen ebenso undurchsichtigen wie wehmütigen Gesichtsausdruck auf, der so viel heißen mochte wie: ›Kann sein, kann aber auch nicht sein.‹

»Das nächste Mal kriegst du ein Bügeleisen auf den Kopf«, drohte Ulaş.

Mit einer gewissen Befriedigung stellte der Hauptkommissar fest, dass dieser junge Mann eine Unerschrockenheit besaß, die an ihn selbst erinnerte, und er lächelte. »Als du weggetreten warst«, erzählte Ulaş, »habe ich mir das Kaninchen geschnappt und mitgenommen. Erst war es mir ja egal, aber es waren so viele Katzen unterwegs, dass es mir dann doch irgendwie leid tat. Warum redest du eigentlich nicht? Weil rauskommen würde, was für ein Spacken du bist, sobald du den Mund aufmachst?«

Als Ulaş hörte, wie Bahars Schritte sich näherten, verstummte er und stand auf. Während seine Mutter mit einem Erste-Hilfe-Köfferchen hereinkam, ging er hinaus. Die aus seinen Kopfhörern quellende Musik hallte noch einige Augenblicke in der Küche wider.

»Only the good die young ...«

Trotz aller mimischen und gestischen Einwände Behzat Ç.s säuberte Bahar mit Jodtinktur die Wunde an seinem Kopf. Sie trug eine Salbe auf und fing an, ihn mit Verbandszeug zu bandagieren. Mit ihren warmen, erfahrenen Händen wirkte sie wie die Hoşdere-Ausgabe von Florence Nightingale. Als sie sich gerade wieder ihrem Erste-Hilfe-Köfferchen zuwandte, um nach einer Schere zu suchen, näherte Behzat Ç. sich ihrem Nacken, in den zwei Strähnen gefallen waren, und küsste sie, selbst verwundert darüber, wo er den Mut dazu hernahm. Bahar drehte sich abrupt um, und die Sekunden gefroren. Sie brach das Eis, indem sie sich ihm entzog und mit leicht zitternder Stimme sagte: »Ich kann das nicht. Bitte versteh das.«

Dann raffte sie ihr Erste-Hilfe-Köfferchen zusammen und zog einsam und stolz von dannen, ganz dem Theorem alleinerziehender Frauen mit Kind entsprechend. Zwei Minuten später kehrte sie mit Hoppa im Arm zurück. Als der sein Herrchen sah, weiteten sich ängstlich seine Augen, und er begann den Kopf zu schütteln, als wolle er sagen: ›Nein, nur das nicht!‹ Er wollte sein warmes Nest nicht wieder gegen die Welt da draußen eintauschen, in der nur Kampf und Lärm herrschten. In dem Moment, als Behzat Ç. Hoppa entgegennahm, gab das Funkgerät in seiner Tasche ein lautes Signal von sich.

»45 36 an Zentrale, 45 32.«

»Hörst du, 45 32?«, fragte die Zentrale.

45 32 setzte Hoppa eilig auf dem Tisch ab, um das Funkgerät leiser zu schalten, drehte es aber in der Hektik versehentlich voll auf. »Mama, Mamaaaa! Mein Kaninchen ist weg!«, fing Barış an zu plärren, der durch das Dröhnen des Funkgeräts aufgeweckt worden war.

»Geh, bevor Barış es noch mitbekommt«, drängte Bahar.

Behzat Ç. nahm Hoppa und ging mit Bahar zur Wohnungstür. Vor der Tür blieben sie beide einen Moment stehen, so wie es immer ist, wenn man jemanden zur Tür begleitet oder selbst begleitet wird. Jedes Mal kommt irgendwann der Punkt, an dem beide Seiten stehenbleiben müssen.

»Bitte versteh mich nicht falsch«, sagte Bahar. »Es hat nichts damit zu tun, dass die Kinder oder mein Ex-Mann es nicht wollen würden. Es ist einfach nur so, dass ich es nicht will.«

Behzat Ç. schaute leicht vorwurfsvoll, obwohl er annahm, dass er wohl nichts anderes verdient hatte. Und selbst wenn er nicht aufgehört hätte zu sprechen, war er ohnehin nicht der Typ Mann, der in so einem Fall fragen würde: »Warum bist du dann plötzlich wieder bei mir aufgetaucht und hast mein Leben auf den Kopf gestellt?«

»Weil dieses verrückte Mädchen zu mir gekommen ist und mir einen Floh ins Ohr gesetzt hat«, sagte Bahar. »Sie hat gesagt, du würdest dich umbringen, wenn ich nicht käme. Schau, Behzat …«

Bahar hatte das so voller Anteilnahme gesagt, dass es ihm vorkam, als sei er zum ersten Mal im Leben bei seinem Namen angesprochen worden.

»Du bist nicht mehr der Behzat, den ich kennengelernt habe. Ich habe dich geliebt, aber …«

»45 36 an Zentrale, 45 32.«

»… aber das ist lange her. Das war nicht der Behzat, der du heute bist. Lass uns hier einen Schlussstrich ziehen. Bitte hör auf, mich zu verfolgen.«

»Hörst du, 45 32?«

Als 45 32 die Seitenscheibe des Toros herunterkurbelte, blies ihm ein schneidend-kalter Luftstrom ins Gesicht. Das Wetter verhieß weiteren Schneefall. Wie ein OP-Patient, der nach vollzogenem Eingriff darauf wartete, dass die Betäubung nachließ, fand er nach einer Reihe von Träumen nur allmählich wieder zurück in die triste Wirklichkeit. Eine Hand am Steuer, die andere ums Tekel gekrallt, mit Hoppa in der Tasche und einem Bohrloch im Herzen, war er, ohne es zu merken, bis nach Esat gefahren. Denn in Esat, einem von Ankaras beschaulicheren Stadtteilen, der sich aus Klein-Esat und Groß-Esat zusammensetzt, leben sympathische Menschen mit Liebeskummer. Eine weitere Besonderheit dieses Stadtteils sind seine unklar definierten Grenzen. Aus diesem Grund halten sich viele Einwohner Ankaras, auch wenn sie eigentlich ganz woanders leben, für Esater.

26.
rantanplans martyrium

Zu seinem Termin am 28. Februar war er um 13 Uhr 40 gekommen, wie immer zwanzig Minuten zu früh. Im Wartezimmer herrschte ein düsteres Zwielicht, und als er die Deckenbeleuchtung ausschaltete, wurde es nahezu stockdunkel. Selma befand sich im Sprechzimmer des Professors.

Er zog den Minilautsprecher aus seiner Tasche und näherte sich dem Gemälde, das seinem Seelenheil schon so viel Schaden zugefügt hatte. In diesem Moment, früher als erhofft, kam Selma wieder und schaltete das Licht an, ohne darauf zu warten, dass ihre Augen sich an die Dunkelheit gewöhnten. Sie sah Lucky Luke neben dem Gemälde stehen.

»Was machst du da?«

»Der Rahmen hing schief, da habe ich ihn zurechtgerückt. Du weißt doch sicher, dass ich unter zwanghaftem Symmetriewahn leide.«

In Selmas Miene spiegelte sich Besorgnis wider. Was hatte sie nicht alles erlebt in den zweieinhalb Jahren, die sie jetzt schon als Sekretärin hier arbeitete! Einmal hatte sogar jemand versucht, die komplette Praxis in Schutt und Asche zu legen. Sie ging auf Lucky Luke zu und musterte argwöhnisch sein Gesicht.

»Wenn du unter Symmetriewahn leidest, warum ist dann eine deiner Koteletten länger als die andere?«

Lucky Luke fuhr sich über seine rasierten Wangen. »Ach, frag nicht. Der Barbier hat so viel geredet, dass ich nicht bis zum Ende der Rasur warten konnte.«

»Ich habe selbst gleich einen Termin beim Friseur«, sagte Selma. »Der spricht auch viel, aber er ist ein guter Gesprächspartner.«

»Rasiert er auch?«

Selma lachte. Es war ein kokettes Lachen, das jedoch ein bestimmtes Maß an Koketterie nicht überschritt und dies auch deutlich zu machen wusste. Gut möglich, dass sie sich abends vor den Spiegel stellte, um dieses maßvoll kokette Lachen gezielt einzustudieren. Aufgrund immer noch existenter Verdachtsmomente im kollektiven Bewusstsein, eine laut herauslachende Frau könne nichts anderes als ein Flittchen sein, war selbst die Sekretärin eines Therapeuten von Zeit zu Zeit gezwungen, derartige Übungen zu absolvieren, schon allein deshalb, damit die Bewohner von Unter-Ayrancı nichts an ihr auszusetzen fanden.

Selma war glücklich, dass sie den Nachmittag frei bekommen hatte. Schon halb im Gehen begriffen, fragte sie: »Warum trägst du bei diesem Wetter eigentlich so eine Cowboykluft?«

Lucky Luke wirbelte schneller herum als sein Schatten und warf einen Blick aus dem Fenster. Es schneite in dicken Flocken. Die ganze Tunalı-Hilmi-Straße war bereits von einer weißen Schneedecke überzogen. Lucky Luke hatte über sein gelbes Hemd ein rotes Halstuch geschlungen. Darüber trug er eine schwarze Weste, die Hosenbeine seiner Jeans waren hochgekrempelt. Und so unwahrscheinlich das klingt, aber an seinen Stiefeln trug er sogar sternförmige Sporen. Seinen weißen Cowboyhut hielt er in der Hand.

Selma lächelte. Wieder war da diese maßvolle Koketterie, die diesmal jedoch auszudrücken schien: ›Tut mir leid, aber zwischen uns wird nichts laufen. Meinst du denn, ich wäre auf dich angewiesen?‹ Es gab eigentlich nur eine einzige Frage, die zu diesem Lächeln passte: »Bist du verheiratet?«

Lucky Luke musterte Selma und ihren Schatten und antwortete: »Ich war mal verlobt. Hab dann aber im letzten Moment noch die Kurve gekriegt.«

»Und was ist in dem Päckchen da?«

Auf dem Beistelltisch, neben der Cosmopolitan, stand ein rot eingewickeltes Päckchen.

»Ein kleines Geschenk …«

»Für wen?«

»Für ein schönes Mädchen.«

Als Selma gegangen war, kam der Professor. Er sah das Päckchen und fragte: »Ist das für mich?«

»Nein, Professor. Für dich habe ich ein anderes Geschenk.«

Sie traten ins Sprechzimmer. Der Professor war groß und schlank, und in der Tasche seines Lacoste-Hemds steckte ein Parker-Füller. Es sei nun endlich an der Zeit, auf jenen traumatischen Tag einzugehen, behauptete er, um ihn, seinen Klienten Lucky Luke – er hatte die ebenso bescheidene wie nervige Angewohnheit, seine Patienten als Klienten zu bezeichnen –, noch etwas besser kennenzulernen oder womöglich sogar eine Erklärung für sein Verhalten zu finden.

»Also gut«, sagte Lucky Luke. »Gehen wir darauf ein.«

Der Professor begann sich wie immer vorsichtig heranzutasten. »Ich hatte dir ja gesagt, dass ich dein Verhalten nicht als pathologisch betrachte.« Er hielt einen Moment inne, zog den Parker aus seiner Hemdtasche und gestikulierte mit ihm herum wie einst Turgut Özal in einer Fernsehansprache an die türkische Bevölkerung. »Wenn es also nach der Schildkröte des Direktors zu keinem weiteren Vorfall mehr gekommen ist …«

»Es gab da noch so eine kleinere Sache mit einem Hund, aber das ist wohl kaum der Rede wert.«

»Was war da?«

»Nun, ich sah mich gezwungen, im Schwanenpark einen Hund zu begraben.«

»Wessen Hund? Und warum?«

»Das kann ich dir leider nicht erzählen, vergiss es.«

Der Professor lehnte sich zurück und beschloss, alles auf eine Karte zu setzen. »Also, wenn das so weitergeht, müssen wir die Therapie abbrechen.«

Lucky Luke ging mit und wollte sehen. »Gut, von mir aus. Dann ist das heute unser letztes Treffen.«

»Jetzt hab dich doch nicht so. Wir können doch nicht einfach mittendrin aufhören.«

»Und was wäre so schlimm daran?«

Einige Sekunden lang musterten sie einander, ohne ein Wort zu sprechen.

Dann sagte Lucky Luke: »Also gut, ich will dir von jenem Tag erzählen. Damit wir beide endlich unsere Ruhe haben …«

***

Ihr Haus stand in der hinteren Talsohle von Abidinpaşa, in einem gottverlassenen Viertel. Es war die Zeit der großen Luftverschmutzung. Aus unzähligen Schornsteinen stieg so viel Qualm, dass man die Hand nicht mehr vor Augen sehen konnte, und Kohlengestank hatte sich im ganzen Viertel festgesetzt. Während der im Hof an eine Pappel gebundene Rantanplan weniger die Passanten auf der Straße als vielmehr die Kälte fortzubellen versuchte, saßen Lucky Luke und seine jüngere Schwester vor dem Ofen auf dem Teppich. Lucky Luke versuchte, sich auf die Bücher zu konzentrieren, die vor ihm lagen – er war ein fleißiger Schüler und hatte schon mit vier Jahren lesen gelernt –, doch seine Schwester zerrte ihn immer wieder am Ärmel und bettelte: »Mach mir den treuen Freund, mach mir den treuen Freund.« Ihr Bruder war nämlich ein exzellenter Rantanplan-Imitator.

Aber Lucky Luke hatte keine Lust, denn er hatte seine Mutter in der Küche weinen sehen. Dennoch ließ er sich schließlich erweichen – vielleicht einfach nur, um sich wieder seinem Buch zuwenden zu können –, riss die Augen auf, hob den Kopf und rief: »Da ist ja Lucky Luke!« Dann machte er einen Hechtsprung aufs Sofa. »Es wäre nett von mir, wenn ich ihm auf den Arm springe!« Während seine Schwester begeistert in die Hände klatschte, lag Lucky Luke da und schaute drein wie ein Torwart, dem gerade ein Ball ins Netz gegangen war. Er grübelte darüber nach, worüber seine Mutter so traurig war. Ob es etwas mit seinem Vater zu tun hatte, der schon seit zwei Monaten nicht mehr aufgetaucht war?

Glaubte man dem, was er während eines Kaffeekränzchens aufgeschnappt hatte, bei dem er wie gebannt auf die Laufmasche an einem der Nylonstrümpfe ihrer Nachbarin gestarrt hatte – »Es weiß die wirklich elegante Dame, dass dieser Name bringt Qualität« –, dann war sein Vater untergetaucht. Er hatte seine Mutter gefragt, was das bedeute, untergetaucht zu sein, hatte jedoch keine befriedigende Antwort erhalten. Am selben Tag hatte Servet Jetson, der Sohn von Ahmet dem Säufer, der im Haus unter ihnen wohnte, beim Kicken auf der Straße gesagt: »Dein Vater ist Terrorist. Er war im Fernsehen.« Natürlich war das nur ein gemeiner Spruch gewesen, um sich für das Tor zu rächen, das er gerade kassiert hatte. Zu der Zeit wurden Revolutionäre nämlich geradezu angeprangert. Erst wurden sie zwei Monate lang gefoltert, dann zerrte man sie, ausgezehrt und heruntergekommen, wie sie waren, vor die Fernsehkameras und verbreitete Abend für Abend die Nachricht: Wir haben schon wieder eine Organisation hochgehen lassen, und das hier sind ihre Mitglieder. Die Operationen gehen weiter. Seid klug, damit ihr nicht auch so endet.

Seine Schwester zupfte erneut an seinem Ärmel und bettelte: »Erzähl mir *Im Schatten der Bohrtürme*! Erzähl mir von Bingle!« Weil sie erst sechseinhalb Jahre alt war, kannte sie Comicfiguren nur von Bildern und aus den Erzählungen ihres Bruders.

»Erzähl mir *Im Schatten der Bohrtürme*! Erzähl mir von Bingle!«

So sind eben kleine Mädchen. Wenn die erst einmal anfangen zu quengeln … Lucky Luke schubste seine kleine Schwester weg und sagte etwas, das er sein ganzes Leben lang bereuen würde: »Hau ab! Lass mich in Ruhe!«

Seine Schwester fing leise an zu weinen. Von da an konnte Lucky Luke noch so oft von seinen Hausaufgaben aufsehen und sagen: »Komm, ich erzähle es dir«, er schaffte es nicht, sie zu überreden. Sie konnte ziemlich stur sein. Als sie schließlich einschlief, war sie immer noch beleidigt. Dann sagte seine Mutter: »So, du gehst jetzt auch mal ins Bett«, und Lucky Luke legte sich ebenfalls hin. Sein Schlaf war jedoch unruhig, und irgendwann in der Nacht hörte er, wie an die Tür geklopft wurde. Weil seine Mutter immer schlief wie ein Murmeltier, huschte er sofort zur Tür.

Er wusste, dass sein Vater gekommen war, denn er hatte seine Stimme erkannt. Er verfügte über ein gutes akustisches Gedächtnis, und wenn er eine Stimme einmal gehört hatte, vergaß er sie nie wieder. Sein Vater streichelte ihm den Kopf. »Geh zurück ins Bett, mein

Sohn. Nicht, dass du morgen früh zu spät in die Schule kommst.« Also legte er sich wieder hin, fand aber lange keinen Schlaf mehr. Als er schließlich doch einnickte, passierte es. Später dachte er oft, dass ihnen das alles nie zugestoßen wäre, dass sie diesen ganzen Albtraum nie erlebt hätten, wenn er nicht wieder eingeschlafen wäre. Erst hörte er Rantanplan bellen. Dann fiel ein Schuss. Er schaute aus dem Fenster und sah Rantanplan im Hof liegen. Sein Blut breitete sich im Schnee aus wie ein Tintenfleck und hatte bereits eine mittelgroße Pfütze gebildet.

Da kam seine Mutter in ihr Schlafzimmer gestürzt. Sie stopfte seine kleine Schwester in den Schrank zwischen die Kleider. Lucky Luke packte sie am Arm und zerrte ihn hinter sich her ins Bad, wo Temperaturen herrschten wie im tiefsten Sibirien. Vor dem Haus waren Stimmen zu vernehmen. Seine Mutter überlegte fieberhaft. Offensichtlich suchte sie nach einem Versteck. Schließlich öffnete sie den Deckel der Bottichwaschmaschine. Sie fasste Lucky Luke an den Achseln und hob ihn hoch. Er wehrte sich nach Leibeskräften, aber seine Mutter zwängte ihn mit Gewalt in die Maschine hinein. Bevor sie den Deckel über ihm schloss, schärfte sie ihm noch ein: »Mach ja keinen Mucks. Sei still, egal, was passiert!«

Als er das Splittern der Tür und die nächsten Schüsse hörte, war er heilfroh, dass er in der Maschine saß, und fühlte sich dort sicher. Nur der Waschmittelgeruch war abscheulich. Er hatte sogar das alberne, ja kindische Gefühl, dass für alles, was da gerade geschah, nur dieser grässliche Gestank verantwortlich war, und wünschte sich, die Maschine würde auch ohne Waschmittel laufen. Auf die Schüsse folgten qualvolle Schreie. Er hörte es brüllen und fluchen, aber er machte keinen Mucks. Er war still, egal, was passierte.

27.

Vor Müdigkeit waren ihm die Lider schwer geworden. Betty betrachtete aufmerksam seine zitternden Hände. Der Inspektor, der aussah wie Barney Geröllheimer – allerdings hatte er während des ganzen Verfahrens viel von seiner Ähnlichkeit mit Barney eingebüßt, war neben dieser Frau, die eine Leidenschaft an den Tag legte wie die Yenimahalle-Ausgabe von Sharon Stone, immer mehr in den Hintergrund gerückt und glich nun allmählich schon dem dummen, dicken Detective in »Basic Instinct«, der seinerseits mehr an Fred Feuerstein als an Barney Geröllheimer erinnerte, aber genug davon, sonst nimmt das Ganze wohl nie ein Ende –, der Polizeiinspektor erklärte dem Hauptkommissar die Lage wie folgt: »Ihr Schweigerecht besteht nach wie vor. Jetzt hat Ihnen aber erst einmal die Frau Verwaltungsinspektorin etwas zu sagen.«

»Seit dem 14. Februar, seit zwei Wochen also, muss ich mich nun schon mit Ihrem Fall herumschlagen«, begann Betty, wobei sie jedes Wort und insbesondere das Prädikat betonte. »Sie dürfen jetzt, falls Sie nichts dagegen einzuwenden haben, von Ihrem Zuhörrecht Gebrauch machen. Da Ihr Knötchen ja ohnehin nur auf dem Papier existiert, können Sie aber natürlich auch antworten, wenn Sie möchten.«

Betty setzte ihre Brille auf die Nase und blätterte die Seiten der vor ihr liegenden dicken Akte durch. Dann hob sie den Aktendeckel kurz an, um ihn Behzat Ç. zu zeigen. »Wollen Sie wissen, was das hier ist?« Sie legte eine Kunstpause ein und beantwortete ihre Frage dann selbst. »Das ist Ihre Personalakte.« Behzat Ç. fühlte sich, als säße er im Büro der Schuldirektorin, und rückte seine grau gestreifte Notfallkrawatte zurecht.

»Seite eins. Auf dem Militärgymnasium Verbalattacke gegen den Hauptmann. Sie wurden daraufhin von der Schule verwiesen. Ihre Akte war früher bei der Polizei als Sie selbst. Wer wegen eines Disziplinarvergehens von irgendeiner Schule fliegt, dem ist die Polizeiakademie normalerweise verwehrt. Aber Ihr Vater, ein pensionierter Oberst, hat seine Beziehungen spielen lassen. Es kam zwar eine kleine Notiz auf Ihre Militärakte: ›heikel‹, aber sonst stand ihrer Aufnahme an die Akademie nichts mehr im Wege. Während Ihres Studiums und in den ersten zehn Jahren nach Dienstantritt haben Sie sich dann vorerst nichts mehr geleistet, was besonders ins Auge stechen würde.«

Betty befeuchtete ihren Zeigefinger mit der Zunge und blätterte ein, zwei Seiten weiter. Der Hauptkommissar blickte auf Bettys Finger, Barney auf ihre Zunge.

»Aber dann, im Jahre 1995, ist der damalige Polizeipräsident von Ankara zu Ihnen gekommen und hat Sie nach Ihrem Befinden gefragt. Sie haben geantwortet, er solle, ich zitiere: ›nicht so'n Quatsch reden‹. Ihre Begründung: ›Ich hasse diese Frage.‹ Ein bisschen Vitamin B, zwei Jahre Beförderungsaussetzung, zwei einbehaltene Monatsgehälter, und der Fall war erledigt. Im selben Jahr wurden Sie dabei ertappt, wie Sie mit Ihrem Dienstwagen Alkoholika einkauften. Ihre Begründung: ›Ich habe mich gerade von meiner Frau scheiden lassen.‹ Wieder Vitamin B, ein Verweis, Einbehaltung eines halben Monatsgehalts, und der Fall war erledigt.«

Betty strich ihre Haare zurück und blätterte weiter. Behzat Ç. verschränkte seine Hände, die immer noch unkontrolliert zitterten. Polizeiinspektor Barney studierte Bettys Frisur.

»1996. Verbalattacke gegen Polizeidirektor vierter Klasse. Ihre Begründung: ›Er hat sich danebenbenommen.‹ Vitamin B, ein Jahr Beförderungsaussetzung, zwei einbehaltene Gehälter, Fall erledigt. 1997, Verbalattacke gegen Kriminaldirektor. Wörtlich sollen Sie gesagt haben, ich zitiere: ›Quatsch nicht so viel, Mann!‹ Ihre Begründung: ›Er hat sich in meine Arbeit eingemischt.‹ Verweis, zwei Jahre Beförderungsaussetzung. Sie sind wohl auf Direktoren nicht besonders gut zu sprechen, was?«

Der Hauptkommissar antwortete nicht.

»1998.« Betty hielt einen Moment inne und sah Behzat Ç. genau an. Dann fuhr sie fort: »Bei einer Umfrage unter Hauptkommissaren im Rahmen einer dienstinternen Fortbildung beantworteten Sie die Frage: ›Was hätten Sie werden wollen, wenn Sie kein Polizist geworden wären?‹, mit: ›Mörder.‹ Ihre Begründung: ›Das ist die bescheuertste Umfrage, die ich je gesehen habe.‹ Verweis, Beförderungsaussetzung für zwei Jahre. 1999 haben Sie in der Silvesternacht einem unbescholtenen Bürger den Zeigefinger gebrochen. Ihre Begründung: ›Er schaute aus, als wollte er in einem Wohngebiet von seiner Schusswaffe Gebrauch machen.‹ Im Jahre 2000 haben Sie den Teammanager des Fußballvereins Gençlerbirliği mit Ihrer Waffe bedroht. Ihre Begründung: ›Er hat die Tore nicht rechtzeitig öffnen lassen, sodass nicht alle Fans reingekommen sind.‹ Und noch eine Menge anderer Sachen, die ich jetzt nicht im Detail aufzählen kann. Das war nur das, was einem so als Erstes ins Auge springt.«

Bettys Wangen waren vor Wut und Amtseifer puterrot geworden. Sie schlug die Beine übereinander und schaute den Hauptkommissar an, als wolle sie ihn auffressen. Behzat Ç.s Blick blieb für einen Moment an ihren Knien hängen, dann wandte er ihn sofort wieder ab.

»Fernbleiben vom Dienst und Bestechlichkeit im Amt«, fuhr Betty fort, »das sind wohl so ziemlich die einzigen in der Disziplinarverordnung aufgeführten Vergehen, derer Sie sich noch nicht schuldig gemacht haben. Dreiundzwanzig Disziplinarverfahren in zweiundzwanzig Jahren. Insgesamt sechzehn Jahre Beförderungsaussetzung, zweiundzwanzig einbehaltene Gehälter, zehn Verweise, sieben einstweilige Suspendierungen. Sie sind der Hauptkommissar mit der umfangreichsten Disziplinarakte in der einhunderteinundsechzigjährigen Geschichte der türkischen Polizei. Ihr Berufsleben könnte im Unterricht an der Polizeischule als Musterbeispiel dafür dienen, wie man es nicht machen soll. Und was tun Sie? Sie üben Ihr Schweigerecht aus. Bei Disziplinarverfahren gab es ein solches Recht bis zum vergangenen Jahr eigentlich gar nicht. Da waren Sie noch gezwungen, sich zu verteidigen. Erst durch die neueste Gesetzgebung hat sich das geändert. Aber während Sie hier die aktuellsten Rechte für sich in Anspruch nehmen, kann man umgekehrt nicht gerade behaupten, dass Sie auch nur die Grundrechte anderer respektieren würden. Haben Sie zu all dem wirklich nichts zu sagen?«

Behzat Ç. schaute, als wolle er erwidern: ›Das würde doch eh nichts bringen.‹ Die Frau hatte schließlich recht. Barney hüstelte, und Betty fuhr fort: »Kommen wir zum jüngsten Vorfall. Eigentlich wäre es ja müßig, den überhaupt zu untersuchen. Bei einem Mann mit einer solchen Akte passt das doch genau ins Bild. Aber natürlich haben sich zuallererst mal wieder einige obskure Personen der obersten Führungsriege hinter Sie gestellt.«

»Ähem«, machte Polizeiinspektor Barney. Er versuchte ein »Aber nicht doch« zwischen den Lippen hervorzupressen, doch Betty brachte ihn mit einem Stirnrunzeln zum Schweigen. Behzat Ç. sollte es recht sein. Er hatte nicht die Absicht, zu intervenieren, falls der Polizeiinspektor und die Verwaltungsinspektorin aufeinander losgingen.

»Bei diesem letzten Vorfall haben sich Ihre Kollegen mit Ihnen solidarisiert. Bis auf eine Person haben alle wissentlich die Unwahrheit gesagt. Augenzeugen wurden bedroht. Es wurde sogar das Hemd aus der Asservatenkammer gestohlen. Hätten wir Zugriff auf das Hemd der Person, die Sie angeschossen haben, dann könnten wir die Schussdistanz ermitteln, und ihr ganzes Lügenkonstrukt würde in sich zusammenbrechen. Was wäre denn diesmal Ihre Begründung? Hat sich der Mann, auf den Sie geschossen haben, in Ihre Arbeit eingemischt? Hat er sich danebenbenommen? Hat er Ihnen eine unliebsame Frage gestellt? Hat er die Fans vor verschlossenen Toren stehenlassen? Hat er Sie gezwungen, an einer bescheuerten Umfrage teilzunehmen? Oder …«

Betty verstummte. Barney hing wie gebannt an ihren Lippen.

»Oder haben Sie womöglich geglaubt, er hätte bei der Schießerei in jener Nacht Ihre eigene Tochter getötet? Haben Sie, als Sie das erschossene Mädchen im Schnee liegen sahen, den Tod Ihrer Tochter von Neuem durchlebt und beschlossen, Vergeltung zu üben? Schauen Sie nicht so skeptisch, ich kenne Ihr Leben besser als Sie.«

Betty warf einen letzten Blick auf Behzat Ç.s zitternde Hände, die schon die ganze Zeit einen braunen Umschlag umklammert hielten. »Ich will Ihnen auch sagen, warum Sie dem Flüchtenden in die Schulter geschossen haben. Eigentlich zielten Sie auf seinen Kopf, aber Ihre Hände zitterten so sehr, dass Sie nur die Schulter trafen. Sie legten ein weiteres Mal an, aber in dem Moment warf sich Sabri Özay, bekannt unter dem Pseudonym ›der Geist‹, auf Sie, und Ihr zweiter Schuss ging ins Leere. Genau so hat es sich abgespielt. Und ich werde nicht eher von Ihnen und Ihren Kollegen ablassen, als bis ich das bewiesen habe. Jetzt habe ich nur noch eine Frage an Sie.«

Behzat Ç. sah auf die zylinderförmige Neonröhre, die in dem geräumigen Zimmer still vor sich hin schien, ganz ohne zu knistern.

»Ist es Ihre Aufgabe«, wieder verstummte Betty, und man hatte das Gefühl, als könne sie nicht fortfahren, wenn sie dies nicht ab und zu tat, »ist es Ihre Aufgabe, Verdächtige zu fangen und der Justiz zu überstellen? Oder sich an ihnen zu rächen?«

Behzat Ç. stand auf. Er legte den großen braunen Beweisumschlag, in dem sich das blutige Hemd befand, vor Betty hin. Bevor er hinausging, blieb er unter der Neonröhre stehen, stellte sich auf die Zehenspitzen und betrachtete die Lampe aus nächster Nähe. Er beschloss, die gleiche für den Verhörraum der Mordkommission anschaffen zu lassen.

Nachdem Behzat Ç. das Zimmer verlassen und die Tür hinter sich geschlossen hatte, las Betty die Notiz, die mit einer Büroklammer an dem Umschlag befestigt war. *»Meine Kollegen haben mit dem Vorfall nichts zu tun. Ich habe bewusst auf den Mann geschossen. Tun Sie das Nötige. Gezeichnet: Hauptkommissar Behzat Ç.«*

***

Als er die Räume der Mordkommission betrat, war niemand zu sehen. Das erste Mal seit langer Zeit war es hier so ausgestorben. Einen Moment dachte er schon, seine Kollegen seien bereits alle suspendiert worden – seinetwegen. Da streckte Eda ihren Kopf hinter dem Bildschirm ihres Computers hervor und sagte: »Sie sind alle auf dem Parkplatz.«

Behzat Ç. drehte sein Handgelenk, um zu fragen: ›Was machen sie da, und was suchst du dann noch hier?‹ Doch Eda antwortete nicht, sondern wandte sich wieder dem Bildschirm zu. Sie musste sich schon ziemlich einsam fühlen in der Mordkommission unter so vielen harten Kerlen. Nachdem Selim ihren Verlobungsring abgelegt hatte, gab es eigentlich nur noch einen einzigen Mann hier, mit dem sie sich hätte unterhalten können, aber der hatte ja leider das Reden eingestellt.

Behzat Ç. ging hinunter auf den Parkplatz. Abgesehen vom Geier und dem Geist hatte sich das komplette Ermittlerteam vor zwei nagelneuen Méganes versammelt.

Tahsin sah Harun an und nickte mit dem Kopf in Richtung Selim. Harun räusperte sich, schaute eher auf den Boden als zu Selim hinüber und presste ein »Es tut mir leid« zwischen den Lippen hervor. Anschließend warf er Selim einen Blick zu, der deutlich machte, dass er seine Entschuldigung nur auf Befehl des Direktors hin ausgesprochen habe.

Tahsin sah Selim an und nickte mit dem Kopf in Richtung Harun. Selim räusperte sich, schaute eher auf den Boden als zu Harun hinüber und presste ein »Ist schon gut« zwischen den Lippen hervor. Anschließend warf er Harun einen Blick zu, der deutlich machte, dass er Haruns Entschuldigung nur auf Befehl des Direktors hin angenommen habe.

»Na los, dann gebt euch ein Bussi und vertragt euch wieder.«

Beide warfen Tahsin einen gequälten Blick zu, nach dem Motto: ›Bitte tu uns nicht auch das noch an.‹ Widerwillig küssten sie einander auf die Wangen und gaben sich die Hand. Nach diesem erzwungenen Friedensschluss überreichte Tahsin sowohl Harun als auch Selim je einen Schlüssel. Während der Übergabe wies er sie auf einen speziellen Knopf hin. »Schaut, hier ist der Knopf für das automatische Schließsystem. Drückt jedes Mal, wenn ihr aussteigt, unbedingt darauf, um alle Schlösser zu verriegeln. Geht bloß nicht davon aus, ein Polizeiauto würde ja sowieso niemand klauen. Schließlich ist es ein Zivilfahrzeug, und viele unerfahrene Autoknacker würden es daher bedenkenlos mitnehmen. Dabei war schon allein das Radio teuer genug.«

Harun drehte den Zündschlüssel, trat aufs Gas und machte einen schnellen Teststart.

»Langsam, langsam!«, rief Tahsin ihm hinterher. »Braus nicht gleich los wie ein Ochse! Das sind feinfühlige Fahrzeuge. Hört zu – was ich jetzt sage, gilt für euch beide: Fahrt vorsichtig, kommt nicht in den Straßengraben, geht bei Schlaglöchern vom Gas, macht keine Kratzer auf die Motorhaube, lasst die Karosserie nicht über den Boden schrabben, kurz: Misshandelt sie nicht. Ein Mégane ist kein Toros, geht mit ihm um wie mit einem Menschen. Also dann, vergesst mir diesen Gefallen nicht.«

Behzat Ç. sah von den Méganes zu ihrem altgedienten Toros hinüber, der nur wenige Meter entfernt stand, und er spürte einen Stich im Herzen. An dem Toros klapperte zwar alles, die Decke war zu niedrig, er war stickig, seine schrottreife Heizung half nicht gegen Kälte, morgens weigerte er sich anzuspringen, aber sobald er einmal lief, ließ er einen nicht mehr im Stich. Wenn man einmal in einen Straßengraben fuhr, gab er auch nicht gleich den Geist auf wie diese ganzen anderen mimosenhaften Karren. Behzat Ç. persönlich hatte ein Drittel seines Lebens im Toros verbracht, einem Funkspruch nach dem anderen folgend. Er war nach dem Käfer sein Lieblingsauto.

Tahsin hakte sich bei ihm ein. »Und, wie war's? Was haben die Inspektoren gesagt?«

Behzat Ç. machte eine wegwerfende Handbewegung, die so viel hieß wie: ›Scheiß drauf.‹ Gemeinsam verließen sie den Parkplatz und stiegen das dunkle Treppenhaus der Kriminaldirektion hinauf.

»Wir haben ihn übrigens rausgeschmissen«, sagte Tahsin.

Behzat Ç. blieb auf der Stufe stehen, auf der er sich gerade befand, und schaute, als wolle er fragen: ›Wen?‹

»Den Geier. Verräter können wir in unserem Dezernat nicht brauchen. Sein Doppelspiel ist sogar dem Direktor zu Ohren gekommen. Der war gleich auf hundertachtzig. Er wollte ihn schon zur Verkehrspolizei versetzen, aber ich habe ein gutes Wort für ihn eingelegt und ihn für die Sitte vorgeschlagen. Da kann er sich jetzt mit Nutten, Zuhältern und Porno-DVDs rumärgern. Er kam zwar gleich zu mir und hat mir die Ohren vollgeheult, von wegen: ›Die Mordkommission, das bin ich‹, aber ich habe ihn kurzerhand wieder vor die Tür gesetzt. Durch Tränen kriegt man mich nicht weich. Der Anstoß kam ja eigentlich von mir, nur dass es dann halt auch der Direktor mitgekriegt hat. Aber wenn einer, um seinen eigenen Arsch zu retten, den gesamten Polizeiapparat ans Messer liefert, dann werden eben die notwendigen Schritte eingeleitet. Klar, er hat immer gute Arbeit geleistet, und ich weiß auch noch nicht, wie wir ohne ihn diese Krankenhausgeschichten regeln sollen. Ich denke, wir schicken Cevdet ins Numune. Schließlich ist er Agraringenieur, hat ein gepflegtes Erscheinungsbild und kann mit Krankenschwestern und Ärzten kommunizieren. Was sagst du dazu?«

Behzat Ç. sagte nichts. Sie betraten Tahsins Büro. Tahsin gab Behzat Ç. ein Paket, das auf seinem Tisch stand. »Hier, nimm. Das hat dein Bruder Şevket geschickt. Soll ein Roboter oder so drin sein. Was willst du denn mit so was?«

Behzat Ç. öffnete das Paket, und während er den Roboter inspizierte, sagte Tahsin: »Şevket scheint übrigens schon wieder auf dem Weg der Besserung zu sein.«

Zwei Tee wurden gebracht, einer davon hell. Tahsin gab Sacharin in den hellen und rührte um.

»Im Grunde genommen bist du ein echter Glückspilz. Hätte ich Şevket als Bruder, wäre ich längst Polizeidirektor. Dein Bruder Şevket und Reşat Bey, das sind einflussreiche Männer. Männer mit Herz. Gerade habe ich noch mit Reşat gesprochen. Er hat sich mit dem Staatssekretär getroffen und diese Inspektorin aus dem Disziplinarverfahren abziehen lassen. Das durchgeknallte Weib weiß noch nichts davon, aber ich weiß es. Sie wird durch einen gemäßigteren Inspektor ersetzt. Der wird dich bis zum Ende des Verfahrens für einen Monat vorläufig suspendieren, da kannst du ein bisschen ausspannen. Dann kommst du wieder und kriegst ein Jahr Beförderungsaussetzung und die Einbehaltung zweier Monatsgehälter aufgebrummt. Außerdem schreibe ich dir einen Verweis. Das ist quasi nichts. Da du eh keine Aufstiegschancen hast, zählt eine Beförderungsaussetzung für dich doch gar nicht als Strafe. Und wegen der einbehaltenen Monatsgehälter brauchst du dir auch keine Sorgen zu machen. Die kannst du in zwölf Raten nach und nach abstottern.

Du bist und bleibst Hauptkommissar. Es ist überstanden. Du bist einer unserer Eckpfeiler. Wenn sie dich herausgezogen hätten, wäre alles in sich zusammengefallen wie ein Kartenhaus. Ich wäre auch weg vom Fenster gewesen. Setz dich doch, du hast ja deinen Tee noch gar nicht getrunken ...«

Der Hauptkommissar nahm das Paket und ging hinaus. Mit schnellen Schritten begab er sich zum Sittendezernat. Ekrem war nicht an seinem Platz. »Er hat einen Einsatz auf dem Flohmarkt, wegen Porno-DVDs«, klärte ihn ein Polizist auf. Behzat Ç. war unschlüssig. Er wollte den Roboter nicht einfach dalassen.

»Stimmt es, dass İsmet an unser Dezernat versetzt wurde?«, erkundigte sich der Polizist.

Behzat Ç. guckte verständnislos.

»Na, der Geier.«

Aus blutunterlaufenen Augen hielt Behzat Ç. nach seinem Kollegen Ausschau.

»Er hat vorhin ein bisschen hier rumgesessen und ist dann raus. Ich glaube, er mag es nicht besonders, im Büro zu hocken.«

Behzat Ç. verließ das Sittendezernat.

Während er vor der Tür den Schneegeruch in seine Lungen pumpte, schickte er Ekrem eine SMS: »habe den roboter, komm zu mir.«

28.

Mittwoch, der 28. Februar … Aus Sicht derjenigen, die ein Zuhause haben, in das sie zurückkehren können, nachdem sie sich ein wenig im Freien herumgetrieben haben, und eine einigermaßen funktionierende Heizung, auf der sie ihre nassen Kleider trocknen können, ein wunderschöner Tag. Der Schnee, der seit dem Morgen in großen Flocken und ohne Unterlass gefallen war, hatte sich auf den dünnsten Zweigen der kahlsten Bäume und sogar auf Wäscheleinen angesammelt und hielt sich dort in einem Gleichgewicht, das der Erdanziehungskraft zu trotzen schien. Überall herrschte Ruhe wie in einer Schulbibliothek, und alles Leben war von einer unbeschreiblichen Langsamkeit und Schwerblütigkeit geprägt.

Nur Harun war aufgekratzt wie ein Kind, das endlich das seit Jahren heiß ersehnte Spielzeug bekommen hatte, und erfüllt von einer Energie, die der allgemeinen Trägheit entgegengesetzt war. Begierig, sein neues Spielzeug so schnell wie möglich in allen Einzelheiten kennenzulernen, spritzte er Wischflüssigkeit auf die Windschutzscheibe und betätigte die Scheibenwischer, er drehte die Klimaanlage hoch und runter, setzte bei jeder Gelegenheit den Blinker und schaltete völlig unmotiviert von einem Gang in den anderen. Kurz: Er misshandelte den Mégane, wo er nur konnte, und setzte dabei das Leben aller anderen Verkehrsteilnehmer aufs Spiel. Er schlug aufs Lenkrad und schwärmte: »Der wurde 2003 nicht umsonst zum Auto des Jahres gewählt. Von null auf hundert in zehn Sekunden!«

Mit seinem Zweitagebart und seinem blutleeren Gesicht war Behzat Ç. so blass wie seine eigene Raubkopie. Harun fuhr rechts ran und stellte die Stoppfunktion seiner Casio-Uhr ein, die er eigens auf dem Flohmarkt erstanden hatte. Dann legte er einen Kavalierstart hin, von unter der Sıhhiye-Brücke in Richtung Hethiter-Denkmal, und gab Vollgas, um im Praxisversuch zu testen, wie schnell man von null auf hundert kam. Die anderen Fahrer auf dem Boulevard wichen nach den Seiten aus, um nicht von dem Irren, der bei diesem Schnee herangerast kam, über den Haufen gefahren zu werden. Bei hundert angekommen, ging Harun wieder runter auf sechzig und konstatierte: »Ein extrem ausgeglichenes Fahrwerk. Wenn wir den Toros derart hochgejagt hätten, hätten wir uns jetzt schon viermal überschlagen. Es hat zwar fünfzehn Sekunden gedauert, bis wir auf hundert waren, aber davon sollte man sich nicht täuschen lassen. Schließlich sind die Straßenverhältnisse momentan doch eher ungeeignet.«

Behzat Ç. zündete sich eine 216 an und machte ein missmutiges Gesicht.

Harun zog den Aschenbecher aus der Vorderkonsole. »Übrigens liegt der Wagen ziemlich hoch. Da schrabbt die Karosserie nicht so leicht über den Boden. Und er hat beim Crashtest fünf Sterne bekommen. Hat ja auch vier Airbags. Wenn wir irgendwo reinfahren, kommt ein Airbag von vorne und einer von der Seite, nur dass du's weißt.«

Gerne hätte Behzat Ç. vorgeschlagen: »Gut, dann fahr doch mal irgendwo rein und lass es uns testen«, aber er hielt lieber den Mund. Als er die makellose Deckenverkleidung sah, verschlimmerte sich seine Laune noch. Er schaute aus dem Fenster nach draußen. Der Schnee hatte nicht nur den Fahrzeug- und Fußgängerverkehr ausgebremst, sondern schien auch das, was den Menschen durch die Köpfe ging, seinem eigenen Rhythmus unterworfen zu haben. Ein jeder schaute stumpf in unbekannte Weiten. Es war, als liege die ganze Stadt unter Wasser und man müsse sich mühsam hindurchkämpfen. Da drang durch die Wassermassen ein leiser, gedämpfter Ruf an sein Ohr. Fast meinte er, seinen Namen verstanden zu haben, doch das konnte nicht sein. Dann hörte er es wieder. Er schaltete das Radio aus. *Da, schon wieder!* Er wandte den Kopf und sah *sie*. Um sie aus dem fahrenden Mégane heraus nicht aus den Augen zu verlieren, drehte er den Kopf bis auf fünf Uhr. Ja, sie war es. Sie trug ihren roten Mantel und hatte ihren Kopf auf die Schulter des Mannes neben sich gelegt. Sie standen an dem Fußgängerüberweg an der großen Kreuzung. Sie lebte! Er hatte sie gefunden. Kein Zweifel, sie war es. Der einzige Farbtupfer in all dem tristen Grau.

Er spürte einen Stich im Herzen und versuchte die Tür aufzudrücken.

»Gib dir keine Mühe, Chef. Der hat ein automatisches Schließsystem.«

Doch Behzat Ç. stemmte sich weiter mit solcher Gewalt gegen die Tür, dass Harun die Warnblinkanlage einschaltete und den Mégane rechts ranfuhr. Hinter den Taxis, die auf dem Boulevard an der Ampel warteten, blieb er stehen. »Du brauchst dich gar nicht so anzustrengen, die kriegst du eh nicht auf. Chef, Berna ist tot, sieh es endlich ein. Ich habe doch neulich kurz mit dem Psychologen gesprochen, der dir dieses Attest ausgestellt hat, denn ich dachte mir, er als Professor kennt sich bestimmt mit so was aus ... Jetzt lass doch mal die Tür in Ruhe und hör mir zu! Der Mann hat jedenfalls gesagt ...«

Behzat Ç. zog den Browning aus seinem Gürtelholster, und bevor Harun irgendwie reagieren konnte, hatte er die Waffe bereits am Lauf gepackt und hieb mit dem Griff auf die Seitenscheibe ein. Das Glas wurde von einem Riss durchzogen, und schon beim nächsten Schlag zersplitterte es mit lautem Klirren. In Hechtsprungmanier, die Arme voraus, schob Behzat Ç. sich durch die Fensteröffnung, suchte Halt am Dach des Mégane, drehte sich auf den Rücken, und nachdem er auch die Füße herausgezogen hatte, war er endlich frei. Als die Ampeln auf Grün schalteten, waren auf Ankaras zentralstem Fußgängerüberweg Hunderte von Menschen unterwegs. Die Welt war längst nicht mehr so still wie im Inneren des Mégane. Aber das Schlimmste: *Sie* war verschwunden. Mit den Augen suchte er die Umgebung ab. Es wimmelte nur so von Menschen. *Wo bist du?*

Harun zog die Handbremse und stieg aus. Er besah sich die zerbrochene Scheibe und schlug die Hände über dem Kopf zusammen. »Was hast du getan, Chef, was hast du nur getan!« Als Behzat Ç. zu rennen begann, lief er ihm hinterher. Doch zwischen den unzähligen Menschen hatte er seinen Vorgesetzten bald aus den Augen verloren.

Behzat Ç. hatte die Hoffnung fast schon aufgegeben, da sah er *sie* am wichtigsten offiziellen Treffpunkt nach dem Gima, vor dem

YKM. Als Behzat Ç. das Mädchen im roten Mantel an den Schultern packte, fing es an zu schreien wie am Spieß. Ihr Begleiter versuchte Behzat Ç.s Hände von ihren Schultern zu lösen und schrie auf ihn ein: »Lass sie los, verdammt, lass sie los!« Er schien im Grunde genommen ein friedliebender Zeitgenosse zu sein, aber als er sah, dass alles andere nichts half, schlug er dem Hauptkommissar ins Gesicht. Der merkte es nicht einmal.

Harun fiel dem Mann in den Arm. »Kein Grund zur Panik. Er ist harmlos.« Danach wandte er sich dem Mädchen zu. »Bleiben Sie ruhig, gute Frau. Er ist Kommissar bei der Mordkommission. Er hat Sie mit jemandem verwechselt.«

Auf Haruns besänftigende Worte hin hörte das Mädchen tatsächlich auf zu schreien. »Komm schon, Chef. Lass sie los. Schau, du machst der Dame doch Angst.« Harun unternahm einen Versuch, Behzat Ç.s Griff zu lösen, doch dessen Hände hatten sich fest in die Schultern des Mädchens gekrampft. Da waren härtere Methoden gefragt.

Mittlerweile hatte sich um sie herum eine neugierige Menge versammelt. Schaulustige, jederzeit bereit zusammenzuströmen, beim kleinsten Brand, Streit oder Verkehrsunfall. »Auseinander, verdammt!«, schrie Harun. »Läuft hier ein Film, oder was?« Die Gaffer wichen ein, zwei Schritte zurück.

Harun unternahm eine erneute Anstrengung, die Hände zu lösen. Doch je mehr Kraft er aufwandte, desto stärker verkrampften Behzat Ç.s Hände sich. Außerdem hatte das Mädchen wieder angefangen zu schreien. Harun begriff, dass sie ihr die Schulter auskugeln würden, wenn sie so weitermachten. Er drehte Behzat Ç. leicht von dem Mädchen weg. »Nehmen Sie Ihren Kopf zurück und halten Sie Abstand, meine Dame.« Dann sagte er: »Nimm's mir nicht übel, Chef«, und rammte seinen Schädel mit voller Wucht gegen Behzat Ç.s Stirn. Von Harun eine Kopfnuss zu bekommen, das fühlte sich in etwa so an, als bekäme man eine Bowlingkugel an den Kopf, und endete in jedem Fall in einer Ohnmacht. Behzat Ç. wurde auf die eine Seite geschleudert, das Mädchen auf die andere. Die Schaulustigen applaudierten.

Harun lud sich seinen bewusstlosen Chef auf den Rücken.

»Ist das ein Perverser?«, fragte einer.

»Was war denn? Hat er das Mädchen belästigt?«

Harun signalisierte den Redenden, sie sollten gefälligst den Mund halten. Mit seinem Chef auf dem Rücken wartete er am Fußgängerüberweg, und als es einhundertzwanzig Sekunden später Grün wurde, lief er zum Mégane hinüber, der mit leuchtenden Warnblinkern auf sie wartete.

***

Als Behzat Ç. seine Augen aufschlug, wusste er erst einmal nicht, wo er sich befand. In der ersten Verwirrung des Erwachenden schaute er verloren drein, mit einem Gesichtsausdruck, der seine Bedeutung noch nicht gefunden hatte. Dann sah er eine riesige Hand vor seinem Auge auftauchen. Es war Harun. Er nahm die beiden Aspirin entgegen, die dieser ihm hinhielt, und zerkaute sie langsam. Anschließend befühlte er seine Stirn, wo die Beule auf seinem Kopf ein Geschwisterchen bekommen hatte.

Harun stieg vom Fahrersitz, ging um das Auto herum und öffnete ihm die Seitentür. Sie ließen den Mégane stehen und stapften los. Das schier unermessliche Weiß blendete ihre Augen ebenso wie ihre Gedanken. Ein Knirschen, als gingen sie über feinste, von der Ebbe zurückgelassene Kieselsteine. Er sah Harun an. Sie waren auf dem Friedhof von Karşıyaka. Unzählige Tote unter einer Schneedecke, die sich kristallklar und makellos unberührt vor ihnen ausbreitete. Wie eine zweite, von Verstorbenen bevölkerte Stadt in der Stadt. Nachdem sie Tausende von Gräbern passiert hatten, hielt Harun ihn am Ellbogen fest, und sie blieben vor einem stehen. Er las die Inschrift, die darauf eingraviert war.

Berna Ç
28. Januar 1985 – 28. Januar 2006
Ruhe in Frieden

Der Rest ihres Nachnamens war unter einer Eisschicht verborgen. Er stand da, mit der Furcht, etwas zum ersten Mal zu sehen, und dem unangenehmen Gefühl, zu einer Verabredung zu spät zu kommen. Während er das Eis wegkratzte, schmerzten seine Hände vor Kälte. Als er fertig war, hakte sich jemand bei ihm ein. Es war der Geist. Er zog den Hauptkommissar fort und sagte: »Nur die Guten sterben jung. Jetzt komm.«

Mit seinen Fäusten rieb er sich die Augen, wusch sich das Gesicht mit stillem Mineralwasser, den Rest trank er.

Harun fasste ihn an den Schultern und fragte: »Alles in Ordnung?«

Behzat Ç. sah Harun an. Seitdem er zu sprechen aufgehört hatte, hatte es immer wieder nur eine Sache gegeben, die er noch hätte sagen wollen. Er hustete, räusperte sich und sagte: »Red nicht so'n Quatsch.« Seine Stimme kam ihm gar nicht einmal so fremd vor.

»Chef!«, schrie Harun so pietätvoll, wie man auf einem Friedhof gerade noch schreien darf. »Du hast wieder angefangen zu sprechen?«

»Ist dir zu verdanken …«

Die drei Polizisten stapften den Weg zwischen den Totenparzellen entlang, und unter ihren Füßen knirschte der Schnee.

»Was ist?«, fragte Harun. »War das schon alles, was du uns mitzuteilen hast?«

»Schnauze!«, sagte Behzat Ç.

Harun wertete auch das schon als einen Fortschritt. Besser als das ständige Schweigen war es allemal. »Und was hast du hier zu suchen?«, fragte er den Geist.

»Kommt mit«, gab der zurück. »Ich glaube, ich weiß jetzt, woher die Särge kamen.«

29.

Über dem Blechofen, der mitten in der Baracke vor sich hin bollerte, hing Unterwäsche auf einer Leine. Satılmış Aga drehte sich mit seinen vom Schaufeln schwieligen Händen einen Joint, zündete ihn an, zog daran und reichte ihn an Harun weiter. Zwei Wassertropfen lösten sich von der Unterwäsche und landeten zischend auf dem glühend heißen Blech.

Harun nahm den Joint entgegen und sagte: »Die Drogenfahndung sollte das besser nicht mitkriegen.«

»Die was?«

Satılmış Aga hatte seine Frage ernst gemeint, doch Harun ging nicht weiter darauf ein. Die Polizisten ließen den Joint kreisen und gaben ihn wieder zurück.

»Von wem bekommst du den?«, fragte der Geist.

»Den was?«

»Den Stoff.«

»Ach, den Stoff? Den baue ich im Garten an. Sobald der Winter da ist, kommt alles in Blumentöpfe, aber in denen gedeihen die Pflanzen nicht so gut wie draußen im Garten.«

Sie schauten zu den Blumentöpfen voller Hanf hinüber, die aufgereiht vor der Tür standen. Behzat Ç. sah durch das Fenster der feuchten Holzbaracke, dessen eine Scheibe zu Bruch gegangen und mit einer Plastiktüte geflickt worden war, nach draußen. Tausende von Gräbern, aber keine Grabsteine.

»Das ist also der Friedhof der Namenlosen«, stellte der Geist fest.

Satılmış Agas unebenes Gesicht sah mit seinen hervorspringenden Wangenknochen fast selbst aus wie diese hügelige Begräbnisstätte. Der Mann hatte einen sicheren Arbeitsplatz. Totengräber auf dem Friedhof der Namenlosen, das war bestimmt kein Job, nach dem die Bewerber Schlange standen. Und wie jeder Mensch, der eine Arbeit verrichtete, die sonst keiner machen wollte, hatte auch er so seine Schrullen.

Satılmış Aga zog an seinem Joint und erzählte: »Eigentlich habe ich ja auf einem normalen Friedhof angefangen. Doch dann erwischte mich der Direktor beim Weintrinken und beorderte mich hierher, der Saukerl. Damals, 1985, gab es hier noch einen Osman Aga, einer der ganz Großen unserer Zunft, hatte fünftausend Gräber ausgehoben, Standard. Er war hierher versetzt worden, nachdem er eine Arthrose im Rücken bekommen und seine alte Schnelligkeit eingebüßt hatte. Er war mir ein Lehrmeister und Mentor. Sein Grab auszuheben war mir vorbehalten. Er ruhe in Frieden.«

»Jetzt lass mal diesen Osman Aga«, sagte Harun. »Jemand hat Särge von hier mitgenommen. Was sagst du dazu?«

Satılmış Aga drehte sich einen zweiten Joint, zündete ihn an und zog daran. »Was soll ich dazu sagen? Mit den Bulldozern kam der Niedergang unseres Berufsstands. Die Bulldozerfahrer sind die neuen Totengräber.«

Was man ihn auch fragte, er sprach immer nur über das, was ihm gerade durch den Kopf ging, und verstand es dennoch auf wundersame Weise, sich Gehör zu verschaffen. »Heutzutage heben sie mit Bulldozern fünfzig Gräber gleichzeitig aus. Dazwischen schütten sie Beton, sodass der Tote nicht auf Erde schaut, sondern gegen eine Mauer. Das sind Gräber für Ungläubige, halb Ankara liegt in solchen Gräbern. Der Friedhofsdirektor und der Bürgermeister sind die zwei ketzerischsten Männer der ganzen Stadt. Im Jenseits wird sich die gesamte Bevölkerung die beiden vorknöpfen. Sie waren es nämlich, die diese Bulldozermethode eingeführt haben. Aber auf den Friedhof der Namenlosen kommt mir kein Bulldozer. Ich hebe die Gräber nach muslimischem Ritual aus, so wie ich es bei Osman Aga gelernt habe.«

»Erzähl doch noch mal von Anfang an, wer diese Särge mitgenommen hat«, forderte ihn der Geist auf.

»Das weißt du doch alles schon«, ereiferte sich Satılmış Aga. »Warum stellst du andauernd die gleichen Fragen?«

»Schau, wir sind doch jetzt mit unserem Vorgesetzten hier. Der würde es auch gerne noch mal hören«, sagte Harun und zeigte auf Behzat Ç. Behzat Ç. nickte.

»Also gut. Die Särge wurden von zwei Männern mitgenommen. Sie fuhren einen weißen Lieferwagen.«

»Wann war das?«

»Keine Ahnung. Ist jedenfalls nicht lange her.«

»Wozu brauchten sie die Särge?«

»Weiß ich nicht. Sie haben mich um welche gebeten, also habe ich sie ihnen gegeben.«

»Warum hast du das getan?«

»Mann, du kannst vielleicht Fragen stellen«, sagte Satılmış Aga zu Harun.

»Das ist eine Staatsaffäre, da wird man ja wohl mal fragen dürfen«, erwiderte Harun, woraufhin Satılmış Aga einen Stock hinter dem Ofen hervorzog. »Wenn das eine Staatsaffäre ist, dann soll ein Pascha kommen. Ein Pascha mit Tressen auf den Schultern. Mit niederen Beamten spreche ich nicht.«

Er wollte Harun davonjagen, doch der Geist ging dazwischen.

»Wehe dem, der den Fluch dieser Hände auf sich zieht!«, schrie Satılmış Aga. »Wer das tut, wird niemals mehr erlöst. Nennst du mich einen Dieb, nur weil ich ein paar Särge herausgegeben habe?«

»Aber nein, Satılmış Aga«, beschwichtigte ihn der Geist. »Niemand nennt dich einen Dieb. Uns geht es auch gar nicht um die Särge, sondern um die Männer. Jetzt erzähl uns doch mal, wem du sie gegeben hast.«

»Zwei Männer waren hier, von der Spedition Jolly Jumper.«

»Was für 'ne Spedition?«

»Jolly Jumper. Das Pferd des Schimmelreiters, wenn man so will. Sei so gut und gib uns ein paar Särge, haben sie gesagt, da habe ich ihnen den Gefallen getan.«

»Was waren das für Männer?«

»Geschöpfe Gottes wie du und ich. Kein Gesindel.«

»Hatte einer einen Fleck auf dem Kopf?«

»Ja, der eine. Und der andere kaute Kaugummi wie ein Weib.«

»War sonst noch jemand dabei?«

»Es hat noch einer in dem Lieferwagen gesessen, aber den habe ich nicht aus der Nähe gesehen.«

»Haben sie für die Särge bezahlt?«

Satılmış Aga griff wieder nach dem Stock. »Nennst du mich einen Dieb?«

»Nein, Aga! Aber haben diese Jolly-Jumper-Spediteure dir denn überhaupt nichts gegeben?«

»Sie haben als kleine Gegenleistung ein bisschen Wein dagelassen.«

Behzat Ç. schaute auf die Zwölferkisten Derdalan, die vor dem Fenster standen. Von den drei Kisten waren zwei bereits leer.

»Wie viele Särge haben sie mitgenommen?«, fragte der Geist.

»Nun, ich hatte zehn Särge, drei habe ich ihnen gegeben. Mit zwei anderen habe ich neulich das Dach ausgebessert, also sind fünf noch übrig. Die werden hier sowieso nicht dringend gebraucht. Die Stadtverwaltung liefert die Toten ohnehin schon im Sarg. Sie benachrichtigen mich auch immer vorher, wie viele Gräber ich ausheben soll, eins oder zwei, je nachdem, wie viele Leichname es sind. Ich fange dann schon morgens an zu graben. Wenn es ein Terrorist war, schicken sie noch am Vorabend zwei Militärpolizisten, die dann morgens wiederkommen, zur Kontrolle. Das Militär arbeitet gewissenhaft. Wir haben hier viele Terroristen begraben. Polizisten wie ihr kommen immer auf den letzten Drücker, haben den Verstorbenen schon dabei und wollen dann so schnell wie möglich ein Grab geschaufelt bekommen. Ach, Leute, wenn ihr doch wenigstens zwei Stunden vorher Bescheid geben könntet! Terroristen sind schließlich auch nur Menschen. Ich hebe meine Gräber nach Standard aus, Länge zwei Meter, Tiefe ein Meter zehn. Aber ihr Polizisten seid meistens zu ungeduldig. Jetzt mach schon, Satılmış Aga, das reicht, Aga! Es ist nur so: Wenn man ein Grab nicht in Standardtiefe aushebt, dann kommen im Winter ausgehungerte Köter oder Schakale, fangen an zu scharren und zerren die Leichen heraus. Osman Aga pflegte zu sagen: Wenn du ein Grab nicht in Standardtiefe aushebst und Köter und Schakale den Verstorbenen herauszerren, dann wird dieser am Tag des Jüngsten Gerichts von dir Rechenschaft verlangen.«

»Wird heute noch jemand angeliefert?«, fragte Behzat Ç.

»Heute nicht mehr. Aber morgen kommen sicher etliche.«

»Wieso das?«

»Das Wetter ist umgeschlagen. Viele Obdachlose werden bis zum Morgen erfroren sein.«

»Zwei deiner fünf Särge benötigen wir«, sagte Behzat Ç. und winkte Harun und dem Geist, ihn nach draußen zu begleiten.

Als Harun begriff, was Behzat Ç. vorhatte, sagte er: »Chef, das geht nicht. Bist du jetzt selbst zum Psychopathen geworden?« Behzat Ç. brachte ihn mit einem Stirnrunzeln zum Schweigen, woraufhin Harun mit seiner Stiefelspitze im Schnee scharrte und nach einem anderen Argument suchte. Er sah den Geist an. »Hatten wir den Fall nicht zu den Akten gelegt? Ich meine, wir haben Direktor Tahsin unser Wort gegeben. Dafür haben wir von ihm die Méganes bekommen. Wenn er irgendwas mitkriegt, kassiert er sie doch sofort wieder ein und wir können zu Fuß gehen. Schlimm genug, dass wir schon am ersten Tag die Scheibe zertrümmert haben.«

»Tu, was er dir gesagt hat!«, ermahnte ihn der Geist.

Harun sah Behzat Ç. an. »Okay, Chef, ciao!« Er stapfte wütend davon. Nach etwa zehn Metern blieb er stehen und drehte sich um. »Ich gehe die Typen jetzt holen. Dein Wunsch ist mir Befehl. Aber sag nachher nicht, ich hätte dich nicht gewarnt.«

Der Geist schnippte die Asche der 216, die er von Behzat Ç. bekommen hatte, in den matschigen Schnee. Er war zwar nicht so abhängig, dass er ein ganzes Päckchen bei sich tragen würde, aber in kritischen Momenten paffte er schon mal eine oder zwei. Über den riesigen Friedhof der Namenlosen hinweg sah er Harun hinterher, der mit wachsender Entfernung immer kleiner wurde. »Wenn sie drei Särge mitgenommen haben«, sagte er, »dann wird er noch jemanden begraben. Aber wen?«

Behzat Ç. zog den Aktendeckel, den er von Ekrem bekommen hatte, aus der Innentasche seines Jacketts. Er deutete mit dem Zeigefinger auf einen Namen und eine Adresse, die irgendwo in einer gottverlassenen Gegend lag. »Hmmm«, machte der Geist. »Der Name kam mir auch schon verdächtig vor. Aber ich hatte bisher noch keine Zeit, mich dahinterzuklemmen.«

»Heute muss es sein.«

»Okay.« Der Geist zertrat seine halb aufgerauchte 216 im matschigen Schnee. Nachdem er sich bereits einige Schritte entfernt hatte, blieb er stehen und wandte sich noch einmal um. »Mit Schlägen bringt man diese Typen nicht zum Reden, das ist klar. Aber ist deine Methode nicht ein bisschen zu extrem?«

›Ist sie nicht, keine Sorge‹, gab Behzat Ç. ihm durch ein Anheben des Kopfes zu verstehen.

***

Sie hatten die zwei Särge auf die Ladefläche eines Pickups der Marke Anadol gehievt, der schon als historisch gelten konnte, und fuhren einen holprigen Weg entlang. Fast schon am äußersten Ende des Friedhofs angekommen, fuhr Satılmış Aga den Pickup rechts ran. Sie nahmen die Schaufeln und stapften über einen Pfad eine Anhöhe hinauf.

»Da bitte nicht hintreten«, sagte Satılmış Aga. »Dort sind Gräber. Geh einfach mir hinterher.«

Am Ende des Pfads blieben sie stehen und begannen an der Stelle, an der sie graben wollten, den Schnee beiseitezuschippen. Anschließend holte Satılmış Aga einen Presslufthammer aus dem Anadol und lockerte die gefrorene Erde auf. Dann sprachen sie die rituelle Gebetsformel und begannen zu schaufeln, um zwei muslimische Gräber in Standardgröße auszuheben. Nachdem der Hauptkommissar sich bis auf Knietiefe vorgearbeitet hatte, zog er seinen Mantel aus.

Satılmış Aga mit seiner Routine war schneller vorangekommen. Er steckte bereits bis zur Hüfte in der Erde. Zwar drang auch Behzat Ç. immer weiter in die Tiefe vor, aber je mehr er schaufelte, desto mehr Erde bröckelte von oben wieder herab. Satılmış Aga karrte einige rechteckige Standardgrabsteine heran. Er lehnte sie gegen die Stellen, wo die Erde abgerutscht war.

»Während du gräbst, musst du mit dem äußeren Teil deiner Schaufel immer wieder die Erdränder begradigen und mit Steinen abstützen. Das muss aussehen wie mit der Rasierklinge gezogen.

Wenn es im Grab zu einem Erdsturz kommt, dann stürzt sich der Tote im Jenseits auch auf dich. Ist die Erde über den Sarg geschichtet, liest du eine Fatiha. Das Gebet richtet zwar oft mehr Schaden an, als es nützt, aber so ist es Brauch, und so habe ich es von Osman Aga gelernt. Er war ein Großer unserer Zunft, fünftausend Gräber hat er ausgehoben. 1996 mussten wir mal einen Terroristen bestatten …«

Satılmış Aga kniff die Augen zusammen und zeigte zu einer weit entfernten Stelle am anderen Ende des Friedhofs hinüber. »Ganz da hinten haben wir ihn begraben. Ein Selbstmordattentäter. Hatte sich in die Luft gesprengt. Gesehen habe ich ihn nicht, er wurde in einer Kiste angeliefert. Wir haben ein Standardgrab für ihn ausgehoben und ihn auch gleich beerdigt. Ich lese also die Fatiha und bin gerade beim fünften Vers angekommen, da verpasst mir einer eine Ohrfeige, aber was für eine. ›Dem Hund liest du eine Fatiha?‹, schreit er mich an. Es ist ein strammer Soldat, mit Tressen am Kragen. Ich antworte ihm: ›Mein Pascha, diese Erde hat so viele Männer verschluckt. Wenn ein Ankara lebt, dann liegt ein anderes auf dem Karşıyaka begraben. Diese Hände haben zweitausend Tote unter die Erde gebracht. Dabei halte ich mich strikt an Sitten und Gebräuche. Ziehe nicht meinen Fluch auf dich, sonst wirst du niemals erlöst.‹ Der Pascha war sprachlos. Dann sagte er: ›Bitte nimm's mir nicht übel, Satılmış Aga‹, und ging.«

Als sie fertig waren, brachten sie die Särge und setzten sie auf den Erdhügeln ab, die sich zu beiden Seiten der offenen Gräber auftürmten. Behzat Ç. betrachtete das Grab, das er mit Satılmış Agas Hilfe ausgehoben hatte: Zwei Meter in der Länge, einen Meter zehn in der Tiefe – für's erste Mal gar nicht so schlecht.

Sie kehrten zurück zum Anadol. Es war schrecklich kalt. Zwischen Bremse und Kupplung zog Satılmış Aga eine Flasche Derdalan hervor. Er öffnete sie, indem er den Plastikkorken mit den Vorderzähnen herauszog, und hielt sie dem Hauptkommissar hin, damit er den ersten Schluck tat.

Behzat Ç. versuchte vergeblich, das Alter dieses Mannes zu schätzen, der ebenso gut vierzig wie hundert Jahre alt sein konnte und der schon wieder begonnen hatte zu erzählen. »Der Anadol ist mein

Ein und Alles. Aber letzten Monat sind sie gekommen und wollten ihn mir wegnehmen.«

Behzat Ç. warf ihm einen Blick zu, der so viel hieß wie: ›Warum das denn?‹

Satılmış Aga setzte den Derdalan an die Lippen und seufzte schwer. »Die haben gesagt, es gäbe da irgendein neues EU-Kriterium. Wollten alle Anadols einsammeln, weil sie angeblich die Umwelt verpesten. Fünftausend Lira sollen die Besitzer bekommen. Notfalls würden sie einem aber auch gewaltsam weggenommen. Die sollen nur kommen ... Dieser Wagen ist mein Andenken an Osman Aga. Nicht mal für zehntausend würde ich den hergeben. Für zwanzigtausend vielleicht. Ich zwinge die Europäer doch nicht, jetzt alle einen Anadol zu fahren. Der Friedhof hier braucht von mir aus auch nicht der EU beizutreten.«

Behzat Ç. warf einen Blick auf die Uhr seines Handys. Es war jetzt schon drei Stunden her, dass Harun gegangen war. Satılmış Aga entkorkte den zweiten Derdalan und reichte ihn weiter. »Seit ich bei den Namenlosen bin, geht es mir gut. Auf dem Friedhof Karşıyaka waren zu viele Hunde und Schakale unterwegs. Aber zweibeinige. ›Satılmış Aga, sag uns, in welchen Gräbern es Goldzähne gibt. Wir beteiligen dich auch.‹ Wenn ich wollte, könnte ich der reichste Mann Ankaras sein. Doch Osman Aga pflegte zu sagen: ›Jeder, der einem Toten seine Goldzähne zieht, wird von diesem am Tag des Jüngsten Gerichts zur Rechenschaft gezogen und bekommt mit einer Zange sämtliche Zähne herausgerissen.‹«

Bis die zweite Flasche allmählich zur Neige ging, hatte der Geschmack des Derdalan den Hauptkommissar nicht gerade in einen Rauschzustand, sondern eher in gereizte Stimmung versetzt. Jetzt schmeckte er zunehmend besser. Behzat Ç. sah in den Rückspiegel und fragte sich, wie dieser Mann wohl zurechtkäme, wenn es Osman Aga nie gegeben hätte.

Satılmış Aga standen die Tränen in den Augen. »Osman Aga war ein Genießer. Er trank zwar keinen Wein, weil das ja Sünde ist, aber er rauchte gute Joints. Er sprach nicht allzu viel, genau wie du. Aber als er starb, fühlte ich mich doch sehr allein.«

Endlich kam Harun, Hasan Gorbatschow und Pembo vor sich hertreibend. Behzat Ç. griff in seine linke Tasche, steckte Satılmış Aga seinen letzten Fünfziger zu und stieg aus dem Anadol. Er hob die Hand zu einer Abschiedsgeste und schlug auf die Kühlerhaube, zum Zeichen, dass er wegfahren sollte.

***

Als Gorbatschow die beiden ausgehobenen Gräber und die Särge sah, wollte er gleich Reißaus nehmen. Doch Harun gab einen Warnschuss in die Luft ab.

»Bleib stehen, verdammt! Stehenbleiben!«

Gorbatschow blieb stehen.

»Hände hoch! Hände hoch, Mann! Leg sie auf deinen Kopf! Du sollst sie auf deinen Kopf legen, verdammt!«

Gorbatschow hob die Hände und legte sie auf seinen Kopf. Harun näherte sich ihm von hinten, schlug ihm mit dem Griff seiner Waffe ins Genick, und als Gorbatschow auf dem Boden lag, drückte er ihm mit der Schuhsohle den Kopf nach unten. Er machte ihn mit Pfefferspray wehr- und orientierungslos und fesselte ihn mit Paketband an Händen und Füßen.

Behzat Ç. befahl unterdessen Pembo, sich umzudrehen. Als der ihn anraunzte: »Alter, was willst du von mir?«, schlug ihm der Hauptkommissar mit dem Griff seines Brownings gegen die Stirn. Nachdem auch er zu Boden gegangen war, fesselte Behzat Ç. ihn mit Paketband an Händen und Füßen. Sie verfrachteten beide Männer in ihre Särge.

»Moment mal bitte, Herr Kommissar«, meldete sich Hasan Gorbatschow zu Wort. »Hör mir mal bitte eine Sekunde zu. Wir wissen nicht, wie dieser Typ heißt. Er kam einfach an und hat jedem von uns tausend Dollar in die Hand gedrückt. Wir dachten, es ginge wieder um die Spedition Stibitzke, wie immer. Wenn wir gewusst hätten, was Sache ist, meint ihr, dann hätten wir mitgemacht? Die Särge kamen erst später ins Spiel. Wir begraben doch keine lebendigen Menschen! Das ist Sünde! Wir hatten keine Ahnung von dem ganzen Zeug.«

»Du verfluchter Scheißkerl«, schrie Harun ihn an. »Sogar auf dem Weg ins Grab lügst du noch. Ich hab genug von deinen Ammenmärchen.«

Behzat Ç. klappte die Särge zu. Damit keine Erde eindringen konnte, befestigte er die Deckel mit Nägeln, die er mit dem Griff seiner Waffe krummschlug. Dann ließen sie die Särge in die Gräber hinab und schaufelten die zu beiden Seiten aufgehäufte Erde darüber.

Als sie ihre Arbeit beendet hatten, setzte Behzat Ç. sich auf Hasan Gorbatschows Grab und zündete sich eine 216 an. Harun lief nervös auf und ab. »Okay, dann lass uns jetzt mal anrufen.«

Behzat Ç. sagte nichts. Er rauchte in aller Ruhe seine 216 zu Ende und steckte sich an ihrer Glut eine weitere an.

»Jetzt sind schon zehn Minuten rum. Komm, lass uns endlich anrufen. Ob die unter der Erde überhaupt Empfang haben?«

Behzat Ç. zog sein Mobiltelefon hervor. »Wir werden's sehen. Die Werbefritzen behaupten ja, man habe überall Empfang.« Von einem Zettel, den Harun ihm hinhielt, las er Hasan Gorbatschows Nummer ab und tippte sie ein.

Beim dritten Klingeln wurde abgenommen. Gorbatschow keuchte, und seine Stimme klang seltsam gedämpft, als käme sie direkt durch die Erde. »Ich werde reden. Nur holt mich hier raus, um Gottes willen! Ich werde alles sagen. Er ist gekommen und hat jedem von uns fünftausend Dollar gegeben. Ich werde euch alles erzählen. Er heißt …«

Gorbatschow nannte einen Namen, der Behzat Ç. von irgendwoher bekannt vorkam.

»Wir sind seit unserer Zeit im Heim miteinander befreundet. Jetzt holt mich hier raus, um Gottes willen! Warum begrabt ihr mich? Bin ich Grieche, bin ich Armenier, bin ich bei der PKK?«

»Jetzt halt mal den Mund!«, erwiderte Behzat Ç. und begann seine Taschen zu durchwühlen. Aus der Innentasche seines Jacketts zog er eine Zigarettenschachtel und las den Namen, den er an dem Tag, an dem sie beim Psychologen gewesen waren, darauf notiert hatte. Er war es. Behzat Ç. schlug sich mit der Hand vor die Stirn.

Der war ihm doch gleich verdächtig vorgekommen. »Und wer ist der Dritte?«, fragte er Gorbatschow. »Wen wird er noch begraben?«

»Der Dritte? Es gibt keinen Dritten. Es waren nur diese zwei. Das hat er uns jedenfalls gesagt. So war es abgemacht. Ich schwöre bei Gott, dass ich nichts von einer dritten Person weiß! Wenn ihr Allah, den Propheten Mohammed und den Koran liebt, dann holt mich hier raus! Bitte!«

Doch Behzat Ç. legte auf und rief erst einmal Pembo an. »Wer ist der Dritte?«, fragte er.

»Ich fick deine Mutter«, war Pembos Antwort. »Wenn ich hier rauskomme, dann mach ich dich fertig. Ich hab so viel Dunkelheit gesehen, meinst du, da hätte ich Schiss vor einem Sarg, du Hurensohn!«

Behzat Ç. legte auf. Jetzt rief Gorbatschow an. Er ging ran und fragte: »Was willst denn du?«

Gorbatschow schnappte nach Luft und wimmerte: »Ich hatte deine Nummer in meiner Liste empfangener Anrufe. Meint ihr, ich würde es nicht sagen, wenn ich es wüsste? Bei Gott, ich habe wirklich keine Ahnung. Die Rede war immer von zwei Personen. Vielleicht weiß ja der andere Typ was, der noch dabei war, so ein Kumpel vom Militär, halb taub, nannte sich der Ayaşer. Bei Gott, ich flehe euch an …«

Behzat Ç. legte auf und zündete sich eine 216 an.

»Holen wir sie raus«, sagte Harun. »Wir haben ja jetzt den Namen, und von dem Dritten wissen sie wohl wirklich nichts. Sonst würden sie uns seinen Namen doch sagen. Oder meinst du, der ist ihnen mehr wert als ihr eigenes Leben?«

Behzat Ç. signalisierte ihm, er solle den Mund halten.

»Chef, bist du jetzt eigentlich total übergeschnappt? Bist du psycho, oder was? Was hat dieser Kiffer dir in den Tee getan?«

Harun biss sich in die Faust.

»Die bestehen doch nur aus Haut und Knochen! Die Typen sterben, verdammt!«

Behzat Ç. rief noch einmal bei Gorbatschow an. Der meldete sich erst nach einer Weile und bekam selbst dann, von Atemnot und Weinkrämpfen geplagt, kein Wort heraus.

Nach einem lauten Schluchzer brüllte er plötzlich los: »Ich weiß es nicht! Ich weiß es einfach nicht!«

Behzat Ç. legte auf. »Ich glaube, sie wissen es wirklich nicht«, sagte er. »Lucky Luke scheint ihnen von dem Dritten tatsächlich nichts erzählt zu haben.«

Sie beeilten sich, Gorbatschow auszugraben, und drückten ihm ihre Schaufeln in die Hand. Der musste erst einmal nach Atem ringen, dann schaufelte er selbst drauflos, um Pembo aus seinem Grab zu befreien.

»Pembo, mein Bruder!«, umarmte er ihn.

Pembos Gesicht war feuerrot. Er stieß Gorbatschow von sich und schrie: »Hast du gesungen, du verdammter Drecksköter? Hast du gesungen, verflucht noch mal?«

»Du bescheuerter Idiot«, gab Gorbatschow zurück. »Du Psychopath vor dem Herrn! Was sollte ich denn sonst tun? Die Typen haben uns begraben, Alter! Ich hab mir vor Angst in die Hosen gemacht, verdammt!«

Pembo klopfte sich die Erde von den Kleidern. »Mit der Einstellung wirst du noch oft begraben werden.«

Behzat Ç. und Harun aber hatten sich längst in den Mégane geschwungen und rasten im Höllentempo zurück in die Stadt.

30.
das martyrium von piepmatz

»Und was geschah dann?«, hätte der Professor gerne gefragt, aber er zögerte. Ihm war ein völlig unsinniges Detail in den Sinn gekommen. »Wie hast du in diese Waschmaschine überhaupt reingepasst?«

Lucky Luke warf einen Blick auf das Diplom an der Wand. »Im Inneren der Maschine gab es einen Rührarm zum Umwälzen der Wäsche. Den konnte man rausnehmen. Das tat meine Mutter und setzte mich hinein. Ich weiß nicht, wie lange ich da drin war. Aber ich weiß, dass sie mich auch umgebracht hätten, wenn sie mich gefunden hätten.«

»Wieso das?«

»Um keine Zeugen zurückzulassen.«

»Und wer hat dich dann schließlich befreit?«

»Ahmet der Säufer, aus dem Haus unter uns. Er hat mich dann ins Heim gebracht. ›Nehmt den Armen, auch wenn seine Eltern Terroristen waren‹, hat er ihnen gesagt. Er hatte ein gutes Herz.«

»Hattest du denn keine Verwandten?«

»Unsere Familienverhältnisse sind etwas kompliziert. Mein Vater ist wie ich im Heim aufgewachsen, und meine Mutter wurde von ihrer Familie verstoßen, weil sie mit meinem Vater durchgebrannt ist.« Lucky Luke zupfte sein rotes Halstuch zurecht. »Als die beiden tot waren, war von der Kernfamilie nur noch ich übrig.«

Der Professor steckte den Parker-Füller zurück in seine Hemdtasche. »Und ihre Gräber?«

Lucky Luke lachte auf. »Kennst du den Friedhof Karşıyaka?«

»Ja.«

»An dessen Ende beginnt der Friedhof der Namenlosen. Da gibt es so einen Typen, Satılmış Aga, der für sein Leben gerne kifft und guten Wein trinkt. Der sagte immer: ›Wenn es im Grab zu einem

Erdsturz kommt, dann stürzt sich der Tote im Jenseits auch auf dich‹, was er selbst wiederum von Osman Aga hatte.«

»Und wer sind die beiden?«

»Sie haben meine Familie bestattet. Besser gesagt: Osman Aga hat sie bestattet und Satılmış Aga später davon erzählt. Ich selbst habe erst nach Osman Agas Tod davon erfahren. Satılmış Aga hatte leider keine Ahnung, wo genau sie begraben wurden. Ich kenne also den Friedhof, weiß aber nicht, wo sie liegen. Eine Zeitlang habe ich zwar mit dem Gedanken gespielt, jedes einzelne Grab aufzubuddeln und nachzusehen, aber das habe ich mir dann doch abgeschminkt. Dafür war Satılmış Aga ein guter Gesprächspartner, der mich außerdem einen zweiten Beruf gelehrt hat.«

»Und zwar?«

»Ich hebe inzwischen sehr gut Gräber aus, zwei Meter auf einen Meter zehn, Standard.«

Dem Professor kam ein aus Gefälligkeit ausgestelltes Attest in den Sinn.

»Manche meiden Gräber, andere suchen sie.«

»Man kann ein Grab nur meiden, wenn man weiß, wo es liegt. Weil man Angst vor der Konfrontation hat, zum Beispiel. Aber wo kein Grab, da keine Angst. Es ist schrecklich, diese Angst nicht zu kennen.«

»Was ist eigentlich aus den Polizisten geworden?«, fragte der Professor. »Sind sie nicht bestraft worden?«

Lucky Luke zuckte die Achseln.

»Als ich auf den Fall aufmerksam wurde, waren gerade Prozesse und Gerichtsverhandlungen im Gang. Irgendwann kam eine Verwaltungsinspektorin – nicht ganz dicht, aber dafür mit Leidenschaft bei der Sache. Sie wollte den Fall unbedingt aufklären. Aber die Polizeiführung hat sich hinter ihre Leute gestellt. Und die Polizisten haben einander durch Falschaussagen geschützt. Irgendwann wurde der Fall ergebnislos zu den Akten gelegt.«

Im Kopf des Professors setzten sich die Puzzlestücke zusammen. Damit hatte also auch Lucky Luke aufgehört, ein interessanter Fall zu sein. Er war etwas enttäuscht. Solange jemand grundlos Sinn und

Verstand den Krieg erklärte, boten sich ja aus psychologischer Sicht noch vielfältige Analysemöglichkeiten. Wenn das abnorme Verhalten aber einen Grund hatte – einen Grund, den nicht nur der Professor, sondern jeder Hinz und Kunz nachvollziehen konnte –, dann war das schlicht und einfach enttäuschend.

»Du hast dein Leben lang nach dem Grab deiner Familie gesucht. Deswegen hast du selbst Gräber angelegt und andere danach suchen lassen. Die versteckten Fische, der Kater des Captain – sie sind alle erstickt. Gut, eine Schildkröte ist natürlich ein etwas komplexeres Lebewesen … Es ist auch ganz natürlich, dass du dich für Lucky Luke hältst. Du wolltest eben deiner Schwester unbedingt noch diese Geschichte erzählen.«

»Im Interpretieren bist du richtig gut«, konstatierte Lucky Luke. »Aber hat es dich nicht irgendwann in den Fingern gejuckt, auch mal was anderes zu machen?«

»Was meinst du?«

»Hattest du nie den Drang, jemanden leiden zu lassen? Jemanden bezahlen zu lassen? Auf dieser Welt gibt es ja weder Gerechtigkeit noch Moral. Aber wo es keine Gerechtigkeit gibt, ist es gar nicht so einfach, mit jemandem abzurechnen. Hm, ein ziemlich kompliziertes Thema … Ich sollte wohl noch ein bisschen darüber nachdenken.«

Wieder verspürte der Professor das Bedürfnis, seinen Parker zu zücken. »Okay. Auf dieser Welt gibt es also weder Gerechtigkeit noch Moral. Aber ist Rache die Lösung? Mit Rache kann man nichts lösen.«

»Ich habe auch nie behauptet, dass es mein Ziel wäre, etwas zu lösen. Mein Ziel ist es, euch etwas klarzumachen.«

»Uns? Wieso sprichst du im Plural? Wirfst du mich jetzt etwa mit den anderen in einen Topf?«

»Wieso hast du den Vogel im Wartezimmer zum Beispiel Piepmatz genannt? Von dir hätte ich etwas mehr Kreativität erwartet.«

Der Professor erblasste.

Lucky Luke stand auf. »Ich habe Piepmatz versteckt. Irgendwo hier in der Praxis. Und er hat nicht mehr lange zu leben. Also musst du ihn suchen.«

»Was? Du hast Piepmatz versteckt?«

Lucky Luke nickte zur Bestätigung mit dem Kopf.

»Irgendwo hier in der Praxis?«

Lucky Luke nickte bestätigend.

»Und er hat nicht mehr lange zu leben?«

Kopfnicken.

»Also muss ich ihn suchen?«

Nicken.

Lucky Luke nahm seinen Hut und ging. Der Professor rief ihm noch hinterher: »Halt, bleib stehen!«, aber er war schon nicht mehr zu sehen. Der Professor warf einen Blick in den Vogelkäfig. Piepmatz war verschwunden. Da hörte er es hinter der Vorhangleiste zwitschern. Er stellte einen Stuhl an die Wand und stieg darauf. Ein kleiner Kasten, einem Kassettenrekorder ähnlich, gab aus winzigen Lautsprechern ein ohrenbetäubendes Vogelgezwitscher von sich. Auch unter dem Beistelltisch begann es zu piepsen. Der Professor stieg vom Stuhl, bückte sich und schaute unter den Tisch: das gleiche Gerät, das gleiche Zwitschern. Plötzlich fing es überall an zu zwitschern, zu piepsen und zu tirilieren: hinter den Bildern, an den Vorhängen, unter dem Sofa. Das Wartezimmer glich einem morgendlichen Wald, in dem gerade die Vöglein erwacht waren. Der Professor stellte alles auf den Kopf. Er riss die Bezüge vom Sofa und zerlegte es in seine Einzelteile. Jeden Lautsprecher, den er finden konnte, zerstörte er.

Eine halbe Stunde später standen die Polizisten in seiner Praxis.

»Dieser Kerl, der sich für Lucky Luke hält, war Ihr Patient, stimmt's?«, fragte Harun.

»Ja, er war mein Klient.«

»Hat er Adresse und Telefonnummer hinterlassen?«

»Ich nehme an, sie stehen im Terminplaner meiner Sekretärin.«

»Was tun Sie hier eigentlich? Und was ist das für ein Gezwitscher?«

»Er hat meinen Wellensittich versteckt.«

Harun zog sein vibrierendes Mobiltelefon hervor. »Der Geist.«

»Ich habe ihn«, sagte der Geist.

»Wen?«

»Den Mann mit der Namensliste. Den, von dem Lucky Luke die Identität der Polizisten erfahren hat.«

»Gut, dann bring ihn her.«

»Wohin?«

Harun wandte sich an den Professor. »Haus- und Wohnungsnummer?«

»40/8.«

»Tunalı Hilmi 40/8.«

***

Der Geist hatte die Hände des Verdächtigen mit Paketband gefesselt und drückte ihm die Waffe in den Rücken. Sie betraten die Praxis. »Was hast du denn mit dem gemacht?«, fragte Harun.

»Was sollte ich tun? Ich mag es eben nicht, mich zu prügeln«, antwortete der Geist. Sie stießen den Verdächtigen vor sich her ins Sprechzimmer des Professors und schlossen die Tür.

Behzat Ç. setzte sich in den Sessel des Professors. Harun ließ sich in den Ledersessel gegenüber dem Verdächtigen fallen. Der Geist blieb stehen.

»Hast du diesem Lucky Luke eine Liste ausgehändigt?«, fragte Harun.

»Ich kenne keinen Lucky Luke.«

»Chef, zeig mir doch noch mal, wie der in echt hieß.« Behzat Ç. wies auf den Namen, den er auf seiner Zigarettenschachtel notiert hatte.

»Ja«, sagte der Verdächtige. »Dem habe ich die Liste gegeben.«

»Welche Beamten sind darauf verzeichnet?«

»Diejenigen, die seine Familie auf dem Gewissen haben.«

»Wie kommst du an eine solche Liste?«

»Wir haben unseren eigenen Geheimdienst. Ziel war es, die Polizisten für ihre Tat zu bestrafen. Doch nach der Gesetzesänderung von 1991, aufgrund derer viele aus den Gefängnissen entlassen wurden und in die Legalität wechselten, wurden die Bestrafungen für unbestimmte Zeit ausgesetzt. Die Liste verblieb bei mir. Ich glaubte, der Junge wäre ebenfalls tot. Aber das war er nicht. Wenn wir das gewusst hätten, hätten wir uns natürlich um ihn gekümmert. Dann wäre er nicht ins Heim gekommen. Er hat jedenfalls Nachforschungen angestellt und ist dabei irgendwann auf mich gestoßen. Ich habe ihm daraufhin die Liste gegeben.«

»Und wozu?«

»Vielleicht, um dafür zu sorgen, dass eine Reihe von skrupellosen Mördern aus dieser Welt verschwindet?«

»Pass auf, was du sagst, du Hund!«, schnauzte Harun ihn an.

»Pass doch selber auf!«

»Aber er hat nicht die Polizisten selbst umgebracht, sondern ihre Eltern«, bemerkte der Geist.

»Ich wusste nicht, dass er das vorhatte. Sonst hätte ich ihm die Namen bestimmt nicht gegeben. Dann würde ich auch jetzt nicht mit Ihnen sprechen.«

»Wer war damals an dem Einsatz beteiligt?«, fragte der Geist.

»Coşkun Özdal, Mörder und Faschist von der schlimmsten Sorte. Er hat unseren Genossen abgeknallt. Der zweite war Memduh Karapınar, ebenfalls Mörder und Faschist, darüber hinaus aber ein ausgemachter Dummkopf. Man nennt ihn nicht umsonst Averell. Er hat die Frau unseres Genossen auf dem Gewissen. Es gab aber noch einen dritten. Den, der das kleine Mädchen erschossen hat.«

»Und das war wer?«

»Ein ganz Junger, gerade mit der Ausbildung fertig. Es war einer seiner ersten Einsätze. Er wurde bald darauf versetzt, ins Sittendezernat. Vorname Ekrem, den Nachnamen kenne ich nicht.«

Die Polizisten wurden leichenblass. Sie erinnerten sich an den Abend bei Ekrem und an seine Geschichte mit der Milchglasscheibe.

»Heute ist der Jahrestag des Massakers von damals«, schloss der Verdächtige. »Der 28. Februar.«

Aus dem Wartezimmer hörte man das Geräusch einer mittelgroßen Explosion. Harun und Behzat Ç. griffen zu ihren Waffen, der Geist öffnete die Tür. Im Wartezimmer stand der Professor, einen blutverschmierten Wellensittich in der Hand.

Behzat Ç. zog sein vibrierendes Telefon hervor. Ekrem. Er wusste nicht recht, ob er rangehen sollte oder nicht. Doch das Telefon klingelte beharrlich weiter. Er ging ran. »Hallo? Hallo!« Ekrem klang ziemlich aufgeregt. »Ich habe deine Nachricht gesehen, aber bei unserem Einsatz ging es drunter und drüber. Deswegen rufe ich erst jetzt an. Du hast den Roboter wirklich auftreiben können? Sag mir, wo du bist, dann komme ich und hole ihn.«

***

An der braunen Stahltür in Holzoptik stand kein Name. Lucky Luke klingelte. Ohne die Tür aufzumachen, schaute Songül durch den Spion und fragte: »Wer ist da?«

Lucky Luke öffnete die rote Schachtel, holte das Geschenk heraus, hielt es nahe an das Guckloch heran und drückte auf einen Knopf. Der Roboter sagte: »Ich bin Çelik, Arçelik. Und wer bist du?« Dann winkte er mit den Händen und begann sein Lied zu singen: »Hast du Arçelik, fehlt dir nichts zum Glück!« Eine etwa zwanzigjährige Miss Universum riss die Tür sperrangelweit auf. Als sie den Çelik sah, schlug sie vor Überraschung die Hand vor den Mund und fing vor Glück an zu weinen.

Lucky Luke hatte ja gewusst, dass dieser Ekrem, der seine Schwester erschossen hatte, selbst eine Schwester besaß, aber er hätte nie damit gerechnet, dass sie so schön war. Ekrem war erst vor Kurzem in die Fabrik gekommen, in der er arbeitete. Er hatte erzählt, seine Schwester liebe den Çelik über alles, und er hatte geradezu um einen dieser Roboter gebettelt, deren Produktion längst eingestellt worden war. Lucky Luke hatte ihm versprochen, dennoch einen zu besorgen.

»Hat dich mein Bruder geschickt?«, fragte Songül.

»Ja. Dein Bruder hat mich geschickt. Der große Çelik wartet unten im Auto. Los, komm mit.«

»Ich darf nicht. Sonst wird mein Bruder böse.« Songül zog ein Telefon aus ihrer Tasche. »Moment, ich rufe ihn schnell an und frage ihn. Wenn man lange auf diesen Knopf hier drückt, landet man automatisch bei meinem Bruder.«

Lucky Luke nahm ihr das Telefon ab. »Komm, wir rufen ihn von unterwegs an.«

»Warte, dann muss ich noch meinen Mantel holen, es schneit.« Songül schlüpfte in ihren roten Mantel. Sie zog die Tür hinter sich zu. Dann gingen sie zu zweit die Treppen hinunter.

***

Harun holte alles aus dem Mégane raus und raste in Richtung Birlik, wo Ekrem und seine Schwester wohnten.

Sie waren schon fast da, als Tahsin anrief. »Ihr müsst auf der Stelle hierher kommen. Lucky Luke hat sich gemeldet. Er sagt, er habe im Vertrauenspark einen Sarg vergraben, in dem eine Schwester liegt.«

»Dreh sofort um«, sagte der Geist.

Harun gab Vollgas, riss das Lenkrad herum und zog ruckartig die Handbremse. Während das Heck von der Zentrifugalkraft davongetragen wurde, versuchte er gegenzulenken, aber es war zu spät. Er bekam den Wagen nicht mehr unter Kontrolle, der Mégane überschlug sich auf der verschneiten Straße, und den Ermittlern in seinem Inneren verging Hören und Sehen.

Den Rücksitz über sich, sagte der Geist zu Harun: »Wie oft habe ich dich eigentlich darauf hingewiesen? Wenn du schon unbedingt dieses Manöver machen willst, dann geh gefälligst vom Gas!«

»Verflucht!«, erwiderte Harun. »Wegen des automatischen Schließsystems gehen die Türen nicht auf.«

Er streckte sich nach der Gangschaltung, suchte Halt an der Handbremse und trat zweimal gegen die Seitenscheibe, die sich dadurch allerdings gänzlich unbeeindruckt zeigte. Mit dem Griff seiner Waffe gelang es ihm schließlich doch, sie einzuschlagen, und er kroch aus dem Wagen ins Freie. Dann zerrte er mit aller Gewalt an der Beifahrertür, aber sie wollte beim besten Willen nicht aufgehen. In dem Moment schossen von vorne und von der Seite Airbags hervor und nahmen Behzat Ç. die Luft zum Atmen.

»Alles okay?«, fragte Harun.

Zwischen den Airbags hindurch knurrte Behzat Ç.: »Red nicht so'n Quatsch!«

Harun schob die Airbags auseinander, fand Behzat Ç.s Arm und zerrte mit ganzer Kraft daran, bis er seinen Vorgesetzten durch die zerbrochene Scheibe nach draußen befördert hatte. »Gut, dass du die Scheibe rechtzeitig eingeschlagen hattest, Chef. Die Türen gehen nämlich nicht auf.«

Um auch den Geist zu befreien, suchte Harun einen Stein, der groß genug war, die Scheibe der Hintertür zu zertrümmern. Als er einen gefunden hatte und damit wiederkam, sah er den Geist bereits etwas abseits stehen und sich den Staub von den Kleidern klopfen. »Wie bist du denn rausgekommen?«

Der Geist rückte gerade den Kragen seines schimmelgrünen Hemds zurecht. »Ich habe die Tür aufgemacht und bin ausgestiegen. Na und?«

»Die Türen waren doch alle verriegelt, wie hast du sie aufgekriegt?«

»Meine Güte, ich habe am Griff gezogen, und sie ging auf!«

»Hast du denn was abgekriegt?«

»Ich kriege nie was ab. Unkraut vergeht nicht.«

Während Harun und der Geist noch über das automatische Schließsystem des Mégane diskutierten, hielt Behzat Ç. nach vorüberfahrenden Taxis Ausschau. Als ihm ein stabiler Şahin ins Auge fiel, stellte er sich ihm in den Weg und schlug auf die Motorhaube. Er packte den Taxifahrer am Kragen, zerrte ihn aus dem Wagen und setzte sich selbst ans Steuer. Der Geist und Harun stiegen ebenfalls ein. Während sie davonbrausten, streckte Harun den Kopf aus dem Fenster und rief dem Taxifahrer zu: »Sie bekommen Ihr Fahrzeug beim Polizeirevier wieder.«

»Bei welchem?«

»Yenimahalle. Kriminalpolizei.«

Harun zog den Kopf wieder ein. »Du hättest besser mich fahren lassen sollen, Chef.«

Behzat Ç. warf ihm einen abfälligen Blick zu und zündete sich eine 216 an.

***

Er lenkte das Taxi vor eine der Bushaltestellen am Atatürk-Boulevard. Dort stiegen sie aus und rannten los in Richtung Vertrauenspark.

Tahsin schnitt ihnen den Weg ab. »Warum kommt ihr mit einem Taxi? Wo ist der Mégane?«, schrie er sie an.

»Ach, frag nicht, Direktor«, entgegnete Harun.

»Habt ihr was mit ihm angestellt? Selim hat auch schon das Rücklicht kaputtgefahren beim Einparken.«

»Jetzt halt doch mal die Fresse, Direktor«, fluchte der Geist. »Ich scheiß auf den Mégane und deine kleinkarierten Sorgen!«

Tahsin gab ihm einen Schubser. »Was ist los, verdammt?« Das erste Mal seit vierzehn Jahren hatten sie den Geist fluchen hören.

»Dieser Mistkerl hat Ekrems Schwester begraben«, erklärte Harun.

»Was?«, fragte Tahsin. »Dieses wunderschöne Mädchen? Der hat sie wohl nicht mehr alle!«

»Das kannst du laut sagen.«

»Weiß Ekrem davon?«

»Nein. Wir haben ihm nichts erzählt.«

Tahsin zog die Polizisten in den Schatten eines Baumes. »Gut. Ihr werdet jetzt auch weiter schön die Klappe halten. Wir werden alle die Klappe halten. Der Kerl hat sich gestellt, hier. Er sagt, er habe seine Mission erfüllt. Aber er will nicht verraten, wo der Sarg ist. Die Akademie hat einen Psychologen geschickt, der gerade versucht, ihn zum Reden zu bringen. Der Direktor hat strikte Anweisung erteilt, dass keiner von uns zu ihm darf. Nur der Psychologe soll mit ihm reden. Wir haben den Park komplett abgeriegelt. Alle verfügbaren Leute suchen in allen Richtungen. Sogar der Wissenschaftler von Tübitak ist wieder da und hat sein subterranes Tomographiedings aufgestellt. Wir werden das Mädchen finden, auch ohne die Mithilfe dieses Kerls.«

»Wo ist er?«, fragte Behzat Ç.

Tahsin musterte Behzat Ç. aus großen Augen. »Hast du etwa wieder angefangen zu sprechen?«

»Wo ist er?«, wiederholte Behzat Ç.

»Hinter den Saftständen da drüben«, antwortete Tahsin. »Wir haben ihn in den Mannschaftswagen gesperrt.« Er fasste Behzat Ç. am Arm. »Du darfst auf keinen Fall zu ihm. Du schon gar nicht! Der Psychologe wird mit ihm sprechen, und wir werden unsere Arbeit machen.«

Tahsin zog sein klingelndes Telefon hervor. »Nein, keine Sorge, Herr Direktor. Dieser Wissenschaftler ist da und hat das System bereits eingerichtet. Ja, der Laptop ist neu formatiert. Eine Viertelstunde, dann haben wir sie. In dem Sarg ist noch Luft für eine Stunde. Die Stadtverwaltung hat uns fünfzehn Bulldozer zur Verfügung gestellt. Ja, diesmal werden wir sie nicht einzeln graben lassen, sondern alle gleichzeitig. Selbst wenn der Psychologe nichts aus ihm herausholen kann, wir werden sie finden. Jawohl, Herr Direktor. Wir halten uns fern. Der Psychologe hat das letzte Wort.«

Behzat Ç. hob das Flatterband an und schlüpfte darunter hindurch in den Park. Er ließ seinen Blick von den Bäumen zu den Bänken schweifen, von den Bänken zum Kinderspielplatz. Polizisten aller Dezernate waren gekommen und wuselten durch den Park. Sie kauerten auf dem Boden, krochen durch den Schnee, suchten irgendeine leichte Erhebung und inspizierten dabei jeden Maulwurfshügel.

Behzat Ç. durchquerte den Park und trat zwischen den Saftständen hinaus auf die Straße. Ein Polizist in offizieller Montur hielt ihn am Arm fest. »Kein Durchgang.«

Behzat Ç. riss sich los, und als der Polizist ihn erneut festhalten wollte, fuhr er ihn an: »Nimm deine Flossen da weg, oder du kannst was erleben!« Er lief in Richtung Mannschaftswagen, beschirmte mit einer Hand seine Augen und schaute durch die Scheibe hinein. Ein gut gekleideter Mann mit anständigem Gesicht redete auf den Kerl ein, der sich Lucky Luke nannte. Lucky Luke sagte nichts. Lächelte nur ab und zu.

Der Hauptkommissar kehrte in den Park zurück. Tahsin, Harun und der Geist standen um den Wissenschaftler herum.

»Sind Sie fertig mit der Sondierung, Herr Professor?«, fragte Tahsin.

»Ja«, erwiderte der Wissenschaftler, »ich habe die unterirdische Sondierung durchgeführt. Es gibt an 1337 Stellen Objekte. 344 davon sind prismatisch. Wir befinden uns im Stadtzentrum … Wie Sie sehen, ist es unterirdisch chaotischer als oberirdisch.«

»Wie lang wird es dauern, bis Sie sie gefunden haben, Herr Professor?«

»Mindestens eine Woche.«

»Geht es nicht in einer Stunde?«

»Unmöglich.«

Tahsin schlug die Hände über dem Kopf zusammen. »Mein Gott, Professor! Dann pack deine Siebensachen zusammen und verpiss dich!« Er entledigte sich seines Jacketts und schrie: »Ruft den Geier an! Findet mir den Geier!«

»Wir haben ihn schon angerufen«, erwiderte Selim. »Er geht nicht ran. Scheint beleidigt zu sein.«

Behzat Ç. rannte erneut los in Richtung Mannschaftswagen, dicht gefolgt von Harun. Er riss die Tür auf, packte den Psychologen am Kragen und beförderte ihn hinaus. Harun wies er an: »Verriegle die Tür und sorg dafür, dass niemand reinkommt!«

Mit seinem Feuerzeug zündete Behzat Ç. die Maltepe an, die Lucky Luke aus dem Mundwinkel hing. Der nahm einen tiefen Zug und sagte: »Genau der richtige Tag, um wieder anzufangen.« Behzat Ç. schlug ihm eine linke Gerade mitten ins Gesicht, sodass die Maltepe an Lucky Lukes Wange kleben blieb. Mit dem Handrücken strich Lucky Luke sich die glühende Asche von der Wange. »Bist du hier der harte Junge im Viertel?«

»Wenn das Mädchen stirbt, weißt du, was dann mit dir passiert?«, erwiderte Behzat Ç. und zog den Browning. »Dann pumpe ich deinen Schädel voll Blei!«

»Der macht das wirklich«, bestätigte Harun. »Er hatte schon viele Disziplinarverfahren am Hals.«

Der Psychologe hatte während all dessen beständig mit den Fäusten gegen die Tür des Mannschaftswagens getrommelt und geschrien: »Was macht ihr Irren da mit ihm?«

Behzat Ç. schlug Lucky Luke den Griff seiner Waffe ans Kinn.

»Rede!«

Lucky Luke schwieg.

Er schlug noch einmal auf die gleiche Stelle, diesmal erheblich fester.

»Rede!«

Lucky Luke spuckte Behzat Ç. einen abgebrochenen Eckzahn ins Gesicht und schwieg.

Mittlerweile bearbeiteten auch einige Direktoren mit viel Lametta auf den Schultern und etliche Polizisten die Tür des Mannschaftswagens mit ihren Fäusten.

Behzat Ç. legte seine Waffe beiseite und ließ eine Kombination von Schlägen los. Eine Linke, eine Rechte, eine Linke, eine Rechte und noch eine Linke.

»Sprich, verdammt! Wo ist sie?«

Lucky Luke, mit in Auflösung begriffenem Gesicht, spuckte Blut und schwieg.

Harun, der mit aller Kraft die Tür zuhalten musste, stieß ohne Luft zu holen hervor: »Du gewissenloses, gottloses Ketzerschwein! Wie kann man so herzlos sein, ein Mädchen, das Angst vor Aufzügen hat, in einen Sarg zu stecken?«

Lucky Luke schwieg.

Behzat Ç. hob Lucky Lukes Hand an wie ein Lehrer bei der Fingernagelkontrolle, drückte zu und brach ihm den Zeigefinger.

»Sprich!«

Lucky Luke stöhnte und schwieg.

Behzat Ç. nahm sich den Zeigefinger der anderen Hand vor und brach auch diesen.

»Sprich!«

Lucky Luke stöhnte und schwieg.

Er trat ihm gegen das Schienbein.

»Sprich, verdammt!«

Lucky Luke schwieg.

Behzat Ç. holte aus und verpasste ihm einen zweiten, extrem harten Tritt, wie er es während seines gesamten Vorstopperlebens noch niemals getan hatte. Lucky Lukes Schienbein brach. Im selben

Moment schlugen die Polizisten die Scheibe des Mannschaftswagens ein. Ein Polizeidirektor vierter Klasse brüllte Behzat Ç. an: »Was tust du da, verdammt?«, und schlug ihm mit der Faust ins Gesicht. Behzat Ç. wollte sich gerade revanchieren, da stürzte sich der achtklassige Fahrer des viertklassigen Direktors auf ihn. Dann wurde er von drei hünenhaften Polizisten an den Armen gepackt und aus dem Mannschaftswagen ins Freie gezerrt.

Der Hauptkommissar besah sich die Welt, die Menschenmenge – und alles, was er sah, schien zu vibrieren und ihn in die Tiefe zu ziehen. *Wo bist du?*

In dem Moment hakte sich der Geier bei ihm unter. »Komm mit mir. Ich hatte eigentlich nicht vor, hier aufzukreuzen, aber es steckt mir einfach im Blut.« Er führte Behzat Ç. zu der Skulptur, die auch als »Polizistendenkmal« bekannt war.

»Der Sarg ist hier. Wo genau, weiß ich nicht, aber irgendwo hier. Ich habe euch ja gesagt, lasst mich noch im Vertrauenspark nachschauen. Er hebt die Gräber im Voraus aus, habe ich gesagt. Aber ihr habt ja nicht auf mich gehört.«

Behzat Ç. betrachtete das Denkmal. Er hob die Plane an, die davor gespannt war, und schob sich darunter hindurch. Dann lehnte er sich mit dem Rücken gegen die Inschrift »Türke. Sei stolz. Arbeite. Habe Vertrauen.«, und zündete sich eine 216 an.

Harun und der Geist kamen hinzu und blieben neben dem Hauptkommissar stehen.

»Habt ihr jetzt begriffen, warum er seine Opfer begräbt?«, fragte der Geist. »Der Mann hat sein Leben lang die Gräber seiner Familie gesucht. Jetzt lässt er die Polizisten, die ihm das angetan haben, selbst nach Gräbern suchen.«

Niemand antwortete oder sagte sonst irgendetwas dazu. Der Geier versuchte, eine Steinplatte vor dem Denkmal herauszulösen.

»Was machst du da?«

»Ich habe das Gefühl, die Platte hier ist verschoben worden.«

Der Geist trat hinzu und zog ebenfalls an der Platte, bis sie sich herauslösen ließ. »Kommt! Hier hat er sie vergraben!«

»Hier?«

Eilig entfernten sie auch die umliegenden Platten und begannen die Erde wegzuscharren.

»Besorgt uns eine Schaufel!«, schrie der Geier.

Eine Schaufel wurde gebracht.

Außerdem kam ein Mann angerannt. »Aufhören!«, rief er. »Was machen Sie denn da? Das Denkmal wird gerade restauriert.«

»Wer sind Sie?«

»Ich bin vom Kulturministerium, Amt für Denkmalschutz etc. pp.« Die Amtsbezeichnung des Mannes wollte kein Ende nehmen. »Die Skulptur weist einen kritischen Riss auf. Momentan laufen hier Schweißarbeiten.«

»Wer führt die durch?«

»Irgend so ein Maschinenbauingenieur namens …«

Es war sein Name. Da fiel Behzat Ç. auch der weiße Lieferwagen auf, der auf der anderen Seite der Plane stand. Er hob die Plane an und las die Aufschrift »Spedition Jolly Jumper«, woraufhin er die Vordertür aufriss und den am Steuer sitzenden Mann unsanft hinausbeförderte. Es war ein Typ mit quadratischem Kinn und hässlicher Visage. Im Ohr trug er ein Hörgerät.

»Bist du die Schwuchtel, die man den Ayaşer nennt?«, fragte Harun.

»Ja, so nennt man mich, aber die Schwuchtel bist du!«

Harun scharrte mit der Hand weiter die Erde unter den Steinplatten weg. »Du rührst dich nicht vom Fleck! Wenn wir den Sarg erst mal da rausgeholt haben, werde ich dir noch einige Fragen stellen.«

»Ist eh zu spät«, entgegnete der Ayaşer.

Fünfzehn Minuten später hatten sie den Sarg geborgen. Behzat Ç. entfernte mit dem Griff seines Brownings einen krumm geschlagenen Nagel. Dann hoben sie den Deckel an. Songül, in ihrem roten Mantel. Der Hauptkommissar tastete nach ihrer Halsschlagader. Kein Puls. Der Roboter in Songüls Arm sagte: »Ich bin Çelik, Arçelik. Und wer bist du?«

»Hast du Arçelik, dann fehlt nichts zum Glück!«

Behzat Ç. ließ das Magazin des Brownings einrasten und feuerte zweimal in die Luft. Der Widerhall der Schüsse war noch auf der

Sakarya zu hören. Behzat Ç. rannte zum Mannschaftswagen hinüber. Nachdem die Polizisten, die um den Sarg herumstanden, ihre erste Überraschung überwunden hatten, liefen sie ihm hinterher.

»Bleib stehen!«, schrie der viertklassige Direktor. »Wirf deine Waffe weg! Wirf sie weg, Hauptkommissar! Wegwerfen, verdammt!« Als er einsah, dass sein Geschrei nichts half, befahl er: »Schießt ihm ins Bein.«

Behzat Ç. fixierte Lucky Luke, der immer noch im Mannschaftswagen saß, mit den Augen. Die Sanitäter, die seine Wunden verbanden, und der Psychologe ergriffen die Flucht. Behzat Ç. richtete den Browning auf Lucky Luke, nahm seine Stirn ins Visier, und seine Hand zitterte nicht. Der Schmerz setzte ein, noch bevor er den Schuss hörte. Behzat Ç. war ins Bein geschossen worden. Er strauchelte, richtete sich wieder auf und zielte erneut. Über den Browning hinweg sah er Lucky Lukes Stirn. Doch in dem Moment, als er den Abzug betätigte, kam ein Mann angeflogen und stürzte sich auf ihn. Sie rollten gemeinsam durch den Schnee. Es war der Geist. Lucky Luke war an der Schulter getroffen worden.

»Mann, der kam vielleicht angeflogen«, meinte ein Augenzeuge.

»Komm, lass uns abhauen. Da mischen wir uns besser nicht ein«, sagte sein Begleiter.

»Was bist du bloß für ein Waschlappen, Bahattin«, entgegnete der Erste.

Ein anderer hakte sich bei ihm unter. »Sprich nicht so mit Bahattin. Er meint's doch nur gut.«

2007/Ankara